황정견시집주 3
黃庭堅詩集注

Anotations of Hwang Jeong-gyeon's Poems

옮긴이

박종훈 朴鍾勳 Park Chong-hoon
지곡서당(芝谷書堂)에서 한학(漢學)을 연수했으며, 조선대학교 국어국문학부(고전번역전공)에 재직 중이다.

박민정 朴玟貞 Park Min-jung
고려대학교에서 중국고전시 박사학위를, 중국저장대학(浙江大學)에서 대외한어교학 박사학위를 취득했다. 현재 세종사이버대학교 국제학과 교수로 재직 중이다.

이관성 李灌成 Lee Kwan-sung
곡부서당에서 서암 김희진 선생에게 한문을 배웠다. 현재 퇴계학연구원에 재직 중이다.

황정견시집주 3

초판발행 2024년 8월 15일

지은이 황정견
옮긴이 박종훈·박민정·이관성

펴낸이 박성모
펴낸곳 소명출판
출판등록 제1998-000017호
주소 06641 서울시 서초구 사임당로14길 15 서광빌딩 2층
전화 02-585-7840
팩스 02-585-7848
이메일 somyungbooks@daum.net
홈페이지 www.somyong.co.kr

ISBN 979-11-5905-917-9 94820
979-11-5905-914-8 (전14권)
정가 36,000원

이 저서는 2019년 대한민국 교육부와 한국연구재단의 지원을 받아 수행된 연구임 (NRF-2019S1A5A7069036).
This work was supported by the Ministry of Education of the Republic of Korea and the National Research Foundation of Korea (NRF-2019S1A5A7069036).

한국연구재단
학술명저번역총서

황정견시집주 3
黃庭堅詩集注

Anotations of Hwang Jeong-gyeon's Poems

황정견 저

박종훈 · 박민정 · 이관성 역

일러두기

1. 본 번역은 『黃庭堅詩集注』(전5책)(北京 : 中華書局, 2007)를 저본으로 삼았다.
2. 위 저본에 있는 '교감기'는 해당 구절의 원문에 각주로 붙였고 '[교감기]'라고 표시해 두어, 번역자가 붙인 각주와 구별했다.
3. 서명과 작품명이 동시에 나올 때는 '『 』'로 모았고, 작품명만 나올 때는 '「 」'로 처리했다.
4. 번역문과 원문 중에 나오는 소자(小字)는 '【 】'로 표시해 묶어 두었다.
5. 번역문과 원문 중에 나오는 '○'는 저본에 있는 것을 그대로 옮겨온 것으로, 주석 부분에 추가로 주석을 붙인 부분이다.
6. 번역문에는 1차 인용, 2차 인용, 3차 인용까지 된 경우가 있는데, 모두 큰따옴표("")로 처리했다.

1. 황정견은 누구인가?

황정견黃庭堅, 1045~1105은 북송北宋의 대표 시인으로, 자는 노직魯直, 호는 산곡山谷 또는 부옹涪翁이며 홍주洪州 분녕分寧, 지금의 장시江西성 슈수이修水 사람이다. 소식蘇軾, 1036~1101의 문하생 중 가장 핵심적인 인물로, 장뢰張耒·조보지晁補之·진관秦觀 등과 함께 '소문사학사蘇門四學士'로 불린다. 어릴 때부터 총명했던 황정견은 23세에 진사에 급제하여 국사편수관까지 역임했으나 이후 여러 지방관과 유배지를 전전하는 등 벼슬길이 순탄치 않았다. 두보杜甫, 712~770를 존경했고 소식의 시학詩學을 계승했으며, 소식과 함께 소·황蘇·黃으로 불린다.

중국시가의 최고 전성기라 할 수 있는 당대唐代를 뒤이어 등장한 북송의 시인들에게는 당시에서 벗어난 송시만의 특징을 만들어 내야 하는 일종의 숙명이 있었다. 이러한 숙명은 북송 초 서곤체에 의해 시도되었으며 북송 중기에 이르러 비로소 송시다운 시가 시대를 풍미하기에 이르렀다. 황정견이 그 중심에 있었으며 그를 중심으로 진사도陳師道 등 25명의 시인이 황정견의 문학을 계승하며 하나의 유파로 활동했다. 이들을 일컬어 '강서시파江西詩派'라 했는데, 이 명칭은 남송 여본중呂本中, 1084~1145의 『강서시사종파도江西詩社宗派圖』에서 비롯되었다. 25인 모두 강서江西 출신은 아니지만, 여본중은 유파의 시조인 황정견이 강서출신이라는 점에서 강서시파로 붙인 것이다. 시파의 성원들은 모두 두보를 배웠기에 송대 방회方回, 1227~1305는 두보와 황정견, 진사도, 진여의陳與義를 강서시파의 일조삼종一朝三宗이라 칭하였다.

여본중이 『강서종파시집江西宗派詩集』 115권을 편찬했으며, 뒤이어 증굉曾紘, 1022~1068이 『강서속종파시江西續宗派詩』 2권을 편찬했다. 송대 시단에 있어서 황정견의 영향력은 남송南宋에까지도 미쳤는데, 우무尤袤, 양만리楊萬里, 범성대范成大, 육유陸游, 소덕조蕭德藻 같은 남송의 대가들도 모두 그 풍조에 영향을 받았다. 황정견강서시파의 시풍詩風은 송대 뿐만 아니라 원대元代 및 조선의 시단에도 적지 않은 영향을 미쳤다.

2. 북송의 시대 배경과 문학풍조

송나라는 개국開國 왕조인 태조부터 인종조仁宗朝를 거치면서 만당晚唐·오대五代의 장기간 혼란했던 국면이 어느 정도 정리되어 나라가 안정되고 백성들의 생활환경 또한 비교적 안정을 찾게 되었다. 전대前代의 가혹했던 정세가 완화됨에 따라 농업이 급속도로 발달하였고 안정된 농업의 경제적 기초 위에서 상공업이 번창하고 번화한 도시가 등장하는 등 사회 전반에 걸쳐 전대에 비해 상당한 풍요를 구가하게 되었다. 이처럼 사회 전체가 안정되고 발전함에 따라 일반 백성들은 점차 단조로운 것보다는 복잡하고 화려한 것을 추구하게 되었다. 시대적·사회적 환경은 곧 문학 출현의 배경이고, 문학은 사회생활이 반영된 예술이라고 할 만큼 불가분의 관계에 있다. 유협劉勰이 "문학의 변천은 사회정황에 따르다文變染乎世情, 興廢繫乎時序"고 한 것처럼, 사회의 각종 요인은 문학적 현상을 결정하기 때문에 이러한 요소의 변화는 필연적으로 문학 풍조의 변혁을 동반한다. 송초 시체詩體의 변천은 이러한 사실을 보여주는 객관적인 증거이다. 특히 송대에는 일찍부터 학문이 중시되었다. 이는 주로 군주들의 독서열과 학문 제창으로 하나의 사회적 풍조로 자리잡게 되어 송대의 중문중학重文重學적 분위기가 마련되었다.

중국 시가의 전성기라 할 수 있는 당대唐代가 마무리되고 뒤이어 등장한 북송 초는 중국시가발전사 측면에서 보면 일종의 '답습의 시기'이면서 '개혁의 시기'였다고 할 수 있다. 이 시기 시단에서는 백체白體, 만당체晚唐體, 서곤체西崑體 등 세 시풍이 크게 유행했다. 이중 개국 초 성세기상盛世氣象 및 시대 분위기와 사람들이 추구하던 심미취향에 매우 적합했던 서곤체가 시간상 가장 늦게, 가장 긴 기간 동안 성행했고 결과적으로 이러한 시대적 문학적 요구는 황정견 시를 통해 꽃을 피우며 북송 시단 및 송대 시단을 대표하게 되었다.

3. 황정견 시의 특징과 시사적 위상

황정견은 시를 지을 때 힘써 시의 표현을 다지고 시법을 엄격히 지켜 한 마디 한 글자도 가벼이 쓰지 않았다. 황정견은 수많은 대가들을 본받으려고 했지만, 그중에서도 두보杜甫를 가장 존중했다. 황정견은 두보 시의 예술적인 성취나 사회시社會詩 같은 내용 측면에서의 계승보다는, 엄정한 시율과 교묘巧妙한 표현 등 시의 형식적 측면을 본받으려 했다. 『창랑시화滄浪詩話』·『시인옥설詩人玉屑』·『허언주시화許彦周詩話』·『후산 시화后山詩話』·『왕직방시화王直方詩話』·『초계어은총화苕溪漁隱叢話』 등에 보이는 황정견 시론의 요점을 정리하면 대략 다음과 같다.

첫째, 시의 조구법造句法으로서의 환골법換骨法과 탈태법奪胎法이다. 이에 대해 황정견은 "시의 의미는 무궁한데 사람의 재주는 한계가 있다. 한계가 있는 재주로 무궁한 의미를 좇으려고 하니, 비록 도잠과 두보라고 하더라도 공교롭기 어렵다. 원시의 의미를 바꾸지 않고 그 시어를 짓는 것을 환골법이라고 하고, 원시의 의미를 본떠서 형용하는 것을 탈태법이라고 한다[詩意無窮, 而人才有限. 以有限之才, 追無窮之意, 雖淵明少陵, 不得工也. 不易其意而造其語, 謂之換骨法. 規摹其意而形容之, 謂之奪胎法]"라고 한 바 있다『시인옥설(詩人玉屑)』에 보인다. 이로 보건대, 황정견이 언급한 환골법은 의경을 유사하게 하면서 어휘만 조금 바꾼 것을 일컫고, 탈태법은 의경을 변형하여 사용하는 방법이라고 할 수 있다.

예를 들면, 당대唐代 유우석劉禹錫의 "멀리 동정호의 수면을 바라보니, 흰 은쟁반 속에 하나의 푸른 고동 있는 듯[遙望洞庭湖水面, 白銀盤里一靑螺]"를 근거로 황정견이 "아쉬워라, 호수의 수면에 가지 못해, 은빛 물결 속에서 푸른 산을 보지 못한 것[可惜不當湖水面, 銀山堆裏看靑山]"이라 읊은 것은 환골법이고 백거이白居易의 "사람의 한평생 밤이 절반이고, 한 해의 봄철은 많지 않다오[百年夜分半, 一歲春無多]"라 한 것을 기반으로 황정견이 "한평생 절반은 밤으로 나눠 흘러가고, 한 해에도 많지 않노니 봄 잠시 오네[百年中去夜分半, 一歲無多春再來]"라고 읊은 것은 탈태법이다. 황정견이 환골법과 탈태법을 활용한 작품에 대해서는 『시인옥설詩人玉屑』에서 언급한 바 있다.

둘째, 요체拗體의 추구이다. 요체란 근체시의 평측平仄 격식을 반드시 엄정하게 따르지는 않은 것을 말한다. 이를테면, 평성이 들어가야 할 자리에 측성을 두거나 측성의 위치에 평성을 두어 율격적 참신성을 획득하는 방식으로 두보와 한유韓愈도 추구했던 것이다. 황정견은 더욱 특이한 표현을 추구하기 위해 시율에 어긋나는 기자奇字를 자주 사용하면서 강서시파 특징 중 하나가 되었다. 이와 관련하여, 송대 위경지魏慶之가 찬술한 『시인옥설詩人玉屑』에 '촉구환운법促句換韻法'과 '환자대구법換字對句法' 등을 소개하면서, "기세를 떨쳐 평범하지 않으려는 의도에서 비롯되었다. 이전에는 이러한 체제로 시를 지은 사람은 없었는데, 오직 황정견이 그것을 바꾸었다[欲其氣挺然不群, 前此未有人作此體, 獨魯直變之]"라는 평어가 보인다.

셋째, 진부한 표현이나 속된 말을 배척하고 특이한 말과 기이한 표현을 추구했다. 구체적으로는 술어를 중심으로 평이한 글자를 기이하게 단련鍛鍊시켰고 조자助字의 사용에 힘을 특히 기울였으며, 매우 궁벽하고 어려운 글자를 사용했고 기이한 풍격을 형성하기 위해 전대前代 시에서 잘 쓰지 않던 비속非俗한 표현을 시어로 구사하여 참신한 의경을 만들어내곤 했다. 이와 관련해 황정견은 "차라리 음률이 조화롭지 않을지언정 구句를 약하게 만들지 말아야 하며, 차라리 글자 구사가 공교롭지 않을지언정 시어를 속되게 만들어서는 안 된다[寧律不諧, 而不使句弱. 寧用字不工, 不使語俗]"라고 했으며『시인옥설(詩人玉屑)』, 황정견의 시구 중에는 "다른 사람을 따라 계획을 세우는 것은 결국 사람에게 뒤지게 된다[隨人作計終後시]"라는 구절과 "문장에게 가장 피해야 할 것은 다른 사람을 따라 짓는 것이다[文章最忌隨人後]"라는 구절도 있다.

또한 엄우嚴尤는『창랑시화滄浪詩話』에서 "소식과 황정견에 이르러 비로소 자신의 기법에서 나온 것을 시로 여기며, 당대 시인들의 시풍에서 벗어난 것이다. 황정견은 공교로운 말을 쓰는 것이 더욱 심해졌고, 그후로 시를 짓는 자리에서 황정견의 시풍이 성행했는데 세상에서는 '강서종파'라 불렀다[至東坡山谷始自出己法以爲詩, 唐人之風變矣. 山谷用工尤深刻, 其後法席盛行, 海內稱爲江西宗派]"라고 했다. 송대 허의許顗의『허언주시화許彦周詩話』에 "시를 지을 때 평이하고 비루한 기운을 제거하지 않으면 매우 잘못된 작품이 된다. 객이 묻기를 "어떻게 하면 그런 것을 제거할 수 있습니까"라 하였다. 이에 내가 "당의 의산 이상은의 시와 본조 황정견의 시를 숙독하여 깊이 생각하면 제거할 수 있다"라고 대답했다作詩淺易鄙陋之氣不除, 大可惡. 客問, 何從去之. 僕曰, 熟讀唐李義山詩與本朝黃魯直詩而深思之, 則去也"라는 구절이 보인다. 이밖에 『후산시화后山詩話』이나 『왕직방시화王直方詩話』 및 『초계어은총화苕溪漁隱叢話』 등에도 황정견이 시어 사용에 있어서의 기이한 측면에 대한 언급이 보인다.

넷째, 전고典故의 정밀한 사용을 추구했다. 이는 황정견 시론의 "한 글자도 유래가 없는 것은 없다[無一字無來處]"와 연관된다. 강서시파는 독서를 중시했는데, 이것은 구법의 차원에서 전대 시의 장점을 수용하기 위한 것이지만, 이는 전고의 교묘巧妙한 활용이라는 결과로 표현되기도 했다. 그러면서 전인의 전고를 그대로 답습하지 않고 자신의 의도에 맞게 변용했다.

이와 같은 황정견의 환골탈태법과 요체와 기이한 표현 및 전고의 활용이라는 창작법에 대해 부정적 평가도 적지 않다. 『예원치언』에서는 "시격이 소식과 황정견으로부터 변했다고 한 논의는 옳다. 황정견의 뜻은 소식이 불만스러워 곧바로 능가하려 했는데도 소식보다 못하다. 어째서인가? 교묘하게 하려고 하면 할수록 졸렬해지고 새롭게 하려고 하면 할수록 진부해지며, 가까워지려고 하면 할수록 멀어지기 때문이다[詩格變自蘇黃, 固也. 黃意不滿蘇, 直欲凌其上, 然故不如蘇也. 何者. 愈巧愈拙, 愈新愈陳, 愈近愈遠]", "노직 황정견은 소승이 되기에는 부족하고 다만 외도일 따름이며, 이미 방생 가운데 빠져 있었다[魯直不足小乘, 直是外道耳, 已墮傍生趣中]", "노직 황정견은 생경生硬한 기법을 구사했는데 어떤 경우는 졸렬하고 어떤 경우는 공교로우니, 두보의 가행체에서 본받았다[魯直用生拗句法, 或拙或巧, 從老杜歌行中來]"라고 평가했다. 이러한 부정적 평가는 황정견 시의 파급력에 대한 반증이기도 하다. 황정견을 중심으로 한 강서시파가 당대當代는 물론 후대 및 조선의 문인들에도 적지 않은 영향을 미쳤다.

한국 한시는 중종中宗 연간에 큰 성과를 이루어 이행李荇, 1478~1534, 박상朴祥, 1474~1530, 신광한申光漢, 1484~1555, 김정金淨, 1486~1521, 정사룡鄭士龍, 1491~1570, 박은朴誾, 1479~1504 등의 시인을 배출했고 선조宣祖 연간에는 이를 이어 노수신盧守愼, 1515~1590, 황정욱黃廷彧, 1532~1607, 최경창崔慶昌, 1539~1583, 백광훈白光勳, 1537~1582, 이달李達, 1539~1612 등 걸출한 시인을 배출했다. 이때 우리 한시의 흐름은 고려 이래 지속되어 온 소식을 위주로 한 송시풍宋詩風의 연장선상에 있다가, 황정견과 진사도를 배우게 되었으며, 다시 변해 당시唐詩를 배우게 되었다. 이에 따라 이 시기 시인은 송시를 모범으로 삼는 부류와 당시를 모범으로 삼는 경우로 대별된다. 또한 송시를 모범으로 삼는 경우도 다시 소식을 배우고자 했던 인물과 황정견이나 진사도를 배우고자 했던 인물로 나눌 수 있다. 그만큼 황정견의 영향력이 컸다는 것을 알 수 있다.

황정견과 진사도를 배웠다고 언급되는 시인으로는 박은, 이행, 박상, 정사룡, 노수신, 황정욱 등을 들 수 있다. 이들은 각기 한 시대를 대표하는 시인으로, 우리 한시사韓詩史에서 심도 있게 다루어지고 있다. 이들 시인을 '해동강서시파海東江西詩派'라고 규정하고 있는데, 그 이유는 황정견과 진사도로 대표되는 '강서시파'의 영향력 아래에서 찾아볼 수 있다.

이인로李仁老, 1152~1220는 『보한집補閑集』에서 "소식과 황정견의 문집을 읽는 것이 좋은 시를 짓는 방법이다"라고 했으니, 고려 중기에 황정견의 문집이 유통되고 있었음을 확인할 수 있다. 이후 공민왕恭愍王 때에는 『산곡시집주山谷詩集註』가 간행되었고 조선조에는 황정견을 중심으로 한 강서시파 시인의 작품을 뽑은 시선집이나 문집이 여러 차례 간행되었다. 안평대군安平大君도 황정견 등을 포함한 『팔가시선八家詩選』을 엮었고 황정견 시를 가려 뽑아 『산곡정수山谷精粹』를 엮은 바 있다. 성종成宗 때에도 한 차례 황정견 시집을 간행했고 성종의 명으로 언해諺解를 시도했지만 실행되지는 못했다. 이후 유호인俞好仁, 1445~1494이 『황산곡집黃山谷集』을 발간하였고 중종에서 명종 연간에 황정견의 문집이 인간印刊되었다. 황정견 시문집에 대한 잇닿은 간행은 고려와 조선의 시인들이 지속적으로 강서시파를 배우고자 했다는 당대當代 시단의 흐름을 반영한 것이다.

고려시대부터 조선 초기까지 강서시파의 영향을 확인할 수 있는 시인으로 이인로李仁老, 임춘林椿,?~?, 이담李湛,?~?, 이색李穡, 1328~1396, 신숙주申叔舟, 1417~1475, 성삼문成三問, 1418~1456, 조수趙須,?~?, 김종직金宗直,

1431~1492, 홍귀달洪貴達, 1438~1504, 권오복權五福, 1467~1498, 김극성金克成, 1474~1540, 조신曺伸, 1454~1529 등 셀 수 없을 정도이다. 이러한 흐름은 두보의 시를 배우고자 한 것으로 파악되는데, 앞서 보았듯이 황정견이 두시杜詩를 가장 잘 배웠다고 칭송되고 있었기에, 황정견을 통해 두보의 시에 접근해 보려는 노력도 깔려있었다고 할 수 있다. 정사룡도 이달에게 두시를 가르쳤고 노수신은 그의 시가 두시의 법도를 얻은 것으로 평가되고 있으며, 황정욱도 두보의 시를 엿보고 있다는 지적을 받고 있다. 그 밖에 박은, 이행, 박상의 시가 두시의 숙독에서 나온 것을 작품의 도처에서 확인할 수 있다. 이러한 경향으로 볼 때, 두보의 시를 배우는 한 일환으로 강서시파의 핵심인 황정견에 관심을 기울인 것으로 보인다. 이 밖에도 조선 초 화려한 대각臺閣의 시풍에 대한 반발도 강서시파의 작품을 배우고자 하는 한 배경으로 작용했다.

지속적인 강서시파 관련 서적의 수입과 인간印刊을 바탕으로 강서시파에 대한 학습이 고려에서부터 조선 초까지 지속되었고 이를 배경으로 강서시파를 배우고자하는 움직임이 성종 연간에 집중적으로 나타났으며, 한시사에게 거론되는 주요 시인들이 등장하게 되었다. 이러한 연장선상에서 소위 '해동강서시파'가 출현하게 된다.

해동강서시파는 강서시파의 영향을 받고 이에 따라 유사한 시풍을 견지했던 일군의 시인을 지칭하는 개념이다. 이 점에서 해동강서시파는 강서시파의 시풍이나 창작방법론을 대거 수용하고 이에서 한 걸음 더 나아가 자신만의 변용을 꾀한 시인들이라 평가할 수 있다. 황정견을 위주로 한 강서시파를 배웠다고 언급되는 해동강서시파의 시인으로는 박은, 이행, 박상, 정사룡, 노수신, 황정욱 등을 들 수 있다. 이들 시인들이 강서시파의 배웠다는 구체적인 기록도 남아 있다.

해동강서시파의 시가 중국 강서시파의 작법을 수용했다는 것은 단순히 자구를 모방하는 차원의 것이 아니라, 시를 쓰는 법을 배워 우리의 정서와 실정에 맞는 시를 쓰기 위해 노력한 것이다. 결국 해동강서시파의 작품에 대한 올바른 접근은 강서시파에 대한 접근에서부터 비롯되어야 한다. 시작법을 어떻게 수용하고 있는지, 또 어떠한 변용이 이루어진 것인지에 대한 입체적인 접근이 있어야만 해동강서시파에 대한 올바른 평가를 내릴 수 있다. 그 출발점이 바로 해동강서시파에 지대한 영향을 미쳤던 황정견 문집에 대한 완역이다.

4. 『황정견시집주黃庭堅詩集注』는?

『황정견시집주』는 북경北京 중화서국中華書局에서 2007년에 출간한 책이다. 전5책으로 『산곡시집주山谷詩集注』 권1~20, 『산곡외집시주山谷外集詩注』 권1~17, 『산곡별집시주山谷別集詩注』 상·하, 『산곡시외집보山谷詩外集補』 권1~4, 『산곡시별집보山谷集別集補』 권1로 구성되어 있다.

『산곡시집주』 권1~20은 송宋 임연任淵이, 『산곡외집시주』 권1~17

은 송宋 사용史容이, 『산곡별집시주』 상·하는 송宋 사계온史季溫이 각각 주석을 붙여놓은 것이다. 『산곡시외집보』 권1~4와 『산곡시별집보』 권1은 청淸 사계곤謝啓崑이 엮은 것이다.

『황정견시집주』의 체계와 구성을 정리하면 다음 표와 같다.

책	권	비고
제1책	집주(集注) 권1~9	임연(任淵) 주(注)
제2책	집주(集注) 권10~20	
제3책	외집시주(外集詩注) 권1~8	사용(史容) 주(注)
제4책	외집시주(外集詩注) 권9~17	사용(史容) 주(注)
제5책	별집시주(別集詩注) 上·下	사계온(史季溫) 주(注)
	외보유(外補遺) 권1~4	사계곤(謝啓崑) 주(注)
	별집보(別集補)	

각 권에 수록된 시작품 수를 일람하면 다음 표와 같다.

권 수	수록 작품 수	권 수	수록 작품 수
山谷詩集注卷第一	22제(題) 30수(首)	山谷外集詩注卷第三	23제(題) 61수(首)
山谷詩集注卷第二	14제(題) 18수(首)	山谷外集詩注卷第四	18제(題) 31수(首)
山谷詩集注卷第三	19제(題) 30수(首)	山谷外集詩注卷第五	13제(題) 43수(首)
山谷詩集注卷第四	8제(題) 30수(首)	山谷外集詩注卷第六	20제(題) 25수(首)
山谷詩集注卷第五	9제(題) 29수(首)	山谷外集詩注卷第七	27제(題) 31수(首)
山谷詩集注卷第六	28제(題) 29수(首)	山谷外集詩注卷第八	27제(題) 40수(首)
山谷詩集注卷第七	25제(題) 40수(首)	山谷外集詩注卷第九	35제(題) 39수(首)
山谷詩集注卷第八	21제(題) 28수(首)	山谷外集詩注卷第十	30제(題) 33수(首)
山谷詩集注卷第九	28제(題) 44수(首)	山谷外集詩注卷第十一	29제(題) 45수(首)
山谷詩集注卷第十	17제(題) 23수(首)	山谷外集詩注卷第十二	28제(題) 50수(首)
山谷詩集注卷第十一	23제(題) 47수(首)	山谷外集詩注卷第十三	34제(題) 48수(首)
山谷詩集注卷第十二	28제(題) 50수(首)	山谷外集詩注卷第十四	23제(題) 46수(首)
山谷詩集注卷第十三	27제(題) 41수(首)	山谷外集詩注卷第十五	34제(題) 40수(首)

권 수	수록 작품 수	권 수	수록 작품 수
山谷詩集注卷第十四	14제(題) 43수(首)	山谷外集詩注卷第十六	35제(題) 47수(首)
山谷詩集注卷第十五	29제(題) 54수(首)	山谷外集詩注卷第十七	27제(題) 44수(首)
山谷詩集注卷第十六	18제(題) 42수(首)	山谷別集詩注卷上	36제(題) 37수(首)
山谷詩集注卷第十七	25제(題) 29수(首)	山谷別集詩注卷下	25제(題) 46수(首)
山谷詩集注卷第十八	17제(題) 27수(首)	山谷詩外集補卷第一	50제(題) 58수(首)
山谷詩集注卷第十九	28제(題) 45수(首)	山谷詩外集補卷第二	70제(題) 93수(首)
山谷詩集注卷第二十	19제(題) 27수(首)	山谷詩外集補卷第三	91제(題) 138수(首)
山谷外集詩注卷第一	24제(題) 29수(首)	山谷詩外集補卷第四	95제(題) 128수(首)
山谷外集詩注卷第二	22제(題) 30수(首)	山谷詩別集補	25제(題) 28수(首)
총 1,260제(題) 1,916수(首)			

『황정견시집주』에는 총 1,260제題 1,916수首의 시작품이 수록되어 있다. 이 거질의 서적에 임연任淵·사용史容·사계온史季溫·사계곤謝啓崑이 주석을 부기했는데, 이를 통해서도 황정견의 박학다식함을 재삼 확인할 수도 있다.

임연·사용·사계온·사계곤은 주석에서 시구의 전체적인 표현이나 단어 및 고사와 관련해『시경』·『논어』·『장자』·『초사』·『문선』·『한서』·『사기』·『이아』·『좌전』·『세설신어』·『본초강목』·『회남자』·『포박자』·『국어』·『서경잡기』·『전국책』·『법언』·『옥대신영』·『풍토기』·『초학기』·『한시외전』·『모시정의』·『원각경』·『노자』·『명황잡록』·『이원』·『진서』·『제민요술』·『오초춘추』·『신서』·『이문집』·『촉지』·『통전』·『남사』·『전등록』·『초목소』·『당본초』·『왕자년습유기』·『도경본초』·『유마경』·『춘추고이우』·『초일경』·『전심법요』·『여씨춘추』・『부자』・『수훤록』・『박물지』・『당서』・『신어』・『적곡자』・『순자』・『삼보결록』・『담원』・『한서음의』・『공자가어』・『당척언』・『극담록』・『유양잡조』・『운서』・『묘법연화경』・『지도론』・『육도삼략』・『금강경』・『양양기』・『관자』・『보적경』 등의 용례를 들어 자세하게 구절의 의미를 부연 설명했다. 또한 두보를 필두로 ・도잠・소식・한유・백거이・유종원・이백・유몽득・소무・이하・좌사・안연년・송옥・장적・맹교・유신・왕안석・구양수・반악・전기・하손・송기・범중엄・혜강・예형・왕직방・사령운・권덕여・사마상여・매요신・유우석・노동・구준・조하・강엄・장졸 등의 작품에 보이는 구절을 주석으로 부연하여 작품의 전례前例와 전체적인 의미를 상세하게 서술했다. 이밖에도 여타의 시화집에 보이는 황정견의 작품과 관련된 시화를 주석으로 부기하여, 작품의 창작배경이나 자신의 상황 및 의미를 자세하게 설명한 있다.

이처럼 『황정견시집주』 전5책은 황정견 작품의 구절 및 시어詩語 하나하나가 갖는 전례와 창작배경 그리고 구절의 의미 및 전체적인 의미를 상세하게 주석을 통해 소개해 주어, 황정견 작품의 세밀한 이해를 돕고 있다.

5. 향후 연구 전망

황정견과 강서시파에 대한 연구는 지금까지 꾸준히 진행되어 왔다. 그러나 아직까지 황정견 시작품에 대한 전체적인 번역이 이루어지지 않았기에, 구체적인 실상의 일면만을 위주로 하거나 혹은 피상적으로 연구가 진행되었다는 점에서 아쉬움이 남는다. 이에 상세한 주석을 통해 작품에 대한 이해를 돕는『황정견시집주』에 대한 완역은, 부족하나마 후학들에게 실질적으로 황정견 시를 이해하기 위한 토대 내지는 발판의 역할 정도는 할 수 있을 것으로 판단되며, 이를 계기로 유관 연구가 활발하게 진행되기를 기대하는 바이다.

첫째, 중국 문학 연구의 측면에서도 황정견을 중심으로 한 강서시파에 대한 연구가 활발하게 진행 될 것으로 기대한다. 강서시파 시론의 핵심이라고 할 수 있는 시의 조구법造句法으로서의 환골법換骨法과 탈태법奪胎法, 요체拗體의 추구, 진부한 표현이나 속된 말을 배척하고 특이한 말과 기이한 표현을 추구, 전고의 정밀한 사용 등에 대한 실제적인 접근이 이루어질 수 있는 계기가 될 것이며, 이로 인해 황정견뿐만 아니라 강서시파, 그리고 강서시파의 영향을 받았던 원대 시인에 대한 연구가 활발하게 진행 될 것이다.

둘째, 조선 문단에 대한 연구도 활발해질 것으로 기대한다. 고려 이후 지속적인 강서시파 관련 서적의 수입과 인간印刊을 바탕으로 강서시파에 대한 학습이 고려에서부터 조선 초까지 지속되었고 이를 배경으로 강서시파를 배우고자하는 움직임이 성종 연간에 집중적으로 나타났으며, 한시사에게 거론되는 주요 시인들이 등장하게 되었다. 이러한 연장선상에서 소위 '해동강서시파'가 출현했다.

해동강서시파로 지목된 박은朴誾, 이행李荇, 박상朴祥, 정사룡鄭士龍, 노수신盧守愼, 황정욱黃廷彧 등 이외에도 이인로李仁老, 임춘林椿, 이담李湛, 이색李穡, 신숙주申叔舟, 성삼문成三問, 조수趙須, 김종직金宗直, 홍귀달洪貴達, 권오복權五福, 김극성金克成, 조신曺伸 등도 모두 황정견이 주축이 된 강서시파의 영향 하에 있다는 연구 성과도 보고된 바 있다.

이로 보건대, 『황정견시집주』 전5권의 완역은 강서시파의 영향을 받았던, 소위 해동강서시파의 실체를 밝히는데 적지 않은 도움이 될 것으로 보인다. 또한 어떠한 부분에서 적극적으로 수용하려고 했는지, 그 목적이 무엇이었는지에 대한 연구의 초석이 될 것이다. 더불어, 강서시파의 영향 하에서 해동강서시파는 어떠한 변용을 통해, 각 개인의 특장을 살려 나갔는지에 대한 연구도 활발하게 진행될 것이다. 시인 개개인에 대한 접근을 통해, 해동강서시파의 특장을 밝히는데 있어 출발점이 될 것으로 기대한다.

황정견시집의 완역은 황정견 시작품과 중국 강서시파의 실체를 밝힐 수 있는 계기가 될 것이며, 동시에 지속적인 관심을 쏟았던 조선의

해동강서시파의 영향 관계 및 변용에 대한 연구가 본격적으로 진행될
수 있는 초석이 되리라 기대한다.

대저 시로써 세상에 이름을 날린 자는 한 글자 한 구절을 반드시 달로 분기로 단련하여 일찍이 함부로 드러내지 않고서 반드시 심사숙고한 바가 있다. 옛날 중산中山 의 유우석劉禹錫이 일찍이 말하기를 '시에 벽자僻字를 사용할 때는 반드시 근거한 바가 있어야 한다'라고 했다. 공考功 송지문宋之問의 「도중한식塗中寒食」에서 "말 위에서 한식을 맞으니, 봄이 와도 당락을 보지 못하네[馬上逢寒食, 春來不見錫]"라고 하였다. 일찍이 '딩錫'이란 글자가 벽자임을 의아하게 생각하였는데, 이윽고 『모시毛詩』의 고주瞽注를 읽고 나서 이에 육경 가운데 오직 이 주에서 이 '딩錫' 자에 대한 설명이 있는 것을 알게 되었다. 경문공景文公 송기宋祁 또한 이르기를 "몽득夢得 유우석이 일찍이 「구일九日」이란 시를 지으면서 '고餻'자를 쓰려고 하였는데 생각해보니 육경에 이 글자가 없어서 결국 쓰지 못하였다"라고 했다. 그러므로 경문공 송기의 「구일식고九日食餻」에서 "유랑은 기꺼이 '고餻'자를 쓰지 않았으니, 세상 당대의 호걸을 헛되이 저버렸어라[劉郎不肯題餻字, 虛負人間一世豪]"라고 했다. 이처럼 전배들의 글자 사용은 엄밀하였으니 이 시주詩注를 짓게 된 까닭이다.

본조 산곡山谷 노인의 시는 『이소離騷』와 『시경 · 아雅』의 변체變體를 다하였으며 후산後山 진사도陳師道가 그 뒤를 이어 더욱 그 결정을 맺었다. 그러므로 두 사람의 시는 한 구절 한 글자가 고인古人 예닐곱 명을 합쳐 놓은 것과 같다. 대개 그 학문은 유儒, 불佛, 노老, 장莊의 깊은 이치를 통달하였으며, 아래로 의서醫術, 복서卜筮, 백가百家의 학설에 이르기까지 그 정수를 모두 캐어내어 시로 발하지 않음이 없다.

처음 산곡이 우리 고을에 와서 암곡 사이를 소요할 때 나는 경전經典을 배웠다. 한가한 날에는 인하여 두 사람의 시를 가지고 조금씩 주를 달았는데, 과문하여 그 깊은 의미를 자세히 파악하기 어려운 것이 한스러웠다. 일단 집에 보관하고서 훗날 나와 기호가 같은 군자를 기다려 서로 그 의미를 넓혀 나갔으면 한다.

정화政和 신묘년辛卯年, 1111 중양절重陽節에 쓰다.

大凡以詩名世者, 一字一句, 必月鍛季鍊, 未嘗輕發, 必有所考. 昔中山劉禹錫嘗云, 詩用僻字, 須要有來去處. 宋考功詩云, 馬上逢寒食, 春來不見餳. 嘗疑此字僻, 因讀毛詩有瞽注, 乃知六經中唯此注有此餳字, 而宋景文公亦云, 夢得嘗作九日詩, 欲用餻字. 思六經中無此字, 不復爲. 故景文九日食餻詩云, 劉郞不肯題餻字, 虛負人間一世豪. 前輩用字嚴密如此, 此詩注之所以作也. 本朝山谷老人之詩, 盡極騷雅之變, 後山從其游, 將寒冰焉. 故二家之詩, 一句一字有歷古人六七作者. 蓋其學該通乎儒釋老莊之奧, 下至於醫卜百家之説, 莫不盡摘其英華, 以發之於詩. 始山谷來吾鄕, 徜徉於巖谷之間, 余得以執經焉. 暇日因取二家之詩, 略注其一二. 第恨寡陋, 弗詳其祕. 姑藏於家, 以待後之君子有同好者, 相與廣之. 政和辛卯重陽日書.[1]

---

1   [교감기] 근래 사람 모회신(冒懷辛)이 상단의 문자를 고정(考訂)하면서 "이 편의 서문은 광서(光緖) 26년(1900)에 의녕(義寧) 진씨(陳氏)가 복각(復刻)한 『산곡시집주(山谷詩集注)』의 권 머리에 실려 있다. 원문(原文)과 파양(鄱陽) 허윤(許尹)의 서문은 함께 이어져 허윤 서문의 제1단락이 되어버렸다. 현재는 내용에

육경六經은 도道를 실어서 후세에 전해주는 것인데,『시경』은 예의禮義에 멈추니 도가 존재하는 바이다.『주시周詩』305편 가운데 그 뜻은 남아 있지만 그 가사가 없어진 것은 6편이다. 크게는 천지와 해와 별의 변화에서부터 작게는 충조초목蟲鳥草木의 변화까지, 엄한 군신과 부자, 분별이 있는 부부와 남녀, 온순한 형제, 무리의 붕우, 기뻐도 더러움에 이르지 않고 원망하여도 어지러움에 이르지 않으며 간하여도 고자질에 이르지 않고 화를 내어도 사람을 끊지 않으니, 이것이『시경』의 대략이다. 옛날 청묘淸廟에 올라 노래하며 제후들과 회맹할 때, 계지季子가 본 것과 정인鄭人이 노래한 것, 사대부들이 서로 상대할 때 이것을 제쳐두고 서로 마음을 통할 것이 없다. 공자孔子가 "이 시를 지은 자는 그 도를 아는구나"라고 했으며, 또한 "시를 배우지 말았으면 말을 할 수 없다"라고 했으니, 대개 세상에서 시를 사용하는 것이 이와 같다. 周나라가 쇠하여 관원이 제 임무를 못하고 학교가 폐하여 대아大雅가 지어지지 못한 지 오래되었다. 한나라 이후로 시도詩道가 침체되고 무너져서 진晉, 송宋, 제齊, 양에 이르러서는 음란한 소리가 극심해졌다. 조식, 유정劉楨, 심전기沈佺期, 사령운謝靈運의 시는 공교롭지 않은 것은 아니지만 화려한 비단에 아름답게 장식한 것 같아 귀공자에게 베풀 수는 있지만 백성들에게 쓸 수는 없다. 연명淵明 도잠陶潛과 소주蘇州 위응

근거하여 이것이 임연(任淵)이 손수 쓴 서문임을 확정하고서 인하여 허윤의 서문에서 뽑아내어 기록한다'라고 하였으니 이 말을『후산시주보전(後山詩注補箋)·부록(附錄)』과 참고하여 볼 것이다.

물위韋應物의 시는 적막하고 고고枯槁하여 마치 깊은 계수나무 아래 난초 떨기 같아 산림에는 어울리지만 조정에 놓을 수는 없다. 태백太白 이백李白과 마힐摩詰 왕유王維의 시는 어지러운 구름이 허공에 펼쳐지고 차가운 달이 물에 비친 것 같아 비록 천만으로 변화하지만 사물에 미치는 곳은 또한 적었다. 맹교孟郊와 가도賈島의 시는 산한酸寒하고 험루儉陋하여 새우와 조개를 한 번 먹으면 곧 마치니 비록 하루 종일 씹어도 배가 부르지 않는 것과 같다. 다만 두보杜甫의 시는 고금을 드나들어 천하에 두루 퍼져 충의忠義의 기기氣가 성대하니 이를 능가하는 후대의 작자는 없다.

송宋나라가 일어나고 이백 년이 흘러 문장의 성대함은 삼대三代를 뒤좇을만한데, 시로 세상에 이름을 날린 자로 예장豫章의 노직魯直 황정견黃庭堅이 있으며 그 후로는 황정견을 배웠으나 그에 약간 미치지 못한 자로 후산後山 무기無己 진사도陳師道가 있다. 두 공의 시는 모두 노두老杜에서 근본 하였으나 그를 직접적으로 따라 하진 않았다. 용사用事는 대단히 치밀한데다 유가와 불가를 두루 섭렵하였으며, 우초虞初의 패관소설稗官小說과 『준영隽永』·『홍보鴻寶』 등의 책에다가 일상생활의 수렵까지 모두 망라하였다. 후대의 학자들이 이 시의 비밀을 보지 못하여 이따금 알기 어려움에 어려움을 느낀다. 삼강三江의 군자 임연任淵은 군서群書에 박학하고 옛사람을 거슬러 올라가 벗하였는데, 한가한 날에 드디어 두 사람의 시에 주해를 내었으며 또한 시를 지은 본의의 시말에 대해 깊이 따져 학자들에게 알려주었다. 그러나 세상의 전주箋注와 같지 않고 다만 출처만을 드러내었을 뿐이다. 이윽고 완성되자 나에게 주면서 그 서문을 지어달라고 하였다.

　내가 일찍이 두 시인의 시흥詩興이 고원高遠함에 의탁하여 읽어도 무슨 의미인지 알 수 없는 것을 걱정하였다. 임연 군의 풀이를 얻고서 여러 날에 걸쳐 음미해 보니 마치 꿈에서 깬 것 같고 술에 취했다가 깬 것 같으며, 앉은뱅이가 일어서게 된 것과 같으니 어찌 통쾌하지 않으랴. 비록 그러나 그림을 논하는 자는 형체는 비슷하게 할 수는 있지만 그림을 그려낸 심정을 포착하여 말로 표현하기 어렵고, 거문고 소리를 들은 자는 몇 번째 줄인 줄은 알지만 그 음은 설명하기 어렵다. 천하의 이치 가운데 형명도수形名度數에 관련된 것은 전할 수 있지만, 형명도수를 넘어서는 것은 전할 수 없다. 옛날 후산 진사도가 소장少章 진구秦覯에게 답하기를 "나의 시는 예장豫章의 시이다. 그러나 내가 예장에게 들은 것은 그 자상한 것을 말하고 싶지만, 예장이 나에게 말해주지 않았고 나 또한 그대를 위해 말하고 싶어도 못한다"라고 했다. 오호라, 후산의 말은 아마도 이를 가리킬 것이다. 지금 자연子淵 임연이 이미 두 공에게서 얻은 것을 글로 드러내었다. 정미하여 오묘한 이치는 옛말에 이른바 '맛 너머의 맛'이란 것에 해당한다. 비록 황정견과 진사도가 다시 태어난다 해도 서로 전할 수 없으니, 자연이 어찌 말해줄 수 있으랴. 학자들은 마땅히 스스로 얻는 것이 옳을 것이다.

　자연子淵의 이름은 연淵으로 일찍이 문예류시유사文藝類試有司로써 사천四川의 제일이 되었다. 대개 금일의 국중의 선비이며 천하의 선비이다.

　소흥紹興 을해년乙亥年, 1155 12월 파양鄱陽 허윤許尹은 삼가 서문을 쓰다.

六經所以載道而之後世.[2] 而詩者, 止乎禮義, 道之所存也. 周詩三百五篇, 有其義而亡其辭者, 六篇而已. 大而天地日星之變, 小而蟲鳥草木之化, 嚴而君臣父子, 別而夫婦男女, 順而兄弟, 羣而朋友, 喜不至瀆, 怨不至亂, 諫不至訐, 怒不至絶, 此詩之大略也. 古者登歌清廟, 會盟諸侯, 季子之所觀, 鄭人之所賦, 與夫士大夫交接之際, 未有舍此而能達者. 孔子曰, 爲此詩者, 其知道乎! 又曰, 不學詩, 無以言. 蓋詩之用於世如此.

周衰, 官失學廢, 大雅不作久矣. 由漢以來, 詩道浸微陵夷, 至於晉宋齊梁之間, 哇淫甚矣. 曹劉沈謝之詩, 非不工也, 如刻繪染縠, 可施之貴介公子, 而不可用之黎庶. 陶淵明韋蘇州之詩, 寂寞枯槁, 如叢蘭幽桂, 可宜於山林, 而不可置於朝廷之上. 李太白王摩詰之詩, 如亂雲敷空, 寒月照水, 雖千變萬化, 而及物之功亦少. 孟郊賈島之詩, 酸寒儉陋, 如蝦蟹蜆蛤, 一啖便了, 雖咀嚼終日, 而不能飽人. 唯杜少陵之詩, 出入今古, 衣被天下, 藹然有忠義之氣, 後之作者, 未有加焉.

宋興二百年, 文章之盛, 追還三代. 而以詩名世者, 豫章黃庭堅魯直, 其後學黃而不至者, 後山陳師道無已. 二公之詩皆本於老杜而不爲者也. 其用事深密, 雜以儒佛. 虞初稗官之説, 雋永鴻寶之書, 牢籠漁獵, 取諸左右. 後生晚學, 此祕未覩者, 往往苦其難知. 三江任君子淵, 博極羣書, 尚友古人. 暇日遂以二家詩爲之注解, 且爲原本立意始末, 以曉學者. 非若世之箋訓, 但能標題出處而已也. 既成, 以授僕, 欲以言冠其首.

予嘗患二家詩興寄高遠, 讀之有不可曉者. 得君之解, 玩味累日, 如夢而寤,

2　[교감기] '而'는 전본에는 '傳'으로 되어 있는데, 의미가 더 분명하다.

如醉而醒, 如痿人之獲起也, 豈不快哉. 雖然論畫者可以形似, 而捧心者難言, 聞絃者可以數知, 而至音者難説. 天下之理涉於形名度數者可傳也, 其出於刑名度數之表者, 不可得而傳也. 昔後山答秦少章云, 僕之詩, 豫章之詩也. 然僕所聞於豫章, 願言其詳, 豫章不以語僕, 僕亦不能爲足下道也. 鳴乎, 後山之言, 殆謂是耶, 今子淵既以所得於二公者筆之乎. 若乃精微要妙, 如古所謂味外味者, 雖使黃陳復生, 不能以相授, 子淵相得而言乎. 學者宜自得之可也.

子淵名淵, 嘗以文藝類試有司, 爲四川第一, 蓋今日之國士天下士也.

紹興乙亥冬十二月, 鄱陽許尹謹叙.

황정견시집주 전체 차례

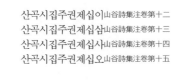

1. 왕병지가 보내준 옥판지에 차운하다

次韻王炳之惠玉版紙[1]

王侯鬚若綠坡竹	왕후의 수염은 푸른 언덕의 대나무 같은데
哦詩淸風起空谷	시를 읊으면 맑은 바람이 빈 골짝에서 일어나네.
古田小紙惠我百[2]	고전의 소지 백 장을 나에게 주니
信知溪翁能解玉	참으로 알겠네, 시냇가 노인이 소중한 것을 나눈 것을.
鳴碓千杵動秋山	천 개의 절구로 다듬는 소리 가을 산을 울리더니
裹糧萬里來輦轂	만 리 길 식량 싸서 도성으로 왔네.
儒林丈人有蘇公	유림의 어른으로 소공이 있는데
相如子雲再生蜀	상여나 양웅이 다시 촉에서 태어난 듯하네.
往時翰墨頗橫流	지난 날 한묵이 자못 흘러넘쳤을 때
此公歸來有邊幅	이 공이 돌아와 법도를 제시하였네.

---

1 [교감기] 문집과 고본은 제목 아래의 주에 "왕병지의 이름은 백호(伯虎)이다"라고 했다.
2 [교감기] '소지(小紙)'는 문집과 고본에 '소전(小牋)'으로 되어 있다.

小楷多傳樂毅篇[3]	작은 해서는 「악의편」처럼 많이 전하고
高詞欲奏雲門曲	고아한 문사는 「운문곡」을 연주하는 듯하네.
不持去掃蘇公門[4]	소공의 문을 비로 쓸지 못하였는데
乃令小人今拜辱	소인의 집에 지금 외람되이 찾아오셨네.
去騷甚遠文氣卑	『이소』보다 훨씬 떨어져 문장의 기운이 낮으며
畫虎不成書勢俗	호랑이를 그리다 완성하지 못하여
	글씨체가 속되네.
董狐南史一筆無	동호와 남사씨의 대쪽같이 바른 붓도 아닌데
誤掌殺靑司記錄	죽간에 기록하는 일을 잘못 맡게 되었네.
雖然此中有公議	비록 그러나 그 중에 공의를 기록하여
或辱五鼎榮半菽	간혹 대부를 모욕하며 빈천한 이를
	빛내기도 하네.
願公進德使見書	원컨대 덕을 발전시켜서 책에 기록될 정도이면
不敢求公米千斛[5]	공에게 쌀 천 섬을 요구하지 않으리라.

【주석】

王侯鬚若緣坡竹 哦詩淸風起空谷 : 왕포의 「염노사」에서 "줄 지어 있기
는 푸른 언덕의 대나무 같고, 울창함은 봄 날 밭의 새싹 같네"라고 했

3　[교감기] '악의편(樂毅篇)'은 문집과 고본, 그리고 전본에는 '악의론(樂毅論)'으
　　로 되어 있다.

4　[교감기] '거(去)'는 문집과 고본에 '귀(歸)'로 되어 있다.

5　[교감기] '공(公)'은 문집과 고본, 그리고 건륭본에는 '군(君)'으로 되어 있다.

다. 『왕립지시화』에서 "왕병지가 이 시를 받고서 매우 유감스럽게 생
각하였다"라고 했다.

王褒髥奴辭曰, 離離若綠坡之竹, 鬱鬱若春田之苗. 王立之詩話曰, 潘十云,
炳之得此詩, 大以爲憾.

古田小紙惠我百 信知溪翁能解玉 : 고전은 복주에 속한다. 『진서·하증
전』에서 "작은 종이에 글을 써서 보내면 기실에게 명하지 답하지 말라
고 했다"라고 했다. 당 서원여의 「조섬등문」에서 "섬계 주변에 오래된
등나무가 많은데, 섬계에는 종이 만드는 공인이 많아서 칼과 도끼로
시도 때도 없이 베어낸다"라고 했다.

古田隷福州. 晉書何曾傳, 人有小紙爲書者, 敕記室勿報. 唐舒元輿弔剡藤
文曰, 剡溪上多古藤, 溪中多紙工, 刀斧斬伐無時.

鳴碪千杵動秋山 裹糧萬里來輦轂 : '과량裹糧'은 달리 '과낭裹囊'으로 된
본도 있다. '碪'과 '砧'는 같다. 『시경』에서 "건량과 식량을 싸는데, 전
대와 주머니에"라고 했다. 사마천의 「보임안서報任安書」에서 "궁궐에서
벼슬을 하다"라고 했다.

裹糧一作裹囊. 碪與砧同, 擣繒石也. 詩曰, 乃裹餱糧, 于橐于囊. 司馬遷書
曰, 待罪輦轂下.

儒林丈人有蘇公 相如子雲再生蜀 : 『진서·왕침전』에서 "배수는 유림

의 어른이 되었다"라고 했다. '소공蘇公'은 동파를 이른다. 『한서』에서 "사마상여와 양웅은 모두 촉군의 성도 사람이다"라고 했다.

晉書王沉傳, 裴秀爲儒林丈人. 蘇公謂東坡. 漢書, 司馬相如揚雄, 皆蜀郡 成都人.

往時翰墨頻橫流 此公歸來有邊幅：『남사·유견오전』에서 "문장이 도를 지나쳐 한결같이 이런 지경에 이르렀다"라고 했다. 이양빙이 지은 「이백집서」에서 "노 황문이 이르기를 "습유 진자앙이 무너진 물결을 가로막아 천하가 질박한 문장으로 만족스럽게 변화하였다"라고 했다. 『좌전』에서 "부귀는 포백의 가선이 있는 것과 같다"라고 했다. 『후한서·진외효전론』에서 "바야흐로 그 자리에서 변폭을 다듬어 수식하였다"라고 했다.

南史庾肩吾傳曰, 文章橫流, 一至於此. 李陽氷作李白集序曰, 盧黃門云, 陳拾遺橫制頹波, 天下質文翕然一變. 左傳曰, 富如布帛之有幅. 後漢隗囂傳 論曰, 坐飾邊幅.

小楷多傳樂毅論：『법서원』에서 "우군 왕희지의 「악의론」을 지영이 해서의 으뜸이라고 하였다. 양나라 때 모본이 나오자 천하에서 진귀하여 여겼다"라고 했다.

法書苑云, 右軍樂毅論, 智永以爲正書第一. 梁世模出, 天下珍之.

高詞欲奏雲門曲 : 한유의 「취증장비서醉贈張秘書」에서 "고아한 문사는 황분⁶에 비견되고"라고 했다. 『주례·대사악』의 주에서 "황문은 황제의 음악이다"라고 했다. 『장자』에서 "황제가 동정의 들판에서 음악을 연주하는데, 그 마침이 어디인지 알 수 없으며 그 시작이 어딘지도 알 수 없다. 일제히 변화하여 앞 가락에 구애받지 않는다. 천기를 인위적으로 펼치지 않아도 오음이 모두 갖춰져 있으니, 이를 하늘의 음악이라 이른다"라고 했다.

退之詩, 高詞媲皇墳. 周禮大司樂注曰, 雲門, 黃帝之樂. 莊子曰, 黃帝張樂於洞庭之野, 其卒無尾, 其始無首, 變化齊一, 不主故常, 天機不張, 而五官皆備, 此之謂天樂.

不持去掃蘇公門 乃令小人今拜辱 : 『한서·고오왕전』에서 "위발이 항상 홀로 일찍 제나라 재상의 사인 집 문밖을 쓰니 사인이 괴이하게 여겼다. 위발이 "상군을 뵙기를 요청합니다""라고 했다. 『곡례』주에서 "외부에서 와서 절하는 것을 배견拜見이라 하고, 내부에서 와서 절하는 것을 배욕拜辱이라 한다"라고 했다.

漢書高五王傳, 魏勃常獨早掃齊相舍人門外, 舍人怪之. 勃曰, 欲以求見相君. 曲禮注云, 自外來而拜, 拜見也. 自內來而拜, 拜辱也.

去騷甚遠文氣卑 畫虎不成書勢俗 : 두보의 「희위육절구戲爲六絶句」에서

---

⁶ 황분 : 삼황(三皇)의 분서(墳書)를 말한다.

"비록 노조린, 왕발이 시를 지어도, 『시경』과 『이소』에 가까운 한위보다 못하네"라고 했다. 위 문제의 『전론』에서 "문장은 기를 위주로 한다"라고 했다. 또한 "공융 문체의 기격은 높고 오묘하다"라고 했는데, 이것을 반대로 사용하였다. 『후한서 · 마원전』에서 "호랑이를 그리다 완성하지 못하면 도리어 개와 비슷하게 된다"라고 했다. 『진서 · 위항전』에서 "위항은 『사체서세』를 지었다"라고 했다. 한유의 「석고가」에서 "왕희지는 속된 글씨체로 아름다운 모양을 추구하였지만"이라고 했다.

老杜詩, 縱使盧王操翰墨, 劣於漢魏近風騷. 魏文帝典論曰, 文以氣爲主. 又曰, 孔融體氣高妙. 此反而用之. 後漢馬援傳曰, 畫虎不成, 反類於狗. 晉書衛恒傳, 爲四體書勢. 退之石鼓歌曰, 羲之俗書趁姿媚.

董狐南史一筆無 誤掌殺靑司記錄 : 『좌전』에서 "태사가 "조돈이 자기 임금을 시해하였다"[7]라고 쓰니, 공자가 "동호는 옛날의 어진 사관이다. 법대로 기록하여 사실을 숨기지 않았다""라고 했다. 또한 "최저가 장공을 죽이니, 태사가 "최저가 자기 임금을 시해하였다"라고 쓰니, 최저가 태사를 죽였다. 그의 아우가 그를 이어서 마저 쓰자 죽은 사람은 두

---

7   조돈이 (…중략…) 시해하였다 : 조돈은 직접 자기 군주를 죽이지 않았다. 오히려 자신이 군주에게 죽임을 당할 뻔하여 망명길에 올랐고, 군주를 시해한 것은 조천(趙穿)이었는데, 동호는 조돈이 군주를 시해하였다고 적었다. 그 이유는 조돈이 정경(正卿)으로 최고위직에 있었는데, 군주가 시해되었는데, 시해한 자를 토벌하지 않았기 때문이다.

명이 되었다. 남사씨가 태사가 두 명 죽었다는 소식을 듣고 죽간을 들고 갔다가 이미 썼다는 말을 듣고 돌아왔다"라고 했다. '일필무一筆無'는 『당척언』에서 황보식의 「답이생서答李生書」를 실으면서 "시에는 낙빈왕 같은 한 구절도 없다"라고 한 것이 이에 해당한다. 『풍속통』에서 "푸른 기운을 죽여 죽간을 만들어 썼다. 새 대나무는 진액이 있으면 훗날 다 좀이 슨다. 그러므로 죽간을 만드는 사람은 불에 구워 말린다"라고 했다. 산곡이 이 당시 사관으로 있었기에 이렇게 말한 것이다.

左傳, 太史書曰, 趙盾弑其君. 孔子曰, 董狐, 古之良史也. 書法不隱. 又崔杼弑莊公. 太史書曰, 崔杼弑其君. 崔子殺之. 其弟嗣書, 而死者二人. 南史氏聞太史盡死, 執簡以往. 聞旣書矣, 乃還. 一筆無, 猶撝言載皇甫湜書, 所謂詩未有駱賓王一句也. 風俗通曰, 殺靑作簡書之. 新竹有汗, 後皆蠹, 故作簡者, 於火上炙乾之. 山谷時爲史官, 故云.

雖然此中有公議 或辱五鼎榮牛菽 : 역사에 쓴 것은 부귀한 자를 간혹 모욕하기도 하고 빈천한 자를 도리어 영광스럽게 만든다는 말이다. 『한서·주부언전』에서 "장부가 살면서 다섯 솥의 음식을 먹지 않으면 죽으면 오정에 삶아지게 된다"라고 했는데, 주에서 "오정은 소, 양, 돼지, 물고기, 사슴이다"라고 했다. 「항우전」에서 "병졸들은 곡식과 채소를 반반 섞어 먹었다"라고 했다.

言史之所書, 富貴者或辱, 而貧賤者反榮. 漢書主父偃傳曰, 丈夫生不五鼎食, 死則五鼎烹耳. 注謂牛羊豕魚麋. 項羽傳曰, 卒食半菽.

願公進德使見書 不敢求公米千斛 : 한유의 「답원진서」에서 "족하는 아직도 나이가 젊으니 덕을 이어받아 계승한다면 장차 이름이 크게 기록될 것이 한두 번이 아닐 것입니다"라고 했다. 『주역』에서 "군자가 이로써 덕에 나아가고 업을 닦는다"라고 했다. 『문선』에 실린 경양 장협張協의 「영사詠史」에서 "그대의 큰 띠에 마땅히 기록될지라"라고 했다. 『진서』에서 "진수가 정의와 정이의 아들에게 "천석의 쌀을 구해서 보내준다면 마땅히 당신 아버님들을 위해 아름다운 전기를 지어드리겠습니다""라고 했다.

退之答元積書曰, 足下年尙強, 嗣德有繼, 將大書特書, 不一書而已也. 易曰, 君子以進德修業. 文選張景陽詩, 君紳宜見書. 晉書, 陳壽謂丁儀丁廙子曰, 可覓千斛米, 當爲尊公作佳傳.

2. 왕병지가 석향정을 준 것에 사례하다
謝王炳之惠石香鼎[8]

薰爐宜小寢	향기로운 화로에 잠은 적어야 하니
鼎製琢晴嵐	솥의 문양에 맑은 남기 새겨 있네.
香潤雲生礎	향기는 구름 피어오르는 주춧돌을 적시고
煙明虹貫巖	연기는 밝아 무지개가 바위에서 솟는 듯.
法從空處起	법은 진공眞空에서 나오나니
人向鼻端參[9]	사람은 코끝을 바라보며 참선하네.
一炷聽秋雨	향을 사르며 가을 빗소리 듣는데
何時許對談	언제나 마주보고 이야기 나눌까.

【주석】

薰爐宜小寢 鼎製琢晴嵐 香潤雲生礎 煙明虹貫巖 : 문통 강엄의 「의휴상인시」에서 "향내나는 화로에 불이 사그러지네"라고 했는데, 이선의 주에서 "고로膏爐는 훈로이다"라고 했다. 구양수의 시에서 "외로운 연기가 맑은 날 산에서 피어오르네"라고 했다.[10] 『회남자』에서 "산구름이 피어올라 주춧돌을 적시네"라고 했다. 『전등록』에서 "혜충 국사가 죽,

---

8 [교감기] '석향정(石香鼎)'에서 고본에는 '석(石)'은 없다.
9 [교감기] '단(端)'은 고본과 전본, 그리고 건륭본에는 '두(頭)'로 되어 있다.
10 이러한 시는 보이지 않는다.

흰 무지개가 바위 골짜기에서 솟네"라고 했다. 여온의 「고흥古興」에서 "빈 바위에서 흰 무지개가 솟아오르네"라고 했다.

江文通擬休上人詩曰, 膏爐絶沉燎. 李善注云, 膏爐, 熏爐也. 歐公詩曰, 孤煙起晴嵐. 淮南子曰, 山雲蒸, 柱礎潤. 傳燈錄, 慧忠國師化去, 有白虹貫于巖壑. 呂溫詩, 空巖起白虹.

法從空處起 人向鼻端參: 『종경록』에서 "만약 이 진공의 문을 떠난다면 한 법도 세울 수 없게 된다"라고 했다. 『능엄경』에서 "향엄동자가 말하기를 "여러 비구들이 침수향 태우는 것을 보았는데, 그 향기가 은연중에 콧속으로 들어왔습니다. 제가 살펴보니 이 향기는 나무에서 온 것도 아니며 허공에서 온 것도 아니며 연기에서 온 것도 아니요 불에서 온 것도 아니어서 가도 끝닿는 데가 없고 와도 시작된 곳이 없다고 여겼습니다. 이로 말미암아 분별하는 의식이 사라지고 무루無漏[11]를 발명하게 되었습니다. 여래께서 저를 인가하여 향엄이란 호를 주셨습니다"라고 했다. 또한 "손타라난타가 말하기를 "세존이 나로 하여금 코끝의 흰 것을 보게 하였다""라고 했는데, 이것을 차용하였다.

宗鏡錄曰, 若離此眞空之門, 無有一法建立. 楞嚴經, 香嚴童子言, 見諸比丘, 燒沈水香. 香氣寂然, 來入鼻中. 我觀此氣, 非水非空, 非煙非火. 去無所著, 來無所從. 由是意銷, 發明無漏, 如來印我, 得香嚴號. 又孫陀羅難陀言, 世尊敎我觀鼻端白. 此借用.

---

11 무루(無漏): 마음과 몸을 괴롭히는 번뇌에서 벗어남을 말한다.

一炷聽秋雨 何時許對談 : 『유마경』에서 "지금 두 큰 스승이신 문수사리와 유마힐이 같이 법담을 나눔에는 반드시 묘법을 설하시리라"라고 했다. 「설두송·전삼삼」에서 "누가 문수와 이야기 나눴다고 하는가"라고 했다. ○ 살펴보건대 『전등록』에서 "어떤 승려가 법안선사에게 묻기를 "유마힐과 문수사리는 무엇을 가지고 대담하였습니까""라고 했다.

維摩經曰, 今二大士, 文殊師利維摩詰共談, 必說妙法. 雪竇頌前三三話曰, 誰謂文殊是對談. ○ 按傳燈錄, 僧問法眼禪師云, 維摩與文殊對談何事.

3. 유통수가 왕문통에게 보낸 시에 차운하다
次韻柳通叟寄王文通

故人昔有凌雲賦	벗이 옛날에 「능운부」를 지었는데
何意陸沈黃綬間	낮은 관리로 숨어 지낼 줄 어찌 생각하였으리.
頭白眼花行作吏	머리 희고 눈꽃 필 때 관리가 되었다가
兒婚女嫁望還山	아들 장가들고 딸 시집가니 산을 둘러보았네.
心猶未死杯中物[12]	마음은 아직 술을 멀리하지 않는데
春不能朱鏡裏顔	봄에도 거울 속의 얼굴은 붉지 않네.
寄語諸公肯湔祓	제공들에게 말하노니 기꺼이 추천해 주시오
割雞今得近鄕關	지방 수령감이 지금 고향 가까이에 있으니.

【주석】

故人昔有凌雲賦 何意陸沈黃綬間 : 사마상여가 「대인부大人賦」를 지어 올리자 무제가 읽고서 표표히 구름 위로 솟아오를 듯한 기세가 있다고 하였다. 『후한서 · 경단전』에서 "두 고을의 수령이 참으로 나를 위해서 올 줄 어찌 생각이나 했으랴"라고 했다. 『장자 · 측양』에서 "공자가 "이 는 땅속에 잠기어 있듯이 숨어 지내는 사람이다""라고 했는데, 주에서 "사람 가운데 숨어 지내니 이는 물이 없어도 잠겨 있는 자이다"라고 했 다. 『한서 · 주박전』의 주에서 "승과 위는 직급이 낮으니 모두 황색의

---

12 **[교감기]** '미사(未死)'는 문집에는 '미노(未老)'로 되어 있다.

인끈을 찬다"라고 했다.

凌雲賦見上注. 後漢景丹傳曰, 何意二郡良爲我來. 莊子則陽篇, 仲尼曰, 是陸沈者也. 注曰, 人中隱者, 譬無水而沈也. 漢書朱博傳注曰, 丞尉職卑, 皆黃綬云.

頭白眼花行作吏 兒婚女嫁望還山 : 두보의 「병후과왕의음증가病後過王倚飲贈歌」에서 "머리 하애지고 눈은 침침하며 오래 앉아 굳은 살 박히고, 살은 누래지고 피부는 주름이 이며 목숨은 실낱같네"라고 했다. 또한 「음중팔선가飲中八仙歌」에서 "술 취해 우물에 떨어져도 그냥 자는구나"라고 했다. 혜강의 「절교서」에서 "일단 관리가 되면 이러한 일들은 곧바로 그만둔다"라고 했다. 『후한서』에서 "상장의 자는 자평으로 자녀들의 혼사를 마치자 마침내 마음 내키는 대로 오악의 명산을 유람하였다"라고 했다.

老杜詩, 頭白眼暗坐有胝, 肉黃皮皺命如綫. 又詩, 眠花落井水底眠. 嵇康絶交書曰, 一行作吏, 此事便廢. 後漢書, 向長字子平, 男女婚嫁畢, 遂恣意游五岳名山.

心猶未死杯中物 春不能朱鏡裏顔 : 위구는 술 마시는 흥이 아직 쇠하지 않음을 말하였다. 도잠의 「책자責子」에서 "하늘이 준 자식운이 이와 같으니, 술잔이나 기울여야지"라고 했다. 백거이의 「서노逝老」에서 "백발이 빗질 따라 빠지고, 붉던 얼굴은 거울을 멀리하네"라고 했다. 또한

「낙화洛花」에서 "다만 눈이 어찔한 병이 있는데, 봄바람 불어도 떨어지지 않네"라고 했는데, 그 의미를 사용하였다.

上句言飮興未衰也. 淵明詩曰, 天運苟如此, 且進杯中物. 樂天詩, 白髮逐梳落, 朱顔辭鏡去. 又云, 獨有病眼花, 春風吹不落. 此用其意.

寄語諸公肯湔祓 割雞今得近鄕關: 『문선』에 실린 유효표의 「광절교론」에서 "이끌어주어 그로 하여금 길게 세상에 재능을 떨치게 하였다"라고 했는데, 이선의 주에서 "전불翦拂은 이끌어 주다는 의미의 전불湔祓과 같다"라고 했다. '할계割雞'는 수령이 된 것을 이른다. 『북사·유신전』에서 "항상 고향을 그리는 생각을 지녔다"라고 했다. ○ 『논어』에서 공자의 제자 자유子游가 무성武城의 수령으로 있을 때, 조그마한 고을에서 예악禮樂의 정사를 펼치는 것을 보고는, 공자가 웃으면서 "닭을 잡는 데에 어찌 소 잡는 칼을 쓰랴"라고 했다.

文選廣絶交論曰, 翦拂使其長鳴. 李善注云, 與湔祓同. 割雞, 謂爲令宰. 北史庾信傳, 常有鄕關之思. ○ 割雞字見魯論.

4. 장천각을 전송하며 등자 운으로 짓다

送張天覺得登字

張侯起巴渝	장후가 파투에서 일어나니
翼若垂天鵬	날개를 하늘에 드리운 붕새 같더라.
歷詆漢諸公	한의 제공을 낱낱이 비난하니
霜風拂觚稜	서릿바람이 궁궐 기와를 스치었네.
去國行萬里	도성을 떠나 만 리 길 갔었는데
淡如雲水僧	담담하기가 운수승 같았네.
歸來頭亦白[13]	돌아오니 머리도 새었는데
小試不盡能	재주 조금 펼치고 끝까지 발휘하지 못했네.
湖海尙豪氣	강호에서는 오만한 호기를 숭상하니
有人議陳登	진등과 비슷하다고 품평하는 이가 있었네.
持節三晉邦[14]	삼진의 지역에 부신을 잡으니
典刑寄哀矜[15]	정해진 형벌로 불쌍하게 여겨 다스리기를.
公家有間日[16]	공무에 한가로운 시간이 나면

---

13 [교감기] '역(亦)'은 문집과 고본, 그리고 건륭본에는 '익(益)'으로 되어 있다. 고본의 원교에서 "달리 '역(亦)'으로 된 본도 있다"라고 했다.

14 [교감기] '삼진방(三晉邦)'은 문집과 고본, 그리고 장지본에는 '상삼진(上三晉)'으로 되어 있다.

15 [교감기] '전(典)'은 문집에는 '방(邦)'으로 되어 있다.

16 [교감기] '간(間)'은 문집과 장지본, 그리고 건륭본에는 '한(閑)'으로 되어 있다. 전본에는 '한(開)'으로 되어 있다.

禪窟問香燈[17]	선굴에서 향등을 피우고 참선하시길.
因來敍行李	나그네 통해 편지 보내주시려면
斬寄老崖藤	벼랑의 늙은 등나무 베어 글을 보내주시길.

【주석】

張侯起巴渝 翼若垂天鵬:『장자』에서 "붕새의 등은 몇 천리인지 모른다. 힘을 모아 날아오르면 그 날개는 마치 하늘을 덮는 구름과 같다"라고 했다.『고악부』에「파투무」가 있는데, 파투는 촉 지방이다. 천각은 아마도 촉 사람인 듯하다.

莊子曰, 鵬之背不知其幾千里也, 怒而飛, 其翼若垂天之雲. 古樂府有巴渝舞. 巴渝, 蜀地也. 天覺, 蓋蜀人.

歷詆漢諸公 霜風拂觚稜:『한서·오피전』에서 "소장을 올려 공경대신을 낱낱이 비난하였다"라고 했다. '상풍霜風'은 천각이 희녕 연간에 감찰어사과행이 된 것을 이른다. 최전의「어사잠」에서 "종이 위에 서리가 어리고, 붓 끝에서 바람이 인다"라고 했다.「서도부」에서 "구슬 문의 봉황 대궐을 만들고, 기와등을 올리니 금새를 깃들였다"라고 했다.

漢書伍被傳, 上疏歷詆公卿大臣. 霜風, 謂天覺, 熙寧中, 嘗爲監察御史裏行. 崔篆御史箴曰, 簡上霜凝, 筆端風起. 西都賦曰, 設璧門之鳳闕, 上觚稜而

---

17 [교감기] '향(香)'은 장지본과 명대전본에 '薌'으로 되어 있다. 살펴보건대 '향(薌)'은 '향(香)'과 통용한다. 이후로 다시 나오면 교정하지 않는다.

棲金爵.

去國行萬里 淡如雲水僧 : 천각이 어사대에 있다가 죄를 지어 감형남상세로 좌천되었다. 『주역유연』의 제사題辭에서 "운수승[18] 인영이 찬하다"라고 했다. 『천성광등록天聖廣燈錄』에서 "어떤 승려가 묻기를 "영취산의 경계에 있는 사람은 어떻습니까"라 하니, 선사가 "대전의 비로불이요, 당중의 운수승이다""라고 했다.

天覺自御史得罪, 監荊南商稅. 周易流演題曰, 雲水僧仁英撰. 又僧問, 鷲嶺如何是境中人. 師云大殿毗盧佛, 堂中雲水僧.

歸來頭亦白 小試不盡能 : 천각이 개봉추관으로 제수되었는데, 역법에 대하여 의견을 제시한 것이 상관의 뜻과 합치하지 않았다. 이에 외직을 요청하여 하동로제형에 임명되었다. 『사기 · 손무전』에서 "조금이라도 군대를 훈련해 보일 수 있겠소"라고 했다.

天覺除開封推官, 議役法不合, 乞外任, 乃除河東路提刑. 史記孫武傳曰, 可以小試勒兵乎.

湖海尙豪氣 有人議陳登 : 『위지 · 장막전』에서 "진등의 자는 원룡이다. 유효표가 유비와 천하의 인물을 논하였는데, 허사가 "원룡은 강호의 선비이니 오만한 호기를 버리지 못하였습니다""라고 했다.

---

18   운수승: 구름 따라 물 따라 떠돌아다니는 행각승(行脚僧)을 말한다.

魏志張邈傳曰, 陳登字元龍. 劉表與劉備共論天下人, 許汜曰, 陳元龍湖海之士, 豪氣不除.

持節三晉邦 典刑寄哀矜 : '삼진三晉'은 한, 위, 조의 하동을 이르니 대개 진나라의 옛 영토이다. 『서경』에서 "전형으로서 보여준다"라고 했는데, 주에서 "법은 정해진 형벌을 사용한다"라고 했다. 『논어』에서 "만약 그 실정을 안다면 불쌍하게 여기고 기뻐하지 말라"라고 했다.

三晉, 謂韓魏趙河東, 蓋晉之故地. 書曰, 象以典刑. 注謂法用常刑. 魯論曰, 如得其情, 則哀矜而勿喜.

公家有間日 禪窟問香燈 : 『좌전』에서 "국가의 이익이 됨을 알고서는 어떠한 어려움이 있더라도 행하는 것이 충이다"라고 했다. 『법화경』에서 "경행하는 선굴"이라고 했다.

左傳曰, 公家之利, 知無不爲. 法華經, 經行禪窟.

因來敘行李 斬寄老崖藤 : 조법사의 「답유유민서」에서 "그대와 혜원법사는 문집이 많을 터인데 보내 온 것은 무엇 때문에 그리도 적은지요"라고 했다. 또한 "바라건대 여행객이 있거든 자주 소식을 받들게 해 주십시오"라고 했다. 당 서원여의 「조섬계고등문」에서 "섬계 주변에 오래된 등나무가 많은데, 섬계에는 종이 만드는 공인이 많아서 칼과 도끼로 시도 때도 없이 베어낸다"라고 했다.

肇法師答劉遺民書曰, 君與法師當數有文集, 因來何少. 又曰, 冀行李數有承問. 舒元輿悲剡溪古藤文曰, 剡溪多古藤, 溪中多紙工, 刀斧斬伐無時.

5. 서문장이 도성문에 이르러 보낸 시에 차운하다. 2수
次韻徐文將至國門見寄. 二首[19]

첫 번째 수其一

槐催舉子著花黃	홰나무에 노란 꽃이 피면
	거자들이 바빠지는데
來食邯鄲道上梁	한단 길가 여관에 와서 기장밥을 먹네.
便欲掃牀懸麈尾	주미를 걸고 탁자를 닦아
	이야기 나누고 싶은데
正愁喘月似燈光	달을 보고 헐떡이는 것처럼
	등불을 볼까 두렵네.

【주석】

槐催舉子著花黃 來食邯鄲道上梁 : 『진중세시기』에서 "진사에 낙방하면 그 해 7월에 다시 새 문장을 올려 합격하기를 구한다. 그러므로 세속 말에 "괴화가 노랗게 되면 거자들이 바쁘다""라고 했다. 『이문집異聞集』에서 "도사인 여옹呂翁이 한단邯鄲 길가의 여관에서 묵었다. 소년인 노생盧生이 빈곤을 한탄했는데, 말을 마치자 졸음이 몰려왔다. 당시 주인은 황량 밥을 짓고 있었는데, 여옹이 품속을 뒤적이다가 베개를 꺼내어 노생에게 주었다. 베개의 양 끝에는 구멍이 있었다. 노생은 꿈속

19　[교감기] 고본에는 시의 제목에 '견기(見寄)' 두 글자가 없다.

에서 구멍을 통해 어떤 집에 들어가서 50년을 부귀를 누리다가 늙고 병들어 죽었다. 기지개를 켜고 잠에서 깨어나 둘러보니 여옹이 곁에 있었으며 주인이 짓던 황량 밥은 아직 익지 않았다"라고 했다. 『한서』에서 "문제가 신부인에게 신풍으로 가는 길을 가리키면서 "이 길이 한단으로 가는 길이오""라고 했다.

秦中歲時記云, 進士下第, 當年七月, 復獻新文求解. 故語曰, 槐花黃, 擧子忙. 邯鄲事見上注. 漢書, 文帝指愼夫人新豐道曰, 此走邯鄲道也.

便欲掃牀懸塵尾 正愁喘月似燈光 : 위구는 탁자를 청소하고 그를 마주하여 이야기를 나누기 위해 총채[20]를 걸어놓았다는 말이다. 『세설신어』에서 "만분은 추운 바람을 두려워하였다. 진 무제를 알현하는 자리에 유리병풍이 쳐져 있었는데 실제로는 막혀 있었지만 마치 뻥 뚫린 것처럼 보였다. 만분이 추위에 떠는 기색을 보이자 황제가 웃었다. 만분이 답하기를 "신은 오나라의 소와 같아서 달만 보아도 헐떡입니다""라고 했다. 이 말의 의미는 오나라 소는 더위를 싫어하는데, 달을 보면 태양으로 잘못 알아 헐떡이는 것이다. 두보의 「증위처사贈衛處士」에서 "오늘 저녁은 어떤 저녁인가, 서로 만나 촛불 밝히는구나"라고 했다. 『세설신어』에서 "중군 은호殷浩가 유공의 장사가 되어 건강建康으로 내려오자 왕승상이 은호를 위해 잔치를 열었다. 왕승상이 일어나서 장막

---

20 총채 : 큰사슴의 꼬리를 매달아 만든 총채 모양의 도구로 스님이나 청담가들이 즐겨 사용했다.

을 열고 총채를 들고서 은호에게 "나는 오늘 그대와 대화를 하며 이치를 분석하고자 하오"라 하였다. 이윽고 서로 청담을 하면서 마침내 삼경에 이르렀다. 승상이 감탄하면서 "정시 연간의 현담이 바로 이와 같아야 할 것이오'"라고 했다. 산곡의 의미는 문장과 밤에 이야기를 나누고 싶은데, 그가 더위를 무릅쓰고 오면 등불도 바라보는 것을 마치 달을 보고 헐떡이는 소처럼 두려워 할 것이라는 것이다.

上句謂拂榻以待共談, 故懸塵尾也. 世說, 滿奮畏風, 在晉武帝坐上, 有琉璃屏, 實密似踈. 奮有寒色, 帝笑, 奮答曰, 臣如吳牛, 見月而喘. 謂吳牛畏熱, 見月疑是日, 所以喘也. 老杜詩, 今夕復何夕, 共此燈燭光. 世說, 殷中軍爲庾公長史, 下都, 王丞相, 自起解帳帶塵尾, 語殷曰, 身今自當與君共談析理. 旣其淸言, 遂達三更. 丞相歎曰, 正始之音, 正當爾耳. 山谷意謂, 欲與文將夜語, 恐其觸暑而來, 畏見燈光, 如見月而喘也.

두 번째 수其二

千頭剖蚌明珠熟[21]	천 마리 조개 갈라 명주를 익히고
百尺垂絲膾縷長	백 척 낚싯줄 드리워 회를 잘게 써네.
柳上石門君有此	버드나무 옆 석문에 그대 이런 것이 있다하는데
可能衝雪厭淸涼[22]	청량함을 싫어하여 눈길을 뚫고 왔는가.

---

21 [교감기] '부(剖)'는 문집에는 '할(割)'로 되어 있다.

【주석】

千頭剖蚌明珠熟 百尺垂絲繪縷長 : 구양수의 「식계두」에서 "바다 밑의 조개를 갈라 진주를 얻네"라고 했다. 『양양기』에서 "오나라 단양태수丹陽太守 이형李衡이 무릉武陵에 감귤 천 그루를 심었다. 죽을 때 아들에게, "우리 고을에 천 마리의 나무 노비[木奴]가 있으니 해마다 비단 천 필을 얻을 수 있다""라고 했다. 반악의 「서정부」에서 "아르다운 방어 뛰어 오르고, 하얀 연어는 등지느러미 세우네. 요리사가 가늘게 쓰니, 난새 같은 칼이 나는 듯하네. 칼날이 도마에 떨어질 때마다, 살점이 날리는 구나"라고 했다.

歐陽公食雞頭詩云, 剖蚌得珠從海底. 千頭, 借用襄陽記李衡千頭甘橘事. 潘岳西征賦曰, 華魴躍鱗, 素鱮揚鬐. 饔人縷切, 鸞刀若飛. 應刀落俎, 霍霍菲菲.

柳上石門君有此 可能衝雪厭清涼 : 이 구절의 의미는 "서군은 무엇이 괴로워서 임천의 즐거움을 버리고 명리의 길에서 분주하는가"라는 것이다. 『맹자』에서 "어질지 않은 자는 비록 이런 것이 있더라도 즐기지 않는다"라고 했는데, 그 글자를 차용하였다.

意謂徐君何苦舍林泉之樂, 奔走於名利之途. 孟子曰, 不賢者雖有此, 不樂也. 此用其字.

22　[교감기] '숙(熟)'은 고본과 장지본, 명대전본과 전본, 그리고 건륭본에는 '설(雪)'로 되어 있다.

6. 박사 왕양휴가 밀운룡을 갈아 보내니 동료 열세 명과 마시면서 장난삼아 짓다

博士王揚休碾密雲龍同事十三人飮之戲作[23]

亂雲蒼璧小盤龍[24]	어지러운 구름이 작은 소반 푸른 옥 같은 차 따르는데
貢包新樣出元豐	새로운 종류로 원풍 연간에 진상되었네.
王郞坦腹飯牀東	왕랑은 배를 드러내고 동상에서 식사하는데
太官分物來婦翁	태관이 장인에게 차를 나눠 보냈네.
棘圍深鎖武成宮	무성궁은 가시나무로 에워싸 깊이 잠겨 있는데
談天進士雕虛空	하늘을 논하는 진사는 허공을 아로새기네.
鳴鳩欲雨喚雌雄	산비둘기 비가 오려니 암수 서로 부르는데
南嶺北嶺宮祉同[25]	남쪽 고개 서쪽 고개 음조가 같네.
午牕欲眠視濛濛	한낮의 창에 조느라 시야는 몽롱한데
喜君開包碾春風	기쁜 마음으로 봄바람에 갈아 보낸 차

23　[교감기] 문집과 고본에 '년(碾)'은 '전(輾)'으로 되어 있다. 살펴보건대 '년(碾)'은 '전(輾)'의 별체(別體)에 속한다는 내용이 『광운(廣韻)』에 보인다. 이후에 다시 나오면 교정하지 않는다. 또 살펴보건대 고본에는 제목이 '和答梅子明王揚休密雲龍'이라고 되어 있다. 이 시는 『산곡외집』 권2에 거듭 실려 있다.

24　[교감기] '난운(亂雲)'은 고본과 전본, 그리고 건륭본에는 '율운(矞雲)'으로 되어 있다.

25　[교감기] '궁지(宮祉)'는 문집과 고본, 장지본과 전본, 그리고 건륭본에는 '궁치(宮徵)'로 되어 있다. 본문에 궁지는 주석의 내용으로 보면 의미가 잘 통하지 않으므로 궁치로 보고 해석한다.

<table>
<tr><td></td><td>포장을 열어</td></tr>
<tr><td>注湯官焙香出籠</td><td>관배에 물 붓고 끓이니 향기가
찻잔에서 퍼지네.</td></tr>
<tr><td>非君灌頂甘露椀</td><td>그대가 정수리에 찻잔의 감로주를
적셔주지 않았다면</td></tr>
<tr><td>幾爲談天乾舌本</td><td>하늘을 이야기하는 메마른 혀뿌리가
되고 말았겠네.</td></tr>
</table>

【주석】

矞雲蒼璧小盤龍 貢包新樣出元豐 :『서경잡기』에서 "구름의 바깥쪽은 붉은색이고 안쪽은 푸른색을 율운이라 부른다. 두 가지 색을 지닌 구름을 율矞이라 하니 또한 상서로운 구름이다"라고 했다. 율矞은 음이 이以와 율聿의 반절법이다.『주역』에서 "구름은 용을 따른다"라고 했다. 살펴보건대 장순민의『화만록畵墁錄』에서 "희녕 초기에 신종이 교지를 건주에 내려서 밀운룡[26]을 제조하라고 하니, 그 품질은 또한 소단[27]보다 뛰어나다"라고 했다.

並見上第.

26　밀운룡 : 구름무늬가 조밀한 차로 쌍각용차(雙角龍茶)라고도 한다.
27　소단 : 송대(宋代)에 다엽(茶葉)의 정품(精品)으로 이름이 높았던 소룡단(小龍團), 소봉단(小鳳團) 등이 있었던 데서 온 말로, 전하여 좋은 차를 의미한다.

王郎坦腹飯牀東　太官分物來婦翁 : 『진서・왕희지전』에서 "태위 치감이 문생을 시켜 왕도의 집안에서 사위를 구하도록 했다. 왕도는 동상에 가서 자제들을 두루 살펴보게 했다. 문생이 돌아와서 치감에게 말하기를 "왕 씨의 여러 청년들이 모두 훌륭합니다. 오직 한 사람만이 동상에서 배를 드러내놓고 식사하며 마치 듣지 못한듯했습니다"라고 했다. 치감이 "바로 이 사람이 좋은 사위감이다!"라고 했다. 그곳을 방문해 보니 곧 왕희지였다. 마침내 그를 사위로 삼았다"라고 했다. 『국서・직관지』에서 "한림사는 과실과 차를 올리는 일을 담당하며 태관령에 속한다"라고 했다.

晉書王羲之傳, 郄鑒使門生求女壻於王導. 導令就東廂, 徧觀子弟門生. 歸曰一人在東牀坦腹食, 獨若不聞. 鑒曰正此佳壻耶. 訪之, 乃羲之也. 遂妻之. 國史職官志, 翰林司, 掌供果實茶茗, 屬太官令.

棘圍深鎖武成宮　談天進士雕虛空 : 중국에서는 진사 시험을 주로 무성왕묘[28]에서 시행하였다. 희녕, 원풍 연간에는 진사들이 성명을 고담하여 허무한 것으로 빠졌는데, 원우 초기에도 아직 그 습속이 남아 있었다. 『사기・순경전』에서 "추연의 학술은 광대하며 변론에 뛰어났고 추석의 학설은 매우 완벽하였지만 실행하기 어려웠다. 그러므로 제나라 사람들은 "하늘을 말하는 추연, 아로새긴 용같은 추석"이라고 노래하였다"라고 했다. 불가의 『파사론』에서 "허공을 그리려고 하여 오색으

28　무성왕묘 : 강태공을 모신 사당으로, 당나라 숙종 때 무성왕으로 올렸다.

로 완성하려 한다면 다만 스스로 수고로울 뿐이다"라고 했다.

國朝試進士, 多在武成王廟. 熙豐間, 進士高談性命, 溺於虛無. 元祐初, 其
習猶在. 史記荀卿傳曰, 騶衍之術迂大而閎辯, 騶奭文具難施. 故齊人頌曰, 談
天衍, 雕龍奭. 佛氏婆娑論曰, 欲畫虛空, 令成五色, 只益自勞.

鳴鳩欲雨喚雌雄 南嶺北嶺宮徵同 : 과거 시험의 문장은 성조가 일정함
을 말한다. 구양수의 「명구鳴鳩」에서 "하늘이 비가 내리려 하니, 산비둘
기 쫓아낸 짝 찾아 숲에서 우니, 암비둘기 화가 난 듯 울음소리 좋지
않네"라고 했다.

言程文聲調一律也. 歐陽公詩曰, 天將陰, 鳴鳩逐婦鳴中林, 鳩婦怒啼無好音.

午牕欲眠視濛濛 喜君開包碾春風 注湯官焙香出籠 : '관배官焙'는 즉 건계
북원에서 쬐어 말린 차를 이른다.

官焙, 卽建溪北焙.

非君灌頂甘露椀 幾爲談天乾舌本 : 『연경』의 게송에서 "세존은 밝은 지
혜의 등불이라, 수기[29]하는 말씀을 우리가 듣고, 마음에 환희가 충만하
여, 마치 감로를 퍼붓는 것 같네"라고 했다. 『화엄경』의 게송에서 "십
방일체불의 손길을 받아 감로수로 이마에 붓는다"라고 했다. 육우의
「고저산기」에 왕지심의 『송록』을 싣고 있으니 "예장왕 자상이 담제도

29   수기 : 내생에 부처가 되리라는 것을 미리 예시 받음을 말한다.

인을 팔공산으로 방문하였다. 도인이 차를 주자 자상이 음미하면서 "이는 감로이다. 어찌 차라고 하는가"라 하였다. 설근에 대한 주를 찾아서 달 것. 『진서 · 채모전』에서 "사상이 "경은 『이아』를 익숙하게 읽지 않았으니, 부지런히 공부하다가 죽겠군요""라고 했다.

蓮經偈云, 世尊慧燈明, 我聞受記音. 心歡喜充滿, 如甘露見灌. 華嚴經頌云, 則蒙十方一切佛手, 以甘露灌其頂. 甘露及舌本並見上注. 晉書蔡謨傳, 謝尚曰, 卿讀爾雅不熟, 幾爲勤學死.

7. 황면중이 달인 쌍정차를 찾기에 답하면서 아울러 양휴에게 편지삼아 보내다

答黃冕仲索煎雙井并簡揚休30

면중의 이름은 상이다.

冕仲名裳.

江夏無雙乃吾宗	강하에 둘도 없는 인재로 우리 집안사람
同舍頗似王安豐	동료들이 자못 왕안풍과 비슷하다 하네.
能澆茗椀澗祓我	찻잔을 씻어 나에게 따라주니
風袂欲挹浮丘翁	바람 이는 소매에 부구공을 따라 가고 싶네.
吾宗落筆賞幽事	나의 친척은 고요한 경치 감상하다 글을 지으니
秋月下照澄江空	가을 달빛은 맑고 투명한 강에 비추네.
家山鷹爪是小草	집 뒷산의 차는 아직 다 자라지 않았지만
敢與好賜雲龍同31	감히 임금이 하사하는 밀운룡과 같네.
不嫌水厄幸來辱	수액을 두려워 말고 왕림해 주시기를
寒泉湯鼎聽松風	시원한 샘물에 끓여 솔바람 소리 들으면서
夜堂朱墨小燈籠	밤늦은 당의 작은 등롱 아래 글을 지어보세.

---

30 [교감기] 문집과 고본의 제목 아래의 원주에 "이름은 '상(裳)'이다"라고 했다. 명대전본에는 '간(簡)'이 '기(寄)'로 되어 있다.

31 [교감기] '운룡(雲龍)'은 장지본과 명대전본에는 '운단(雲團)'으로 되어 있다.

惜無纖纖來捧椀	애석하기는 찻잔 받칠
	섬섬옥수가 없지만
惟倚新詩可傳本	다만 세상에 전할 새로운 시를 읊어보세.

【주석】

江夏無雙乃吾宗 同舍頗似王安豐 : 『후한서 · 황향전』에서 "박학하며 문장을 잘 지었다. 도성 사람들은 "천하에 둘 도 없는 강하의 황동이라네"라고 했다. 두보의 「오종吾宗」에서 "우리 집안 늙은 손자는"라고 했다. 이옹의 「등력하고성登歷下古城」에서 "나의 종손은 참으로 출중한데"라고 했다. 『한서 · 직불의전』에서 "동료가 휴가를 얻어 고향에 가게 되었다"라고 했다. 『진서』에서 "왕융이 안풍후에 봉해졌는데 이야기의 실마리를 잘 끄집어내어 그 핵심을 잡아내는 것에 칭송을 받았다"라고 했는데, 이것을 인용하여 왕양휴가 그렇다고 하였다.

後漢黃香傳, 博學能文章, 京師號曰, 天下無雙, 江夏黃童. 老杜詩, 吾宗老孫子. 李邕詩亦云, 吾宗固神秀. 漢書直不疑傳曰, 其同舍有告歸. 晉書, 王戎封安豐侯, 善發談端, 賞其要會, 此引用, 以屬王揚休.

能澆茗椀湔祓我 風袂欲挹浮丘翁 : 『전국책』에서 "한명이 춘신군에게 유세하기를 "지금 저는 비루한 속세에 거처한 지가 오래 되었습니다. 그대는 저를 이끌어 주시지 않겠습니까""라고 했다. 『문선』에 실린 곽박의 「유선시」에서 "왼손으로 부구의 옷소매를 부여잡고, 오른손으로

홍애[32]의 어깨를 어루만진다"라고 했는데, 이선의 주에서 『열선전』을 인용하여 "부구공이 왕자교[33]를 데리고 숭고산으로 올라갔다"라고 했다.

湔祓見上注. 文選郭璞遊仙詩云, 左挹浮丘袖, 右拍洪崖肩. 李善注引列仙傳曰, 浮丘公接王子喬, 以上嵩高山.

吾宗落筆賞幽事 秋月下照澄江空 : 두보의 「막상의행莫相疑行」에서 "중서당에서 글을 짓는 나를 바라보았었지"라고 했다. 또한 「조기早起」에서 "해야 할 일이 자못 많아서라네"라고 했다. 또한 「북정北征」에서 "산골 고요한 경치 또한 기쁘구나"라고 했다. '추월징강秋月澄江'은 시의 청절함이 이와 같음을 말한다.

落筆見上注. 老杜詩, 幽事頗相關. 又云, 幽事亦可悅. 秋月澄江, 言詩之淸絶如此.

家山鷹爪是小草 敢與好賜雲龍同 : 산곡의 집은 쌍정에 있다. 구양수의 「쌍정차」에서 "서강의 물은 맑고 강가 바위는 오래되었는데, 바위 위

---

32 홍애 : 전설상 황제(黃帝)의 신하로서 신선이 된 영륜(伶倫)의 호이다. 그는 홍애선생(洪崖先生)이라 불리며, 요(堯) 임금 때 이미 나이가 삼천 살이었다 한다.

33 왕자교 : 신선이 되어 구지산(緱氏山)에 내려왔다는 주 영왕(周靈王)의 태자(太子)인 왕자교(王子喬)를 말한다. 그가 왕에게 직간을 하다가 서인(庶人)으로 폐출되었는데, 피리 불기를 좋아하여 곧잘 봉황의 울음소리를 내다가, 선인(仙人) 부구공(浮丘公)을 따라 숭산(嵩山)에 올라가서 선도(仙道)를 닦은 뒤에, 30년이 지난 칠월 칠석 날에 구산 정상에 백학(白鶴)을 타고 내려와서 산 아래 가족들에게 손을 흔들어 인사하고는 며칠 뒤에 떠나갔다는 전설이 있다.

에 차가 자라니 마치 봉황 발톱 같네"라고 했는데, 이 내용에 견준 것이다. 『세설신어』에서 "환온이 사안에게 '원지遠地는 또한 소초小草라고도 하는데, 어찌하여 한 물건인데 두 가지 이름이 있는가"라 묻자, 사안이 대답하지 못했는데, 옆에 있던 학륭이 "땅 속에 묻혀 있으면 원지가 되고 땅 위로 나오면 소초가 됩니다"라 대답했다"라고 했다. 『주례·천관 옥부』에서 "임금이 좋아고 여겨 하사할 때, 그 재화를 장만한다"라고 했는데, 주에서 "좋다고 여기면 하사한다는 말이다"라고 했다.

山谷家於雙井. 歐陽公雙井茶詩云, 西江水淸江石老, 石上生茶如鳳爪. 此云鷹爪, 亦其比也. 小草見上注. 周禮天官玉府曰, 凡王之好賜, 共其貨賄. 注謂有所善則賜予之.

不嫌水厄幸來辱 寒泉湯鼎聽松風 夜堂朱墨小燈籠 : 『낙양가람기』에서 "왕몽은 차를 좋아하여 손님이 찾아오면 곧바로 차를 대접하였는데, 사대부들은 매우 쓰다고 여겼다. 매번 왕몽을 찾아갈 일이 생기면 반드시 "오늘은 수액을 당하겠다""라고 했다. 소식의 「시원전다」에서 "작은 거품 지나가고 큰 거품이 나오니, 쇠쇠 솔바람 소리 울리는 듯하구나"라고 했다. 『북사』에서 "소작이 문서의 정식과 지출은 붉은 색으로 수입은 검은 색으로 쓰는 법을 제정하였다"라고 했는데, 이것을 차용하였다. 『남사·송무제기』에서 "벽 위에 갈등롱[34]을 걸어놓았다"라고 했다.

伽藍記曰, 王濛好茶, 人至輒飮之, 士大夫甚以爲苦. 每欲候濛, 必云今日

---

34 갈등롱 : 갈포(葛布)를 씌운 등롱(燈籠)이다.

有水厄. 東坡試院煎茶詩, 蟹眼已過魚眼生, 颼颼欲作松風鳴. 北史, 蘇綽傳始
制文案程式, 朱出墨入之法. 此借用. 南史宋武帝紀, 壁上掛葛燈籠.

惜無纖纖來捧椀 惟倚新詩可傳本 : 한유와 맹호연의 「연구」에서 "찻잔
을 섬섬옥수로 받드네"라고 했다.

韓孟聯句云, 茗椀纖纖捧.

8. 다시 면중에게 답하다

再答冕仲

丘壑詩書雖數窮	자연에서 시서 즐김은 비록 곤궁한 처지지만
田園芋栗頗時豐	텃밭에서 토란과 밤은 자못 때로 풍족하네.
小桃源口雨繁紅	소도원 입구는 비에 붉은 꽃 만발하고
春溪蒲稗没鳧翁	봄 시내의 부들과 피에 오리는 잠수하네.
投身世網夢歸去	세상의 그물에 몸을 던져 꿈속에서 돌아가서
摘山皷聲雷隱空[35]	산의 북을 울리는 소리 우레가 하늘에서 우는 듯
秋堂一笑共燈火	가을 집에서 같은 등불아래 함께 웃으니
與公草木臭味同[36]	공과 더불어 초목과 같은 부류라네.
安用茗澆壘塊胷	어찌 차를 끓여 가슴의 응어리를 풀어낼까
他日過飯隨家風	훗날 들러 식사할 때 그대 가풍을 따르며
買魚貫柳雞著籠	생선 사서 버들에 꿰고 닭은 조롱에 담아야지.
更當力貧開酒椀	마땅히 아주 빠르게 술상을 내와야 하니
走謁鄰翁稱子本	이웃 노인에게 달려가 돈을 빌려와야겠지.

【주석】

丘壑詩書雖數窮 田園芋栗頗時豐 : 『노자』에서 "말이 많으면 자주 궁지

---

35 [교감기] '은(隱)'은 문집에는 '은(殷)'으로 되어 있다.
36 [교감기] '공(公)'은 장지본과 명대전본에는 '군(君)'으로 되어 있다.

에 몰린다"라고 했다. ○ 두보의 「남린南隣」에서 "금리 선생이 오각건을 쓰고, 텃밭에서 토란과 밤 거두니 가난하지만은 않구려"라고 했다.

老子曰, 多言數窮. 此借用. ○ 老杜詩, 錦里先生烏角巾, 園收芋栗不全貧.

小桃源口雨繁紅 春溪蒲稗没鳧翁 : '소도원小桃源'은 쌍정에 있는데, 산곡이 거주하는 곳이다. 이하의 「장진주將進酒」에서 "복사꽃이 붉은 비처럼 어지럽게 지네"라고 했다. 『문선』에 실린 사령운의 「환호중작還湖中作」에서 "부들과 피는 서로 기대어 자라"라고 했다. 사유의 『급취장』에서 "춘초, 닭의 날개, 오리의 목을 수놓은 깃발을 빨다"라고 했는데, 안사고의 주에서 "물오리는 물에 사는 새이며, 옹은 목 위의 털이다"라고 했다. 소식의 「차운소백고次韻蘇伯固」에서 "새싹은 학을 가리지 못하네"라고 했다.

小桃源, 在雙井, 山谷所居之地. 李賀詩曰, 桃花亂落如紅雨. 選詩云, 蒲稗相因依. 史游急就章云, 春草雞翹鳧翁濯. 顔師古注曰, 鳧者, 水中之鳥, 翁, 頸上毛也. 東坡詩, 新苗未没鶴.

投身世網夢歸去 摘山皷聲雷隱空 : 『문선』에 실린 육기의 「부낙도중작赴洛道中作」에서 "세상의 그물이 나의 몸을 얽어매고"라고 했다.

選詩曰, 世網嬰我身.

秋堂一笑共燈火 與公草木臭味同 : 『좌전』에서 "지금 초목에 비유하자

면 우리 임금은 진나라 임금에 있어서 진나라 임금과 같은 냄새와 맛을 지닌 같은 무리입니다"라고 했다.

左傳曰, 今譬於草木, 寡君在君, 君之臭味也.

安用茗澆磊塊胷 他日過飯隨家風 買魚貫柳雞著籠 : 『세설신어』에서 "왕손이 왕침에게 묻기를 "완적의 주량은 사마상여와 비교하여 어떤가"라 묻자 왕침이 "완적의 가슴에는 커다란 돌무더기가 있기 때문에 모름지기 술로 씻어내야 한다""라고 했다. 『한서・포선전』에서 "신흥辛興과 허감許紺이 포선의 집에 들러 한 끼를 먹었는데, 후에 이들이 반역하자 포선은 자살하였다"라고 했다. 『진서・하후담전』에서 "반악은 「가풍시」를 지었다"라고 했다. 두보의 「견우직녀牽牛織女」에서 "부유하고 가난함에 맞게 재물 내고"라고 했다. 「석고문」에서 "그 생선은 무엇인가, 연어와 잉어라네. 무엇으로 꿸 것인가, 버드나무 줄기라네"라고 했다.

磊塊胷見上注. 漢書鮑宣傳曰, 俱過宣一飯去. 晉書夏侯湛傳, 潘岳作家風詩. 老杜詩, 稱家隨豐儉. 魚貫柳見前注.

更當力貧開酒椀 走謁鄰翁稱子本 : '역빈力貧'은 매우 빠르게라는 의미이다. 『위지・조상전』의 주에서 "사마선왕이 이승에게 "지금 그대와 이별하게 되었는데 나의 기력이 약하니 뒤에 다시 만날 수 없을 것이다. 그러므로 내 힘써서 주인에게 술상을 마련하고자 한다""라고 했다. 한유의 「제이사군문」에서 "비록 아전 녹봉의 쓰라린 빈한함으로도 모

름지기 가난에서 일어나 부자가 되었다"라고 했다. 『세설신어』에서 "강로의 노비가 곧바로 주인을 불러 술을 내오게 하고는 자기가 한 사발을 마셨다"라고 했다. 두보의 「송양륙판관送楊六判官」에서 "변방 술을 금잔에 따르고"라고 했다. '칭자본稱子本'은 이웃집에서 돈을 빌려 술상을 마련함을 이른다. 『맹자』에서 "또한 빚을 내어 보태어서 세금을 내게 하여"라고 했다. 『한서·화식전』에서 "고리업자인 자전가에게 돈을 빌렸다"라고 했다. 한유의 「유자후묘지명」에서 "그 풍속은 남녀를 전당 잡히고 돈을 썼다가 제때에 갚지 못하고 본전과 이자가 같은 액수에 이르면, 전당하였던 남녀를 몰수하여 노비를 삼는 것이었다"라고 했다.

力貧, 猶言力疾. 魏志曹爽傳注, 司馬宣王謂李勝曰, 今當與君別, 因欲自力, 設薄主人. 退之祭李使君文曰, 雖掾俸之酸寒, 要拔貧而爲富. 世說, 江虜奴直喚人取酒,[37] 自飮一椀. 老杜詩, 邊酒排金盌. 稱子本, 謂稱貸於鄰家, 以治具. 孟子曰, 又稱貸而益之. 漢書貨殖傳曰, 齎貨子錢家. 退之作柳子厚墓誌曰, 其俗以男女質錢, 約不時贖, 子本相侔, 則沒爲奴婢.

---

37   [교감기] 통해본 『세설신어』 권5 「방정(方正)」에 '강로노(江虜奴)'는 '강로노(江盧奴)'로 되어 있는데, 아마도 글자가 비슷하여 오류가 난 것 같다. 여가석(余嘉錫)이 이르기를 강애(江敳)의 어렸을 적 자가 노노(虜奴)라고 했다.

9. 장난스레 진원여에게 답하다

戲答陳元興[38]

『실록』에서 "원우 8년 8월에 진헌이 주객낭중이 되었다"라고 했다.
헌의 자가 원여이다.

實錄, 元祐二年八月, 陳軒爲主客郎中. 軒字元興.

平生所聞陳汀州	평소 들은 바 진 정주는
蝗不入境年屢豐	메뚜기도 경내에 들어오지 않아 거듭 풍년이 들었다 하네.
東門拜書始識面	동문에서 조서 받을 때 비로소 알게 되었는데
鬢髮幸未成老翁	수염과 머리칼은 다행히 아직 노인처럼 되지 않았네.
官饔同盤厭腥膩[39]	관옹은 상에 비리고 불결한 음식 싫어하며
茶甌破睡秋堂空	사발의 차는 가을날 빈 방의 졸음을 물리치네.
自言不復娥眉夢	스스로 말하길 다시는 젊은 날 꿈꾸지 못한다고 하는데
枯淡頗與小人同[40]	고담함은 자못 소인과 비슷하외다.

---

38   [교감기] 문집에는 시의 제목 아래의 원주에 "원여의 이름은 헌(軒)이다"라고 했다.
39   [교감기] '성(腥)'은 문집에는 '전(羶)'으로 되어 있다.
40   [교감기] '소인(小人)'은 장지본에는 '소신(小臣)'으로 되어 있다.

但憂迎笑花枝紅⁴¹　다만 걱정스럽기는 활짝 핀 붉은 꽃가지로
夜牕冷雨打斜風　밤 창가에 차가운 비가 바람에 빗겨 때리는데
秋衣沈水換薰籠　가을 옷은 빨아서 훈롱에 넣어두네.
銀屛宛轉復宛轉　은병풍은 부드럽게 굽이지고 또 굽이졌는데
意根難拔如薤本　염교 뿌리처럼 의근은 뽑아내기가 어렵네.

【주석】

平生所聞陳汀州　蝗不入境年屢豐 : 『한서·고제기』에서 "평소 듣기로
는 유계 그대에게 기이하고 괴이한 일이 많다고 하는 반드시 부귀하게
될 것이오"라고 했다. 『후한서』에서 "노공과 공사목이 선정을 펼쳐 메
뚜기도 그들이 다스리던 지역을 피해갔다"라고 했다. 『시경·주송
환』에서 "거듭 풍년이 들었네"라고 했다.

漢書高帝紀曰, 平生所聞劉季奇怪, 當貴. 後漢, 魯恭公沙穆, 皆蝗蟲避境.
周頌桓詩曰, 屢豐年.

東門拜書始識面　鬢髮幸未成老翁 : 한유의 「송석홍처사」에서 "글과 예
물을 문 안에서 절하고 받았다"라고 했는데, 이것을 차용하여 당시 동
상각의 문에서 조서를 절하고 받은 것을 말하였다. 위문제가 오질에게
준 편지에서 "뜻과 의지는 언제나 다시 옛날과 같을까. 이미 노인이 되

41　[교감기] '화지(花枝)'는 문집과 고본의 원교에 "달리 신장(新粧)으로 된 본도 있
　　다"라고 했다.

었는데, 다만 머리가 새지 않았을 뿐이다"라고 했다.

退之送石洪序曰, 拜受書禮於門內. 此借用, 當是拜詰於東上閤門. 魏文帝
與吳質書曰, 志意何時復類昔日, 已成老翁, 但未白頭耳.

官饔同盤厭腥膩 茶甌破睡秋堂空 : 『주례·천관 외옹』에서 "손님에게
음식을 대접하는 일을 맡았다"라고 했다.

周禮天官外饔, 掌賓客殽饔之事.

自言不復娥眉夢 枯淡頗與小人同 : 『시경』에서 "매미 이마에 나방의 눈
썹"이라고 했다. 한유의 「송이정자귀送李正字歸」에서 "여관에서 묵는 모
습 꿈에 완연하네"라고 했다. 약산선사가 "일체에 처하는 것이 고담해
야 한다"라고 했다.

詩曰, 螓首蛾眉. 退之詩, 旅宿夢婉娩. 藥山云, 一切處, 放教枯淡去.

但憂迎笑花枝紅 夜總冷雨打斜風 秋衣沈水換薫籠 : 이백의 「자대내증自
大內贈」에서 "첩은 우물가의 꽃과 같아, 꽃이 피면 그대 향해 웃네"라고
했다. 백거이의 「상양백발인上陽白髮人」에서 "쏴아 내리는 어두운 비가
창을 두드려 울리네"라고 했다. 안사고가 『급취장』에 주를 내면서 "구
籌는 대그릇이니, 옷에 향내를 입힐 수 있다"라고 했다.

太白詩, 妾似井底花, 開花向君笑. 樂天詩, 蕭蕭暗雨打總聲. 顏師古注急
就章曰, 籌, 一名筶, 亦以爲薫籠.

銀屏宛轉復宛轉 意根難拔如薤本 : 백거이의 「장한가」에서 "주렴과 은
병풍을 비스듬이 밀며 차례로 열었네"라고 했다. 불가에 육근[42]이란
말이 있는데, 의근은 그 가운데 하나이다. 『후한서·방참전』에서 "뿌
리가 굵은 염교를 캐 보인 것은 나에게 강성한 호족을 치게 함이다"라
고 했다.

樂天長恨歌曰, 珠箔銀屏迤邐開. 釋氏有六根之說,[43] 意根其一也. 後漢龐
參傳曰, 拔大本薤者, 欲吾擊強宗也.

---

42 육근 : 근(根)이라 함은 외계의 현상을 능히 취하여 내계의 마음을 발동시키고
    증장 시킬 작용과 능력이 있다는 뜻에서 일컫는 말이다. 1. 안근(眼根) 2. 이근
    (耳根) 3. 비근(鼻根) 4. 설근(舌根) 5. 신근(身根) 6. 의근(意根) 우리의 마음을
    전념(前念)과 투념(後念)에 나누고 전념은 후념에 일어날 모든 심적 현상을 이
    끌어낼 수 있는 근거가 된다.
43 [교감기] '석씨(釋氏)'는 원래 '석민(釋民)'으로 되어 있는데, 지금 전본에 의거하
    여 고쳤다.

10. 원여에게 다시 답하다

再答元輿

君不能入身帝城結子公	그대는 궁궐에 들어가게 해줄 자공의 도움도 없고
又不能擊強有如諸葛豐	또한 제갈풍처럼 권귀를 물리치지도 못하였네.
法當憔悴百僚底	당연히 볼품없어 백관의 밑에 있으니
五十天涯一禿翁	오십의 나이에 변방의 그저 늙은이에 불과하였네.
問君何自今爲郎	묻건대 그대는 어찌하여 지금 낭관이 되었소?
便殿作賦聲摩空⁴⁴	편전에서 부를 지어 소리가 허공에 울렸네.
偶然樽酒相勞苦	우연히 술자리에서 서로 고생을 위로하니
牛鐸調與黃鍾同	우탁의 음률이 황종과 같구나.
安得朱輪各憑熊	어찌하면 좋은 수레 타고 각자 수레 탁에 기대며
江南樓閣白蘋風	강남의 누각에서 하얀 마름의 향기 맡으며
勸歸啼鳥曉㸃籠	돌아가기 재촉하는 새벽 창가의 우는 새소리 들으랴.
男兒邂逅功補袞	장부는 때가 맞으면 임금을 돕는 공을 세우지만
鳥倦歸巢葉歸本	새도 피곤하면 둥지로 돌아가고 잎도 뿌리로 돌아가네.

---

44 [교감기] '작부(作賦)'는 문집에는 '주부(奏賦)'로 되어 있다.

【주석】

君不能入身帝城結子公 又不能擊強有如諸葛豐 : 『한서·진함전』에서 "자함이 진탕에서 주는 편지에서 "자공의 도움을 받아 궁궐에 들어가게 되었으니 죽어도 여한이 없다""라고 했다. 또한 「제갈풍전」에서 "사예교위가 되어 권세가들의 잘못을 들추어내는데 회피하지 않았다"라고 했다. 『후한서·방참전』에서 "뿌리가 굵은 염교를 캐 보인 것은 나에게 강성한 호족을 치게 함이다"라고 했다.

漢書陳咸傳, 與陳湯書曰, 幸蒙子公力, 得入帝城, 死不恨. 又諸葛豐傳, 爲司隷校尉, 刺擧無所避. 擊強見上注.

法當憔悴百僚底 五十天涯一禿翁 : 『진서·석륵재기』에서 "석륵이 일찍이 역이기가 6국을 세워야 한다고 권한다는 소식을 들은 뒤에 크게 놀라 "이 법은 마땅히 잘못된 것이니 어찌 천하를 얻겠는가""라고 했다. 두보의 「몽이백夢李白」에서 "벼슬아치 서울에 가득한데, 이 사람만 홀로 고달프구나"라고 했다. 『진서·사곤전』에서 "어떤 이가 묻기를 "논해 보건대 그대와 유량을 비교하면 어떤가"라 하자, "묘당에 단정히 앉아서 백관의 모범이 되게 하는 점에서는 그보다 못하지만, 산과 골짜기를 즐기는 면에 있어서는 그보다 낫다고 생각한다"라 대답하였다"라고 했다. 『한서·관부전』에서 "그대와 함께 늙은이 하나 더 없애려 하는데 그대는 무엇 대문에 두 마음을 가지고 주저하는가"라고 했는데, 주에서 "독옹은 실제 맡은 임무도 없는 명예 벼슬자리도 없음을

이른다"라고 했다.

晉書石勒載記, 勒嘗聞酈食其勸立六國後, 大驚曰此法當失, 何得遂成天下. 老杜詩, 冠蓋滿京華, 斯人獨顦顇. 百僚底見上注. 漢書灌夫傳, 與長孺共一禿 翁. 注謂無官位版授.

問君何自今爲郞 便殿作賦聲摩空 :『한서·풍당전』에서 "문제가 "늙은 나이에 어찌 낭관이 되었소""라 했다. 이하의 「고헌과」에서 "궁전 앞 에서 부를 지어 읊조린 소리가 허공에 울렸네"라고 했다.

漢書馮唐傳, 文帝曰, 父老何自爲郞. 李賀高軒過曰, 殿前作賦聲摩空.

偶然樽酒相勞苦 牛鐸調與黃鍾同 :『한서·장오전』에서 "함께 고생한 것이 평생의 즐거움이었다"라고 했다.『진서·순욱전』에서 "음악을 담 당하게 되자 "조가인趙價人의 우탁을 얻으면 음율이 고르게 될 것이다"" 라고 했다.『북사·장손소원전』에서 "들으니 불가의 상탁을 울리면 우 아하여 황종에 어울린다"라고 했다. 우탁牛鐸은 산곡 자신을 비유하였 고, 황종黃鍾은 원여를 비유하였으니, 귀천이 비록 다르지만 음조는 같 다는 것을 이른다.

漢書張放傳曰, 勞苦如平生歡. 晉書荀勗傳, 及掌樂, 乃曰得趙之牛鐸則諧 矣. 北史長孫紹遠傳曰, 聞浮屠上鐸鳴, 雅合黃鍾. 牛鐸, 山谷以自況. 黃鍾, 以比元輿, 謂貴賤雖異, 調韻則同.

安得朱輞各憑熊 江南樓閣白蘋風 勸歸啼鳥曉瞳籠 : 주번은 수레 양쪽에 진흙이 튀지 않도록 붉은색의 장니障泥를 설치한 수레로 녹봉이 이천 석 이상의 고관이 타는 수레이다. 『후한서·여복지』에서 "공과 열후는 안거를 타는데, 붉은 무늬의 바퀴에 사슴 바퀴통에 곰수레턱으로 장식 한다"라고 했다. 유운의 「강남곡江南曲」에서 "물가의 흰 마름을 캐는데, 해가 떨어지는 강남의 봄이네"라고 했다. 송옥의 「풍부風賦」에서 "바람 은 푸른 마름 끝에서 일어나고"라고 했다. 『고악부·전계가』에서 "해 가 뜨건 뜨지 않건, 흰 새가 창가에서 우네"라고 했다.

朱輞見上注. 後漢輿服志曰, 公列侯, 安車朱斑輪, 倚鹿轂, 伏熊式. 柳惲詩, 汀洲採白蘋, 日落江南春. 宋玉風賦, 風起於靑蘋之末. 古樂府前溪歌曰, 當曙 與未曙, 白鳥啼瞳籠.

男兒邂逅功補袞 鳥倦歸巢葉歸本 : 공명을 이루는 것은 좋은 때가 오면 우연히 그렇게 되는 것으로 애초부터 마음에 두지 않아야 한다. 그렇 지만 멈추고 돌아가는 것은 일찍 생각하지 않을 수 없음을 말하고 있 다. 『시경』에서 "해후하여 서로 만났으니, 이제 나의 소원을 풀었도다" 라고 했다. 도잠의 「귀거래사」에서 "새가 날다 지치면 돌아갈 줄을 안 다"라고 했다. 『한시외전』에서 "『시경』에서 "대군代郡에서 태어난 말은 늘 북풍을 그리워하며, 나는 새도 옛 둥지로 찾아가누나"라고 했는데, 이것은 모두 근본을 잊지 않음을 이른다"라고 했다. 『문선』에 실린 포 조의 「완월玩月」에서 "바람 불어 잎이 떨어져 일찍 지네"라고 했는데,

이선의 주에서 『익씨풍각』을 인용하였는데 "잎은 떨어지면 뿌리로 돌아가고 물을 흘러 동으로 향한다"라고 했다.

意謂功名之會, 時來則偶爲之, 初不必經意, 至於稅駕之地, 則不可不早計也. 詩曰, 邂逅相遇, 適我願兮. 陶淵明歸去來辭曰, 鳥倦飛而知還. 韓詩外傳曰, 詩云, 代馬依北風, 飛鳥棲故巢. 皆不忘本之謂也. 文選鮑明遠詩, 別葉早辭風. 李善注引翼氏風角曰, 木落歸本, 水流向東.

11. 면중의 진사 시권에 차운하다

次韻冕仲考進士試卷

少年迷翰墨	소년이 글을 지으며 헤매니
無異蟲蠹木	벌레가 잎을 갉아먹는 것과 다르지 않네.
諸生程藝文	서생은 예문을 일정하게 짓는데
承詔當品目	조칙을 받들어 제목에 맞게 하네.
牀敷設箱筐	상에는 상자와 광주리를 펼쳐놓는데
賦納忽數束	지어서 바치는 것이 문득 두어 묶음이라.
變名溷甲乙⁴⁵	이름을 가려 갑과 을이 뒤섞이고
謄寫失句讀	옮겨 쓰면서 구두를 잘못 찍네.
書牎過白駒⁴⁶	서창에 흰 망아지 지나듯
夜几跋紅燭	밤 안석엔 붉은 촛불 밑동까지 타네.
鉤深思嘉魚	깊이 고민하여 아름다운 시구를 생각하고
攻璞願良玉	서툰 글 다듬어 좋은 문장 되길 바라네.
談天用一律	허황된 내용으로 한 운율을 사용하며
呻訊厭重複⁴⁷	읊조리고 따지며 중복을 싫어하네.

---

45 [교감기] '혼(溷)'은 장지본과 전본, 건륭본에는 '혼(混)'으로 되어 있다. 살펴보
건대 두 글자는 통용되니, 이후로 다시 교정하지 않는다.

46 [교감기] '과(過)'는 문집에는 '애(愛)'로 되어 있다. 고본의 원교에는 "달리 애
(愛)라고 지어진 본도 있다"라고 했다.

47 [교감기] '신신(呻訊)'은 문집에는 '점필(佔畢)'로 되어 있고, 고본에는 '압운(押
韻)'으로 되어 있다.

絲布澀難縫	베는 딱딱해서 꿰매기 어려운데
快意忽破竹	뜻대로 풀리면 문득 대 쪼개지듯 하네.
聖言裨曲學	성인의 말은 곡학을 돕는데 쓰고
割袞綴邪幅⁴⁸	곤룡포를 잘라 행전으로 엮네.
注金無全巧⁴⁹	황금을 던지니 전혀 기교가 없고
竊發或中鵠	차분히 쏘는데 간혹 과녁에 맞기도 하네.
翟公辟廱老⁵⁰	적공은 태학에서 늙어가니
薪樗茂楲樸	땔나무로 쓸 두릅나무 무성하구나.
御史威降霜	어사는 서릿발처럼 위엄 떨치니
行私不容粟	사사로움을 행하면 조금도 용납하지 않네.
吏部提英鑒	이부에서 밝은 전형을 제시하며
片善蒙采錄	작은 선행이라도 채록하네.
博士刈其楚	박사는 뛰어난 인재를 선발하고
銓量頗三復	「삼복」을 외우는 재목을 좋게 평가하네.
因人享成事	타인 덕에 시문을 작성하니
賤子眞碌碌	천한 자들이여 참으로 형편없구나.

---

48 [교감기] '곤(袞)'은 문집과 고본에는 '구(裘)'로 되어 있다.
49 [교감기] '교(巧)'는 문집에는 '공(功)'으로 되어 있다.
50 [교감기] '옹(廱)'은 문집에는 '옹(雍)'으로 되어 있다. 살펴보건대 두 글자는 통용하니, 이후로 다시 나오면 교정하지 않는다.

【주석】

少年迷翰墨 無異蟲蠹木 : 『지도론』에서 "불타가 말하기를 "잘 설법해서 실수가 없는 것은 부처의 말을 지나지 않은 것이니 모든 외도 중에 설사 좋은 말이 있더라도 마치 벌레가 나뭇잎을 먹으면서 우연히 문자를 이룸과 같다""라고 했다.

智度論云, 佛言 善說無失, 無過佛語, 諸外道中, 設有好語, 如蟲蝕木, 偶然成文.

諸生程藝文 承詔當品目 : 『문선』에 실린 홍사 위소韋昭의 「박혁론」에서 "정식문의 과거를 만들었다"라고 했는데, 이선의 주에서 『설문해자』를 인용하여 "정程은 일정하게 만든 것이다"라고 했다. 『전한서』에 「예문지」가 있다. 『문선』에 실린 심약의 「은행전론」에서 "품목의 많고 적음을 상황에 따라 적절하게 조절한다"라고 했다.

文選韋弘嗣博奕論曰, 設程試之科. 李善注引說文曰, 程, 品也. 前漢書有藝文志. 文選沈休文恩倖傳論曰, 品目少多, 隨事俯仰.

牀敷設箱篚 賦納忽數束 : 『보적경寶積經』의 『게송偈頌』에서 "나는 또한 천옥의 여인과 및 여러 의식과 침상 등을 구하지 않는다"라고 했다. 『서경』에서 "아랫사람이 건의하는 말을 받아들이고"라고 했다. 『좌전·희공 27년』에서 "말로써 진술하게 하여 받아들인다"라고 했는데, 주에서 "부賦는 취함과 같다"라고 했다. 한유의 「시아示兒」에서 "다만 한

묶음의 편지를 들고"라고 했다.

牀敷見上注. 書曰, 敷納以言. 左氏僖二十七年傳作, 賦納以言. 注云, 賦猶取也. 退之詩, 止攜一束書.

變名溷甲乙 謄寫失句讀 : 호명[51]하여 등록하는 누가 누구인지 알 수 없음을 이른다. 『사기』에서 "임소경이 "아무개의 아들 갑은 왜 오지 않았습니까""라고 했다. 『한서·예문지』에서 "속세의 스승은 구두를 잘못 찍는다"라고 했다. 『공양전서』에서도 또한 "그 구두를 잘못 찍는다"라고 했다.

謂糊名謄錄, 莫知某甲某乙也. 史記, 任少卿曰, 某子甲, 何爲不來乎. 漢書藝文志曰, 俗師失其讀. 公羊序亦曰, 失其句讀.

書牕過白駒 夜几跋紅燭 : 『장자』에서 "사람이 천지 사이에 사는 것은 마치 흰 망아지가 틈을 지나는 것과 같아서 순식간일 뿐이다"라고 했다. '극郤'은 또한 '극隙'으로도 쓴다. 『곡례』에서 "촛불은 타고 남은 밑부분은 보이지 않는다"라고 했다. 유우석의 「잡곡가사雜曲歌辭」에서 "붉은 촛불 아래 가장 보기 좋으니"라고 했다.

莊子曰, 人生天地之間, 如白駒之過郤, 忽然而已. 郤亦作隙. 曲禮曰, 燭不見跋. 劉禹錫詩, 最宜紅燭下.

---

51   호명 : 과거에 응시한 사람의 답안지에 쓴 성명 부분을 풀칠하여 봉하던 일을 말한다.

鉤深思嘉魚 攻璞願良玉：『주역』에서 "심원한 이치를 파악하여 찾아낸다"라고 했다. 『시경』에서 "남쪽에 아름다운 물고기 있는데"라고 했다. 또한 "다른 산의 돌을 옥으로 다듬을 수 있네"라고 했다. 『한서·동중서전』에서 "좋은 옥은 다듬지 않아도 된다"라고 했다.

易曰, 鉤深致遠. 詩曰, 南有嘉魚. 又曰. 他山之石, 可以攻玉. 漢書董仲舒傳曰, 良玉不琢.

談天用一律 呻訊厭重複：달리 "문자는 중복을 싫어하네"로 되어 있다. ○『사기·순경전』에서 "추연의 학술은 광대하며 변론에 뛰어났고 추석의 학설은 매우 완벽하였지만 실행하기 어려웠다. 그러므로 제나라 사람들은 "하늘을 말하는 추연, 아로새긴 용같은 추석"이라고 노래하였다"라고 했다. 불가의 『파사론』에서 "허공을 그리려고 하여 오색으로 완성하려 한다면 다만 스스로 수고로울 뿐이다"라고 했다. 한유의 「번종사명」에서 "한나라부터 지금까지 한 운율만 썼다"라고 했다. 『학기』에서 "지금 가르치는 자들은 보았던 간독簡牘의 문자만을 읊어 가르치고 묻기만 많이 한다"라고 했는데, 주에서 "지금의 스승들은 스스로 경문의 의미를 알지 못하고 다만 자신이 보는 책의 글만 읊조리며 그에 대하여 이러저러한 질문만 많이 한다"라고 했다.

一作佔畢厭重複. ○ 談天見上注. 退之樊宗師銘曰, 由漢迄今用一律. 學記曰, 今之教者, 呻其佔畢, 多其訊. 注謂今之師, 自不曉經之義, 佀吟其所視簡之文, 多其難問也.

絲布澀難縫 快意忽破竹 : 『악부』에 실린 녹주의 「오뇌가」에서 "베는 딱딱해 꿰매기 어려운데, 어여쁜 그대가 열 손가락으로 바느질하네"라고 했다. 『사기·이사전』에서 "지금 당장은 기분이 좋아 보기에 흡족하기 때문입니다"라고 했다. 『진서·두예전』에서 "대나무를 쪼개는 것에 비유할 수 있으니, 몇 마디가 쪼개지기만 하면 그 다음부터는 칼날을 대기만 해도 저절로 쪼개집니다"라고 했다.

樂府綠珠懊憹歌曰, 絲布澀難縫, 令儂十指穿. 史記李斯傳曰, 快意當前, 適觀而已矣. 晉書杜預傳曰, 譬如破竹, 數節之後, 皆迎刃而解.

聖言裨曲學 割袞綴邪幅 : 『한서·원고전』에서 "학문을 왜곡하여 세상에 아부하지 말라"라고 했다. 『시경·채숙』에서 "다리에 붉은 슬갑을 두르고, 아래에는 행전을 쳤도다"라고 했다. 『남사·육궐전』에서 "심약이 "화려한 「낙신부」를 진사왕 조식의 다른 부 작품에 비교하면 다른 작가가 지은 것 같다. 육기가 비록 비단처럼 빛난다고 하였지만 어찌 강물의 깨끗한 색이 있는가. 그 가운데 다시 조금이라도 위 문공의 검소한 복색이 있는가""라고 했는데, 이 구절은 그 의미를 사용하였다.

漢書轅固傳曰, 無曲學以阿世. 菜菽詩曰, 赤芾在股, 邪幅在下. 南史陸厥傳, 沈約曰, 以洛神比陳思他賦, 有似異手之作. 士衡雖云煥若縟錦, 寧有濯色江波, 其中復有一片是衛文之服. 此句用有意.

注金無全巧 竊發或中鵠 : 『장자』에서 "물건을 맞추는 놀이에서 황금

을 던지는 경우에는 마음이 혼란해져서 잘 맞추지 못한다"라고 했다.
『고공기·재인』의 주에서 "곡鵠은 과녁으로 가죽으로 만든다"라고 했다. 「사의」에서 "활 쏘는 사람이 각자 자신의 과녁에 쏴서 적중하면 제후가 될 수 있다"라고 했다.

莊子曰, 以金注者昏. 考工記梓人注曰, 鵠, 所射也. 以皮爲之. 射義曰, 射者各射己之鵠, 射中則得爲諸侯.

翟公辟雕老 薪槱茂棫樸 : 『시경·역박』의 소서에서 "역박편은 문왕이 인재를 관리로 임명한 것을 말하고 있다"라고 했다. 『시경』에서 "더부룩한 떨기나무를 베어다가 불을 때도다"라고 했는데, 주에서 "산림이 무성하여 온 백성이 땔나무로 쓸 수 있으며, 어진 사람이 많아서 국가가 번창함을 이른다"라고 했다.

棫樸詩序曰, 棫樸, 文王能官人也. 詩曰, 芃芃棫樸, 薪之槱之. 注謂山林茂盛, 萬民得而薪之. 賢人衆多, 國家得用蕃興.

御史威降霜 行私不容粟 : 최전의 「어사잠」에서 "종이 위에 서리가 어리고, 붓 끝에서 바람이 인다"라고 했다. 『한서』에서 "손보가 후문에게 "이제 매가 공격하기 시작했으니 엄한 서릿발 같은 위엄을 떨칠 것입니다"라고 했다.

崔篆御史箴曰, 簡上霜嚴, 筆端風起. 漢書, 孫寶謂侯文曰, 今鷹隼始擊, 以成嚴霜之威.

吏部提英鑒 片善蒙采錄:『당서』에서 "고계보가 이부시랑이 되자 황제가 금배경 하나를 하사하여 그가 인재를 맑게 전형한 것을 비유하였다"라고 했다. 한유의 「진학해」에서 "작은 선행을 행한 자라도 대부분 기록하고"라고 했다.

唐書, 高季輔爲吏部侍郎, 帝賜金背鏡一, 以况其淸鑒. 退之進學解曰, 占小善者率以錄.

博士刈其楚 銓量頻三復:『시경·한광』에서 "특별히 가시나무를 벤다"라고 했는데, 주에서 "매우 고결한 여자를 취한 것을 비유하였다"라고 했다.『논어』에서 "남용이 백규의 글을 세 번씩 되풀이하여 읽거늘, 공자가 형의 딸을 그의 아내로 삼아 주었다"라고 했다.

漢廣詩, 言刈其楚. 注謂以喻取女之尤高潔者. 三復見魯論.

因人享成事 賤子眞碌碌:『사기·평원군전』에서 "모수가 "그대들은 보잘 것 없으니, 이른바 타인의 덕분으로 일을 성공한 자들이다""라고 했다.『한서·누호전』에서 "왕읍의 부친이 누호를 섬겼는데, 손님을 초대하였다. 왕읍이 "천한 자에게 헌수한다""라고 했다.

史記平原君傳, 毛遂曰, 公等碌碌, 所謂因人成事者也. 漢書樓護傳, 王邑稱賤子上壽.

12. 왕성미의 세 아들이 광문생에 들어가다
王聖美三子補中廣文生[52]

성미의 이름은 자소이다.

聖美名子韶.

王家人物從來遠	왕 씨 집안 인물이 멀리서 왔는데
今見諸孫總好賢[53]	지금 여러 자손을 보니 모두 어질구나.
三級定知魚尾進[54]	참으로 알겠네, 세 단계 넘어서 용으로 변하게 될 줄
一鳴已作鴈行連	나란한 형제들 이미 한 번 크게 명성 떨쳤네.
愧無藻鑑能推轂	조감이 없어서 추천하지 못해 부끄러운데
願卷囊書當贈錢[55]	마땅히 돈을 보낼 터이니 주머니의 글을 보내 보라.
歸去雄誇向兒姪[56]	돌아가 아이와 조카들에게 웅대하다고 자랑하리니

---

52 [교감기] 문집의 제목 아래의 주에서 "왕성미의 이름은 자소(子昭)이다"라고 했다. 장지본에는 '중(中)'자가 없다.
53 [교감기] '제손(諸孫)'은 장지본에는 '제생(諸生)'으로 되어 있다.
54 [교감기] '정지(定知)'는 장지본에는 '정여(定如)'로 되어 있다.
55 [교감기] '전(錢)'은 문집과 장지본, 그리고 명대전본에는 '편(鞭)'으로 되어 있다.
56 [교감기] '향(向)'은 장지본과 『사부비요(四部備要)』에는 본래 '상(尙)'으로 되어 있다.

舍中犢子膌狂顚　　　　집안의 송아지들 더욱 광분하겠지.

【주석】

王家人物從來遠 今見諸孫總好賢 : 왕 씨는 강좌 지역에서 가장 번성하
였다.

王氏最盛於江左.

三級定知魚尾進 一鳴已作鴈行連:『삼진기』에서 "하진은 달리 용문이
라 부른다. 양 쪽에 산이 있는데, 물길과 육지로 갈 수가 없다. 강해의
큰 물고기들이 용문 아래에 몰려드는데, 올라가면 용이 되며 올라가지
못하면 머리를 찧고 아가미를 드러내며 바라본다"라고 했다.『위지·
등예전』에서 "장사들이 물고기를 꿴 듯 줄지어 나아갔다"라고 했다.
『북리지』에서 "명기인 채아가 조광원을 일명선생이라 불렀다"라고 했
다. 살펴보건대『사기·골계전』에서 "제 위왕이 "이 새는 날지 않는데
한 번 날면 하늘까지 올라가며, 이 새는 울지 않는데 한 번 울면 사람
을 놀래킨다""라고 했다.『예기』에서 "형제간에는 기러기처럼 줄지어
간다"라고 했다. ○「설두송」에서 "용문 세 단계 넘어야 물고기가 용이
되는데, 어리석은 이는 들판의 못물만 퍼내네"라고 했다.

三秦紀, 河津一名龍門, 兩傍有山, 水陸不通, 江海大魚, 薄集龍門下, 上則
爲龍, 不得上, 點額暴腮. 魏志鄧艾傳, 將士魚貫而進. 北里志, 名妓菜兒, 呼
趙光遠爲一鳴先輩. 按史記滑稽傳, 齊威王曰, 此鳥不飛, 一飛沖天, 此鳥不

鳴, 一鳴驚人. 禮記曰, 兄弟之齒鴈行. ○ 雪竇頌, 三級浪高魚化龍, 癡人猶戽野塘水.

愧無藻鑑能推轂 願卷囊書當贈錢 : 두보의 「상위좌상上韋左相」에서 "공평하게 인사를 추천하였고"라고 했다. 살펴보건대 진나라 사마염의 태강 연간의 조칙에서 "전형을 맑게 분별하라"라고 했다. 『한서·정당시전』에서 "정당시가 선비들을 천거할 때면 참으로 흥미진진하게 말하였다"라고 했다.

老杜詩, 持衡留藻鑑. 按晉太康制云, 藻鑑銓衡. 漢書鄭當時傳曰, 其推轂士, 誠有味其言也.

歸去雄夸向兒姪 舍中犢子騰狂顚 : 두보의 「백우집행百憂集行」에서 "열다섯 살 마음 한창 어릴 때는, 튼튼한 누런 송아지처럼 뛰어다녔지"라고 했다. 『진서·석계룡재기』에서 "석륵의 조카인 석계룡은 어려서 자주 사람에게 활을 쏘았다. 석륵이 백모인 왕 씨에게 아뢰어 죽이자고 하였다. 왕 씨가 "장쾌한 소는 송아지일 때 수레를 부수는 경우가 많으니 너는 마땅히 참아라"라고 했다. 『청상잡기』에서 "장사석의 「노아」에서 "어린 시절 깊이 생각하노라면, 더욱 미친놈처럼 놀지 못한 게 한스럽네""라고 했다.

老杜詩, 憶年十五心尙孩, 健如黃犢走復來. 晉書石季龍載記, 少時數彈人, 石勒將白母王殺之. 王曰, 快牛爲犢子時, 多能破車, 汝當小忍之. 靑箱雜記, 張師錫老兒詩曰, 長思當弱冠, 悔不騰狂顚.

13. 유경숙의 「문조하첩보기제장」에 차운하다. 4수
次韻游景叔聞洮河捷報寄諸將. 四首

유경숙의 이름은 사웅이다. 장순민은 「종의묘지명」을 지으면서 "당
초 임금의 군대가 영토를 넓힐 때 포한에 이르러 주현을 처음 세웠다.
곡씨의 후손 가운데 유독 동전이 아직 남아서 청당으로 물러나 지키고
있었다. 그 수령인 귀장이 하주 태수 경사를 꾀어 죽이고 동전을 세워
마침내 그들의 나라를 수복하였다. 이에 임금의 군대도 서쪽으로 나아
가지 못하였다. 신종이 이헌에게 귀장을 공격하라고 명하였는데, 십여
년이나 지나도 항복시키지 못하여 끝내는 중국의 벼슬로 그들을 달래
고 해마다 하사품을 내렸다. 원우 초기에 귀장이 옛 영토를 넘보려는
마음을 품고서 하국과 몰래 결탁하여 그 지역을 나누기로 약속하였다.
스스로 병사를 이끌고 조주에 성을 쌓고 속강[57]과 결탁하여 내응하기
로 하였다. 민주 태수인 종의가 그 실정을 파악하여 그들을 공격하면
얻을 수 있는 열 가지 이익을 조목별로 갖추어 조정에 알렸다. 조정에
서 장작감승 유사웅을 파견하여 이해를 헤아려보라고 하였다. 유사웅
의 의견이 종의의 의견과 합치하게 되자 수신 유순경은 어쩔 수 없이
따르게 되었다. 이에 총관 요시를 보내 희하군을 통솔하여 강주성으로
달려갔다. 종의는 가룽위를 내보내 방에서 적을 패퇴시켰으며 골짜기
로 추격하여 조주에 이르렀는데, 적은 성에 들어가 굳게 지켰다. 새벽

---

57   속강 : 귀부하여 송(宋)나라에 소속된 강족(羌族)을 말한다.

안개가 들판을 뒤덮었을 때 종의가 친히 북을 치니, 귀장이 절에 앉아서 손을 내밀어 사로잡혔다. 승전보가 이르자 가까이 모시는 신하를 유릉에 보내어 고하고, 귀장을 함거에 실어 경사로 보내라고 명하였다"라고 했다.

景叔名師雄. 張舜民作種誼墓志云, 初王師拓土, 至枹罕, 始建州縣. 唃氏餘種, 獨董氈尚存, 退保靑唐. 其首領鬼章, 誘殺知河州景思, 立董氈, 遂復其國. 王師亦不復西. 神宗命李憲攻鬼章, 十餘年不能得, 竟以漢爵縻之, 歲有廩賜. 元祐初, 鬼章有窺覦故土之心, 與夏國陰相結連, 約分其地. 自引兵, 城洮州, 結屬羌爲內應. 知岷州种誼, 刺得其情, 條具攻取十利, 聞于朝. 朝廷遣將作監丞游師雄, 就商利害, 師雄議與誼合. 帥臣劉舜卿, 不得已從之, 乃遣總管姚兕統熙河軍, 趨講朱城. 誼出哥龍峗, 敗賊于邦, 令谷追奔至洮州, 賊入城拒守. 晨霧蔽野, 誼親鼓之. 鬼章坐佛寺, 拱手就執. 捷報至, 遣近侍奏告裕陵, 命以鬼章檻車送京師.[58]

첫 번째 수其一

| 千仞溪中石轉雷 | 천 길 시내에서 돌이 우레처럼 구르고 |

---

58 [교감기] 전본에는 이름을 번역한 것이 이와 다르니, 제목 아래의 주 아래에 한 조목을 내어 말하기를 "'가륵씨(嘉勒氏)'는 옛날에 '곡씨(唃氏)'로 되어 있고, '동진(棟戩)'은 옛날에 '동전(董氈)'으로 되어 있으며, '과장(果莊)'은 옛날에 '귀장(鬼章)'으로 되어 있었다. 지금 모두 『속통감강목』에 의거하여 바로잡는다. 제목의 주는 모두 『강목』에 의거하여 잘못을 바로잡는데, 더 이상 자세하게 기술하지 않는다. 또 살펴보건대 「종의묘지」는 전문이 산일되었다.

漢家萬騎搏虛回   한나라 만 명의 기병이 허점을 치고 돌아오네.

定知獻馬胡雛入   말을 바치면서 오랑캐가 들어왔으며

看卽稱觴都護來[59]   술잔을 올리면서 도호가 왔네.

【주석】

千仞溪中石轉雷 漢家萬騎搏虛回：『손자』에서 "천 길의 산에서 둥근 돌을 굴려 떨어뜨리는 것과 같은 것이 형세이다"라고 했다. 이백의 「촉도난」에서 "절벽에서 구르는 돌에 온 골짝이 우레 치는 듯"이라고 했다. 『사기·위청전』에서 "곽거병이 만 명의 기병을 거느리고 농서로 출전하여 공을 세웠다"라고 했다. 「손무전」에서 "손빈이 "목을 치고 빈 곳을 찌른다""라고 했다. 『여씨춘추』에서 "천 길의 시내를 막은 물을 터트린다"라고 했다.

孫子曰, 如轉圓石於千仞之山者, 勢也. 太白蜀道難曰, 崩崖轉石萬壑雷. 史記衛靑傳曰, 去病將萬騎, 出隴西, 有功. 孫武傳, 孫臏曰, 批亢擣虛. 呂氏春秋, 決積水於千仞之溪.

定知獻馬胡雛入 看卽稱觴都護來：『예기』에서 "수레나 말을 바치는 사람은 말채찍과 수레 고삐를 가져다 올린다"라고 했다. 『진서·석륵재기』에서 "왕연이 "방금 전의 오랑캐는 내가 보건대 그 목소리와 시선에 기이한 뜻이 있다""라고 했다. 『후한서·반초전』에서 "소장을 올려

---

59   [교감기] '간즉(看卽)'은 장지본에는 '즉간(卽看)'으로 되어 있다.

"신 반초는 서역을 평정하여 폐하께서 만년토록 술잔을 드시길 바랍니다"라고 했는데, 그 휘에 반초는 도호가 되었다"라고 했다.

禮記曰, 獻車馬者執策綏. 晉書石勒載記, 王衍曰, 向者胡雛, 吾觀其聲視有奇志. 後漢書班超傳, 上疏曰, 臣超竊冀西域平定, 陛下擧萬年之觴. 其後超爲都護

두 번째 수其二

中原日月九夷知	중원의 해와 달을 구이도 아니
不用禽胡釁鼓旗[60]	오랑캐 사로잡아 북과 깃발에 피 칠하지 않네.
更向天階舞干羽	다시 궁궐에서 방패와 새 깃으로 춤을 추니
降書剩破一年遲[61]	항복 문서 일 년 늦음을 아무 것도 아니라네.

【주석】

中原日月九夷知 不用禽胡釁鼓旗 : 『서경』에서 "상나라를 이기니 마침내 구이와 팔만에 길을 통하였다"라고 했다. ○ 두보의 「북정北征」에서 "올 해는 재앙 돌려 역적 물리치고, 이 달은 기세 키워 역적 잡아야지"라고 했다. 『좌전』에서 "지앵이 "진과 초의 두 나라가 전쟁을 하였는

---

60 [교감기] '금(禽)'은 문집에는 '항(降)'으로 되어 있으며, 장지본에는 '금(擒)'으로 되어 있는데 이는 '금(禽)'과 통용한다.
61 [교감기] 고본에는 구의 끝 원주에서 "조서(洮西)의 승전보를 듣다"라고 했다.

데, 신은 재주가 없기 때문에 저의 임무를 완수하지 못하여 포로가 되었습니다. 그러나 집사가 저를 죽여 북에 피를 바르지 않고 본국에 돌려보내 처형을 받게 해주니 이것은 임금의 은혜입니다'"라고 했다.

書曰, 遂通道于九夷八蠻. ○ 老杜詩, 禍轉亡胡歲, 勢成擒胡月. 左傳, 知罃曰, 二國治戎, 臣不勝其任, 以爲俘馘, 執事不以釁鼓, 使歸卽戮, 君之惠也.

更向天階舞干羽 降書剩破一年遲 : 귀장이 비록 사로잡혔지만 그의 자손과 부족은 아직도 변방에서 기세를 떨치고 있으며 아리골과 온계심은 아직도 귀순하지 않고 있으니, 제장들이 싸워 이기는데 익숙해져 공을 요구할까 두렵기에 문덕으로 그들을 귀순하게 만들고자 함을 말하였다. 『동파주의』에 그 내용이 자세하게 기술되어 있다. 『서경』에서 "순 임금이 문덕을 크게 펴면서 방패와 새 깃을 들고 두 섬돌 사이에서 춤을 추니, 그로부터 70일 만에 유묘족이 귀순하였다"라고 했다. 『초사』에서 "천계를 부여잡고 올라 아래를 내려다보네"라고 했다. 백거이의 「초제주객낭중初除主客郞中」에서 "이 안에 오기는 10년이나 늦었으니"라고 했다.

言鬼章雖就擒, 其子孫部族, 猶足以陸梁於邊, 阿里骨及溫溪心皆未臣順, 恐諸將狃勝徼功, 故欲以文德來之也. 東坡奏議述其事甚詳. 書曰, 舞干羽于兩階, 七旬, 有苗格. 楚辭曰, 攀天階而下視. 樂天詩, 此中來較十年遲.[62] 案

---

62 [교감기] 전본에는 임연의 원주 뒤에 한 조목을 덧붙였으니, "'아리고동진양자(阿里庫棟戩養子)'는 옛날에 '아리골(阿里骨)'로 되어 있었는데, 지금『속통감강

阿里庫棟戩養子舊作阿里骨今依續通鑑綱目校改.

세 번째 수其三

漢得洮州箭有神	한이 조주를 얻음에 화살이 귀신같더니
斬關禽敵不逡巡	관문 부수고 적을 사로잡음에 머뭇거리지 않네.
將軍快上屯田計	장군이 둔전의 계책을 통쾌하게 올리니
要納降胡十萬人	십만의 항복한 오랑캐를 받아들이게 되었네.

【주석】

漢得洮州箭有神 斬關禽敵不逡巡：『후한서·경공전』에서 "독약을 화살에 바르니 오랑캐 중에 화살에 맞은 자는 상처가 모두 끓어올랐다. 이에 크게 놀라면서 "한나라 병사는 귀신이니, 참으로 두렵다"라고 했다. 『손자』에서 "적은 군대가 적을 맞아 견고하게 수비를 한다면 강대한 적에게 사로잡힌다"라고 했다. 가의의 「과진론」에서 "진나라 사람이 함곡관을 열고 적을 맞이하자 아홉 나라의 군대가 머뭇거리며 감히 나아가지 못하였다"라고 했다.

後漢書耿恭傳, 以毒藥傅矢, 虜中矢者, 瘡皆沸, 大驚曰, 漢兵神, 眞可畏也. 孫子曰, 小敵之堅, 大敵之禽也. 賈誼過秦論曰, 秦人開關延敵, 九國之師, 逡

목』에 의거하여 교정하였다"라고 했다. 주의 문장와 조목의 글은 자세하게 서술하지 않는다.

巡而不敢進.

將軍快上屯田計 要納降胡十萬人 : 『한서·조충국전』에서 "조충국이 포
류장군이 되었다. 선령이 배반하자 충국은 자원하여 말을 내달려 금성
에 이르러 지도를 펼치고 전략을 계획하였다. 「둔전주」를 올려서 "하
늘의 시간을 따르고 땅의 이익을 추구하여 충분히 이길 수 있는 형세
를 기다려야 합니다. 이렇게 직접 생산하여 지출을 유지하는 것이 강
족을 항복할 수 있는 방법입니다"라고 했다. 그 다음 해 충국이 아뢰기
를 "강족은 본래 5만의 병사였는데, 베어 죽인 숫자는 7,600명이고 항
복한 자는 31,200명이니, 청컨대 둔병을 그만 멈추겠습니다"라고 하
고는 군대의 위세를 떨치며 돌아왔다"라고 했다. 『후한서·황보규
전』에서 "위로는 근심을 씻어내고 아래로는 항복을 받을 수 있습니다"
라고 했다.

漢書趙充國傳, 爲蒲類將軍. 先零反, 充國願馳至金城, 圖上方畧. 上屯田
奏曰, 萬人留田, 順天時, 因地利, 以待可勝之勢. 此坐支解羌人之具也. 明年,
充國奏言, 羌本可五萬人軍, 凡斬首七千六百級, 降者三萬一千二百人, 請罷
屯兵. 振旅而還. 後漢書皇甫規傳曰, 高可以滌患, 下可以納降.

네 번째 수其四

遙知一炬絶河津　　　멀리서도 알겠네, 횃불 올려 강물을 끊어버리고

生縛靑宜不動塵　　　　청의를 산채로 묶으니 먼지가 일지 않네.
付與山河印如斗.⁶³　　한 말 크기 인장으로 산하를 맡기는데
忍爲鼠子腹心人⁶⁴　　어찌 차마 쥐새끼의 복심이 될 것인가.

【주석】

遙知一炬絶河津　生縛靑宜不動塵 : 장순민이 지은 「유사웅묘지」에서 "병사를 양 도로 나누었다. 요시가 한 편을 거느려 왼쪽으로 강주성을 공격하여 황하의 비교를 자르니 청당의 십만 병사가 건너오지 못하였다. 종의가 다른 한 편을 거느려 오른쪽으로 조주를 격파하여 귀장과 대수령 아홉 사람을 사로잡았다"라고 했다. 이 시에서 말하는 '청의靑宜'는 귀장과 청의의 결탁을 말한다. 『진서 · 왕준전』에서 "오나라 사람이 철쇄로 강을 가로막았다. 왕준이 횃불로 태워 가로막은 철쇄를 녹여버리니 배가 막힘이 없이 다녔다"라고 했다. 『한서 · 조참등전』에서도 "강을 가로막았다"라는 말이 있다. 두보의 「려인행麗人行」에서 "내시는 먼지일지 않게 말 내달리고"라고 했다.

張舜民作游師雄墓誌云, 分兵爲兩道. 姚兕將而左攻講朱城, 斷黃河飛橋, 靑唐十萬之衆, 不得度. 種誼將而右破洮州, 禽鬼章及大首領九人. 此詩所云靑宜, 卽鬼章靑宜結也. 晉書王濬傳, 吳人以鐵鎖絶江, 濬作火炬燒之, 融液斷絶, 船無所礙. 漢書曹參等傳, 皆有絶河津之語. 老杜詩, 黃門飛鞚不動塵.

63　[교감기] '산하(山河)'는 문집과 고본에 '산천(山川)'으로 되어 있다.
64　[교감기] 고본의 구절 끝의 원주에서 "조동(洮東)의 승전보를 들었다"라고 했다.

付與山河印如斗 忍爲鼠子腹心人 : 귀장이 일찍이 벼슬을 받았는데, 이에 하국과 서로 결탁하여 옛 영토를 엿보는 뜻을 지님을 말하였다. 『진서・주의전』에서 "금 인장을 취하였는데, 크기가 한 말만하였다. 팔뚝에 찼다"라고 했다. 『오지・손권전』의 주에서 "위 문제가 조서를 내려 "이 쥐새끼야! 너도 너의 땅을 지키지 못할 것을 알고 있겠지""라고 했다. 『후한서・구순전』에서 "외효의 대장 고준이 성을 지키다가 황보문을 내보내 항복하게 하였다. 구순이 그를 베면서 "황보문은 고준의 복심이다. 그를 죽이면 구준은 쓸개를 잃어버린 격이다""라고 했다.

言鬼章嘗受爵命, 乃與夏國相結, 有窺故土之意. 晉書周顗傳曰, 取金印, 如斗大. 繫肘. 吳志孫權傳注, 魏文帝詔曰, 此鼠子自知不能保爾許地也. 後漢書冦恂傳曰, 隗囂將高峻, 遣皇甫文出降. 恂斬之曰, 文, 峻之腹心, 殺之, 則峻亡其膽.

14. 유경숙의 「월보삼첩」에 화답하다

和游景叔月報三捷[65]

漢家飛將用廟謀	한나라의 비장이 묘당의 계책을 써서
復我匹夫匹婦讐	우리 평범한 부부를 위해 원수를 갚았네.
眞成折箠禽胡月	몽둥이를 만들어 이 달에 오랑캐 사로잡으니
不是黃楡牧馬秋	노란 느릅나무 말 키우는 변방 가을이 아니네.
幄中已斷匈奴臂	장막 안에서 이미 흉노의 팔을 자르고
軍前可飮月氏頭	군대 앞에서 월지왕의 머리 술잔으로 마시네.
願見呼韓朝渭上	한의 선우 불러 위수에서 조회하는 광경
	보기 원하는데
諸將不用萬戶侯[66]	제장은 만호후가 필요하지 않네.

【주석】

漢家飛將用廟謀　復我匹夫匹婦讐 : 『한서·이광전』에서 "흉노가 그를 비장군이라 불렀다"라고 했다. 『맹자』에서 "탕 임금이 박 땅에 도읍하고 계실 때 갈나라와 이웃하고 있었다. 갈 나라 임금이 들밥을 내가는 사람들을 원수로 여겼다. 이 어린아이를 죽인 일로 인해 탕 임금이 갈

---

65 [교감기] 문집과 고본의 제목 아래의 원주에는 "경숙의 이름은 사웅(師雄)이다"라고 했다.
66 [교감기] '제장(諸將)'은 장지본에는 '장군(將軍)'으로 되어 있다.

나라를 정벌하였는데, 천하 사람들이 모두 말하기를, "탕 임금이 천하를 탐내서가 아니라 일반 서민들을 위하여 복수한 것이다'"라고 했다.

漢書李廣傳, 匈奴號爲飛將軍. 孟子曰, 湯居亳, 與葛爲鄰. 葛伯仇餉. 爲其殺是童子而征之. 四海之內皆曰, 非富天下也, 爲匹夫匹婦復讐也.

眞成折箠禽胡月　不是黃楡牧馬秋 : 『후한서·등우전』에서 "광무제가 "적미들은 곡식이 없어서 마땅히 동으로 올 것이니 내가 몽둥이를 잘라 매질하겠다'"라고 했다. 두보의 「북정北征」에서 "올해는 재앙 돌려역적 물리치고, 이 달은 기세 키워 역적 잡아야지"라고 했다. 가의의「과진론」에서 "오랑캐들이 감히 남하하여 말을 키우지 못하였다"라고했다. 『사기』에서 "진나라가 흉노를 물리치고 느릅나무를 심어 경계로삼았다"라고 했다.

折箠已見上卷注. 老杜北征詩曰, 勢成禽胡月. 賈誼過秦論曰, 胡人不敢南下而牧馬. 史記云, 秦却匈奴, 樹楡爲塞.

幄中已斷匈奴臂　軍前可飮月氏頭 : 『한서·장량전』에서 "장막 안에서계책을 운용하다"라고 했다. 『서역찬』에서 "서역과 통하여 흉노의 오른쪽 팔을 잘랐다"라고 했다. 「장건전」에서 "흉노가 월지왕을 죽이고그 머리로 술잔을 만들었다"라고 했다.

漢書張良傳曰, 運籌帷幄之中. 西域贊曰, 通西域, 以斷匈奴右臂. 張騫傳, 匈奴破月氏王, 以其頭爲飮器.

願見呼韓朝渭上 諸將不用萬戸侯 : 한 선제 감로 3년에 한의 선우를 불러 조회하게 하였다. 황제가 위교에 오르자 모두들 만세를 외쳤다. 「이광전」에서 "문제가 "만약 이광이 고조의 시대에 태어났다면 만호후에 봉해지는 것은 말할 필요가 있겠는가""라고 했다. ○ 두보의 「억석憶昔」에서 "원컨대 북지 사람 부개자[67]를 보고 싶으니, 늙은 선비는 상서랑이 필요 없다네"라고 했다.

漢宣帝甘露三年, 呼韓單于來朝, 上登渭橋, 咸稱萬歲. 李廣傳, 文帝曰, 令廣當高祖世, 萬戶侯豈足道哉. ○ 老杜詩, 願見北地傅介子, 老儒不用尚書郎.[68]

---

67 부개자 : 『한서』에서, "부개자(傅介子)는 북지(北地) 사람이다. 부신을 가지고 누란(樓蘭)에 사신 가서 그들의 왕을 죽이고 돌아와 그 목을 북궐에 매달았다. 이에 조서를 내려 의양후(義陽侯)에 봉하였다'라 하였다.

68 [교감기] 두보의 시는 원본과 부교본에는 이 조목의 주가 없다.

15. 최백이가 잔치 자리에서 지어서 인하여 떠나는 이에게 준 시에 차운하다. 2수

次韻崔伯易席上所賦因以贈行. 二首

별본에서 "영주 태수 최백이가 잔치 자리에서 지어 이별하는 동료에게 준 시에 차운하다"라고 했다.

別本云, 次韻潁守崔伯易席上贈別諸同舍.

첫 번째 수 其一

迎新與送故	새로운 사람 맞이하고 옛사람 보내니
渠已不勝勤	백성은 이미 그 고생을 견디기 어렵네.
民賣腰間劍	백성은 허리의 칼을 팔고
公寬柱後文	공은 법문을 넉넉하게 적용하였네.
諸郞投賜沐	여러 낭중이 휴가를 받아
高會惜臨分	고아한 모임에서 이별을 아쉬워하네.
去國雖千里	도성 떠나면 비록 천 리 먼 길이지만
分憂卽近君	임금 근심 나누면 곧 임금 곁이라네.

【주석】

迎新與送故 渠已不勝勤 : 별본에서 "온 성이 오마의 태수를 맞이하리

니, 백성들이 열심히 일하게 권하리"라고 했다. ○『한서·황패전』에서 "자주 장리를 바꾸면 옛 사람을 보내고 새로운 사람을 맞이하는데 비용이 들어가는 폐단과 간사한 관리가 인연을 맺게 되어 장부를 중간에서 잘라버리거나 재물을 도적질하게 된다. 한편 바뀐 새로운 관리가 반드시 어진 것도 아니다"라고 했다. '삼근三勤'은『곡량전』에 보이니, 백성이 힘에 부지런하면 토목공사를 하지 않고 백성이 재물에 부지런하면 세금을 줄였으며 백성이 먹을 것에 부지런하면 온갖 일을 중단하였다.『법언』에서 "백성은 세 가지 부지런함이 있다"라고 했는데, 그 글자를 차용하였다.

別本云, 傾城迎五馬, 財力已三勤. ○ 漢書黃霸傳曰, 數易長吏, 送故迎新之弊, 及姦吏因緣, 絶簿書盜財物, 所易新吏, 又未必賢. 三勤見穀梁, 謂民勤於力, 勤於財, 勤於食. 法言曰, 民有三勤. 此借用其字.

民賣腰間劍 公寬柱後文 :『한서·공수전』에서 "공수가 발해태수가 되었다. 백성 가운데 단도와 대검을 지닌 자가 있으면 검을 팔아 소를 사게 하고 단도를 팔아 송아지를 사게 하였다. 그렇지 않은 이들이 있으면 "어찌 소와 송아지를 차고 다니는가"라고 했다. 또「장창전」에서 "장창의 아우 장무가 양국梁國의 재상이 되어 "양국은 큰 도회지인데 아전과 백성이 어려운 상황에 처해 있으니 마땅히 주후혜문관을 쓰는 법관으로 다스려야 한다"라고 했다. 진나라 때 옥법리는 주후혜문관을 썼으니, 장무의 생각은 형법으로 양나라를 다스리

겠다는 것이다.

漢書龔遂傳, 爲勃海太守. 民有帶持刀劍者, 使賣劍買牛, 賣刀買犢曰, 何爲帶牛佩犢. 又張敞傳, 弟武曰, 吏民彫敝, 且當以柱後惠文治之耳. 秦時獄法吏冠柱後惠文, 武意欲以刑法治梁.

諸郎投賜沐 高會惜臨分 : 별본에서 "동료들은 휴가를 기뻐하며, 술자리 펼쳐 이별을 애석해하네"라고 했다. ○ 『한서·석분전』에서 "큰아들 건은 낭중령이 되었고 작은 아들 경은 내사가 되었다. 매 5일마다 휴가를 받아 부모를 뵙고 곁채로 들어갔다"라고 했다. 고회는 앞의 주에 보인다. 사승의 『후한서』에서 "왕환이 한양태수가 되었다. 범단이 길에서 작별하는데, 왕환이 "함께 앞의 역말에 가서 자면서 이별의 정을 풀어보세""라고 했다. 한유의 「시상示爽」에서 "헤어지는 마당에 너에게 거짓말 하랴, 가는 즉시 벼슬 떠나 고향으로 가리다"라고 했다.

別本云, 同僚欣賜沐, 張飮惜臨分. ○ 漢書石奮傳曰, 長子建爲郎中令, 少子慶爲內史, 每五日洗沐歸謁親, 入子舍. 高會見上注. 謝承後漢書曰, 王奐爲漢陽太守, 范丹於道候別之. 奐曰, 可共到前亭宿息, 以敍分隔. 退之詩, 臨分不汝誑, 有路卽歸田.

去國雖千里 分憂卽近君 : 별본에서 "엄조[69]를 뒤따를 것으로 여겼는

---

69 엄조: 한 무제가 엄조를 회계 태수(會稽太守)에 제수하면서 내린 조서 가운데

데, 구군[70]을 빌려 달라고 할까 걱정하네"라고 했다. ○ 능히 태자를 위해 지방관으로서 근심을 덜어줄 수 있으니 조정에 있는 것과 다르지 않음을 말하였다. 두보의 「동원사군용릉」의 서에서 "천자의 근심을 덜어줄 지위를 당하였다"라고 했다. 유우석의 「역양서사歷陽書事」에서 "견책을 받은 때가 이미 오래되었는데, 근심 나누는 정사는 아직 이루지 못하였네"라고 했다.

別本云, 看卽追嚴助, 還疑借寇君. ○ 能爲天子分憂, 卽與在朝廷無異. 老杜同元使君春陵詩序曰, 當天子分憂之地. 劉禹錫詩, 受譴時方久, 分憂政未成.

두 번째 수 其二

老惜交情別	늘어 이별하는 정 아쉬워
追隨車馬勤	부지런히 수레타고 뒤따라왔네.
臨朝思共理	조정에 임하여 함께 다스릴 것을 생각하고

"그대가 승명려에 있는 것을 지겹게 여기고 시종신의 일을 고단하게 여기면서 고향을 그리워하기에 지방으로 내려 보내는 바이다"라고 하였다. 『한서·엄조전(嚴助傳)』에 보인다.

70 구군 : 후한 광무제(後漢光武帝) 때 구순이 하내(河內)·영천(潁川)·여남(汝南)의 태수(太守)를 연임하며 선정을 베풀다가 여남 태수를 그만두고 조정에 들어와서 집금오(執金吾)에 임명되었다. 그런데 광무제를 따라 영천에 가서 도적의 항복을 받을 적에 고을 사람들이 길을 막고 "구순을 1년 동안 빌려 달라[借寇君一年]"라고 간청하자 그곳에 머물면서 백성들을 위로하게 한 고사가 전한다. 『후한서·구순열전(寇恂列傳)』에 보인다.

治郡復斯文	고을 다스림에 사문을 회복하였네.
訟息常休吏[71]	송사 그쳤으니 항상 관리를 쉬게 하고
民貧更勸分	백성 가난하니 부자에게 나눌 것을 권하였네.
西湖十頃月	십 경 서호에 뜬 달
自比漢封君	스스로 한의 봉군에 비기네.

【주석】

老惜交情別 追隨車馬勤 : 두보의 「위십사시어취폐려상별魏十四侍御就敝廬相別」에서 "안타까운 마음을 시에 쏟았네"라고 했다. 『한서 · 정당시전』에서 "적공이 "한 번 죽었다 한 번 살아남에 사귀는 정리를 알았고, 한 번 가난했다 한 번 부자됨에 사귀는 모양을 알았다""라고 했다. 『문선』에 실린 육기의 「문유거마객行門有車馬客行」에서 "문 앞에 거마 타고 온 손이 있는데"라고 하였다.

老杜詩, 惜別到文場. 漢書鄭當時傳, 翟公曰, 一死一生, 乃見交情. 追隨見上注.

臨朝思共理 治郡復斯文 : 『한서 · 성제기』에서 "조정에 임하였을 때 깊고 묵중하였다"라 하였다. 「황패전」에서 "공명은 고을을 다스릴 때 손상되었다"라고 했다. 『한서 · 순리전』에서 "선제가 "서민들이 그 고향

71　[교감기] '상(常)'은 고본의 원래 교정에는 "달리 당(當)으로 되어있는 판본도 있다"라고 했다.

을 편히 여겨서 탄식하고 근심하고 한하는 마음이 없는 것은 정사가 공평하고 송사가 다스려지기 때문이다. 나와 더불어 이것을 같이할 자는 오직 선량한 2천석태수이리라'"라고 했다. '사문斯文'은 유자의 우아함으로 관리를 다스림을 이른다.

漢書成帝紀曰, 臨朝淵默. 黃霸傳, 功名損於治郡時. 共理字見上注. 斯文謂以儒雅飾吏.

訟息常休吏 民貧更勸分 : 『한서·설선전』에서 "동지와 하지가 되면 관리를 쉬게 하였다"라고 했다. 『좌전』에서 "손신노孫莘老가 창고를 열어 진휼하고 곡식을 나눠줄 것을 부자들에게 권하였다"라고 하였다.

漢書薛宣傳曰, 及日至休吏. 左傳曰, 振廩勸分.

西湖十頃月 自比漢封君 : 구양수가 양주에서 영주로 옮기면서 「서호西湖」라는 시를 지었으니 "이십사교의 모든 달로 십경 서호의 가을을 바꾸네"라고 했다. 『사기·화식전』에서 "제와 노의 천묘의 뽕과 마를 소유하거나 위천의 천묘의 대를 소유하면 이 사람들은 모두 천 호의 영지를 가진 제후와 수입이 같다"라고 했다. 또한 "지금 관원으로서 봉록도 없고 벼슬이나 영지의 수입이 없지만 덕을 베푼 사람과 같은 낙을 지닌 사람이 있는데, 이것을 소봉素封이라고 부른다"라고 했다. 『한서·화식전』에서 "진과 한의 열후와 봉군은 세금을 받아먹는데, 천 호의 봉군은 이십만 섬의 수입이 있다"라고 하였다.

歐陽公自楊遷潁, 有詩曰, 都將二十四橋月, 換得西湖十頃秋. 史記貨殖傳曰, 齊魯千畝桑麻, 渭川千畝竹, 此其人皆與千戶侯等. 又曰, 今有無秩綠之奉, 爵邑之入, 而樂與之比者, 命曰素封. 漢書貨殖傳曰, 秦漢之列侯封君食租稅, 千戶之君, 則二十萬.

16. 자첨의 운자와 같은 운자로 단련사團練使 조백충에 화답하다
同子瞻韻和趙伯充團練[72]

金玉堂中寂寞人	금옥 가득할 집은 고요한데
仙班時得共朝眞	조정 반열에 참된 인재 얻었네.
兩宮無事安磐石[73]	양궁에 일이 없어 반석처럼 편안하고
萬國歸心有老臣	만국이 귀의함은 노신의 공이라네.
家釀可供開口笑	집집마다 술을 빚어 환하게 웃으며
侍兒工作捧心嚬	시녀는 아름답게 꾸미려고 공을 들이네.
醉鄕乃是安身處	취향이 바로 몸을 편안케 하는 곳이니
付與升平作幸民	태평 세상의 복이 많은 백성이로다.

【주석】

金玉堂中寂寞人 仙班時得共朝眞 : 백충은 종실의 자손으로 부귀하게 살아야 하는데 스스로 청빈하게 지낸 것을 말한다. 『노자』에서 "금과 옥이 집안에 가득해도 지킬 수 없고, 부귀하면서 교만하면 스스로 허물만 남길 뿐이다"라고 하였다.

言伯充宗室子, 居富貴, 而自處如寒素也. 老子曰, 金玉滿堂, 莫之能守, 富

72　[교감기] '同子瞻韻和趙伯充團練'이란 제목에서 장지본에는 '운(韻)'과 '단련(團練)' 등의 글자가 없다. 전본에는 '운(韻)'자가 없다.

73　[교감기] '반(磐)'은 문집과 원본, 부교본과 장지본에는 '반(盤)'으로 되어 있다. 살펴보건대 두 글자는 통용하니, 이후로 거듭나오면 다시 교정하지 않는다.

貴而驕, 自遺其咎.

兩宮無事安磐石 萬國歸心有老臣 : '양궁兩宮'은 선인태후와 철종을 이른다.『한서·두영전』에서 "만일 양궁이 장군에게 화를 낸다면 처자식은 살아남지 못할 것입니다"라고 하였다. '노신老臣'은 문정공 사마광과 여공저 등을 이른다. '만국귀심萬國歸心'은『맹자』에 보이는 백이伯夷와 태공太公 두 노인이 문왕에게 귀의한 것을 인용하였다.[74]『순자』「부국편」에서 "나라가 반석에 놓은 것처럼 안정되고 기성과 익성보다 오래가리라"라고 했는데, 주에서 "반석盤石은 넓적한 큰 바위이다"라고 하였다.

兩宮謂宣仁哲廟.[75] 漢書竇嬰傳曰, 有如兩宮奭將軍. 老臣謂文呂諸公. 萬國歸心用孟子二大老意. 磐石見上注.

家釀可供開口笑 侍兒工作捧心響 :『진서·하충전』에서 "유담이 이르기를 "하차도가 술 마시는 것을 보면 사람으로 하여금 집안 재산을 다 쏟아 술을 빚어서 마시게끔 만든다""라고 하였다.『장자·도척전』에서 "일생을 통해 입을 크게 벌리고 웃을 수 있는 날은 한 달 가운데 4~5

---

74 만국귀심(萬國歸心) :『맹자·이루(離婁)』상(上)에 "백이(伯夷)와 태공(太公) 두 노인은 천하의 대로인데 문왕(文王)에게 돌아갔으니, 이는 천하의 아버지가 문왕에게 돌아간 것이다. 천하의 아버지가 돌아갔으니, 그 자제들이 문왕에게 돌아가지 않고 어디로 가겠는가[二老者 天下之大老也 而歸之 是天下之父歸之也 天下之父歸之 其子焉往]"라고 하였다.

75 [교감기] '묘(廟)'는 원본과 부교본에는 '종(宗)'으로 되어 있다.

일에 불과하다"라고 하였다. 『장자』에서 "사금이 "서시西施가 가슴을 앓아 마을에서 얼굴을 찡그리고 다니자 그 마을의 어떤 추녀가 그것을 보고 아름답게 여겨 자기 집에 돌아가 그 또한 가슴을 부여잡고 마을 사람들 앞에서 얼굴을 찡그렸다. 그 마을의 부자들은 그것을 보고는 문을 굳게 닫고 밖으로 나오려 하지 않았고 가난한 사람들은 그것을 보고는 처자식을 이끌고 그 마을을 떠나 버렸다"'라고 하였다.

晉書何充傳, 劉恢云, 見次道飮, 令人欲傾家釀. 莊子盜跖曰, 其中開口而笑者, 一月之中, 不過四五日而已矣. 捧心響見上注.

醉鄕乃是安身處　付與升平作幸民 : 『당서·왕적전王績傳』에서 "왕적이 「취향기醉鄕記」를 지었다"라고 하였다. 『좌전』에서 "선한 사람이 윗자리에 있으면 요행을 바라는 백성이 없게 된다"라고 했는데, 이것을 차용하였다. 백거이의 「영흥시서」에서 "하릴없이 스스로 만족하니 대개 하수와 낙수 사이의 행운아이다"라고 하였다.

醉鄕見上注. 左傳曰, 善人在上, 則國無幸民. 此借用. 樂天詠興詩序曰, 頹然自適, 蓋河洛間一幸人也.

17. 조백충이 글쓰기를 배우지 말라고 권한 것에 장난스레 답하며 아울러 석자택의 조롱에 변명하다

戲答趙伯充勸莫學書及爲席子澤解嘲

백충의 이름은 숙앙이고 자택의 이름은 연상이다.

叔盎, 延賞.[76]

平生飲酒不盡味	평생 술을 마셔도 다 맛보지 못하였고
五鼎餽肉如嚼蠟	다섯 솥의 고기 보내줘도 밀랍을 씹는 듯하네.
我醉欲眠便遣客	나는 취하면 졸려 곧 손님을 보내는데
三年窺牆亦面壁	삼년을 담장을 넘겨다보고 또 면벽하였네.
空餘小來翰墨場	짬이 나면 가끔 문장 다투는 곳에 나오는데
松煙兔穎傍門窗[77]	송연묵과 토끼 붓은 문의 창 옆에 있네.
偶隨兒戲灑墨汁	우연히 아이가 장난삼아 먹물로 장난함을 따라하니
衆人許在崔杜行	뭇사람이 최원과 두도와 비슷하다고 인정하네.
晚學長沙小三昧	늦게나마 장사 회소의 삼매를 배웠는데

---

76 [교감기] 장지본과 명 대전본에는 '숙앙연상(叔盎延賞)'의 네 글자가 큰 글자로 쓰여 시의 제목과 이어져 있다. 옹 씨의 비점에 "백충의 이름은 숙앙이고 자택의 이름은 연상이다. 이 네 글자는 마땅히 방주(旁注)가 되어야 한다"라고 하였다. 살펴보건대 옹 씨의 비점이 옳다.

77 [교감기] '문창(門窗)'은 문집과 원본, 장지본과 전본에는 모두 '명창(明窗)'으로 되어 있다.

幻出萬物眞成狂　환상에서 나온 만물은 참으로 미친 듯 핍진하네.

龍蛇起陸雷破柱　용과 뱀이 뭍에서 나오고 우레가
　　　　　　　기둥을 부수는데

自喜奇觀繞繩床　기이한 구경거리 절로 기뻐하여 승상을 맴도네.

家人罵笑寧有道　집안사람들이 무슨 도가 깃들었냐고
　　　　　　　꾸짖고 비웃는데

汚染黃素敗粉墻　조서를 더럽히고 분바른 담장을 망치네.

誠不如南鄰席明府　참으로 남쪽 이웃 석 명부만 못하니

蛛網鑽硯蝸書梁　벼루에 거미줄이 휘감고 들보에 달팽이
　　　　　　　지난 듯한 글씨라네.

懷中探丸起九死　품속에서 환약 찾아 거의 죽을 사람 일으키니

才術頗似漢太倉　재주는 자못 한나라 태창공과 비슷하네.

感君詩句喚夢覺　그대의 시구에 감동되니 마치 꿈을 깨우는 듯

邯鄲初未熟黃粱　한단에는 애초부터 황량이 익지 않았네.

身如朝露無牢強　몸은 아침이슬과 같아 굳세지 못하는데

翫此白駒過隙光　흰 망아지 짧은 틈을 지나는 듯한 세월이구나.

從此永明書百卷　이후로 영명사 백 권의 책을

自公退食一爐香　퇴청 후에 향 피워놓고 베껴야지.

【주석】

平生飲酒不盡味 五鼎餽肉如嚼蠟 : 『문선』에 실린 조식의 「송응씨送應

氏」에서 "손님들 술잔을 다 비우지 않네"라고 하였다. 『맹자』에서 "목공이 자사에 대하여 자주 문안드리고 자주 삶은 고기를 보내주었지만 자사는 기뻐하지 않았다"라고 하였다. 『능엄경』에서 "미녀가 옆으로 누워 있더라도 밀랍을 씹듯 하라"라고 하였다.

選詩, 賓飮不盡觴. 孟子曰, 繆公之於子思也, 亟問, 亟餽鼎肉, 子思不悅. 楞嚴經曰, 當橫陳時, 味如嚼蠟.

我醉欲眠便遣客 三年窺牆亦面壁 : 『남사·도잠전』에서 "도잠이 먼저 취하면 문득 객에게 말하기를 "나는 취하면 졸리니 그대는 개연치 말고 가시오""라고 하였다. 송옥의 「등도자호색부」에서 "이 여자는 담장에 올라 신을 훔쳐본 지 3년이 되었는데, 지금까지 허락하지 않았습니다"라고 하였다. 『전등록』에서 "달마가 우연히 숭산의 소림사에 멈춰서 벽을 마주하고 앉아 종일토록 침묵하였다"라고 했는데, 이것을 차용하였다.

南史陶潛傳曰, 潛若先醉, 便語客云, 我醉欲眠, 卿可去. 宋玉登徒子好色賦曰, 此女登墻窺臣三年, 至今未許也. 傳燈錄, 達磨寓止嵩山少林寺, 面壁而坐, 終日黙然. 此借用.

空餘小來翰墨場 松煙免穎傍門窗 : 『문선』에 실린 사첨謝瞻의 「장자방시張子房」에서 "밝고 밝은 문장을 다투는 마당"이라고 하였다. 포조의 「비백서명」에서 "이 옥 진액을 적시고 저 송연묵을 갈아 물들인다"라

고 하였다. '토영兎穎'은 한유의 「모영전」에 보인다.

選詩, 粲粲翰墨場. 鮑照飛白書銘曰, 沾此瑤液, 染彼松煙. 兎穎見韓退之毛穎傳.

偶隨兒戲麗墨汁 衆人許在崔杜行 : 『한서·주아부전』에서 "문제가 "지난번 패상과 극문은 어린아이 장난 같았다""라고 하였다. 노동의 「시첩정」에서 "갑자기 책상 위의 먹물을 뒤엎어, 시서의 책을 늙은 까마귀처럼 검게 칠해버리네"라고 하였다. 살펴보건대 『왕자년습유기』에서 "부제국에서 신통하게 글씨를 잘 쓰는 두 사람을 바쳤다. 그들은 팔꿈치 사이에서 금병을 꺼냈는데 병 안에는 마치 진한 옻이 땅에 뿌려진 것 같은 검은 즙이 있었다. 돌에 닿으면 모두 전서, 예서, 과두 문자로 변하였다. 나숙경과 조원사 등은 장백영과 동시대 인물로 서주에서 명성을 날렸는데, 장백영이 공교로움을 스스로 자랑하니 많은 사람들이 자못 의심스럽게 생각하였다. 그러므로 장백영은 스스로 "위로는 최원과 두도와 비교하면 부족하고 아래로는 나숙경과 조원사와 비교하면 낫다""라고 하였다. 최는 최원을 이르고 두는 두도를 이른다. 『진서·왕희지전』에서 "스스로 일컫기를 "나의 글씨는 종요와 비교하면 어깨를 나란히 할 수 있고 장지의 초서와 비교하면 내가 약간 미치지 못한다""라고 하였다. 두보의 「기팽주고사군적괵주잠장사삼寄彭州高使君適虢州岑長史參」에서 "심약, 포조와는 같이 갈 수 있다네"라고 하였다.

漢書周亞夫傳, 文帝曰, 鄉者霸上棘門, 如兒戲耳. 盧仝示添丁云, 忽來案上翻墨汁, 塗抹詩書如老鴉. 按王子年拾遺記曰, 浮提國獻神通善書二人, 出肘間金壺, 壺中有墨汁, 如淳漆灑地, 及石, 皆成篆隷科斗之字. 羅叔景趙元嗣者, 與張伯英竝時, 見稱於西州, 而矜巧自與, 衆頗惑之, 故伯英自稱, 上比崔杜不足, 下方羅趙有餘. 崔謂崔瑗, 杜謂杜度. 晉書王羲之傳, 自稱我書比鍾繇, 當抗行, 比張芝草, 猶當鴈行也. 老杜詩, 沈鮑得同行.

晚學長沙小三昧 幻出萬物眞成狂 : 『국사보』에서 "장사의 승려 회소가 스스로 말하기를 "초성 삼매를 얻었다""라고 하였다. 『전등록』에서 "비바시불의 게송에서 "몸은 본디 형상이 없는 것에서 태어났으니, 마치 환상 속에 나타나는 모든 형상과 같음이라""라고 하였다.

國史補曰, 長沙僧懷素, 自言得草聖三昧. 傳燈錄, 毗婆尸佛偈曰, 身從無相中受生, 猶如幻出諸形像.

龍蛇起陸雷破柱 自喜奇觀繞繩床 : 『음부경』에서 "땅에서 살기가 나오면 용과 뱀이 육지로 나온다"라고 하였다. 『세설신어』에서 "하후현이 일찍이 기둥에 기대어 책을 읽고 있는데, 폭우가 내리면서 뇌성벽력이 쳐서 기대고 있던 기둥이 부서지고 의복이 탔으나 그는 안색이 조금도 변하지 않았으며 이전처럼 책을 읽었다"라고 했는데, 이 두 가지를 함께 차용하여 초서의 생동함을 말하였다. 『묵수』에서 "채옹이 붓을 운용하는 법을 깨우치고서 기쁨에 크게 소리쳤다"라고 하였다. 『진서·유의전』에서 "일찍이 모여서 저포 노름을 하는데, 치[78]가 나와서 매우

좋아하여 옷을 걷고 상을 맴돌며 소리를 질렀다"라고 하였다. 이백이 「회소초서가」를 지었으니 "우리 스승은 술에 취하면 승상繩床[79]에 기대었다가, 곧바로 수천 줄의 글씨를 휘갈겼네"라고 하였다.

陰符經曰, 地發殺機, 龍蛇起陸. 世說曰, 夏侯玄嘗倚柱讀書. 時暴雨霹靂, 破所倚柱, 衣服焦然, 神色不變, 讀書如故. 此竝借用, 以言草書之變態. 墨藪云, 蔡邕得用筆法, 大叫歡喜. 晉書劉毅傳, 嘗聚樗蒲, 擲雉大喜, 褰衣繞床叫. 太白作懷素草書歌曰, 吾師醉後倚繩床, 須臾掃盡數千行.

家人罵笑寧有道 汚染黃素敗粉墻 : 『서단』에서 "장지의 자는 백영으로 본성이 글씨 쓰는 것을 좋아하였다. 집안에 있는 옷감에는 모두 글씨를 쓴 뒤에 잿물에 삶아 희게 만들었다"라고 하였다. 『북사』에서 "노순조는 조서詔書의 해서와 훈신 문적의 글씨를 썼다"라고 하였다. 소식의 「곽상정가취화죽석벽상郭祥正家醉畫竹石壁上」에서 "서창에 질펀하게 글씨 쓰니 항상 꾸지람을 듣고"라고 하였다. 임화의 「회소초서가」에서 "분 바른 벽에는 맑은 빛이 흔들리고, 흰 병풍에는 새벽 서리가 서렸네. 스승이 붓 휘두르기를 기다렸는데 잊지 못하겠네"라고 하였다.

書斷曰, 張芝字伯英, 性好書, 凡家之衣帛, 皆書而後練. 北史, 盧詢祖於黃素楷書勳簿.[80] 東坡詩, 書窗浣壁常遭罵. 任華懷素草書歌曰, 粉壁搖晴光, 素

78　치(雉) : 윷놀이에서 두 번째로 높은 끗수이다.
79　승상(繩床) : 장방형의 가죽 조각의 두 끝에 네모진 다리를 대어, 접고 펴게 만든 걸상 비슷한 물건으로, 벼슬아치가 하인들에게 들려 가지고 다니게 하여 깔고 앉기도 하고 말을 탈 때 디디기도 한다.

屛凝曉霜. 待師揮灑兮不可忘.

誠不如南鄰席明府 蛛網鎖硯蝸書梁 : '석군石君'은 아마도 수도에서 의
사를 하였으며 산곡의 집과 이웃하였을 것이다. 산곡의 서첩에서 말한
석삼石三이 그 사람이다. 『문선』에 실린 좌사의 「영사詠史」에서 "남쪽
이웃에서 종과 경쇠를 치고"라고 하였다. 『한서·공수전』에서 "명부께
서는 잠깐 멈추시오. 원컨대 아뢸 말이 있소"라고 하였다. 『문선』에 실
린 경양 장협張協의 「잡시雜詩」에서 "거미가 사방 벽에 줄을 쳤네"라고
하였다. 두목의 「화청궁華淸宮」에서 "달팽이 침이 그림 들보를 좀먹었
네"라고 하였다. 두보의 「상부인사湘夫人祠」에서 "벌레 모양 글자는 옥
패에 선명하네"라고 하였다.

席君, 蓋京師醫者, 與山谷寓舍相鄰. 山谷書帖中所謂席三, 即其人也. 文
選左太冲詩, 南鄰擊鐘磬. 漢書龔遂傳曰, 明府且止, 願有所白. 文選張景陽詩
曰, 蜘蛛網四屋. 杜牧之詩, 蝸涎礧畫梁. 老杜詩, 蟲書玉佩鮮.

懷中探丸起九死 才術頗似漢太倉 : 『한서·윤상전』에서 "협객들이 서
로 구슬을 찾아서 탄환으로 삼았다"라고 했는데, 이것을 차용하였다.

---

80 [교감기] '북사(北史)' 이하에 대해, 전본에 이 조목의 주의 문장은 다음처럼 바뀌
어 있다. 즉 "『북사·노동전』에서 '이조와 병조의 훈신의 문적과 대구로 된 소장
에 마치 의도한 바와 같이 썼다. 큰 글자로 된 해서의 조서도 썼다[史盧同傳, 勳簿
對奏案, 若相應者, 即于黃素楷書大字]"로 되어 있다. 그 아래 동파의 시구는 생략
하였다.

『사기·편작전』에서 "신은 사람을 살리지 못합니다. 이 사람은 마땅히 살아날 사람으로 월나라 사람인 나는 그로 하여금 일어나게 했을 뿐입니다"라고 하였다. 『초사』에서 "비록 아홉 번 죽더라도 여전히 후회하지 않을 것이다"라고 하였다. 『사기』에서 "태창공 순우의가 공승 벼슬의 양경에게 금방을 전수받아 사람의 병을 고쳐서 생사를 결정하니 징험이 많았다"라고 하였다.

漢書尹賞傳曰, 相與探丸爲彈. 此借用. 史記扁鵲傳曰, 臣非能生人也, 此當生者, 越人能使之起耳. 楚辭曰, 雖九死, 其猶未悔. 史記, 太倉公淳于意, 受公乘陽慶禁方, 爲人治病, 決死生, 多驗.

感君詩句喚夢覺 邯鄲初未熟黃粱 : 목지 두목의 「견회遣懷」에서 "십 년만에 한 번 양주의 꿈[81]을 깨고 나니, 미인에게 무정하단 이름만 실컷 얻었네"라고 하였다. 『이문집異聞集』에서 "도사인 여옹呂翁이 한단邯鄲 길가의 여관에서 묵었다. 소년인 노생盧生이 빈곤을 한탄했는데, 말을 마치자 졸음이 몰려왔다. 당시 주인은 황량 밥을 짓고 있었는데, 여옹이 품속을 뒤적이다가 베개를 꺼내어 노생에게 주었다. 베개의 양 끝에는 구멍이 있었다. 노생은 꿈속에서 구멍을 통해 어떤 집에 들어가서 50년을 부귀를 누리다가 늙고 병들어 죽었다. 기지개를 켜고 잠에

---

81 양주의 꿈 : '양주몽(揚州夢)'은 중국의 가장 번화한 양주(揚州)에서 호화롭게 놀던 옛 추억이라는 뜻이다. 당대(唐代) 시인 두목(杜牧)이 일찍이 양주자사(揚州刺史)로 있으면서 청루(靑樓)의 많은 미인들과 사귄 적이 있었기에 한 말이다.

서 깨어나 둘러보니 여옹이 곁에 있었으며 주인이 짓던 황량 밥은 아직 익지 않았다"라고 하였다.

喚夢覺熟黃梁, 竝見上注.

身如朝露無牢強 翫此白駒過隙光 : 『한서・소무전』에서 "인생은 아침 이슬과 같은데, 어찌 오랫동안 이처럼 스스로 괴롭게 지내는가"라고 하였다. 『유마경』에서 "이 몸은 파초와 같으니 속은 비어 차지 않았다"라고 하였다. 『불유교경』에서 "세상은 실로 약하여 굳세고 강한 것이 없다"라고 하였다. 유종원의 「여이건서與李建書」에서 "이전 지나간 37년은 눈을 깜박인 것과 다름이 없다. 후에 얻은 것은 완상할 만하지 못한 것은 매우 분명하다"라고 하였다.

漢書蘇武傳曰, 人生如朝露, 何久自苦如此. 維摩經曰, 是身如芭蕉, 中無有堅. 遺教經曰, 世實危脆, 無牢強者. 柳子厚書曰, 前過三十七年, 與瞬息無異. 後所得者, 其不足把翫, 亦已審矣.

從此永明書百卷 自公退食一爐香 : 『전등록』에서 "항주 영명사의 지각선사 연수가 『종경록』 백 권을 저술하였다. 그 서문에서 "일심을 들어 종지로 삼아 만법을 거울처럼 비춘다. 옛날 만들어진 깊은 의미를 편차하고 보물 창고의 원전圓銓을 발췌하였다""라고 하였다. 『시경・고양』에서 "공무에서 퇴근하여 식사하니"라고 하였다. 『전등록』에서 "수안선사의 게송에서 "남쪽 누대에서 고요히 앉으니 향로에서 향 피어오

르고, 종일토록 마음 어려 만 가지 생각 잊었네"'라고 하였다.

傳燈錄, 杭州永明寺, 知覺禪師延壽, 著宗鏡錄一百卷. 其序曰, 舉一心爲宗, 照萬法如鏡. 編聯古製之深義, 撮畧寶藏之圓銓云云. 羔羊詩曰, 自公退食. 傳燈錄, 守安禪師頌曰, 南臺靜坐一爐香, 亘日凝然萬慮忘.

18. 사경숙이 겨울 죽순과 옹 땅의 연유와 향수리 세 물건을 보내준 것에 사례하다
謝景叔惠冬笋雍酥水梨三物

玉人憐我長蔬食	옥인이 오랫동안 나물만 먹는 나를 가련타 여겨
走送廚珍自不嘗[82]	진미를 보내 주니 스스로 맛보지 못하겠네.
秦牛肥膩酥勝雪	살찐 진의 소는 연유가 눈보다 희고
漢苑甘寒梨得霜[83]	추위를 달게 여기는 한나라 정원 배는 서리를 맞았네.
氷底鬪春生笋束[84]	얼음 밑에선 봄과 다퉈 죽순이 나오는데
豹文解籜饌寒玉	표범 무늬 껍질에서 터져 나와 차가운 옥 반찬 되네.
見他桃李憶故園	저 복사, 오얏을 보매 고향이 그리우니
噦獠應殘遶牕竹	죽순 먹으려면 응당 창을 두른 대를 잘라야지.

【주석】

玉人憐我長蔬食 走送廚珍自不嘗 : 『진서·위개전』에서 "위개를 본 사람들은 그를 옥 같은 사람이라고 생각하였다"라고 하였다. 두보의 「사

82　[교감기] '자불(自不)'은 문집과 고본에는 '불자(不自)'로 되어 있다.
83　[교감기] '감한(甘寒)'은 장지본과 전본에는 '감천(甘泉)'으로 되어 있다.
84　[교감기] '춘생(春生)'은 부교본과 건륭본에는 '생춘(生春)'으로 되어 있다.

엄중승송청성산도사유주일병謝嚴中丞送靑城山道士乳酒一瓶」에서 "채찍을 때려 번민하는 어부에게 보내주니"라고 했으며, 또한 「여인행麗人行」에서 "대궐 주방에선 팔진미 연이어 나오고"라고 했는데, 이것을 차용하였다. 『논어』에서 "계강자季康子가 약을 보내오자, 공자가 절을 하고 받으면서 "나는 이 약의 성분을 알지 못하기 때문에 감히 맛보지 못합니다""라고 하였다.

晉書衛玠傳, 見者以爲玉人. 老杜詩, 鳴鞭走送煩漁父. 又詩, 御廚絲絡送八珍. 此借用. 魯論曰, 不敢嘗.

秦牛肥膩酥勝雪 漢苑甘寒梨得霜 : '진우秦牛'는 모우旄牛[85]로 『한서·서남이전』에 보인다. 『삼진기』에서 "한 무제가 숙원에 행차하였는데, 다섯 되 들이 병 크기의 큰 배가 있었다. 이 배는 땅에 떨어지면 쪼개지는데 함소배라고 불린다"라고 하였다. 두보의 「동일낙성북알현원황제묘冬日洛城北謁玄元皇帝廟」에서 "배는 이슬 맞아 더욱 붉네"라고 하였다.

秦牛謂旄牛也, 見漢書西南夷傳. 三秦記曰, 漢武帝御宿園, 有大梨如五升瓶, 落地則破, 名含消梨. 老杜詩, 紅梨逈得霜.

氷底斲春生笋束 豹文解簪饌寒玉 : 한유의 「영순」에서 "껍질을 보니 호

85　모우(旄牛) : 모우(犛牛) 또는 모우(氂牛)라고도 하는데, 중국 서남 지방에서 생산되는 일종의 야크다. 온몸이 장모(長毛)로 덮여 있고 특히 꼬리의 털이 덥수룩하여 이것을 깃대의 장식으로 사용한다.

랑이와 범이 있네"라고 하였다. 『문선』에 실린 사령운의 「우남산왕북산경호중첨조于南山往北山經湖中瞻眺」에서 "막 나온 대는 푸른 껍질에 감싸여 있네"라 하였다. 백거이의 「수미지酬微之」에서 "소리 소리 고운 곡조는 차가운 옥을 두드리네"라고 하였다. 두보의 「봉한중왕수찰奉漢中王手札」에서 "진수성찬의 연회에 참여한 듯하네"라고 하였다. 좌사의 「오도부」에서 "그 평소 거처를 자랑하니 구슬 옷에 옥 반찬이라네"라고 하였다.

退之詠笋詩, 看皮虎豹存. 選詩云, 初篁苞綠籜. 樂天詩, 聲聲麗曲敲寒玉. 老杜詩, 分明饌玉恩. 左思吳都賦云, 矜其宴居, 則珠服玉饌.

見他桃李憶故園 嚙獠應殘遶牕竹 : 『고금시화』에서 "당대 사람의 시[86]에서 "저 도리나무를 보니 고향의 봄이 그립네""라고 하였다. 산곡의 이 시는 구본에는 "푸른 죽순 한 속을 은혜로이 편지와 함께 보내주니, 정원 관리원이 얼음 깨고 차가운 옥을 취하였네. 두꺼운 얼음이 마디를 감싸고 있어 봄은 아직 오지 않으니, 남풍이 불어 대로 자라는 걸 꺼려하지 않네"라고 하였다. 대개 백거이의 「식순」에서 보이는 "죽순 먹는 것을 주저하지 마라, 남풍 불면 대가 되나니"라는 의미를 취하였다.

古今詩話, 唐人詩曰, 見他桃李樹, 思憶故園春. 山谷此詩舊本云, 惠文綠籜包一束, 園丁破凍取寒玉. 堅氷封節春未回, 不怕南風吹作竹. 蓋用樂天食笋詩且食勿踟躕, 南風吹作竹之意.

---

86 당대 사람의 시 : 『당척언』에서 성명 미상의 승려라고 하였다.

19. 다시 경숙에게 답하다

再答景叔

女三爲粲當獻王	여자 셋은 찬이 되니 마땅히 임금에게 바쳐야 하고
三珍同盤乃得嘗	진미 셋이 같은 식탁에 있으니 맛볼 수 있네.
甘寒下澆藜覓腸[87]	추위에 익은 배는 채소만 먹는 뱃속을 씻어내는데
今我詩句挾風霜	지금 나의 시구는 바람, 서리 담고 있네.
小人食珍敢取足	소인이 별미를 감히 풍족하게 먹을 수 있으랴
都城一萬炊白玉	도성 일 만 가구도 백옥을 지어 먹는데.
賜錢千萬民猶饑	천만 전을 나눠줘도 백성은 오히려 배고픈데
雪後排簷凍銀竹	눈 내린 뒤에 처마 쓰니 은백색 대나무 얼어버렸네.

【주석】

女三爲粲當獻王 三珍同盤乃得嘗 : 『국어·주어』에서 "밀나라 강공이 공왕共王을 모시고 있었는데, 세 여자가 밀나라 강공에게 달려와 몸을 맡겼다. 그의 어머니가 "반드시 공왕에게 바쳐야 한다. 대저 세 여자를 찬粲이라고 하는데, 지금 세 여자는 모두 미인이다. 세 명이 아리따운

87　[교감기] '감한(甘寒)'은 장지본과 전본에는 '감천(甘泉)'으로 되어 있다.

모습으로 너에게로 왔지만 네가 무슨 덕으로 감당하겠는가"라고 하였다. 『주례』에서 "어질고 능력이 있는 사람들의 명부를 왕에게 바쳤다"라고 하였다. 『세설신어』에서 "의椅라는 사람이 회식에서 놀림을 당하자 환공이 "같은 식탁에서도 오히려 서로 도와주지 않는데 더구나 위태로운 난리를 당해서랴""라고 했는데, 이 글자를 차용하였다. 설능의 「사기다謝寄茶」에서 "시정詩情이 일어나니 차 음미함에 어울리네"라고 하였다.

國語周語曰, 三女奔密康公, 公母曰, 必致之王, 夫粲美物也. 衆以美物歸女, 而何德以堪之. 周禮曰, 獻賢能之書于王. 世說, 桓公曰, 同盤時尚不相助, 況復危難. 此借用其字. 薛能詩, 賴有詩情合得嘗.

甘寒下澆藜莧腸 今我詩句挾風霜 : 『세설신어』에서 "왕손이 왕침에게 묻기를 "완적의 주량은 사마상여와 비교하여 어떤가"라 묻자 왕침이 "완적의 가슴에는 커다란 돌무더기가 있기 때문에 모름지기 술로 씻어내야 한다""라고 했는데 주에서 "말하자면 완적은 대부분 사마상여와 같았는데 다만 술에서는 다른 점이 있었다"라고 하였다. 한유의 「최십육소부崔十六少府」에서 "뱃속에 명아주와 비름만 가득하네"라고 하였다. 『서경잡기』에서 "회남왕이 「홍렬」을 짓고 스스로 말하기를 "글자 사이에 바람과 서리가 담겨 있다""라고 하였다. 두보의 「기이백寄李白」에서 "붓을 들면 비바람에 놀라고"라고 하였다.

竝見上注.

小人食珍敢取足 都城一萬炊白玉 : 『좌전』에서 "원컨대 소인들도 실컷 먹고 배가 부르면 만족할 줄을 압니다. 바로 이것으로 미루어 군자의 마음도 응당 그럴 것으로 생각합니다. 적당히 만족하면 뇌물 받는 것을 그만두시기 바랍니다"라고 하였다. 『예기』에서 "서인은 까닭 없이 진미珍味를 먹지 않는다"라고 하였다. 『전한서·식화지』에서 "돈은 거만으로 헤아리는데 모두 대농에게서 취한 것이다"라고 하였다. 한유의 「답원진서」에서 "부지런함은 이미 넉넉하게 취하였다"라고 하였다. 『전국책』에서 "소진이 초나라에 온 지 3일이 되어 왕을 만날 수 있었다. "초나라의 음식은 옥보다 귀하고 땔나무는 계수나무보다 귀한데, 지금 신은 옥을 먹고 계수나무를 때고 있습니다""라고 하였다.

左傳曰, 願以小人之腹, 爲君子之心, 屬饜而已. 禮記曰, 庶人無故不食珍. 前漢食貨志曰, 錢金以鉅萬計, 皆取足大農. 退之答元積書曰, 勤已取足. 炊玉見上注.

賜錢千萬民猶饑 雪後排簷凍銀竹 : 『실록』에서 "원우 2년 12월 을유년에 큰 눈이 내려 추웠다. 백만전을 내어 개봉부로 하여금 빈민들에게 나눠주라고 하였다"라고 했으며, 또한 자유 소철의 주의에도 그 내용이 보인다. 이백의 「숙하호宿鰕湖」에서 "소나기 차가운 산에 비치니, 쏟아지는 비 마치 은백색 대 같네"라고 하였다.

實錄, 元祐二年十二月乙酉, 以大雪寒, 出錢百萬, 令開封府賜貧民. 亦見蘇子由奏議. 大白詩, 白雨映寒山, 森森似銀竹.

20. 황기복의 시에 차운하여 보내준 시에 화답하다

次韻幾復和答所寄

海南海北夢不到	해남과 해북에서 꿈에서도 보지 못하더니
會合乃非人力能	서로 만난 것은 사람의 힘으로 한 것이 아니라네.
地褊未堪長袖舞	땅이 좁아 긴 소매로 춤추기 부족하고
夜寒空對短檠燈	추운 밤에 짧은 등걸이 등불을 부질없이 마주하네.
相看鬢髮時窺鏡	서로 머리칼을 보다가 때로 거울을 슬쩍 보고
曾共詩書更曲肱	함께 시와 서를 이야기하다가 다시 팔베개하고 눕네.
作箇生涯終未是	각자의 생애는 끝내 이것이 아닐 진데
故山松長到天藤	고향 산의 긴 소나무에 넝쿨은 하늘까지 자랐겠지.

【주석】

海南海北夢不到 會合乃非人力能 : 한유의 「송이정자서」에서 "헤어진 지 13년 만에 다행이도 함께 거처하여 연회를 열어 술잔을 드니 이는 천명으로 이뤄진 일이요 사람의 힘으로 된 것이 아니다"라고 하였다. 『맹자』에서 "사람이 능히 할 수 있는 것이 아니다"라고 하였다.

退之送李正字序曰, 離十三年, 幸而集處, 得燕而擧一觴, 此天也, 非人力也. 孟子曰, 非人之所能爲也.

地褊未堪長袖舞 夜寒空對短檠燈 : 『한서·장사정왕전』의 주에서 "경제 후2년에 여러 왕들이 궁궐로 들어와 조회하였다. 조서를 내려 다시 앞으로 나와 축수를 드리고 노래하고 춤추라고 하였다. 정왕은 다만 소맷자락을 펼치고 손을 약간만 움직일 뿐이었다. 좌우에서 그 졸렬함 비웃자 경제가 괴이하게 여겨 묻자 대답하기를 "소신의 나라는 작고 땅이 좁아 몸을 돌리기가 어렵습니다"'라고 하였다. 『사기·범수전』의 찬에서 "긴 소매로 춤을 잘 췄다"라고 하였다. 한유의 「단경가」는 서생이 추위에 고생하는 모습을 그렸다.

漢書長沙定王傳注曰, 景帝後二年, 諸王來朝. 有詔更前稱壽歌舞. 定王但張褏小舉手, 左右笑其拙. 上怪問之, 對曰, 臣國小地狹, 不足回旋. 史記范雎傳贊曰, 長袖善舞. 退之有短檠歌, 言書生寒苦之狀也.

相看鬢髮時窺鏡 曾共詩書更曲肱 作箇生涯終未是 故山松長到天藤 : 능히 돌아가 은거하지 못함을 말하였다. 『문선』에 실린 사령운의 「초발석수성初發石首城」에서 "고향의 해는 매우 멀고"라고 하였다.

言其未能歸隱. 文選謝靈運詩, 故山日已遠.

21. 숙부 이중에게 올리다. 3수

寄上叔父夷仲. 三首

첫 번째 수其一

少年有功翰墨林	젊어서 문단에 공을 세우고
中歲作吏幾陸沉	중년에 관리 되어 거의 묻힐 뻔하였네.
庖丁解牛妙世故	백정이 소를 잡듯이 세상일에 통달하고
監市履豨知民心	관리자가 돼지를 밟듯이 백성의 진심을 아네.
萬里書來兒女瘦	만 리에서 아녀자들은 수척하다고 편지 오니
十月山行氷雪深	시월 산행에 얼음과 눈이 깊게 쌓였다네.
夢魂和月繞秦隴	꿈속의 혼은 달빛과 진의 농땅을 맴도는데
漢節落毛何處尋	한나라 부신은 수술이 다 헤졌으니 어디에서 뵈올까.

【주석】

少年有功翰墨林 中歲作吏幾陸沉 : 『문선』에 실린 장협의 「잡시雜詩」에 서 "문단의 사람들에게 글을 보내네"라고 하였다. 『장자』에서 "바야흐 로 세상과 멀리 떨어진 채 사는데 마음 또한 세속과 함께 사는 것을 달 갑게 여기지 않으니, 이는 땅속에 잠기어 있듯이 숨어 지내는 사람이 다"라고 했는데, 주에서 "사람 가운데 숨어 지내니 이는 물이 없어도

잠겨 있는 자이다"라고 하였다.

選詩, 寄詞翰墨林. 陸沉見上注.

庖丁解牛妙世故 監市履狶知民心 : '해우解牛'는 칼날을 놀리는 것이 여
유로운 것을 말하는데, 『장자』에 보인다. 『진서·환석수전』에서 "사안
이 세상일로 석수에게 물었는데, 묵묵부답이었다. 어떤 이가 까닭을
묻자 석수는 "세상일을 이 공은 알지 못하는데, 내가 오히려 무슨 말을
할까"라고 하였다. 『문선』에 실린 정숙 반니潘尼의 「영대가」에서 "세
상일이 아직 다스려지지 않아"라고 하였다. 『장자』에서 "장터를 관장
하는 벼슬아치가 감독자에게 돼지를 밟게 하여 그 돼지의 살찐 모양을
물을 때도 그 밟는 부분이 엉덩이나 다리로 내려가면 갈수록 전체를
잘 알 수 있는 거요"라고 했는데, 주에서 "'희狶'는 큰 돼지이다. 감독자
가 돼지를 밟은 것은 살이 쪘는지 말랐는지를 알기 위해서인데, 살찌
기 어려운 곳을 밟아 내려갈수록 돼지가 살이 쪘는지를 알 수 있다"라
고 하였다. 이것을 차용하여 백성들이 살쪘는지 말랐는지를 안다는 것
을 말하였다.

解牛, 言其游刃有餘地也, 見莊子. 晉書桓石秀傳, 謝安訪以世務, 嘿然不
答. 或問之, 石秀曰, 世事此公所諱, 吾尚何言哉. 文選潘正叔迎大駕詩曰, 世
故尚未夷. 莊子曰, 正獲之問於監市履狶也, 每下愈況. 注云, 狶, 大豕也, 監
市之履豕, 以知其肥瘦者, 愈履其難肥之處, 愈知豕肥之要. 此借用, 言知民之
肥脊也.

萬里書來兒女瘦 十月山行氷雪深 夢魂和月繞秦隴 漢節落毛何處尋 : 양억

楊億의 『양문공담원』에 「보살만사」를 실었으니 "달은 아련한 꿈과 깊

어가고"라고 하였다. 『한서·소무전』에서 "한나라 부신을 짚고 양을

길렀는데, 누우나 일어서나 굳게 잡고 있어서 부실의 수술이 모두 떨

어졌다"라고 하였다. 채염의 「호가」에서 "생사를 알지 못하니 어디에

서 찾을까나"라고 하였다.

楊文公談苑載菩薩蠻詞, 有月和殘夢圓之句. 漢書蘇武傳, 杖漢節牧羊, 臥

起操持, 節旄盡落. 蔡琰胡笳曰, 生死不相知兮何處尋.

두 번째 수其二

艱難聞道有歸音	힘들게도 임지로 간다는 소식 들었는데
部曲霜行璧月沉	서리 맞고 마을 지나니 구슬 달도 어둡구나.
王春正月調玉燭	봄 정월에는 날씨가 고르더니
使星萬里朝天心	천자를 뵙고 만 리의 사신으로 가네.
頗令山海藏國用	자못 산해에 나라의 재용을 보관하니
乃見縣官恤民深	천자가 백성을 깊이 걱정함을 아네.
經心隴蜀封疆守	농과 촉에 마음을 두어 영역을 지키며
必有人材備訪尋	반드시 인재가 있으리니 널리 찾아내시기를.

【주석】

艱難聞道有歸音 部曲霜行璧月沉 : 『한서·이광전』에서 "이광이 진군할 때 부곡이나 군진이 없었다"라고 하였다. 『남사·장귀비전』에서 "구슬 같은 달은 밤마다 가득하네"라고 하였다.

漢書李廣傳曰, 無部曲行陳. 南史張貴妃傳, 璧月夜夜滿.

王春正月調玉燭 使星萬里朝天心 : 『춘추』에 "춘왕 정월이다"라고 썼는데, 두예의 주에서 "주나라 왕의 정월이다"라고 하였다. 『이아』에서 "사시사철의 기운이 조화로운 것을 옥촉玉燭이다"라고 하였다. 『후한서·이합전』에서 "화제가 민간의 실정을 알기 위해 비밀스럽게 두 명의 사신을 보냈는데, 그들이 익주에 도착하여 후관[88]의 아전 이합의 집에 투숙하였다. 이합 묻기를 "두 사람이 도성을 떠날 때 조정에서 두 명의 사신을 보낸 것을 알고 있습니까"라 하자, 그들이 "어떻게 알았소"라 물었다. 이합이 별을 가리키며 "이전에 두 별이 익주의 분야를 향하고 있었습니다""라고 하였다.

春秋, 書春王正月. 杜預注曰, 周王之正月也. 玉燭見上注. 後漢李郃傳, 和帝遣二使到益部, 投候館吏李郃舍. 郃問, 二君發京師時, 知朝廷二使耶. 問何以知之, 郃指星云, 前有二星向益州分野.

頗令山海藏國用 乃見縣官恤民深 : 『한서·오왕비전』의 찬에서 "산해

88　후관(候館) : 역관(驛館)을 가리킨다.

의 이익을 독차지 하였다"라고 하였다. 『한시외전』에서 "왕은 천하에 저장한다"라고 하였다. 살펴보건대 한 소제 때에 현량과 문학 등의 관리가 염철을 혁파하여 백성들과 이익을 다투지 말라고 요청하였다. 상홍양은 "사람들은 보물이 있으면 독에다 보관하는데 더구나 천지의 산과 바다에 보관하는 것은 말할 필요가 있겠습니까"라고 하였다. 문학은 "서인은 집에 보관하고 제후는 나라에 보관하고 천자는 해내에 보관하니, 이 때문에 왕은 쌓아두지 않고 아래로 사람들에게 보관하게 시킵니다"라고 하였다. '현관縣官'은 천자를 이르니 『한서·곽광전』의 주에 보인다. 『예기』에서 "총재는 나라의 용도를 결정하는데 반드시 한 해의 처음에 한다"라고 하였다.

漢書吳王濞贊曰, 擅山海之利. 韓詩外傳曰, 王者藏於天下. 按漢昭帝時, 賢良文學願罷鹽鐵, 無與民爭利. 桑弘羊以爲家人有寶器, 尙猶杅而藏之, 況天地之山海乎. 文學曰, 庶人藏於家, 諸侯藏於國, 天子藏於海內, 是以王者不蓄, 下藏於人. 縣官謂天子, 見漢書霍光傳注. 禮記曰, 冢宰制國用, 必於歲之杪.

經心隴蜀封疆守 必有人材備訪尋 : 『진서·사도온전』에서 "일찍이 사도온이 동생인 사현의 학문이 발전하지 않는 것을 기롱하며 "세상일에 마음을 써서 그런 것인가, 태생적인 자질이 한계가 있어서 그런가""라고 하였다. 한유의 「여봉상형상서서與鳳翔邢尙書書」에서 "이전의 흥망에 대하여 일찍이 마음에 따져보지 않은 것이 없다"라고 하였다. 『사기·천관서』에서 "중국의 산천 가운데 으뜸은 농과 촉에 있다"라고 하였다.

晉書謝道韞傳, 嘗譏謝玄學殖不進, 曰爲塵務經心, 爲天分有限耶. 又退之書曰, 前古之興亡, 未嘗不經於心. 史記天官書曰, 中國山川, 其維首在隴蜀.

세 번째 수其三

關寒塞雪欲嗣音	변방은 춥고 눈 내리니 소식 전하려 한다면
燕鴈拂天河鯉沉	연의 기러기 하늘을 날고 하수의 잉어 헤엄친다네.
百書不如一見面	백 장의 편지는 한 번 만나 보는 만 못하니
幾日歸來兩慰心	언제나 돌아와 두 마음이 기뻐질까.
弓刀陌上望行色	길가에 활과 칼 찬 행색을 바라보느라
兒女燈前語夜深	아녀자들은 등불 앞에서 밤 깊도록 이야기하네.
更懷父子東歸得	우리 숙질이 동쪽으로 돌아갈 날 생각하여
手種江頭柳十尋	직접 강둑에 열 심의 버들을 심네.

【주석】

關寒塞雪欲嗣音 燕鴈拂天河鯉沉 : 두보의 「병마病馬」에서 "외진 변방에 날도 차갑구나"라고 하였다. 『시경』에서 "그대는 어찌 소식 전하지 않나"라고 하였다. '연안燕雁'은 소무의 고사를 사용하였다. 즉, 『한서·소무전』에서 "천자가 상림원 안에서 활을 쏘아서 기러기를 잡았는데 발에 비단 편지가 묶여 있었다"라고 하였다. 황정견의 「신채전남귀객新寨

錢南歸客」에서 "긴 노래에 연 땅의 기러기는 등불에 내려앉네"라고 하였다.[89] '하리河鯉'는 『문선』의 고시에서 "아이 불러 잉어를 삶으라고 하니, 뱃속에서 흰 편지가 나왔네"라고 한 내용을 차용하였다. 『시경』에서 "어찌 먹은 물고기가 반드시 하수의 잉어라야 하나"라고 하였다. 「동도부」에서 "깃발이 하늘에 닿네"라고 하였다.

老杜詩, 天寒關塞深. 詩曰, 子寧不嗣音. 燕鴈用蘇武事, 見上注. 老杜詩, 長歌燕鴈燈前落. 河鯉用文選古詩呼童烹鯉魚, 中有尺素書之意. 詩曰, 豈其食魚, 必河之鯉. 東都賦曰, 旌旗拂天.

百書不如一見面 幾日歸來兩慰心 : 윗구의 내용을 끝맺고 있다. 『한서·조충국전』에서 "백번 듣는 것이 한 번 보는 것만 못하다"라고 하였다. 세상에 전하기를, 한유의 「여대전첩」에서 "보여 주신 바 광대하고 심원함이 이와 같으니, 백번 읽는 것보다 직접 보고 마주하는 것만 못합니다"라고 하였다. 『시경』에서 "그대와 결혼하니, 나의 마음을 달래 주네"라고 하였다.

終上句之意. 漢書趙充國傳曰, 百聞不如一見. 世傳退之與大顚帖曰, 所示廣大深迥如此, 讀來一百遍, 不如親面而對之. 詩曰, 以慰我心.

弓刀陌上望行色 兒女燈前語夜深 : 한유의 「송정상서」의 서문에서 "부사께서 반드시 융복을 입고 왼손에 칼을 쥐고 오른쪽에 활과 화살을

---

89 원문에 작자가 두보라고 했으나, 이것은 황정견의 시이다.

차고 머리띠를 메고 군화를 신고 교외에서 맞이할 것입니다"라고 하였다. 고악부에 「맥상상」이란 작품이 있다. 『장자』에서 "거마에 여행한 흔적이 있습니다"라고 하였다. 두보의 「산관山館」에서 "요리사는 밤 깊도록 말을 하네"라고 하였다. 한유의 「낙엽落葉」에서 "근심에 젖어 깊은 밤까지 이야기하네"라고 하였다.

退之送鄭尙書序曰, 府帥必戎服, 左握刀, 右屬弓矢, 帕首袴鞾, 迎于郊. 古樂府有陌上桑. 莊子曰, 車馬有行色. 老杜詩. 厨人語夜闌. 退之詩, 悄悄深夜語.

更懷父子東歸得 手種江頭柳十尋 : 『한서·소광전』에서 "소광이 형의 아들인 소수에게 이르기를 "어찌 우리 숙질이 서로 따라 관문을 나서 고향으로 돌아가 늙어가는 것만 같겠느냐""라고 하였다. 『진서·환온전』에서 "어렸을 때 심었던 버들을 보니 모두 스무 아름이나 되었다. 이에 탄식하면서 "나무도 오히려 이와 같은데 사람이 어찌 변화를 견딜 수 있으랴""라고 하였다. 심회원이 지은 『남월지』에서 "송창현에 가시 대나무가 있는데 길이가 10심[90]이다"라고 하였다.

漢書疏廣傳, 謂兄子受曰, 豈如父子相隨出關, 歸老故鄕. 晉書桓溫傳, 見少時所種柳皆已十圍, 慨然曰, 木猶如此, 人何以堪. 沈懷遠南越志曰, 宋昌縣有棘竹長十尋.

---

90 심(尋) : 1심은 8척(尺)에 해당한다.

1. 고시국에서 손원충 박사와 대숲 사이에서 창을 마주하고 있다가 밤에 원충의 글 읽는 소리를 들으니 성조가 비장하였다. 이에 「죽지사」 세 장을 지어 화답하였다

考試局與孫元忠博士竹間對窗, 夜聞元忠誦書, 聲調悲壯. 戲作竹枝歌三章, 和之1

유우석의 「죽지사인竹枝詞引」에서 "내가 건평建平에 오니 마을 안의 아이들이 죽지라는 노래를 잇달아 부르는데, 피리를 불고 북을 치면서 박자를 맞췄다. 은미하게 비유적인 생각을 품고 있는데, 기수와 복수의 농염함을 지니고 있다.2 옛날 굴원이 원수와 상수에 거처할 때, 그 지역의 백성이 신령을 맞이하면서 부르던 노래의 가사가 대부분 비루했기에 이에 『구가九歌』를 지었다. 그러므로 나도 이를 본떠 「죽지사」 아홉 편을 짓는다"라 하였다.

劉禹錫竹枝詞引曰, 余來建平, 里中兒聯歌竹枝, 吹笛擊鼓以赴節. 含思宛

---

1 [교감기] 문집(文集)·고본(庫本)에는 시의 제목 아래 원주(原注)에 '이름이 朴'이라고 되어 있다. 명대전본은 시의 제목에 '죽간(竹簡)'이란 두 글자가 없다.
2 기수와 (…중략…) 있다 : 옛날 주나라 시기 위(衛)지역에 있던 기수와 복수를 가리킨다. 이곳은 『시경』에서 말하는 '정위지음(鄭衛之音)', 즉 남녀 간의 사랑을 농염하게 노래한 지역이다.

轉, 有淇濮之艶. 昔屈原居沅湘, 其民迎神辭多鄙陋, 乃爲作九歌. 故余亦作竹
枝詞九篇.

첫 번째 수其一

南窻讀書聲吾伊[3]　　　남쪽 창에서 글 읽는 소리 웅얼거리는데
北窻見月歌竹枝　　　　북쪽 창에서 달을 보며 「죽지사」를 노래하네.
我家白髮問烏鵲　　　　우리 집 백발 모친 오작이 우냐고 물으며
他家紅粧占蛛絲　　　　다른 집 단장한 미녀는 거미줄을 살피네.

【주석】

南窻讀書聲吾伊 北窻見月歌竹枝 : 『고악부』「동비백로가」에서 "남쪽
창 북쪽 들창에 계수나무 달빛이 들어오네"라고 했다. 『악록』에서 "모
든 노래에는 가사와 소리가 있다. 가사는 시를 노래한 것이요, 소리는
'양오이' '이나하' 등의 종류이다. 근래 곽무천이 『악부시집』을 편찬하
였는데, 「상화가사서인」 중에서도 또한 『악록』의 이 말을 실었다.

古樂府東飛伯勞歌曰, 南窻北牖桂月光. 樂錄曰, 諸調曲皆有辭有聲. 辭者,
其歌詩也, 聲者, 若羊吾夷伊那何之類也.[4] 近世郭茂倩編樂府, 於相和歌詞敍

3　[교감기] '吾伊'는 고본(庫本)에 '伊吾'로 되어 있다.
4　[교감기] '羊吾'는 원래 '羊吾' 두 글자가 중복되어 있는데, 이는 연문(衍文)인 것
　　같다. 지금 『악부시집』 권26 「상화가사서」와 전본, 건륭본에 의거하여 삭제하여
　　바로잡는다.

引中, 亦載此語.

我家白髮問烏鵲 他家紅粧占蛛絲 : 산곡의 모친은 당시에 병이 없었다. 그러므로 동파가「시원중」에서 "그대 품속의 두 개의 붉은 귤이 부럽네"라고 했다. 『서경잡기』에서 "육가陸賈가 "까치가 요란하게 울면 먼 길 나선 손님이 오고, 거미가 줄을 치면 온갖 일이 잘 된다""라고 했다. 두보의「득사제소식得舍弟消息」에서 "부질없이 오작에 소식 전하지만, 형제의 우애 깊이도 저버렸구나"라고 했다.

山谷太夫人于時無恙, 故東坡試院中詩有云, 羨君懷中雙橘紅. 西京雜記, 陸生云, 乾鵲噪而行人至, 蜘蛛結而百事喜. 老杜詩, 浪傳烏鵲喜, 深負脊令詩.

두 번째 수其二

屋山啼鳥兒當歸[5]	지붕 대마루에 새가 우니 아이는 마땅히 돌아가고
玉釵冒蛛郎馬嘶	옥비녀에 거미가 줄치니 사내의 말은 우네.
去時燈火正月半	떠날 때 등을 켜니 정월은 반이 지나고
階前雪消萱草齊	계단 앞에 눈이 녹으니 원추리는 나란하네.

---

5 [교감기] '屋山'은 장지본에는 '屋上'으로 되어 있다.

【주석】

屋山啼鳥兒當歸 玉釵冒蛛郞馬嘶 去時燈火正月半 階前雪消萱草齊 : 퇴지 한유의 「기노동」에서 "매양 지붕 대마루 타고 앉아 아래를 엿보기에" 라고 했다. 『촉지·강유전』의 주에서 "손성의 『잡기』에서 "이제 어머니 편지를 받았으니 마땅히 돌아감을 구한다""라고 했다. 두보의 「견민遣悶」에서 "반딧불이는 휘장을 뚫고 빛나고, 거미는 살쩍에 줄을 길게 얽었네"라고 했다. 장군방張君房의 『여정집·앵앵전』에서 "양거원의 시에 "맑고 윤기 나는 반악이여 옥도 그만 못하는데, 뜨락의 향초에 눈이 비로소 녹아내리네""라고 했다.

退之寄盧仝詩, 每騎屋山下窺瞰. 蜀志姜維傳注, 孫盛雜記曰, 維得母書, 令求當歸. 老杜詩, 螢鑑緣帷徹, 蛛絲冒鬢長. 麗情集罵罵詩, 楊巨源詩曰, 淸潤潘郞玉不如, 中庭蕙草雪消初.

세 번째 수其三

勃姑夫婦喜相喚	비둘기 부부 기뻐하며 서로 부르고
街頭雪泥卽漸乾	길거리의 눈과 진흙은 점점 마르네.
已放游絲高百尺	아지랑이 백 척이나 이미 올라갔는데
不應桃李尙春寒	화답 않는 도리는 아직도 봄날 추위 속이네.

【주석】

勃姑夫婦喜相喚 街頭雪泥郞漸乾 已放游絲高百尺 不應桃李尙春寒 : 구양수의 「화성유춘우和聖兪春雨」에서 "병든 몸이 흐리고 맑음을 비둘기처럼 아네"라고 했다. 또한 「명구鳴鳩」에서 "하늘에 비 그치자 비둘기 울고, 암컷 돌아오자 지저귀며 기뻐하네"라고 했다. 두보의 「꿉측행偪側行」에서 "거리의 술값은 항상 비싼데도"라고 했다. 유신의 「연가행」에서 "낙양의 아지랑이는 백 장으로 이어지고, 황하의 봄 얼음은 천 조각으로 갈라지네"라고 했다. 「춘부春賦」에서 "두어 척의 아지랑이가 길을 가로지르네"라고 했다.

歐陽公詩, 病識陰晴似勃姑. 又曰, 天雨止鳩呼, 婦還鳴且喜. 老杜詩, 街頭酒債常苦貴. 庾信燕歌行曰, 洛陽游絲百丈連, 黃河春冰千片穿. 又云, 數尺游絲郞橫路.

2. 백시 이공린이 예부시원에서 말 그리는 것을 보고 짓다
觀伯時畫馬禮部試院作6

儀鸞供帳饕蝨行	의란사에서 올린 휘장엔 탐욕스런 이가 기어 다니고
翰林濕薪爆竹聲	한림사의 이슬 젖은 땔나무에는 폭죽 소리 울리는데
風簾官燭淚縱橫	바람 부는 주렴 환한 촛불에 눈물이 줄줄 흐르네.
木穿石槃未渠透	나무로 너럭바위를 구멍 내다가 다 뚫지 못하였는데
坐窗不邀令人瘦	창가에 앉아 있어도 부르지 않아 사람은 파리하니
貧馬百囓逢一豆7	가난한 말은 여물찌끼 속에 콩 한 알 섞였구나.
眼明見此玉花驄	이 옥화총을 보노라니 기쁨에 눈이 커지는데
徑思著鞭隨詩翁	채찍을 잡고 시옹을 따를까 생각이 스쳐 가니
城西野桃尋小紅	성의 서쪽 들판 복숭아나무에서 붉은 잎 찾으려네.

6　[교감기] 문집과 고본, 그리고 전본에는 '觀伯時畫馬禮部試院作'란 제목에서 '禮部試院作' 다섯 글자가 없다.

7　[교감기] '供帳'은 원래 '供張'으로 되어 있는데, 잘못이다. 지금 전본에 의거하여 고친다.

【주석】

儀鸞供帳饕螽行 翰林濕薪爆竹聲 風簾官燭淚縱橫 : 위쪽의 세 구는 공급이 형편없는 것을 이른다. 이바지한 휘장은 다 헤어져 병사들이 깔개로 사용하니, 그러므로 피 빠는데 혈안이 된 이가 그 사이에서 기어 다닌다. 『국조회요』에서 "의란사는 공신문 밖의 가평방에 있는데 휘장을 바치는 일을 맡고 있다. 한림사는 대녕문 안에 있는데, 임금의 술, 차, 탕, 과자 등을 바치는 일과 행차나 연회할 때 안팎의 자리를 설치를 맡고 있다"라고 했다. 『신이경』에서 "산불이 나면 대나무 터지는 소리가 두렵다"라고 했다. 후한의 파지는 객과 어두운 곳에 앉아 있으면서 관촉에 불을 켜지 않았다. 이상은의 「은하취생銀河吹笙」에서 "바람에 흔들리는 주렴과 꺼져가는 촛불 너머 서리는 차갑네"라고 했다. 두보의 「강촌羌村」에서 "모든 사람 줄줄 눈물 흘리네"라고 했다.

上三句, 言供擬之寒陋也. 供帳弊壞,[8] 卒徒以爲臥具, 故有貪饕之螽行於其間. 國朝會要曰, 儀鸞司, 在拱宸門外嘉平坊, 掌奉供帳之事. 翰林司, 在大寧門內, 掌供御酒茗湯菓, 及游幸宴會內外筵設. 神異經曰, 山燥畏爆竹聲. 後漢巴祇與客暗坐, 不燃官燭. 李商隱詩曰, 風簾殘燭隔霜淸. 老杜詩曰, 四座淚縱橫.

木穿石槃未渠透 坐窗不邀令人瘦 貧馬百嚃逢一豆 : 갇혀서 숙직함이 매우 오래되었는데 시원을 나설 기약이 없으니 가난한 집 말이 파리한 것처럼 우울하며 괴로운 것을 말한다. 도홍경의 『진고眞誥』에서 "태극

8　[교감기] '百嚃'은 문집과 고본, 그리고 장지본에는 '百鼓'으로 되어 있다.

노군이 부선생에게 나무로 된 끌을 주면서 두께가 5척 정도 되는 너럭 바위를 뚫게 하였다. 47년이 지난 뒤에 바위가 구멍이 나니 드디어 신단을 얻게 되었다"라고 했다. 『시경·정료』의 주에서 "밤이 아직 끝나지 않았다는 것은 밤이 아직 다 끝나지 않았다는 말과 같다"라 하였다. 『한서음의』에서 "'거渠'는 '기其'와 '거遽'의 반절법이다"라고 했다. 차산 원결의 「漫酬賈沔州」에서 "어찌 마구간에서 싸라기와 풀을 먹으려 다투려고 했겠는가"라고 했는데, 자주自注에서 "'흘籺'은 쌀겨 중에 먹을 수 있는 것이다. 음은 '하下'와 '몰沒'의 반절법이다"라고 했다. 소와 말이 먹고 남은 풀을 '한䵎'이라고 하며, 음은 '하下'와 '간諫'의 반절법이다. 살펴보건대 『집운』에서 "'한䵎'의 음은 '하何'와 '간間'의 반절법으로, 여물로 쓰고 남은 풀이다. 또 음은 '후候'와 '한橌'의 반절법이다"라고 했다.

言鑠宿甚久, 出院未有期, 鬱鬱自苦, 如貧馬之得瘦. 眞誥曰, 太極老君與傅先生木鑽, 使穿一石盤, 厚五尺許. 積四十七年而石穿, 遂得神丹. 庭燎詩注曰, 夜未央, 猶言夜未渠央也. 音義曰, 渠音其遽反. 元次山詩曰, 豈欲皂櫪中, 爭食籺與䵎. 自注云, 籺, 糠中可食者, 下沒反. 牛馬食餘草節曰䵎, 下諫反. 按集韻, 䵎音何間反, 莝餘草也. 又侯橌反.

眼明見此玉花驄 徑思著鞭隨詩翁 城西野桃尋小紅 : 두보의 「춘수생春水生」에서 "나도 너희들과 함께 기쁨에 눈이 커졌단다"라고 했다. 또한 「단청인」에서 "선제가 타던 말 가운데 옥화총이 있었는데, 화가가 산

처럼 많았지만 그림 모습이 닮지 않았네"라고 했다. 다른 본에는 옥화
총이 오화총으로 되어 있다. 살펴보건대 두보의 「고도호총마행」에서
"다섯 갈기 흩어져 구름처럼 몸 감싸는데"라고 했다. 『진서·유곤
전』에서 "항상 조적祖逖이 나보다 먼저 채찍을 잡을까 두렵다"라고 했
다. '시옹'은 동파를 이른다. 두보의 「강우유회정전설江雨有懷鄭典設」에서
"방울 맺힌 복사꽃은 붉은 꽃망울 터트리네"라고 했다.

老杜詩, 吾與汝曹俱眼明. 又丹靑引曰, 先帝天馬玉花驄, 畫工如山貌不同.
一本作五花驄. 按老杜高都護驄馬行曰, 五花散作雲滿身. 晉書劉琨傳曰, 常
恐祖生先吾著鞭. 詩翁, 謂東坡. 老杜詩, 黠注桃花舒小紅.

3. 백시가 그린 가려운 곳 긁어대는 호랑이 그림에 쓰다
題伯時畫揩痒虎[9]

猛虎肉醉初醒時	맹호가 고기에 취하였다가 막 깨어날 때
揩磨苟痒風助威	가려운 곳 긁는데 바람이 위엄을 돕네.
枯楠未覺草先低	마른 녹나무에 풀이 먼저 눕는 것을 깨닫지 못하지만
木末應有行人知	숲속에 응당 범이 있음을 행인을 알아야 하네.

【주석】

猛虎肉醉初醒時 揩磨苟痒風助威 : 세속의 말에 호랑이가 개를 먹으면 취한다고 한다. 『예기・내측』에서 "병으로 아프고 가려울 때"라고 했는데, 주에서 "'하荷'는 가려움이다"라고 했다. 퇴지 한유의 「화기」에서 "말이 가려우면 나무에 비벼댄다"라고 했다.

俗言虎食狗則醉. 禮記內則曰, 疾痛苟癢. 注云, 苟, 疥也. 退之畫記, 馬有癢磨樹者.

枯楠未覺草先低 木末應有行人知 : 두보는 「고남」이란 시를 지었다. 『악부・칙륵가』에서 "바람이 불면 풀이 낮아져 소와 양이 보이네"라고

---

9 [교감기] '痒'은 문집에는 '蜂'으로 되어 있다. 시의 두 번째 구의 '苟痒'도 또한 '苟蜂'으로 되어 있다.

했다. 두보의 「북정北征」에서 "나는 이미 물가를 지났는데, 종놈은 아직도 저 숲속에 있구나"라고 했다. 이 시는 "행인이 높은 곳에 있다가 바람이 일면 풀이 낮아지는 것을 보고 인하여 그곳에 호랑이가 있음을 깨닫게 되었다"는 것을 말하고 있다.

老杜有枯楠詩. 樂府敕勒歌曰, 風吹草低見牛羊. 老杜詩, 我行已水濱, 我僕猶木末. 此詩謂行人居高, 見風生草低, 因覺其有虎也.

4. 백시가 그린 물고기를 바라보는 승려 그림에 쓰다
題伯時畫觀魚僧

橫波一網腥城市	물결 가로지른 그물에 성시는 비린내 진동하더니
日暮江空烟水寒	날이 저무니 강가는 텅 비어 이내와 물결 차갑네.
當時萬事心已死	당시의 모든 일에 마음은 이미 떠났는데
猶恐魚作故時看	물고기 잡던 일로 때때로 바라보니 더욱 두렵네.

【주석】

橫波一網腥城市 日暮江空烟水寒 : 한유의 「감춘感春」에서 "강을 가로질러 긴 그물 치니 붉은 잉어 잡네"라고 했다. 구양수가 「소자미묘지」를 지으면서 어사 유원유의 말을 실었는데 "상공을 위하여 일망타진하겠다"라고 했다.

退之詩, 長網橫江遮紫鱗. 歐陽公作蘇子美墓誌載御史劉元瑜語曰, 爲相公一網打盡.

當時萬事心已死 猶恐魚作故時看 : 『열자』에서 "황제와 용성자가 공동산 위에 있으면서 함께 석 달을 재계하여 마음은 불 꺼진 재와 같고 형

체는 마른 나무와 같게 되었다"라고 했다. 산곡은 이전에 이 그림에 발문을 쓰고서「현사외영도」라고 했다. 살펴보건대『전등록』에서 "현사 종일대사는 성이 사 씨로 어려서 낚시를 좋아하였다. 30살이 되자 홀연 세상을 떠날 마음을 먹고 이에 낚싯배를 버리고 머리를 깎고 승려가 되었다가 후에 설봉에서 법을 깨달았다"라고 했다.

列子曰, 同齋三月, 心死形廢. 山谷舊跋此畵爲玄沙畏影圖. 按傳燈錄, 玄沙宗一大師, 姓謝氏, 幼好垂釣. 年甫三十, 忽慕出塵, 乃棄釣舟, 落髮, 後得法於雪峰.

5. 백시가 그린 흙먼지 속에 넘어진 말 그림에 쓰다

題伯時畫頓塵馬10

竹頭槍地風不擧	대처럼 뾰족한 머리로 땅에 비벼도 바람은 일지 않고
文書堆案睡自語	문서는 책상에 쌓였는데 졸면서 잠꼬대 하네.
忽看高馬頓風塵	문득 고상한 말이 흙먼지 속에 쓰러진 것을 보니
亦思歸家洗袍袴	집에 돌아가 핫바지 빨고 싶구나.

【주석】

竹頭槍地風不擧 文書堆案睡自語 : 『전국책』에서 "진왕이 당저에게 이르기를 "포의의 성냄은 기껏 관을 벗어 던지고 맨발로 머리를 땅에 찧는 것뿐이다""라고 했다. 사마천의 『사기』에서 "옥리를 보면 머리를 땅에 대고 비비며 하소연한다"라고 했다. 원진의 「망희역望喜驛」에서 "눈에 가득한 문장은 책상 옆에 쌓였는데, 눈이 어두워 잠시 틈을 내 눈을 붙이네"라고 했다. 차산 원결의 「예론」에서 "잠자는 중에 웅얼거리는 잠꼬대는 알아듣지 못한다"라고 했다. 『운서』에서 "'예囈'는 잠자면서 하는 말이다"라고 했다.

---

10 [교감기] 제목의 '題伯時畫頓塵馬'에서 원래 '畫'자가 탈락되었는데, 문집과 전본에 의거하여 보충하였다.

戰國策, 秦王謂唐且曰, 布衣之怒, 免冠徒跣, 以頭槍地耳. 司馬遷書亦曰, 見獄吏則頭搶地. 元稹詩, 滿眼文章堆案邊, 眼昏偸得暫時眠. 元次山寱論曰, 寐中寱言非所知也. 韻書云, 寱, 睡語也.

忽看高馬頓風塵 亦思歸家洗袍袴 : 두보의 「삼운三韻」에서 "고상한 말의 얼굴에 침을 뱉지 말며"라고 했다. 위응물의 「기노유寄盧庾」에서 "엉클어진 머리 한 번 빗어야 하고, 더러운 옷은 바꿔 입어야지"라고 했다. 당시 산곡은 시원에 있었기에 집으로 돌아갈 생각을 시로 읊은 것이다.

老杜詩, 高馬勿捶面. 韋應物詩, 亂髮思一櫛, 垢衣思一換. 時山谷在試院中, 故有思歸之語.

6. 백시가 그린 엄자릉이 여울에서 낚시하는 그림에 쓰다
題伯時畫嚴子陵釣灘

『후한서·일민전』에서 "엄광의 자는 자릉으로 어려서 광무제와 함께 학문을 하였다. 광무제가 즉위하여 그를 부르자 세 차례나 거절한 뒤에 조정에 나왔다. 간의에 제수되었는데, 굽히지 않다가 이에 부춘산으로 들어가 농사를 지었다. 후대 사람들이 그가 낚시하던 곳을 엄자릉이라 명명하였다"라고 했다.

後漢書逸民傳, 嚴光字子陵, 少與光武同游學. 及光武卽位, 使聘之, 三反而後至. 除爲諫議, 不屈, 乃耕於富春山. 後人名其釣處爲嚴陵灘焉.

平生久要劉文叔	평생의 친구는 유문숙이 있는데
不肯爲渠作三公	기꺼이 그의 삼공이 되지 않았네.
能令漢家重九鼎	능히 한나라를 구정보다 무겁게 만드니
桐江波上一絲風	동강의 물결 위에 낚싯대는 바람에 흔들리네.

【주석】

平生久要劉文叔 不肯爲渠作三公 : 『논어』에서 "친구에 평생 하던 말을 잊지 않는다면 또한 완전한 사람이 될 수 있다"라고 했는데, 주에서 "구요久要는 오랫동안 교유했던 사람이다"라고 했다. 『후한제기』에서 "광무의 이름은 수요, 자는 문숙이다"라고 했다.

魯論曰, 久要不忘平生之言, 亦可以爲成人矣. 注云, 久要, 舊約也. 後漢帝紀, 光武諱秀, 字文.

能令漢家重九鼎 桐江波上一絲風 : 급암이 위청衛青에게 "대저 대장군의 지위에 있는데 읍객이 있다면 오히려 대장군을 중하게 하는 것이 아니겠는가"라고 했는데, 이 구는 이런 의미를 차용했다. 『한서』에서 "선제가 "한나라에는 절로 제도가 있다""라고 했다. 『사기·평원군전』에서 "모수가 조나라로 하여금 구정과 대려[11]보다 무겁게 만들었다"라고 했다. 「엄광전」의 주에서 "동로현의 남쪽에 엄자릉이 낚시하던 곳이 있다"라고 했다. 살펴보건대 동로는 지금의 엄주에 속한다. 동한에 절개를 지킨 이름만 선비가 많기에, 그에 힘입어 낚시터가 오랫동안 보존되었다. 그 이름이 기원한 것을 추적하면 참으로 자릉의 낚시에서 온 것이다.

汲黯曰, 夫以大將軍有揖客, 反不重耶.[12] 此句蓋用此意. 漢書, 宣帝曰, 漢家自有制度. 史記平原君傳曰, 毛遂使趙重於九鼎大呂. 嚴光傳注曰, 桐廬縣南, 有嚴子陵漁釣處. 按桐廬, 今屬嚴州, 東漢多名節之士, 賴以久存. 迹其本原, 正在子陵釣竿上來耳.

---

11 대려 : 주나라 때의 큰 종의 이름이다.
12 [교감기] '급암' 이하는 『한서·급암전』에서 나왔는데, 임연이 주의 출처를 빠트렸다.

7. 백시가 그린 소나무 아래의 도연명의 그림에 쓰다

題伯時畵松下淵明13

이 작품은 6권의 「와도헌」과 의미가 대개 같다. 홍주본에는 '산山'자 운으로 된 부분이 없고, '탄彈'자 운으로 된 부분만 있으니 아마도 탈락되어 잘못된 것으로 보인다.

此篇與上卷臥陶軒詩, 大抵同意. 洪州本無山字一韻, 而以彈字爲第二韻, 疑脫誤也.

南渡誠草草	남쪽으로 건너옴은 참으로 다급해서인데
長沙慰艱難14	장사공長沙公이 어려움을 다스렸네.
終風霾八表	종일 바람 불어 온 세상 흙비가 내리더니
半夜失前山15	한밤중에 앞산을 잃어버렸네.
遠公香火社	혜원慧遠의 향화의 모임과
遺民文字禪	유유민의 문자의 선은,
雖非老翁事	비록 노옹의 일은 아니지만
幽尙亦可觀	심원한 도는 또한 볼만하여서네.

---

13 [교감기] 문집과 고본에는 '題伯時畵松下淵明'란 제목에서 '伯時畵' 세 글자가 없다. 고본에는 따로 '松下淵明'으로 제목을 삼았으며, 또 『산곡외집』 권4에 거듭 이 시를 싣고 있다.
14 [교감기] '慰'는 문집과 고본에는 '想'으로 되어 있다.
15 [교감기] 문집에는 3~4구는 없으며, 아래의 한 연(聯)인 '松風自度曲 我琴不須彈'을 '遠公香火社' 앞으로 옮겨 놓았다. 건륭본에 '八表'는 '八面'으로 되어 있다.

松風自度曲	솔바람에 스스로 곡조를 만드니
我琴不須彈	나의 거문고는 반드시 연주할 필요는 없네.
客來欲開說[16]	객이 와서 말을 하려고 하면
觴至不得言[17]	술을 내와 말을 하지 못하였네.

【주석】

南渡誠草草 長沙慰艱難 : '남도南渡'는 진 원제가 장강을 건너온 것을 이른다. 이백의 「금릉」에서 "진왕조 남쪽으로 강을 건너는 날에, 이곳은 옛 장안이 되었네"라고 했다. 퇴지 한유의 「도원행」에서 "뭇 말이 남쪽으로 건너와 새 주인을 열었네"라고 했다. 『진서·도간전』에서 "도간이 소준의 난리를 평정하고 장사군공으로 다시 봉하였다. 도간이 죽은 뒤에 성제가 조서를 내려 "외직으로 지방관이 되면 여덟 고을이 고요하고 맑았으며, 내직으로 왕을 보좌하면 황실이 편안하였다""라고 했다. 소명태자가 지은 「도연명전」에서 "증조 도간은 진의 대사마였다"라고 했으며, 또한 "증조는 진나라의 재상이었는데 후대에 자신을 굽힌 것을 부끄럽게 여겨 송나라 고조의 왕업이 점점 드러나게 되자 다시 벼슬하지 않았다"라고 했다.

南渡謂晉元帝渡江. 太白金陵詩曰, 晉家南渡日, 此地舊長安. 退之桃源行

---

16 [교감기] '開'는 문집에는 '關'으로 되어 있으며 고본의 원교(原校)에서는 "달리 '間'으로 되어 있다"라고 했다.
17 [교감기] '不得'은 장지본에는 '不敢'으로 되어 있다.

曰, 羣馬南渡開新主. 晉書陶侃傳, 蘇峻平, 改封長沙郡公, 薨後, 成帝下詔曰, 作藩于外, 八州肅淸. 勤王于內, 皇家以寧. 昭明太子作陶淵明傳曰, 曾祖侃, 晉大司馬. 又云, 自以曾祖晉世宰輔, 耻復屈身後代, 自宋高祖王業漸著,[18] 不復肯仕.

終風霾八表 半夜失前山 : 장연방회 가본에 이 두 구가 있다. 대개 이 구는 진과 송의 세상이 변한 것을 말한다. 『시경』에서 "종일 바람 불고 흙비 날리네"라고 했는데, 주에서 "종일 부는 바람이 종풍終風이다. 매霾는 흙비다"라고 했다. 도연명의 「정운停雲」에서 "세상이 온통 어두컴컴하고, 평탄하던 육지가 강이 되었네"라고 했다. 『장자』에서 "계곡에 배를 감추고 못 속에 산을 감추면 안전하다고 할 만하다. 그러나 밤중에 힘센 사람이 짊어지고 도망가는데도, 어리석은 사람을 알지 못한다"라고 했다. 촉중의 구본舊本에는 「음주飮酒」의 "동쪽 울 밑에서 국화를 꺾어들고, 한가로이 남산을 바라보네"라는 구절은 원래 "평생 관중과 제갈량을 꿈꾸었는데, 국화를 타면서 남산을 바라보네"로 되어 있다. 말하자면 도연명의 처음 이름은 원량元亮으로 본래 제갈공명을 사모하여 당대에 세상에 나가려는 뜻을 지녔는데, 만년에 다른 조정에 몸을 굽히는 것을 부끄럽게 여겨 비로소 산림으로 은거한 것이다. 『촉지・제갈량전』에서 "스스로 관중과 악의에 비교하였다"라고 했다. 도연명의

18　[교감기] '宋高祖'는 원래 '宋武帝'로 되어 있는데, 「도연명전」의 원문에 의거하여 바로잡는다.

「음주飮酒」에서 "동쪽 울 밑에서 국화를 꺾어들고, 한가로이 남산을 바라보네"라고 했다.

張淵方回家本, 有此兩句. 蓋言晋宋市朝之變也. 詩曰, 終風且霾. 注謂, 終日風爲終風. 霾, 土雨也. 淵明詩曰, 八表同昏, 平陸成江. 莊子曰, 藏山於澤, 夜半有力者負之而走. 蜀中舊本元作平生夢管葛, 采菊見南山. 言淵明初名元亮, 本慕諸葛孔明, 有當世志. 晚年恥屈身異代, 始自放於山林也. 蜀志諸葛亮傳曰, 自比管仲樂毅. 淵明詩曰, 采菊東籬下, 悠然見南山.

遠公香火社 遺民文字禪 : 『고승전』에서 "팽성의 유유민, 예장의 뇌차종 등이 혜원慧遠에 의지하여 산에서 노닐었다. 혜원이 이에 정사의 무량수 불상 앞에 재齋를 건립하고 모임을 만들어 함께 서방정토에서 태어나기를 기약하였다. 이에 유유민에게 그 글을 짓게 하였다"라고 했다. 또한 진순유의 「여산기」에서 "유유민이 십조이사와 더불어 경론[19]의 화려한 문장을 드날리기를 좋아하니, 동시대 사람들이 존경하였다"라고 했다. 낙천 백거이의 「여과상인몰시제차결별與果上人歿時題此決別」에서 "본래 보리 향화의 모임을 맺었는데"라고 했다. 『유마경』에서 "음성, 언어, 문자로 불사를 짓기도 하며"라고 했다. 『전등록・달마전』에서 "도부가 말하기를 "내가 본 바로는 문자에 집착하는 것도 아니고 문자를 떠나지도 않는 것이 도의 쓰임입니다""라고 했다. 동파 소식의 「기변재」에 "대각과 산림은 더구나 다름이 없으니, 응당 문자는 선을

---

19 경론 : 부처의 가르침을 적은 경과 이를 해석한 논을 아울러 이르는 말이다.

떠나지 않네"라는 구절이 있다.

高僧傳曰, 彭城劉遺民, 豫章雷次宗等, 依遠遊山, 遠乃於精舍無量壽像前,
建齋立社, 共期西方, 乃令遺民著其文. 又陳舜俞廬山記曰, 遺民與什肇二師,
好揚推經論文章之華, 一時所挹. 樂天詩, 本結菩提香火社. 維摩經曰, 有以音
聲語言文字而作佛事. 傳燈錄達磨傳, 道副曰, 如我所見, 不執文字, 不離文
字, 而爲道用. 東坡寄辯才, 詩有臺閣山林況無異, 故應文字不離禪之句.

雖非老翁事 幽尙亦可觀 : 아래 구는 촉중의 구본舊本에 "고요히 숨어
지내는 것도 볼 만하네幽沉亦可觀"라고 했는데, 금본今本은 아마도 후대에
고친 것 같다. 대개 이 구절은 "도연명이 비록 모임에 들어가지 않았지
만 그러나 항상 절간을 오갔으니, 불교의 심원함을 숭상하는 여러 사
람들의 뜻도 또한 볼만하다고 여겼기 때문이다"라는 의미를 지닌다.
「여부잡기」에서 "혜원 대사가 백련의 모임을 결성하여 편지로 도연명
을 불렀다. 도연명이 "제자는 본성이 술을 즐기니 만약 음주를 허락한
다면 곧 가겠습니다"라 하였다. 이에 혜원이 허락하였니 드디어 그곳
에 갔다. 인하여 모임에 들어오도록 하니 도연명은 눈썹을 치켜 세우
면서 떠났다"라고 했다. 『여산기』에서 "도원량은 율리의 산모퉁이에
거처하였다. 육수정도 도를 지닌 선비이다. 혜원 대사가 일찍이 이 두
사람을 전송하며 말을 나누다가 도가 합치하였는데 자신도 모르게 호
계를 넘어버렸다"[20]라고 했다. 「연명전」에서 또 "당시 주속이 여산에

20 혜원대사가 (…중략…) 넘어버렸다 : 진(晉)나라 고승 혜원(慧遠)이 동림사(東林寺)

들어와서 혜원 스님을 모셨으며, 팽성의 유유민도 또한 광산으로 자취를 숨겼으며, 도연명은 조정의 부르는 명령에 응하지 않았으니, 이들을 심양의 삼은이라 부른다"라고 했다. 퇴지 한유의 「출문出門」에서 "어찌 감히 숨어서 홀로 지냄을 좋아하랴, 세상과 실로 어긋나서이네"라고 했다. 『논어』에서 "비록 작은 기예라도 반드시 볼 만한 것이 있다"라고 했다.

　下句, 蜀中舊本, 作幽沉亦可觀, 今本當是後來所改. 蓋詩意謂, 陶雖不入社, 然常往來其間, 以諸人志尙幽遠, 亦有可觀故也. 盧阜雜記曰, 遠師結白蓮社, 以書招陶淵明. 陶曰, 弟子性嗜酒, 若許飮卽往矣. 遠許之, 遂造焉. 因勉令入社, 陶攢眉而去. 盧山記曰, 陶元亮居栗里山阿, 陸脩靜亦有道之士, 遠師嘗送此二人, 與語道合, 不覺過虎溪. 淵明傳又曰, 時周續之入盧山, 事釋惠遠. 彭城劉遺民, 亦遁迹匡山. 淵明又不應徵命. 謂之潯陽三隱. 退之詩, 豈敢尙幽獨, 與世實參差. 魯論曰, 雖小道, 必有可觀者焉.

　松風自度曲 我琴不須彈 : 태충 좌사 「초은시」의 "반드시 현악기와 관악기가 필요한 것 아니니, 산수에 맑은 소리가 있네"라는 의미를 활용하였다. 『문선』에 실린 안연년顔延年의 「배능묘작拜陵廟作」에서 "솔바람은 길을 따라 세게 불고"라고 했다. 『한서・원제기元帝紀』에서 "스스로

─────────

에 거주하면서 호계를 넘어서지 않았는데, 도연명(陶淵明)과 육수정(陸修靜)을 배웅할 때에는 자신도 모르게 그 시내를 건넜으므로, 세 사람이 모두 큰소리로 웃었다는 일화가 있다. 『연사고현전・백이십삼인전(百二十三人傳)』에 보인다.

곡조를 만들어 노래를 불렀다"라고 했다. 「연명전」에서 "음률을 알지
못하였는데 줄이 없는 거문고를 지니고 있다가 매번 술이 거나하게 취
하면 곧 거문고를 어루만지면서 자신의 뜻을 부쳤다"라고 했다.

用左太沖招隱詩非必絲與竹, 山水有淸音之意. 文選顏延年詩, 松風遵路急.
漢書元帝贊曰, 自度曲, 被歌聲. 淵明傳曰, 不解音律, 而蓄無絃素琴一張, 每
酒酣適, 趣撫弄以寄意.

客來欲開說 觴至不得言 : 『한서·조참전』에서 "손님이 말을 하려고 것
을 헤아려 다시 술을 마시니 끝내 말을 하지 못하였다"라고 했다. 「양효
왕전」에서 "원앙袁盎이 이에 관한 말을 황제에게 하였다"라고 했다.

漢書曹參傳曰, 度客欲有言, 復飮酒, 終不得開說. 梁孝王傳曰, 有所關說
於帝.

8. 예부시원을 나오니 왕 재원이 고맙게도 매화 세 종을 보내왔는데 모두 뛰어나게 아름다웠다. 이에 장난스레 화답하였다. 3수

出禮部試院, 王才元惠梅花三種, 皆妙絶, 戲答. 三首[21]

『소씨무변』에서 "왕역은 서울 사람으로 말재주가 있었다. 형서와 공모하여 여러 사람을 폐위하는데 거짓으로 날조하였다. 그의 아들 직방은 아버지를 옳다고 여기지 않고 매번 사대부와 말을 할 때는 "부친이 만년에 정신병이 있다"라고 하였다. 왕역의 자는 재원이고, 직방의 자는 입지이다.

邵氏辨誣云, 王栻, 京師人, 有口辯. 與邢恕共謀, 誣造諸人廢立事. 其子直方, 不以父爲然, 每與士大夫言, 父晩年病心云. 栻字才元, 直方字立之.

첫 번째 수其一

城南名士遣春來	성의 남쪽 명사가 봄을 보내오니
三月乃見臘前梅	삼월에 바로 납전매[22]를 보았네.
定知鎖著江南客	참으로 알겠네, 갇혀 있던 강남객 위해

---

21 [교감기] 문집과 고본에는 원래 제목인 '出禮部試院王才元惠梅花三種皆妙絶戲答三首'에서 '出禮部試院' 다섯 글자가 없다. 또한 시의 제목 아래 원주(原注)에서 "왕 재원의 이름은 역(栻)이다"라고 했다.

22 납전매 : 섣달에 꽃이 피는 매화이다.

故放綠陰春晚回[23]　　일부러 봄이 늦게 와서 꽃을 피운 것을.

【주석】

城南名士遣春來 三月乃見臘前梅 定知鎖著江南客 故放綠陰春晚回 : 산곡은 이 시의 발문을 지었는데 "주의 남쪽에 있는 왕 재원 사인의 집에는 백엽황매가 매우 아름다웠는데, 예부에서 시원試院을 막아서 다시 보지 못하였다. 시원을 열어 그곳에서 나온 다음날 재원이 두어 매화를 보내왔다. 대개 이 해에는 눈이 많이 내리고 추위가 심하였기에 매화 또한 늦게 피다"라고 했다. 또 다른 발문에서 "원우 초기에 예부에서 시원을 막아났는데 봄 눈에 막혀서 집에 돌아오니 이미 3월이었다. 왕 재원 사인이 잎이 많은 홍매, 황매 세 종을 보내왔기에 시 세 수를 지어서 왕 씨 집안의 소소에게 주어 노래로 부르게 하였다"라고 했다. 종실 조자식의 집에서 이를 기록한 책을 소유하였기에 그 글씨를 다시 보지 못함이 애석하여 여기에 부쳐둔다. 정곡의 「희증담원戱贈湛源」에서 "좌중에 또한 강남의 나그네 있으니, 봄바람을 향해 자고를 부르지 말라"라고 했다.

山谷有此詩跋云, 州南王才元舍人家, 有百葉黃梅妙絶. 禮部鎖院, 不復得見. 開院之明日, 才元遣送數枝. 蓋是歲大雨雪, 寒甚, 故梅亦晚開耳. 又一跋云, 元佑初, 鎖試禮部, 阻春雪, 還家已三月. 王才元舍人送紅黃多葉梅數種,

---

23　[교감기] '綠陰'은 문집과 고본에는 '綠梢'로 되어 있다. 고본의 원교(原校)에는 "'梢'는 달리 '陰'으로 되어 있다"라고 했다.

爲作三詩, 付王家素素歌之. 宗室趙子湜家有此錄本, 惜其翰墨不可復見, 因附于此. 鄭谷詩曰, 坐中亦有江南客, 莫向春風唱鷓鴣.

두 번째 수其二

舍人梅塢無關鎖	사인의 매화 동산에 빗장 지르지 않는데
携酒俗人來未曾	술병 든 속세 사람 일찍이 오지 않네.
舊時愛菊陶彭澤	옛날에는 도 팽택의 국화를 좋아했지만
今作梅花樹下僧	지금은 매화나무 아래 승려가 되었구나.

【주석】

舍人梅塢無關鎖 携酒俗人來未曾 : 퇴지 한유의 「죽동」[24]의 의미를 차용하였다. 엄유의 「수유원외酬柳員外」에서 "버들 연못에는 봄물이 넘실대고, 꽃동산에는 석양이 더디네"라고 했다. 원진의 「최휘가崔徽歌」에서 "아전은 최휘의 마음에 감동하여 닫힌 문을 여네"라고 했다. 『문선』에 실린 혜강의 「여산거원절교서與山巨源絶交書」에서 "속세 사람을 좋아하지 않는다"라고 했다.

用韓退之竹洞詩意. 嚴維詩, 柳塘春水慢, 花塢夕陽遲. 元積崔徽歌曰, 吏

---

24   「죽동」: 죽동은 언제부터 있었나, 공이 처음 대나무 제거하고 열었다네. 골짜기
      에는 자물쇠가 없지만, 속객은 일찍이 오지 않았다네.[竹洞何年有, 公初斫竹開.
      洞門無鎖鑰, 俗客不曾來.]

感徹心關鎖開. 文選嵇康書曰, 不喜俗人.

舊時愛菊陶彭澤 今作梅花樹下僧 : 이 구에 대해 산곡이 스스로 말하기를 "계율을 지키느라 술을 마시지 않아 다시는 국화를 잡고 술잔을 마주하는 생각이 없었다"라고 했다. 원진의 「정승定僧」에서 "선승이 우연히 꽃 앞에서 선정禪定에 드니, 나무 가득 광풍 분 듯 나무 가득 꽃이 피네"라고 했다.

此句山谷自道, 言其持律不飲, 無復把菊待酒之意. 元稹詩, 禪僧偶向花前定, 滿樹狂風滿樹花.

세 번째 수其三

病夫中歲屏杯杓	병든 사내 중년에 술잔을 물리쳤는데
百葉緗梅觸撥人	백 잎의 연한 황매 흥취를 돋우네.
拂殺官黃春有思[25]	관가의 노란 책 물리치고 봄 생각 이는데
滿城桃李不能春	성에 가득한 도리는 봄이 오지 않았네.

【주석】

病夫中歲屏杯杓 百葉緗梅觸撥人 拂殺官黃春有思 滿城桃李不能春 : 『사

---

25 [교감기] '殺'은 고본의 원교(原校)에서 "달리 '掠'으로 된 본도 있다"라고 했다. 또한 '春'은 문집에는 '香'으로 되어 있다.

기・항적기』에서 "패공은 술을 이기지 못하니 인사를 드릴 수 없다"라고 했다. 『설문해자・상자絲字』의 주에서 "'백帛'은 옅은 황색이다"라고 했다. '촉발觸撥'이란 글자는 다른 본에는 '요리料理'로 되어 있다. 『왕립지시화』에서 "'촉발觸撥'자는 애초에 '고뇌故惱'로 지었는데, 그 후에 고쳤다"라고 했다. 살펴보건대, 낙천 백거이의 「천류화」에서 "향기는 선정에 든 승려를 건드리는 듯하네"라고 했다. 또한 「제려비서하일신재죽題廬秘書夏日新栽竹」에서 "시인의 흥을 촉발하고, 주객의 즐거움을 이끌어내네"라고 했다. '관황官黃'은 노란 책의 관서官書를 말한다. 퇴지 한유의 「행화杏花」에서 "살구나무 두 그루 꽃이 희고 붉네"라고 했다. 또한 「유성남遊城南」에서 "저물녘 이슬비 그칠 것 않는데"라고 했다.

史記項籍紀曰, 沛公不勝杯杓, 不能辭. 說文緗字注云, 帛, 淺黃色也. 觸撥字, 一本作料理. 王立之詩話曰, 觸撥字, 初作故惱, 其後改焉. 按樂天榴花詩, 香塵擬觸坐禪人. 又詩, 撑撥詩人興, 勾牽酒客歡. 官黃, 謂黃本官書. 退之詩, 杏花兩株能白紅. 又曰, 廉纖晚雨不能晴.

9. 왕립지가 보낸 시를 받고서 매화꽃이 이미 다 졌다고 알려왔기에 그 운자에 차운하여 장난스레 답하다

王立之承奉詩, 報梅花已落盡, 次韻戲答26

南枝北枝春事休	남쪽 가지 북쪽 가지 봄날은 끝나버려
楡錢可穿柳帶柔	유엽전으로 버들의 부드러운 잎 뚫는구나.
定是沈郎作詩瘦27	참으로 심약이 시를 짓느라 파리해졌다는데
不應春能生許愁	봄날에 허다한 근심 일으키지 말아야지.

【주석】

南枝北枝春事休 楡錢可穿柳帶柔：『백씨육첩』에서 "대유령 꼭대기의 매화는 남쪽 가지는 꽃이 지고 북쪽 가지는 꽃이 핀다"라고 했다. 『한서·식화지』의 주에서 "응소가 "한나라는 협전을 주조하였다""라고 했는데, 지금 민간에서 사용하는 유협전이 이것이다.

白氏六帖云, 大庾嶺頭梅, 南枝落, 北枝開. 漢書食貨志注, 應劭曰, 漢鑄莢錢, 今民間楡莢錢, 是也.

定是沈郎作詩瘦 不應春能生許愁：『남사·심약전』에서 "현위 사조謝朓

는 시를 잘 짓고 언승 임방任昉은 붓을 잘 놀렸는데, 심약은 이 둘을 겸하였다. 심약이 편지로서 서면에게 자신의 속마음을 토로하였으니, "이미 늙고 병든 지가 백 몇 십일이라 혁대를 항상 구멍을 줄여야 하며 손으로 팔뚝을 잡아보면 대체적으로 한 달에 반절씩 줄어듭니다. 일을 그만두고 싶으니 돌아가 노인으로 지낼 만한 벼슬을 구합니다"라고 했다. 『본사시』에서 "이백이 두보를 희롱하며 "이별한 뒤로 왜 그렇게 홀쭉하냐고 물었더니, 이전부터 이 짓느라 괴로워서 그렇게 되었다나""라고 했다. 유신의 「수부」에서 "허다한 수성은 공략해도 끝내 부서지지 않고, 허다한 수문은 흔들어도 끝내 열리지를 않네"라고 했다.

南史沈約傳, 謝玄暉善爲詩, 任彦昇工於筆, 約兼而有之. 約以書陳情於徐勉, 言已老病, 百日數旬, 革帶常應移孔, 以手握臂, 率計月小半分. 欲謝事, 求歸老之秩. 本事詩, 李白戱杜甫曰, 借問別來太瘦生, 總爲從前作詩苦. 庾信愁賦云, 攻許愁城終不破, 盪許愁門終不開.

10. 요화를 달라고 요청하다. 2수

乞姚花. 二首

구양수의 『모란석명』에서 "요황이란 것은 천엽의 황화로 민간의 요씨 집에서 나온다"라고 했다.

歐陽公牡丹釋名曰, 姚黃者, 千葉黃花, 出於民姚氏家.

첫 번째 수 其一

正是風光嬾困時	참으로 풍광이 나른할 때
姚黃開晚落應遲	요황은 늦게 피니 응당 늦게 지네.
欲雕好句乞春色	좋은 구절 다듬으려 봄빛[28]을 요구하지만
日曆如山不到詩	일력이 산처럼 쌓여 시에 눈 돌리지 못하네.

【주석】

正是風光嬾困時 姚黃開晚落應遲 : 두보의 「강반독보심화江畔獨步尋花」에서 "봄 경치 나른한데 미풍에 기대 있네"라고 했다. 동파 소식의 「매」에서 "먼저 피기에 먼저 지는 것을 알겠네"라고 했다. 이 구는 그 의미를 반대로 사용하였다.

老杜詩, 春光嬾困倚微風. 東坡梅詩曰, 也知早落坐先開. 此句反其意用之.

---

28 봄빛 : 요화를 가리킨다.

欲雕好句乞春色 日歷如山不到詩 : 이 구는 "바야흐로 역사책을 편찬하느라 괴롭게 생각하여 시어를 다듬을 겨를이 없음"을 말한다. 『문선』에 실린 임방의 「왕문헌집서」에서 "어찌 다만 문장을 다듬어 화려하게 꾸밀 따름이겠는가"라고 했다. 당나라 정원 말기에 조정의 명령은 일력[29]에 보였다. 『국사·직관지』에서 "저작랑 및 저작좌랑은 일력의 수찬을 담당하였다. 대저 재상의 시정時政에 대한 기록은 좌우사와 기거주가 쓴 것을 모아서 수찬하여 한 시대의 법으로 삼았다"라고 했다. 살펴보건대 『실록』에서 "장돈이 "선제의 일력은 희종 2년 정월부터 시작하여 3년에 끝납니다""라고 했는데, 이는 원우 연간에 비서성의 관리인 공무중, 황정견, 사마강 등이 수찬한 것이다. 유흠의 『칠략』에서 "무제가 책을 바치는 길을 넓혀서 백년 사이에 책이 산처럼 쌓였다"라고 했다.

言方修史, 未暇苦思雕刻詩語也. 文選任彦昇作王文憲集序曰, 豈直雕章縟采而已哉. 唐貞元之末, 朝廷政令, 著於日歷. 國史職官志云, 著作郎及著作佐郎掌修撰. 凡宰執時政記, 左右史起居注所書, 會集修纂, 以爲一代之典. 按實錄, 章惇言, 先帝日歷, 自熙寧二年正月, 至三年終. 係元祐中祕書省官孔武仲黃庭堅司馬康修纂. 劉歆七畧曰, 武帝廣獻書之路, 百年之間, 書積如邱山.

29　일력 : 원래는 달력을 의미하는 말인데, 여기서는 조정에서 하루 동안 행했던 것을 기록한 문서의 의미로 쓰였다.

두 번째 수其二

靑春日月鳥飛過	푸른 봄날 세월은 새가 나는 듯 지나가는데
汗簡文書山疊重[30]	대쪽의 문서는 산처럼 쌓였네.
乞取好花天上看	좋은 꽃 달라고 하여 천상에서 보는데
宮衣黃帶御爐烘[31]	노란색 궁의로 어전 향기 스며드네.

【주석】

靑春日月鳥飛過 汗簡文書山疊重 : 낙천 백거이의 시에서 "백년은 푸른 하늘에 새가 날 듯 지나가네"[32]라고 했다. 아래 구는 바로 앞의 작품의 주에 보인다. 『후한서·오우전』의 주에서 "살청이란 불로 대쪽을 쪼여 진액을 빼낸 다음 푸른 살을 취하면 글을 쓰기 쉬우며 후에 좀을 먹지 않으니 그것을 살청이라 이른다. 달리 한간이라고도 한다"라고 했다. 『문선』에 실린 휴문 심약의 「유심도사관游沈道士館」에서 "산봉우리 멀리 중첩하고"라고 했다. 마융의 「적부」에서 "빽빽하게 중첩하였다"라고 했다.

樂天詩, 百年靑天過鳥翼. 下句意見前篇注. 後漢吳祐傳注曰, 殺靑者, 以火炙簡令汗, 取其靑易書, 復不蠹, 謂之殺靑, 亦謂之汗簡. 文選沈休文詩, 山

---

30 [교감기] '山'은 고본에 '出'로 되어 있다.
31 [교감기] '烘'은 문집과 고본에는 '風'으로 되어 있고, 고본의 원교에서 "달리 '烘'으로 된 본도 있다"라고 했다.
32 이 구만 전한다. 이 구를 황정견이 자신의 「신량시동학(新凉示同學)」에서 차용하였다.

嶂遠重疊. 笛賦曰, 密櫛疊重.

乞取好花天上看 宮衣黃帶御爐烘 : '천상天上'은 사국을 가리킨다. 이하의 「추부화강담원追賦畵江潭苑」에서 "노란 궁의에 물 뿌려 털고"라고 했다. 가지의 「조조대명궁早朝大明宮」에서 "의관 사이로 어전 향기 스며드네"라고 했다. '烘'은 음이 '呼'와 '公'의 반절법이다. 『설문해자』에서 "태우는 것이다"라고 했다.

天上, 謂史局. 李賀詩, 宮衣水濺黃. 賈至詩, 衣冠身染御爐香. 烘音呼公反. 說文, 燎也.

11. 왕중지 소감이 요화를 읊은 것을 본떠서 그 운자를 사용하여 짓다. 4수

效王仲至少監詠姚花, 用其韻. 四首

첫 번째 수其一

映日低風整復斜	해는 빛나고 바람이 낮게 불면 곧았다가 다시 기울어 서고
綠玉眉心黃袖遮	눈썹 가운데 푸른 옥을 노란 소매로 가렸네.
大梁城裏雖罕見	대량성 안에서 비록 드물게 보지만
心知不是牛家花	우씨 집안 꽃이 아님을 마음속으로 알아챘네.

【주석】

映日低風整復斜 綠玉眉心黃袖遮 : 『고악부』에 실린 왕증유의 「주로곡」에서 "빛나는 태양이 금제 위에 있네"라고 했다. 또한 「칙륵가」에서 "바람이 불면 풀이 낮아져 소와 양이 보이네"라고 했다. 목지 두목의 「대성곡臺城曲」에서 "눈이 똑바로 내리거나 또는 휘날리며 내리는데, 깃대 따라 저물녘 백사장에 쌓이네"라고 했다. 유신의 「무미랑」에서 "눈썹 가운데 짙은 먹줄을 곧게 바르고, 이마 모서리에 연한 노란색을 촘촘히 바르네"라고 했다.

古樂府王僧孺朱鷺曲曰, 映日上金堤. 又敕勒歌曰, 風吹草低見牛羊. 杜牧之詩云, 整整復斜斜, 隨旗簇晚沙. 庾信舞媚娘詩云, 眉心濃黛直點, 額角輕黃細安.

大梁城裏雖罕見 心知不是牛家花 : 대량은 즉 변경이다. 구양수의『낙양모란기·화석명洛陽牡丹記·花釋名』에서 "우황도 천엽으로 민간의 우씨 집에서 나오는데, 요황에 비해 조금 작다"라고 했다. 『사기·여불위전』에서 "자초가 여불위의 뜻을 속으로 알아챘다"라고 했다.

大梁, 卽汴京. 歐陽公牡丹釋名曰, 牛黃亦千葉, 出于民牛氏家, 比姚黃差小. 史記呂不韋傳曰, 子楚心知所謂.

두 번째 수其二

九疑山中萼綠華	구의산 산중의 악록화
黃雲承韈到羊家	황운이 버선발을 태우고 양관의 집에 이르렀네.
眞筌蟲蝕詩句斷[33]	비결은 벌레가 먹어 시구가 끊어졌는데
猶託餘情開此花	오히려 넘치는 정 의탁해 이 꽃이 피었네.

【주석】

九疑山中萼綠華 黃雲承韈到羊家 眞筌蟲蝕詩句斷 猶託餘情開此花 :『진고』에서 "악록화[34]가 양관의 집에 내려와서 이르기를 "나는 구의산에

---

33 [교감기] '筌'은 문집과 고본에 '詮'으로 되어 있다.

서 도를 깨친 여자 나욱이다'"라고 했다. '황운黃雲'은 사실을 읊은 것이 아니라 다만 이 꽃을 형용한 것으로, 앞의 시에 보이는 '황수黃袖'나 뒤의 시에 보이는 '황곡黃鵠'과 같은 종류이다.『문선』에 실린 사령운의 「의완우」에서 "바람이 슬피 우니 황운이 일어나네"라고 했는데, 이선이 주를 달면서『회남자』를 인용하여 "황천의 먼지가 위로 올라가 황운이 된다"라고 했다.

眞誥曰, 萼綠華降羊權家云, 是九疑山得道女羅郁也. 黃雲, 非本事, 止以形容此花, 如前詩黃袖, 後詩黃鵠爾. 文選謝靈運擬阮瑀詩曰, 風悲黃雲起. 李善注引淮南子曰, 黃泉之埃, 上爲黃雲.

세 번째 수其三

仙衣襞積駕黃鵠	주름치마 입은 선녀 노란 고니를 타고 와
草木無光一笑開	초목에 빛이 없더니 한 번 웃으매 피더라.
人間風日不可奈	세상의 바람과 햇볕은 어찌할 수 없으니
故待成陰葉下來	그늘 이뤄 잎이 드리우길 짐짓 기다리네.

【주석】

仙衣襞積駕黃鵠 草木無光一笑開 : 사마상여 「자허부子虛賦」에서 "이에 정나라 아름다운 여인들은 부드러운 비단을 몸에 두르고 가는 비단 치

---

34   악록화 : 고대 전설 속의 여자 신선 이름이다.

마를 끄는데, 주름 잡힌 옷은 깊숙한 골짜기처럼 겹쳐져 구불구불하
네"라고 했는데, 주에서 "벽적襞積은 지금의 주름치마를 이른다"라고
했다. 『한서·오손공주가』에서 "원컨대 노란 고니가 되어 고향으로 돌
아가려네"라고 했다. 낙천 백거이의 「장한가」에서 "고개 돌려 방긋 웃
으면 온갖 교태 생겨나니, 천자의 궁궐 분 바르고 눈썹 그린 여인들 얼
굴 빛을 잃더라"라고 했다.

司馬相如子虛賦曰,[35] 鄭女曼姬, 被阿緆, 揄紵縞. 襞積褰縐, 鬱橈谿谷. 注
謂卽今之裙襦. 漢書烏孫公主歌曰, 願爲黃鵠兮歸故鄉. 樂天長恨歌曰, 迴眸
一笑百媚生, 六宮粉黛無顏色.

人間風日不可奈 故待成陰葉下來 : 백거이의 「만귀유감晚歸有感」에서, "봄
철이면 도성의 좋은 바람과 햇볕"이라고 하였다. 목지 두목의 「탄화歎花」
에서 "푸른 잎 그늘 이루고 가지엔 열매 가득하네"라고 했다.

人間風日, 見上注. 杜牧之詩, 綠葉成陰子滿枝.

네 번째 수其四

| 湯沐冰肌照春色 | 목욕한 얼음 같은 피부는 봄빛에 빛나는데 |
| 海牛壓簾風不開[36] | 해우 뿔로 주렴 사방 누르니 바람도 열지 못하네. |

---

35 [교감기] ''자허부'는 원래 '「上林賦」'로 되어 있었다. 지금 전본과 『문선』 7권에
의거하여 바로잡는다.

直言紅塵無路入[37]　　더러운 속세에서는 들어갈 길이 없으니

猶傍蜂鬚蝶翅來　　오히려 벌 수염이나 나비 날개 따라 갈까.

【주석】

湯沐冰肌照春色　海牛壓簾風不開 :『후한서·백관지』에서 "공주가 세금으로 받는 탕목湯沐을 국현이라 부른다"라고 했다.『장자』에서 "묘고야藐姑射 산에 신인神人이 살고 있는데, 살결이 얼음 눈과 같다"라고 했다. 곽박『이아주』에서 "빙설은 반들반들한 피부이다"라고 했다. 「장한가」에서 "봄 추위에 화청지에서 목욕함을 허락하니, 매끄러운 온천 물에 기름진 때를 씻네"라고 했다. 목지 두목의 「두추낭杜秋娘」에서 "금색 쟁반에 무소뿔로 휘장 사방을 누르고"라고 했다.

後漢百官志, 公主所食湯沐曰國縣. 莊子曰, 肌膚若冰雪. 郭璞爾雅注曰, 冰雪, 脂膏也. 長恨歌曰, 春寒賜浴華清池, 溫泉水滑洗凝脂. 杜牧之詩, 金槃犀鎭帷.

直言紅塵無路入 猶傍蜂鬚蝶翅來 : 대개 중지에게 희롱하여 말한 것이다. 두보의 「서보徐步」에서 "꽃가루는 벌의 수염에 묻어 있네"라고 했다. 또한 「우제偶題」에서 "모래밭은 벌과 전갈이 숨어 있고"라고 했다.

蓋以戲仲至. 老杜詩, 花藥上蜂鬚. 又詩, 塵沙傍蜂蠆.

36　[교감기] '壓'은 문집과 고본에는 '押'으로 되어 있다.

37　[교감기] '直言'은 장지본에 '直若'으로 되어 있다.

12. 두가보에게 보내다. 2수

寄杜家父. 二首

첫 번째 수其一

紅紫爭春觸處開	울긋불긋 봄을 다퉈 사방에 활짝 피니
九衢終日犢車雷	큰 길거리에 하루 내내 수레소리 울리네.
閑情欲被春將去	한가로운 마음 춘흥에 못 이겨 가 보았는데
鳥喚花驚只麼回	새가 부르고 꽃이 놀래키니
	다만 어찌 돌아갈까.

【주석】

紅紫爭春觸處開 九衢終日犢車雷 : 꽃을 구경하는 사람이 많아서 수레 소리가 우레 치는 것 같다는 말이다. 『한서·준불의전』에서 "한 남자 가 황소가 모는 수레를 탔다"라고 했다. 사마상여의 「장문부」에서 "우 레 소리 우르르 울리더니, 임의 수레소리와 비슷하네"라고 했다.

言看花者之多, 車聲如雷. 漢書雋不疑傳曰, 有一男子, 乘黃犢車. 司馬相 如長門賦曰, 雷隱隱而響起, 聲象君之車音.

閑情欲被春將去 鳥喚花驚只麼回 : 연명 도잠은 「한정부」를 지었다. 퇴 지 한유의 「동도우춘東都遇春」에서 "새가 울어도 피곤해서 일어나지 않 네"라고 했다. 『전등록』에 실린 영가永嘉의 「증도가證道歌」에서 "하나의

성품은 얻을 수도 버릴 수도 없으니, 얻을 수 없는 가운데 다만 이렇게 얻을 뿐이다"라고 했다.

淵明有閑情賦. 退之詩, 鳥喚昏不醒. 傳燈綠, 永嘉證道歌曰, 不可得中只麽得云.

두 번째 수 其二

風塵點汙靑春面	풍진이 청춘의 얼굴을 더럽히니
自汲寒泉洗醉紅	차가운 샘물 길어와 술 취해 불그레한 얼굴 씻네.
徑欲題詩嫌浪許	급히 시를 짓는다면 대충 했다는 혐의를 받으니
杜郞覓句有新功	두랑은 시구 찾아 더욱 노력하시게.

【주석】

風塵點汙靑春面 自汲寒泉洗醉紅 徑欲題詩嫌浪許 杜郞覓句有新功 : 1~2구는 물속에 꽃을 꽂은 것을 말한다. 두보의 「영회고적詠懷古跡」에서 "화공은 봄바람에 고운 얼굴 대충 그렸지만"이라고 했다. 또한 「시종무」에서 "시구를 찾아 새로 음률을 알고"라고 했다. ○ 산곡의 「답홍구보서」에서 "생각건대 숨겨진 시구 찾느라 매일 새롭게 힘쓰는 공이 있을 것이다"라고 했다.

上兩句, 謂揷花水中. 老杜詩, 畫圖省識春風面. 又示宗武詩, 覔句新知律.
○ 山谷答洪駒父書曰, 想鈎深索隱, 有日新之功.

13. 왕재원 사인이 모란을 주면서 시를 요구하다

王才元舍人許牡丹求詩

聞道潛溪千葉紫	듣자니, 잠계의 천엽자화는
主人不剪要題詩	주인이 꺾어 보내지 않고 시를 요구한다네.
欲搜佳句恐春老	좋은 구절 찾으려면 봄이 지날까 두려우니
試遣七言賖一枝	이 칠언시 보내니 한 가지만 보내주게.

【주석】

聞道潛溪千葉紫 主人不剪要題詩 욕수가구恐春老 試遣七言賖一枝 : 구양수의 『낙양모란기·화석명洛陽牡丹記·花釋名』에서 "잠계비는 지명 때문에 알려진 것이다"라고 했다. 또한 "좌화는 천엽자화로 민간의 좌씨 집에서 나온다"라고 했다. 4구는 시가 갑자기 완성되었으니 이 꽃의 값으로 적당하지 않음을 말한다. 이영의 「즉목即目」에서 "시의 굴을 어둠속에서 찾아"라고 했다.

歐陽公牡丹釋名曰, 潛溪緋, 以地著. 又云, 左花, 千葉紫花, 出民左氏家. 末句言, 詩成倉卒, 未足以當此花之價. 李郢詩, 冥搜得詩窟.

14. 왕사인에 상원홍을 꺾어서 보내준 것에 사례하다
謝王舍人剪狀元紅[38]

상원화도 또한 모란의 이름이다.

狀元紅亦牡丹名

淸香拂袖剪來紅	꺾어 보낸 상원홍의 맑은 향기 소매에 스치는데
似繞名園曉露叢	이름난 정원 새벽이슬에 젖은 떨기에도 향기 맴돌 듯.
欲作短章凭阿素	짧은 시 지어 아소에게 주어서
緩歌誇與落花風	느리게 노래 불러 꽃 떨어뜨리는 바람에 자랑하고프네.

【주석】

淸香拂袖剪來紅 似繞名園曉露叢 欲作短章凭阿素 緩歌誇與落花風 : 두보의 「배정광문유하장군산림陪鄭廣文游何將軍山林」에서 "이름난 정원 푸른 물가에 있고"라고 했다. 『왕립지시화』에서 "산곡이 나에게 준 시에서 "짧은 노래 지어 아소에게 주어서, 참으로 꽃 떨어뜨리는 바람에 자랑

---

38 [교감기] 문집과 고본, 장지본과 건륭본에는 '剪狀元紅'의 '剪'자 아래에 '送'자가 있으니, 의미가 더 잘 들어온다.

하고프네[欲作短歌憑阿素, 丁寧誇與落花風]"이라 하였는데, 그 뒤에 '가歌'를 '장章'으로 고치고 '정녕丁寧'을 '완가緩歌'로 고쳤다"라고 했다. 살펴보건대 안연지의 「오군영」에서 "「주덕송」은 비록 짧은 문장이지만, 깊은 마음을 이에서 보았네"라고 했다. 『악부』에 실린 수나라 정육랑의 「십색」에서 "꽃을 떨어뜨리는 바람에게 말하노니, 꽃을 전부 떨어뜨리지는 말게나"라고 했다. '아소阿素'는 왕립지 집안의 어린 시녀인 소소를 가리킨다. 이미 앞의 주에 보인다.[39] 퇴지 한유의 「유별장사군留別張使君」에서 "맑은 노래 보내주어 나그네를 감동시키네"라고 했다.

老杜詩, 名園依綠水. 王立之詩話曰, 山谷與余詩云, 欲作短歌憑阿素, 丁寧誇與落花風. 其後改歌字作章字, 改丁寧字作緩歌字. 按顏延之五君詠曰, 頌酒雖短章, 深衷自此見. 樂府隋丁六娘十索詩曰, 寄語落花風, 莫吹花落盡. 阿素, 謂王立之家小鬟素素也. 已見上注. 退之詩, 清歌緩送感行人.

---

39 앞의 「출예부시원(出禮部試院)」에 보인다.

15. 진계상이 황주 산중의 연리송을 보내준 것에 장난스레 답하다. 2수

戲答陳季常寄黃州山中連理松枝. 二首[40]

용구자 계상 진조는 본래 미산 사람으로 황주의 기정에 거주하고 있다.

龍邱子陳慥季常, 本眉山人, 家於黃州岐亭.

첫 번째 수其一

故人折松寄千里	벗이 천리에서 솔가지를 보내주니
想聽萬壑松泉音	깊은 계곡의 솔과 시내 소리 들리는 듯하네.
誰言五鬣蒼煙面	누가 말하는가, 다섯 촉 푸른 그으름의 껍질이
猶作人間兒女心	인간 세상의 아녀자 마음이라고.

【주석】

故人折松寄千里 想聽萬壑松泉音 誰言五鬣蒼煙面 猶作人間兒女心 : 두보의 「왕랑주연봉수십일구석별지작王閬州筵奉酬十一舅惜別之作」에서 "골짜기마다 나뭇잎 지는 소리 가득하고, 수많은 절벽에 가을 기운 드높다"라고 했다. 『문선』에 실린 왕간서王簡棲의 「두타사비頭陀寺碑」에서 "벼랑과 골짜기는 모두 맑고, 바람과 시내가 서로 부르네"라고 했다. 『유양잡

40　[교감기] 문집에는 시의 제목 아래의 원주에서 "계상의 이름은 陳慥이다"라고 했다.

조』에서 "소나무 종류로 한 촉에 다섯 잎[粒]이 나오는 것을 말할 때 '입粒'은 마땅히 갈기처럼 뾰족한 잎을 말한다. '렵鬣'이라고 불리는 한 종류는 줄기에 껍질이 없고 열매가 많이 달린다. 신라에 이런 종자가 많다"라고 했다. 『사기』에서 "여공이 여온에게 "아녀자들이 알 바가 아니다""라고 했다.

老杜詩, 萬壑樹聲滿, 千崖秋氣高. 文選頭陁寺碑曰, 崖谷共淸, 風泉相喚. 酉陽雜俎曰, 世言松五粒者, 粒當言鬣, 自有一種名鬣, 皮如鱗甲, 而結實多, 新羅多此種. 史記, 呂公謂呂媼曰, 非兒女所知.

두 번째 수其二

老松連枝亦偶然	노송의 이어진 가지 또한 우연인데
紅紫事退獨參天	붉은 꽃 지고 나면 홀로 하늘까지 닿는다네.
金沙灘頭鑠子骨	금사탄의 쇄자골이
不妨隨俗暫嬋娟	속세에 머물면서 잠시 고운 모습도 나쁘지 않네.

【주석】

老松連枝亦偶然 紅紫事退獨參天 : 퇴지 한유의 「감춘感春」에서 "노랗고 노란 무꽃 필 때, 도리는 이미 지고 없네"라고 했다. 두보의 「고백행」에서 "검푸른 빛 하늘에 닿아 이천 척이네"라고 했다.

退之詩, 黃黃蕪菁花, 桃李事已退. 老杜古柏行曰, 黛色參天二千尺.

金沙灘頭鑠子骨 不妨隨俗暫嬋娟：『전등록』에서 "어떤 승려가 풍혈대사에게 묻기를 "어떤 것이 부처입니까"라 하자, 풍혈이 "금사탄의 마씨 부인이 세상에서 말하는 관세음보살의 화신이다"라 대답했다"라고 했는데, 그 출처를 알 수가 없었다. 살펴보건대『속현괴록』에서 "옛날 연주에 어떤 부인이 있었는데, 자못 자색이 아름다웠다. 소년들이 모두 그녀와 사랑을 나누었다. 몇 해가 지나 죽게 되자 사람들이 함께 길가에 그녀를 장사지냈다. 대력 연간에 호승이 그 묘에 공경히 예를 표하면서 "이 사람은 대자대비하여 희사하였으니 세속의 욕망을 모두 따라주었습니다. 이는 쇄골보살로, 인연이 이미 다하였습니다"라 했다. 뭇 사람이 묘를 파서 보니, 그 뼈가 갈고리처럼 서로 연결되어 모두 얽어있는 모습이었다. 그녀를 위해 탑을 세웠다"라고 했는데, 마랑 부인의 일은 대개 이와 같다.

傳燈錄, 僧問風穴, 如何是佛. 穴曰, 金沙灘頭馬郎婦, 世言觀音化身. 未見所出. 按續玄怪錄, 昔延州有婦人, 頗有姿貌, 少年子悉與之狎昵. 數歲而歿, 人共葬之道左. 大曆中, 有胡僧敬禮其墓曰, 斯乃大慈悲喜捨, 世俗之欲, 無不循焉. 此即鎖骨菩薩, 順緣己盡爾. 衆人開墓以視, 其骨鈎結, 皆如鎖狀. 爲起塔焉. 馬郎婦事, 大率如此.

16. 자첨이 이치를 전송하며 지은 시에 차운하다

次韻子瞻送李豸

이치의 자는 방숙으로 양적 사람이다. 평소 동파에게 인정을 받았다. 원우 3년에 동파가 지공거가 되어 이치의 과거 답안지를 보고서 뛰어나다고 여겼다. 이에 방숙이 틀림없이 장원으로 합격할 것이라고 생각하였다. 이윽고 합격자가 발표되었는데, 그렇지 않았다. 동파는 안타까운 마음으로 시를 지어 방숙을 전송하였는데, "그대와 노닌 지가 짧은 시간이 아닌데, 날아오를 듯한 필세를 알아줄지 의심이 드네"라는 구절이 있다.

李豸字方叔, 陽翟人, 素爲東坡所知. 元祐三年, 東坡知貢擧, 得程文, 異之, 謂必方叔, 擢置第一. 旣開牓, 非是. 東坡悵然作詩送方叔, 有與君相從非一日, 筆勢翩翩疑可識之句.

驥子墮地追風日	천리마는 태어나자마자 바람처럼 달리는데
未試千里誰能識	천리를 시험하지 않으면 누가 능히 알아주리오.
習之實錄葬皇祖	조부祖父를 합장하면서 지은 습지의 「실록」은
斯文如女有正色	사문에 여자 가운데 미인이 있는 것과 같네.
遂失此人難塞責	끝내 이 사람 잃어 책임을 다하기 어렵네.
今年持橐佐春官	금년에 책 상자 들고 다니며 춘관[41]을 돕는데

41 춘관 : 이조의 관리이다.

雖然一閧有奇偶	그러나 작은 시장에도 운수가 있듯이
博懸於投不在德	도박은 던지는 것에 달렸지 덕에 있지 않네.
君看巨浸朝百川	그대는 보았는가, 온갖 시내가 모인 거대한 물결을
此豈有意潢潦前	이 사람이 어찌 장마의 고인물에 뜻을 두겠는가.
願爲霧豹懷文隱	원컨대 안개비 속 표범이 무늬 감추고 숨은 것처럼 하고
莫愛風蟬蛻骨仙	바람 속의 매미가 껍질 벗고 신선 된 것을 사랑하지 마라.

【주석】

驥子墮地追風日 未試千里誰能識 : 동파 소식이 지은 「왕대년애사」에서 "천리마는 태어나자마자 달리고, 호랑이는 얼룩무늬로 태어나네"라고 했다. 최표의 『고금주』에서 "진시황의 일곱 마리 준마 가운데 추풍과 섭영이 있다"라고 했다.

東坡作王大年哀詞曰, 驥墮地走, 虎生而斑. 崔豹古今注曰, 秦始皇七馬, 有追風躡景.

習之實綠葬皇祖 斯文如女有正色 : 이고의 자는 습지이다. 「황조초금실록」을 짓고서 한유에게 명을 부탁하였다. 그 문장이 기괴한데 모두 문

집에 보인다. 산곡이 이 씨의 일을 인용하여 방숙을 비유하였다. 『법언』에서 "어떤 이가 "여자에게는 색이 있는데, 책에도 색이 있습니까"라 물었다. 이에 대답하기를 "있다. 여자에 대해서는 화려하게 단장함이 요조숙녀를 어지럽히는 것을 미워하며, 책에 대해서는 음란한 말이 법도를 더럽히는 것을 미워한다""라고 했다. ○『장자』에서 "누가 천하의 미인을 알겠는가"라고 했다.

李翱字習之, 作皇祖楚金實錄, 乞銘於韓退之. 其文瑰奇, 具見於集中. 山谷引李氏事, 以比方叔. 法言曰, 女有色, 書亦有色乎. 曰有. 女惡華丹之亂窈窕也, 書惡淫辭之溷法度也. ○ 莊子曰, 孰知天下之正色哉.

今年持橐佐春官 遂失此人難塞責 : 『진서‧조충국전』에서 "장안세는 본래 책상자를 가지고 다니면서 그 끝에 붓을 꽂아놓았다"라고 했다. 『당서‧왕발전』에서 "무후가 낙빈왕의 격문을 보고서 "재상으로 어찌 이런 사람을 잃을 수가 있는가""라고 했다. 『한서‧공손홍전』에서 "끝내 은덕을 갚지 못하고 책임을 다하지 못할까 두렵습니다"라고 했다.

漢書趙充國傳曰, 張安世本持橐簪筆. 唐書王勃傳, 武后見駱賓王檄曰, 宰相安得失此人. 漢書公孫弘傳曰, 終無以報德塞責.

雖然一閧有奇偶 博懸于投不在德 : 이 구는 "시장에서 이익을 취하려고 할 때 손실은 명에 달렸으니, 마치 주사위를 던져 우연히 승부가 결정되는 것과 같다. 그러므로 애초에 사람의 어진가 아닌가에 대해 예단

할 수 없다"는 것을 말하고 있다. 『법언』에서 "한 사람이 떠드는 시장에도 반드시 공평함을 세운다"라고 했다. 『한서·이광전』에서 "대장군 위청이 몰래 황상의 뜻을 받고서 생각하기를 이광은 운수가 기박하니 선우를 맞닥뜨리게 하면 아마도 원하는 바를 이룰 수 없을 것이다"라고 했다. 그 주에서 "'기奇'는 운수가 외로워서 짝을 만나지 못함을 이른다"라고 했다. 『사기』에서 "채택이 "도박을 할 때, 어떤 사람은 크게 걸어 단판에 승부를 걸려하고 어떤 사람은 조금씩 걸어 천천히 승부를 내려합니다""가고 했는데, 주에서 반고의 「혁지」를 인용하여 "도박은 던지는 것에 달렸지 행실에 달리지 않는다"라고 했다.

射利於市, 得失有命, 如六博之投, 勝負偶然. 初不豫人之賢否也. 法言曰, 一鬨之市, 必立之平. 漢書李廣傳, 大將軍陰受上指, 以爲李廣數奇. 注云, 言命隻不耦合也. 史記, 蔡澤曰, 博者, 或欲大投, 或欲分功. 注引班固奕指云, 博懸於投, 不必在行.

君看巨浸朝百川 此豈有意潢潦前 : 『장자』에서 "신선은 큰 홍수가 나서 하늘에 닿아도 그를 적실 수 없다"라고 했다. 『서경』에서, "강수江水와 한수漢水가 바다로 흘러들어가 모인다"라고 하였다. 퇴지 한유의 「부독서성남符讀書城南」에서 "고인 장마물이 근원이 없으니, 아침에 찼다가 저녁에 이미 빠지네"라고 했다. 두보의 「수마행瘦馬行」에서 "아마도 내 달리려는 마음이 있어서인가"라고 했다.

莊子曰, 大浸稽天而不溺. 書曰, 江漢朝宗于海. 退之詩, 潢潦無根源, 朝滿夕已除. 老杜詩, 此豈有意仍騰驤.

願爲霧豹懷文隱 莫愛風蟬蛻骨仙 : 이 구절은 혹시라도 빨리 죽으려고 하지 말라는 것을 말한다. 『열녀전』에서 "도답자의 아내가 말하기를 "남산南山에 붉은 표범이 있는데, 안개비 내리는 열흘 동안 사냥하러 내려오지 않는 것은 그 털을 윤택하게 하여 표범의 무늬를 만들기 위함이다. 그러므로 몸을 숨겨 해를 멀리한 것이다""라고 했다. 『문선』에 실린 사혜련謝惠連의 「추회秋懷」에서 "쓸쓸한 바람은 매미 소리 머금고"라고 했다. 하후담의 「동방삭화찬」에서 "매미가 탈피하여 용으로 변하고 세속을 버리고 신선세계로 올라갔네"라고 했다.

言無以速化爲事. 列女傳, 陶答子妻曰, 南山有玄豹. 霧雨七日, 不下食者, 何也. 欲以澤其毛衣, 而成其文章, 故藏以遠害. 選詩, 蕭瑟含風蟬. 夏侯湛東方朔畫贊曰, 蟬蛻龍變, 棄俗登仙.

17. 송 무종이 3월 14일 서지에 행차하니 도성 사람들이 모여서 구경하였다. 한림공도 나가서 놀았는데, 그 때 지은 시에 차운하다

次韻宋懋宗三月十四日到西池, 都人盛觀, 翰林公出遨[42]

한림공은 동파를 이른다. 동파의 시에 「화송조유서지」가 있는데, 곧 이 시를 이른다.

翰林公, 謂東坡. 東坡詩中有和宋肇遊西池, 卽此韻.

金狨繫馬曉鶯邊	새벽 꾀꼬리 우는 곁으로 금융 안장을 말에 매달았는데
不比春江上水船[43]	봄날 강의 물결을 거슬러 올라가는 배를 따라가지 못하네.
人語車聲喧法曲	사람들 말은 수레소리 같고 법곡은 웅장한데
花光樓影倒晴天	화광루의 그림자 맑은 연못에 거꾸로 비치네.
人間化鶴三千歲	삼천 년 만에 인간 세상에 학으로 변신하고
海上看羊十九年	십구 년을 북해에서 양을 키웠네.
還作遨頭驚俗眼	태수가 되어 속인의 눈을 놀래키니

---

42 [교감기] '宋懋宗'은 전본에는 '懋'가 '慜'로 되어 있다. 살펴보건대 두 글자는 서로 통용하니, 아래에 다시 나오면 교정하지 않는다. 또 '遨'는 고본에는 '遊'로 되어 있다.

43 [교감기] '上水'는 장지본에는 '水上'으로 되어 있다.

風流文物屬蘇仙　　　　풍류와 문물은 소선에 속하네.

【주석】

金狨繫馬曉鶯邊 不比春江上水船: '금융金狨'은 원숭이 털이 금색임을 이른다. ○ 나라에서 조정의 시종신은 모두 원숭이 털 안장을 탔다. 두보의 「십이월일일十二月一日」에서 "밧줄에 묶여 여울 오르는 배에 누가 탔는가"라고 했다. 또 살펴보니 『당척언』에서 "주 씨의 양나라 시절 요기가 학사가 되었다. 하루는 양 태조가 요기에게 배연유에 대해 묻기를 "자못 그 사람의 생각이 민첩한 것을 알았는데, 어찌 생각하는가"라하자, 요기가 "지난번 한림원에 있을 때 "물을 따라 내려가는 배[下水船]"라고 불리였습니다"라 대답하였다. 양 태조가 "경은 물을 거슬러 올라가는 배[上水船] 이구나"라고 하니 요기가 매우 부끄러워하였다"라고 했다. 이 시는 자못 그 의미를 사용하였다.

金狨, 謂狨毛金色. ○ 國朝禁從, 皆跨狨鞍. 老杜詩曰, 百丈誰家上水船. 又按摭言, 朱梁時, 姚洎爲學士. 一日, 梁祖問及裴延裕, 曰頗知其人思敏. 洎曰, 向在翰林, 號下水船. 梁祖曰, 卿便是上水船也. 洎甚慚. 此詩頗用其意.

人語車聲喧法曲 花光樓影倒晴天: 『당서・예악지』에서 "애초에 수나라에는 법곡이 있었는데, 그 소리가 맑아 『시경』의 아雅에 가까웠다. 현종이 법곡을 대단히 좋아하여 좌부기의 사람 삼백 명을 뽑아 이원에서 가르쳤다"라고 했다. 『문선』에 실린 손작孫綽의 「천태산부서」에서 "혹

은 깊은 바다에 거꾸로 비친다"라고 했는데, 이선의 주에서 "산이 바다에 임하면 그림자가 거꾸로 비춘다"라고 했다. 두보의 「미피대」에서 "백각봉의 그림자 거꾸로 비추네"라고 했다. 자경 송기宋祁의 「집강독지정集江瀆池亭」에서 "누대의 그림자 연못에 거꾸로 비치네"라고 했다.

唐書禮樂志, 初, 隋有法曲, 其聲淸而近雅. 玄宗酷愛法曲, 選坐部伎子弟三百, 敎於黎園. 文選天台賦序曰, 或倒影於重溟. 李善注謂, 山臨水而影倒. 老杜渼陂臺詩曰, 顚倒白閣影. 宋子京詩, 樓影壓池天.

人間化鶴三千歲 海上看羊十九年 : 『열선전』에서 "소선공이란 자는 계양 사람이다. 수십 마리의 백학이 그의 집 문 앞에 내려앉았다. 그들은 모두 멋진 소년들로 변하였다. 드디어 은하수로 올라가 떠났다. 후에 백학이 고을의 성 동북쪽의 누대 위에 내려앉았다. 어떤 사람이 활을 잡고 쏘자, 학은 발톱으로 누대의 편액을 긁어 검게 써 놓은 것 같았다. "성곽은 그대로인데 사람은 아니로다. 삼백 갑자에 한 번 돌아왔으니, 내가 바로 소군이다. 그대는 왜 나를 쏘는가"라고 했다. 살펴보건대 『동선전』에서 "선공은 즉 소탐이다"라고 했다. 여기서 이를 인용하여 동파는 대개 신선 속의 사람임을 말하였다. 『한서·소무전』에서 "흉노가 소무를 북해 옆으로 옮겼다. 소무는 한나라 부절을 짚고 양을 길렀는데, 흉노에 19년을 머물렀다"라고 했는데, 여기서는 이를 인용하여 동파가 황주에 귀양 간 것을 말하였다. 두보의 「제정십팔저작장題鄭十八著作丈」에서 "소무는 양을 치며 적에게 잡혀 지냈네"라고 했다.

神仙傳, 蘇仙公者, 桂陽人. 有數十白鶴降于門, 遂昇雲漢而去. 後有白鶴來止郡城東北棲上, 人或挾彈彈之, 鶴以爪攫樓板, 似漆書云, 城郭是, 人民非, 三百甲子一來歸. 吾是蘇君, 彈我何爲. 按洞仙傳, 仙公卽蘇耽. 此引用以言, 東坡蓋神仙中人. 漢書蘇武傳, 匈奴徙武北海上, 武杖漢節牧羊, 留匈奴凡十九歲. 此引用以言, 東坡黃州之謫. 老杜詩, 蘇武看羊陷賊庭.

還作遨頭驚俗眼 風流文物屬蘇仙 : 촉지방 사람들은 놀며 노래 부르기를 좋아하니, 성도 태수를 유흥의 우두머리[遨頭]라 불렀는데, 여기서는 이를 차용하였다. 『동파악부』에서 "몸이 한가로운데 누가 술이 있는가, 묻노니 놀이의 대장은 누구인가"라고 했다. 두보의 「단청인丹靑引」에서 "문채와 풍류는 지금까지도 남아있네"라고 했다. 『좌전』에서 "의복의 모양이나 오색으로 들이는 옷감에 따라 심덕을 기록하고"라고 했다. 소선은 바로 앞의 주에 보인다. 지금의 침주의 동쪽에 소선산이 있다.

蜀人喜游樂, 謂成都帥爲遨頭. 此借用. 東坡樂府云, 身閑誰有酒, 試問遨遊首. 老杜詩, 文采風流今尙存. 左傳曰, 文物以紀之. 蘇仙見前注. 今郴州之東有蘇仙山.

18. 한 헌숙공 만시. 3수

韓獻肅公挽詞. 三首[44]

헌숙은 그 선조가 진정 사람이다. 그의 조부 노공은 허 땅에 장사지냈으며, 부친 충헌공이 비로소 태묘의 사거리에 거처하였다. 그 일이 이청신이 지은 「한태보묘표」에 실려 있다.

獻肅, 其先眞定人, 其祖魯公葬於許, 父忠獻公始居太廟之通衢, 事具李淸臣所作韓太保墓表.

첫 번째 수其一

鬱鬱高陽里	상서로운 기운이 뭉친 고양리
生才世不孤	인재가 남이 대대로 외롭지 않네.
八龍歸月旦	팔룡은 좋은 세평을 받고
三鳳繼天衢	삼봉은 높은 지위를 이었네.
梁壞吾安仰	들보가 무너지니 내가 무엇을 우러러보랴
人亡道固癯	인재가 죽으니 도가 참으로 파리해졌네.
空令湖海士	부질없이 호해의 선비로 하여금
愁絶奠生芻	깊게 시름하며 꼴 한 다발 바치게 하네.

---

44 [교감기] '挽詩'는 문집과 전본에는 '挽詞'로 되어 있다.

【주석】

鬱鬱高陽里 生才世不孤 : 『후한서·광무기』에서 "지관인 소백아가 광무의 고향인 남양을 보고서 "상서로운 기운이 왕성하게 일어난다"'라고 했다. 또한 「순숙전」에서 "순숙은 여덟 아들을 두었는데, 당시 사람들이 그들을 팔룡이라 불렀다. 원강이 그 마을을 고양리라고 고쳐 불렀으니, 고양씨가 여덟 명의 뛰어난 아들을 둔 것을 이른다"라고 했다. 숙헌은 대개 충헌공 한억의 아들이다. 충헌공은 여덟 아들을 두었으니, 강綱·종綜·항絳·역繹·유維·진縝·위緯·면緬으로, 대부분 저명한 인물이 되었다. 항과 진은 승상이 되었으며, 유는 문하시랑이 되었다. 『논어』에서 "덕은 외롭지 않으니, 반드시 이웃이 있다"라고 했다. ○ 『진서』에서 "원문의 덕은 외롭지 않다"라고 했다.

後漢書光武紀曰, 氣佳哉, 鬱鬱葱葱. 又荀淑傳, 有八子, 時人謂之八龍. 苑康改其里曰, 高陽里, 謂高陽氏有才子八人也. 獻肅, 蓋忠獻公億之子, 忠獻八子, 曰綱綜絳繹維縝緯緬, 多爲聞人. 絳縝皆爲丞相, 維爲門下侍郎. 魯論曰, 德不孤, 必有鄰. ○ 晉書, 轅門之德不孤.

八龍歸月旦 三鳳繼天衢 : 팔룡은 1구의 주에 보인다. 『후한서·허소전許劭傳』에서 "종형인 허정과 함께 향당의 인물을 정확하게 논의하여 매월이면 곧 그 평가가 바뀌었다. 이에 여남의 세속에 매월 초하루의 품평이 생겼다"라고 했다. 삼봉은 항, 진, 유를 이른다. 『당서·설수전』에서 "설원경, 설수, 설덕음 세 사람을 하동삼봉이라 불렀다"라고

했다. 『주역』에서 "저 하늘 거리이니 형통하리라"라고 했다.

八龍見首句注. 後漢書許劭傳曰, 與從兄靖共覈論鄕黨人物, 每月輒更其品題, 汝南俗有月旦評焉. 三鳳, 謂絳續維也. 唐書薛收傳, 元敬收德音, 號河東三鳳. 易曰, 何天之衢, 亨.

梁壞吾安仰 人亡道固癯：『예기·단궁』에서 "자공이 "태산이 무너지면 우리가 장차 어디를 우러러보며, 들보가 쓰러지고 철인이 시들면 우리가 장차 어디에 의지하겠는가. 아마도 선생께서 병이 나시려다보다"라고 하였는데, 병이 나 몸져누운 지 7일 만에 돌아가셨다"라고 했다. 아래 구는 노성한 이가 죽으면 후생은 스승으로 본받을 이가 없어서 이욕과 흉중에서 싸워 도가 이기지 못하니, 그러므로 자하처럼 파리하게 된다는 것을 말한다. 『한비자』에서 "자하가 증자를 만났는데, 증자가 "어째서 살이 쪘는가"라 묻자, 대답하기를 "싸움에서 이겼기 때문에 살이 쪘네. 내가 집에서 책을 보며 선왕의 도를 배울 때는 그것을 부러워하였고, 집에서 나와 부귀한 이들의 환락을 보면 또 부러워하였네. 두 가지가 흉중에서 다퉈는데 어느 쪽이 이길지 알지 못하였기에 파리해졌다가 지금 선왕의 의리가 이겼기 때문에 살이 쪘네""라고 했다.

檀弓, 子貢曰, 太山其頹, 則吾將安仰. 梁木其壞, 哲人其萎, 則吾將安放. 夫子殆將病也. 蓋寢疾七日而歿. 下句謂老成云亡, 後生無所師法, 利欲戰於胸中, 而道不勝, 故如子夏之癯也. 韓非子曰, 子夏見曾子, 曾子曰, 何肥也.

對曰, 戰勝故肥也. 吾入見先王之義, 則榮之 出見富貴之樂, 又榮之. 兩者戰
於胸中, 未知勝負, 故癯. 今先王之義勝, 故肥.

空令湖海士 愁絶奠生芻 : 호해의 선비는 산곡 자신을 이른다.『위지·
장막전』에서 "진등의 자는 원룡이다. 유효표가 유비와 천하의 인물을
논하였는데, 허사가 "원룡은 강호의 선비이니 오만한 호기를 버리지
못하였습니다""라고 했다.『후한서·서치전徐穉傳』에서 "곽림종郭林宗이
어머니의 상喪을 당하자, 서치가 가서 조문했는데 꼴 한 다발을 여막
앞에 두고 돌아왔다. 임종이 "『시경·백구白駒』에 이르지 않았던가, "망
아지에게 먹이는 성성한 풀 한 다발, 그 사람 백옥처럼 아름다운 분"이
라고. 하지만 나의 덕이 어떻게 이것을 감당할 수 있겠는가"라고 했다"
라고 했다. ○ 두보의 「자경부봉선현自京赴奉先縣」에서 "크게 노래 불러
근심 잊기도 하네"라고 했다.

湖海士, 山谷自謂. 魏志徐邈傳曰, 陳元龍, 湖海之士, 豪氣不除. 後漢書徐
穉傳, 郭林宗母死, 穉往弔之, 置生芻一束於廬前而去. 林宗曰, 詩不云乎, 生
芻一束, 其人如玉. 吾無德以堪之. ○ 老杜詩, 放歌頗愁絶.

두 번째 수其二

物産元希世[45]　　　　　이런 재주 원래 세상에 드물고

45　[교감기] '元'은 전본에는 '原'으로 되어 있다.

風流更折衝	풍류는 더욱 남보다 뛰어났네.
決疑京兆尹	경조윤 때 의심스러운 일 판결하고
富國大司農	대사농으로 나라를 부유하게 하였네.
遠業終三事	원대한 사업으로 재상을 마치고
仁聲達九宗	어진 소문은 구종에 미쳤네.
方祈酌周斗	바야흐로 술 잔 가득 술 따라 축수하였는데
何意輟秦舂	어찌 진나라 방아 찧기를 그만 둘 줄 알았으랴.

【주석】

物産元希世 風流更折衝 決疑京兆尹 富國大司農 : 『문선』에 실린 좌사의 「위도부」에서 "초목은 대단히 기이하고 물산은 매우 특이하네"라고 했다. 왕연수王延壽의 「영광전부靈光殿賦」에서 "아득히 세상에 드물게 우뚝 솟았네"라고 했다. 『안자춘추』에서 "범소가 진평왕에게 이르기를 "제나라는 병합할 수가 없습니다. 제가 그 임금을 시험하려고 하니 안자가 알았고, 제가 그 음악을 범하고자 하니 태사가 알았습니다"라고 하니, 이에 제나라를 정벌하려는 계책을 그만두었다. 공자가 이를 듣고서 "술동이와 도마 사이에서 벗어나지도 않고 천리 밖에 있는 적을 꺾어버렸으니, 안자를 이르는 말이다""라고 했다. 『한서』에서 "준불의가 경조윤이 되었다. 어떤 남자가 스스로 위태자라고 칭하니, 불의가 "옛날 괴외가 명을 어기고 다른 나라로 달아났다가 그 아들 첩이 막고서 들여보내지 않았는데, 『춘추』에서 이를 옳다고 여겼다. 위태자

가 선제에게 죄를 지었으니, 이는 죄인이다"라고 하고는 드디어 조옥
으로 보내버렸다.[46] 헌숙獻肅은 영종 시기에 개봉부를 맡았는데, 열흘
만에 삼사사에 제수되었다"라고 했다. ○ 살펴보건대 범순인이 지은 공
의 묘지에서 "공이 개봉부 추관을 맡았다. 냉청이라는 남자가 있었는
데, 스스로 황태자라고 칭하면서 자신의 어머니가 궁정에서 사랑을 받
아 임신을 하여 궁궐에서 나와 자신을 낳았다고 하였다. 도성 사람들이
몰려들어 보면서 인심이 흉흉하였는데, 아전이 감히 급하게 체포하지
못하였다. 온 경내가 놀라고 의아하여 결정할 바를 모르자 냉청은 마침
내 이웃 고을로 달아났다. 공이 소장을 올려 방성수가 여태자 일을 사
칭한 것에 대해 인용하여 상황에 매우 절실하게 아뢰었다. 이에 천자가
내관을 보내 오직 공에게만 묻고서 냉청을 잡아 죽였다"라고 했다.

文選魏都賦曰, 草木之卓詭, 物産之魁殊. 靈光殿賦曰, 邈希世而特出. 折
衝見上注. 漢書, 雋不疑爲京兆尹. 有一男子, 自謂衛太子, 不疑曰, 昔蒯聵違
命出奔, 輒距而不納. 春秋是之. 衛太子得罪先帝, 此罪人也. 遂送詔獄. 獻肅

---

46 준불의가 (…중략…) 보내버렸다 : 한 소제(漢昭帝) 5년(서기전 82)에 한 남자가
     위 태자(衛太子 : 한 무제(漢武帝) 때 무옥(巫獄) 사건으로 폐위된 태자 거(據)를
     말하는데, 시호는 여(戾)로 위 황후(衛皇后)의 소생)라 사칭하므로 모든 관민(官
     民)이 그 진위(眞僞)를 가리지 못하고 있었는데, 경조 윤(京兆尹) 준불의가 "옛
     날에 괴외(蒯聵 : 춘추시대 위 영공(衛靈公)의 장자)가 부명(父命)을 어기고 도
     망쳐 나간 뒤에 그 아들 첩(輒)이 그를 받아들이지 않은 것을 『춘추』에서 옳게
     여겼는데, 위 태자가 선제(先帝 : 무제)에게 죄를 얻고 도망쳤다가 바로 죽지 않
     고 이제 다시 나타났으니, 이는 죄인이다"고 선언하고는, 그를 즉석에서 잡아 하
     옥시켜 심문한바, 과연 복자(卜者) 방성수(方成邃)가 위 태자의 얼굴과 비슷한
     것을 이용하여 부귀(富貴)를 도모하려는 음모였음이 드러난 고사이다. 『한서』에
     보인다.

英宗朝權知開封府, 浹日除三司使. ○ 按范純仁所作公墓誌云, 公任開封府推官, 有男子冷淸, 自稱皇太子, 言其母常得幸掖庭, 有娠, 出而生淸. 都人聚觀洶洶, 吏收捕不敢急. 一府驚疑, 莫知所決. 淸竟止流近郡. 公上疏, 引方遂詐稱戾太子事, 論奏甚切. 天子遣中使, 獨以問公, 追淸伏誅.

遠業終三事 仁聲達九宗 : 『후한서·복담등찬』에서 "광무제가 중흥한 이후로 이름난 재상 가운데 직무로 명성을 얻은 자는 어찌 원대한 업을 앞세우고 작은 기예를 뒤로 여기지 않았겠는가"라고 했다. 삼사三事는 삼공을 이른다. 『시경』에서 "삼사와 대부"라고 했다. 숙헌은 철종이 즉위하자 검교태부가 되었으며 강국공에 봉해졌다. '인성仁聲'은 『맹자』에 보인다. 즉 "백성들을 따뜻한 말로 보살펴 주는 것은 어질다는 명성이 사람들의 마음에 깊이 들어간 것만 못하다"라고 했다. 『좌전』에서 "회성의 아홉 종족"이라고 했는데, 주에서 "회성은 당나라의 유민이다. 구종은 한 성의 아홉 종족이다"라고 했다. 『태현경·취수』에서 또한 "구종이 좋아한다"라고 했다. 여기에서 이것을 인용하였으니, 대개 『장자』에서 "나라의 임금과 먹는 음식과 같은 음식을 먹는 신분이 되면 그 은택이 온 집안에 미칠 것이다"라고 한 뜻을 취하였다. 또 살펴보건대 『습유기』에서 "한왕 부가 십 유의 곡식을 쌓아놓으니 구족의 종친이 모두 그 의식을 의지하였다"라고 했다.

後漢書伏湛等贊曰, 中興以後 名相以任職取名者, 豈非先遠業後小數哉. 三事, 謂三公. 詩曰三事大夫. 獻肅, 哲宗卽位, 檢校太傅, 進封康國公. 仁聲,

見孟子. 左傳曰, 懷姓九宗, 注云, 懷姓, 唐之餘民. 九宗, 一姓爲九族. 太玄

經, 聚首亦曰九宗之好. 此引用, 蓋取莊子澤及三族之意. 又按拾遺記, 漢王溥

積粟十庾, 九族宗親皆仰其衣食.

　方祈酌周斗 何意輟秦舂：『시경·행위行葦』에서 "큰 말에 술을 가득 부
어서, 집안 어른께 장수를 빌도다"라고 했다. 『사기·상앙전』에서 "조
량이 "오고대부가 죽자 진나라의 방아를 찧는 자가 상저기相杵歌를 부
르지 않았다""라고 했다. 『문선』에 실린 임방의 「곡범운」에서 "방아
찧기를 그만두고 온 나라가 모두 슬퍼하였다"라고 했다. 『후한서·경
단전』에서 "어찌 두 군의 수령께서 나를 위해 올 줄을 생각이나 했겠
소"라고 했다.

　行葦詩, 酌以大斗, 以祈黃耉. 史記商鞅傳, 趙良曰, 五羖大夫死, 秦國舂者不

相杵. 選詩任昉哭范雲曰, 輟舂哀國鈞. 後漢書景丹傳曰, 何意二郡, 良爲吾來.

세 번째 수其三

涙盡才難日	인재가 죽은 날 눈물이 다하니
斯人遽隕傾	이 분 급히도 운명하였네.
冰枝憂木稼	가지가 얼어 나무의 고드름에 걱정하며
食昴恨長庚	묘성을 먹은 태백성이 한스럽네.
名與具茨重	명성이 구자산과 함께 높았으며

心如潁水清	마음은 영수처럼 맑았네.
堂堂萬夫表	당당하도다! 만부의 푯대여
直作閉佳城	다만 무덤에 덮여 있구나.

【주석】

涙盡才難日 斯人遽隕傾 冰枝憂木稼 食昴恨長庚 : 『한서·오행지』에서 "『춘추·성공 16년』에 "나무의 빗방울이 얼음으로 굳었다"라고 했는데, 어떤 이가 "지금의 장로는 나무의 얼음을 목개木介라고 부른다"'라고 했다. 『구당서』에서 "영왕이 병이 나서 자리에 누우면서 속담을 인용하여 "나무가 얼면 달관이 두려워한다고 하는데 이는 분명 대신에 해당하니, 나는 아마도 죽을 것이다"라 하였다. 얼마 있다가 과연 그렇게 되었다"라고 했다. 『춘추좌명기』에서 "소하는 묘성의 기운을 받고 태어났다"라고 했다. 『한서·추양전』에서 "위 선생衛先生이 진秦나라를 위하여 장평長平의 일을 계획하였는데, 태백성이 묘성昴星을 먹자 소왕이 의심하였다"라고 했다. ○ 위공 한기韓琦가 죽으려고 할 때 도성의 나무에 고드름이 맺혔다. 섬서성으로 가는 길에 있던 산이 무너져 민가 수십 채를 덮쳤다. 지금 그 위에 번산대왕사가 있으니, 그 때 세운 절이다. 그러므로 왕안석이 「위공만시」를 지어 "나무에 고드름이 맺히면 다만 달관이 두려워한다고 들었는데, 산이 무너져 과연 철인이 죽게 되었네"라고 했으니, 이 시가 절창絕唱이 되었다. 지금 산곡 공의 시에서 또한 "가지가 얼어 나무에 고드름이 맺힐까 두렵네"라고 하였으

니, 마찬가지로 이 사실을 기록한 것이다. 다만 "들보가 무너졌으니 내가 무엇을 우러르랴"는 말도 분명히 어떤 사실을 기록한 것일 텐데, 다만 어떤 사람을 지칭하는 지 알 수 없다.

漢書五行志, 春秋成公十六年, 雨木冰. 或曰, 今之長老, 名木冰爲木介. 舊唐書, 寧王臥疾, 引諺語曰, 木稼達官怕, 必大臣當之. 吾其死矣. 已而果然. 春秋佐命期曰, 蕭何稟昴星而生. 漢書鄒陽傳曰, 衛先生爲秦畫長平之事, 太白食昴. ○ 韓魏公將薨, 京師木稼, 陝西道中山崩, 覆居民數十家. 今於上有飜山大王祠是也. 故荆公作魏公挽詩有曰, 木稼惟聞達官怕, 山頹果見哲人萎. 最爲絶唱. 今公詩亦曰, 冰枝憂木稼, 同記此事也. 惟梁壞吾安仰, 亦必有記, 特人不知耳.

名與具茨重 心如潁水淸 : 구자와 영수는 모두 지금의 허주에 있다. 『환우기』에서 "구자산은 허주 양책현의 북쪽에 있다"라고 했다. 이백의 「낭관호」에서 "풍류가 덜하지 않으니, 명성은 이 산과 함께 높으리"라고 했다. 『한서·관부전』에서 "영수가 맑으니 관씨가 편안하다"라고 했다. 또한 「정숭전」에서 "신의 마음은 물과 같습니다"라고 했다.

具茨山及潁水, 皆在今許州. 具茨, 見上注. 太白郞官湖詩曰, 風流若未減, 名與此山俱. 漢書灌夫傳曰, 潁水淸, 灌氏寧. 又鄭崇傳曰, 臣心如水.

堂堂萬夫表 直作閉佳城 : 소식의 「제한위공문」에서 "위풍당당한 모습 어찌 다시 있으랴"라고 했다. 『서경잡기』에서 "등공의 수레가 동도의

문에 이르자 말이 앞으로 나아가지 않고 발로 땅을 찼다. 등공이 그곳을 파게 하니 석곽이 나왔다. 그곳에 글자가 적혀 있었으니 "답답한 가성에서 삼천년 만에 해를 보니, 슬프게도 등공이 이 속에 묻히리라"라고 했다. 두보의 「견민봉정엄공遣悶奉呈嚴公」에서 "다만 새가 새장 안에서 넘겨보듯"이라고 했다.

並見上注. 老杜詩, 直作鳥窺籠.

19. 자첨이 붉은 혁대를 왕선의에게 보내면서 지은 시에 차운하다

次韻子瞻以紅帶寄王宣義47

왕회기의 자는 경원으로 미주 청신 사람이다. 동파의 처숙부가 된다. 만년에 여러 차례 은전을 받아 관리가 되었다.

王淮奇字慶源, 眉之青神人, 東坡叔丈人也. 晚以累擧恩得官.

參軍但有四立壁48	참군은 다만 네 벽만 서 있고
初無臨江千木奴	애초 강가에 천 그루 목노는 없네.
白頭不是折腰具	늙은 노인은 허리 굽히는 직함에 맞지 않으니
桐帽棕鞵稱老夫	오동 모자와 종려 신발로 노부라 칭하네.
滄江鷗鷺野心性	창강의 갈매기, 백로는 본성이 얽매이지 않고
陰壑虎豹雄牙鬚	그늘 깊은 계곡의 호랑이와 표범은 수염이 무성하네.
鸜鵒作裘初服在	숙상으로 갖옷 만든 초복이 있고
猩血染帶鄰翁無	성성이 피로 띠를 물들였으니 이웃 노인에겐 없네.

---

47 [교감기] 문집과 고본에는 '以紅帶' 세 글자가 없으며, '寄'자 아래 '眉山' 두 글자가 있다.
48 [교감기] '立壁'은 장지본에는 '壁立'으로 되어 있다.

昨來杜鵑勸歸去	엊그제 두견이는 돌아가길 권하였는데
更待把酒聽提壺	다시 술잔 잡고 장수 비는 제호새 울음 듣네.
當今人材不乏使	지금 인재는 부릴만한 신하가 적지 않으며
天上二老須人扶	하늘처럼 높은 두 대로大老는 타인이 부축해 주네.
兒無飽飯尙勤書	아이는 배불리 먹지 못해도 오히려 부지런히 독서하고
婦無複褌且著襦	부인은 겹치마가 없어서 홑옷을 입고 있네.
社甕可漉溪可漁	사일社日의 술독을 거르고 시내에서 물고기 잡는데
更問黃鷄肥與癯	누런 닭이 살이 쪘는지 다시 물어보네.
林間醉著人伐木	숲속에서 취해 사람이 벌목하는 소리를
猶夢官下聞追呼	꿈속에서 관직에 있을 때 뒤에서 부른다고 여기네.
萬釘圍腰莫愛渠	만 알의 보석이 허리를 둘러도 아끼지 않았으니
富貴安能潤黃壚	부귀가 어찌 황천의 시체를 윤택하게 하리오.

【주석】

參軍但有四立壁　初無臨江千木奴 : 『한서·사마상여전』에서 "집에는 다만 네 벽만 서 있다"라고 했다. 『양양기』에서 "이형이 무릉 용주 가에 감귤 천 그루를 심었다. 죽음에 임박하여 아이들에게 "우리 고을에 천 마리의 나무 노비가 있으니, 네가 의식을 제공하지 않아도 해마다

한 그루 당 한 필을 올릴 것이니 사는데 충분할 것이다'"라고 했다.

四壁見上注. 襄陽記, 李衡於武陵龍陽洲上種甘千樹, 臨死敕兒曰, 吾州里
有千頭木奴, 不責汝衣食, 歲上一匹絹, 亦足用矣.[49]

白頭不是折腰具 桐帽棕鞋稱老夫 : 두보의 「유회태주정십팔有懷台州鄭十
八」에서 "노란 관모에 푸른 도포 입었지만, 굽신거리는 낮은 관리 말아
야 하는데"라고 했다. 곽약허의『도서견문지』에서 "수나라는 오동나
무의 검은 옷으로 두건을 만들어 복두幞頭라는 관모의 안쪽 이마를 싸
맸다"라고 했다.『곡례』에서 "대부가 칠십이 되면 은퇴하는데, 만약 허
락을 받지 못하면 편안한 수레를 타고 사방을 돌아다니며 스스로 노부
라고 칭한다"라고 했다. 일찍이 산곡의 「답촉인양명숙간」을 보니 "동
모桐帽는 본래 촉지방 사람들이 만들었는데 오동나무로 만들어 옻칠을
하였으니, 지금의 모자와 같다. 삼십 년 전에도 보았다. '종혜棕鞋'는 본
래 촉에서 나오는데, 지금 남방의 총림에서도 만든다. 대개 들사람이
황관黃冠을 쓰는 것과 같다"라고 했다. 명숙이 이 시를 베껴서 산곡에게
질문하였기에 이렇게 말한 것이다. ○ 살펴보건대 소숙당이 지은 「왕
원직묘표」에서 "막내 작은 아버지 경원은 아주에서 벼슬하였다. 일을
논한 것이 관장官長과 합치하지 않아 그가 화를 내었다. 죄를 받고 물러
날 것을 염려하여 원직공元直公에게 의논하니, 공이 웃으면서 "옛날 도
연명은 기꺼이 띠를 묶고 독우를 보려하지 않았는데, 저 사람은 대체

<hr>

49 [교감기] '更待'는 문집과 고본, 그리고 장지본에는 '更得'으로 되어 있다.

무엇 하는 사람이요"라고 하자, 경원은 그 말을 따라 곧바로 병을 핑계 대고 떠나갔다"라고 했다.

老杜詩, 黃帽映靑袍, 非供折腰具. 郭若虛圖畫見聞誌曰, 隋朝用桐木黑漆爲巾子, 裹於幞頭之內. 曲禮曰, 大夫七十而致事. 若不得謝, 適四方, 乘安車, 自稱曰老夫. 嘗見山谷答蜀人楊明叔簡云, 桐帽, 本蜀人作, 以桐木作而漆之, 如今之帽. 三十年前猶見之. 棕鞋, 本出蜀中, 今南方叢林亦作, 蓋野夫黃冠之意. 明叔寫此詩, 質於山谷, 故其言云爾. ○ 按蘇叔黨所作王元直墓表云, 季父慶源, 官於雅州. 以論事不合, 取官長怒. 憂以罪去, 謀於公. 公笑曰, 古人不肯束帶見督郵, 彼何人哉. 慶源服其語, 卽謝病去.

滄江鷗鷺野心性 陰壑虎豹雄牙鬚 : 산림에서 본성을 이뤄 타인에게 재제를 받지 않음을 말한다. 『문선』에 실린 언승彥昇 임방任昉의 「증곽동려贈郭桐廬」에서 "창강의 길이 여기에서 막히었다"라고 했다. 두보의 「수수愁」에서 "소용돌이에 자맥질하는 백로는 무슨 마음일까"라고 했다. 또한 「유용문봉선시遊龍門奉先寺」에서 "그늘 깊은 계곡에는 바람[50]이 일어나고"라고 했다. 퇴지 한유의 「별조자別趙子」에서 "또한 일찍이 큰 새 우인지 의심했는데, 과연 그 누가 턱수염이 더 무성할까"라고 했다.

言山林之逐性, 不受制於人也. 文選任彥昇詩, 滄江路窮此. 老杜詩, 盤渦鷺浴底心性. 又詩云, 陰壑生虛籟, 月林散淸影. 退之詩, 又嘗疑龍蝦, 果誰雄牙鬚.

50　바람 : '허뢰'는 바람을 말한다. 『장자』에서 "천뢰가 있고, 지뢰가 있으며, 인뢰가 있다"라고 했다.

鷫鵝作裘初服在 猩血染帶郊翁無：『서경잡기』에서 "사마상여가 숙상의 갓옷을 맡기고 외상술을 마셨다"라고 했다. 『설문해자』에서 "숙상은 서방을 지키는 신령스런 새이다"라고 했다. 「이소」에서 "내 충성 안 받아들이니 화 입을까 두려워라. 가서 장차 다시 내 처음 옷을 만들리라"라고 했다. 『당문수』에 실린 배염의 「성성설」에서 "그 피를 내서 피륙을 물들이고 채찍으로 때려 옮기게 하여 한 말에 이르게 합니다"라고 했다. 이 말은『화양국지』에서 나왔다.

西京雜記, 司馬相如以鷫鵝裘貰酒. 說文云, 鷫鵝, 西方神鳥也. 離騷曰, 進不入以離尤兮, 退將復修吾初服. 唐文粹裴炎猩猩說云, 刺其血, 染氊罽, 隨鞭箠輸之, 至於一斗. 其說出於華陽國志.

昨來杜鵑勸歸去 更待把酒聽提壺：매성유의 「사금언・자규」에서 "돌아가는 것만 못하니, 봄 산이 이미 저물었다네. 온갖 나무는 구름에 닿는데, 촉의 하늘은 어디에 있는가. 사람들은 날개가 있으니 날아갈 수 있다고들 하는데, 어찌 높은 나무에 올라 부질없이 우는가"라고 했다. 「사금언・제호」에서 "호리병을 들고, 맛있는 술을 사자. 바람은 손이 되고 나무는 벗이 되네. 산의 꽃은 눈앞에 어지러이 피었는데, 오늘 아침 오래오래 살자고 너에게 권하네"라고 했다.

梅聖俞四禽言子規云, 不如歸去, 春山云暮. 萬木兮參雲, 蜀天兮何處. 人言有翼可歸飛, 安用空啼向高樹. 又提壺云, 提壺蘆, 沽美酒. 風爲賓, 樹爲友. 山花撩亂目前開, 勸爾今朝千萬壽.

當今人材不乏使 天上二老須人扶 : 당시 노공 문언박文彦博과 신공 여공
저呂公著는 모두 대로大老로 평장군국중사에 있었다. 『좌전』에서 "지난
날 임금에게 적당한 신하가 없자 신에게 사마의 직책을 맡기셨습니다"
라고 했다. 두보의 「모추暮秋」에서 "나의 생 이미 타인의 부축이 필요하
니 부끄럽네"라고 했다. ○ 한유의 「한홍비」에서 "나아가 뵈러 대전에
올라, 절을 올리려 꿇어앉으면 부축이 필요하네"라고 했다.

時文潞公呂申公, 皆以大老平章軍國重事. 左傳曰, 日君乏使, 使臣斯司馬.
老杜詩云, 此生已愧須人扶. ○ 韓洪碑, 進見上殿, 拜跪給扶.

兒無飽飯尚勤書 婦無複褌且著襦 : 퇴지 한유의 「권학勸學」에서 "시서는
부지런히 공부하면 지닐 수 있지만"이라고 했다. 『세설신어』에서 "한
강이 비단을 범선에게 주면서 "사내가 어찌 아내로 하여금 치마도 없
이 살게 할 것인가""라고 했다. 『진서·한백전』에서 "한백이 서너 살
무렵에 어머니가 그에게 줄 홑옷을 만들면서 한백에게 다리미를 잡게
하고서 "일단 홑옷을 입고 있어라. 곧 겹바지를 만들어 줄 테니까"라
하였다. 한백이 "그렇게 할 필요가 없습니다. 불이 다리미 안에 있으니
그 자루도 뜨거워지고 있습니다. 지금 이미 홑옷을 입고 있으니 아랫
도리도 마땅히 따뜻해질 것입니다""라고 했다.

退之詩云, 詩書勤乃有. 世說, 韓康以絹與范宣云, 人寧可使婦無褌. 晉書
韓伯傳, 伯數歲, 母爲作襦, 令捉熨斗, 而謂之曰, 且著襦, 尋當作復褌. 伯曰,
不復須. 火在斗中, 而柄尙熱, 今旣著襦, 下亦當煖.

社甕可漉溪可漁 更問黃鷄肥與羸 : 두목의 「군재독작郡齋獨酌」에서 "사일社日의 술독을 네가 와서 맛보고"라고 했다. 소명태자가 지은 「도연명전淵明傳」에서 "머리 위의 갈건을 벗어 술을 걸렀다"라고 했다. 이백의 「남릉서별南陵敍別」에서 "막걸리 갓 익어 산중으로 돌아오니, 기장 쪼는 누런 닭은 가을이라 살쪘구나"라고 했다.

杜牧之詩, 社甕爾來嘗. 昭明太子陶淵明傳曰, 取頭上葛巾漉酒. 太白詩, 白酒初熟山中歸, 黃鷄啄黍秋正肥.

林間醉著人伐木 猶夢官下聞追呼 : 벌목하는 떠들썩한 소리를 듣고서, 꿈속에서 관직에 있을 때 뒤에서 부르는 소리로 여긴다는 말이다. 한악韓偓의 「취착醉着」에서 "술 취한 늙은 어부는 아무도 깨우지 않고"라고 했다. 『사기 · 질도전』에서 "이 몸은 마땅히 직분을 다하다가 이 벼슬에서 목숨을 바쳐 절개를 지킬 것이다"라고 했다.

聞伐木喧譟之聲, 猶以爲追呼也. 唐人詩云, 漁翁醉着無人喚. 史記郅都傳曰, 身固當奉職死節官下.

萬釘圍腰莫愛渠 富貴安能潤黃壚 : 『수서 · 양소전』에서 "보석 만 알이 박힌 허리띠를 하사하였다"라고 했다. 『열자』에서 "죽은 이후의 영예로운 명성이 어찌 마른 뼈를 윤택하게 하리오"라고 했다. 『회남자』에서 "그들의 업적은 위로는 하늘에 이르고 아래로는 황노에 이른다"라고 했는데, 고유의 주에서 "지하 황천에는 노산이 있다"라고 했다.

隨書楊素傳, 賜萬釘寶帶. 列子曰, 死後餘名, 豈足潤枯骨. 淮南子曰, 上際九天, 下契黃壚. 高誘注云, 泉下有壚山.

20. 송종유의 「적완가」를 듣고서
聽宋宗儒摘阮歌

『당서·원행충전』에서 "어떤 사람이 오래된 무덤을 파서 구리로 된 기물을 얻었는데, 비파와 비슷하며 몸체가 매우 동그라웠다. 행충이 "이는 완함이 만든 악기이다"라 하고는 몸체를 나무로 대고 줄을 매달라고 명령하니, 그 소리가 청량하였다. 음악하는 사람들이 마침내 그것을 완함이라 불렀다"라고 했다.

唐書元行冲傳, 有人破古冢, 得銅器, 似琵琶, 身正圓. 行冲曰, 此院咸所作器也. 命易以木絃之, 其聲淸亮, 樂家遂謂之阮咸.

翰林尙書宋公子	한림상서인 송공의 아들로
文采風流今尙爾	문채와 풍류는 지금도 남아 있네.
自疑耆域是前身	기억이 전세의 자신인가 의심해보고
囊丸探中起人死[51]	주머니 속 환약을 꺼내 죽어가는 사람 살리네.
貌如千歲枯松枝	모습은 천 년 묵은 메마른 소나무 가지 같고
落魄酒中無定止	실의하여 술독에 빠져 멈출 줄 몰랐네.
得錢百萬送酒家	백만 전을 얻으면 술집으로 보내고서
一笑不問今餘幾	한 번 웃으면서 지금 얼마나 남았는지

---

51 [교감기] '人'은 문집과 고본의 원주에서 "달리 '九'로 되어 있는 본도 있다"라고 했다.

묻지 않았네.

手揮琵琶送飛鴻[52]　　비파를 뜯으면서 날아가는 기러기 보내는데

促絃聒醉驚客起　　급한 곡조는 취객을 놀래켜 일으키네.

寒蟲催織月籠秋　　달빛 감싼 가을에 귀뚜라미는 한기에 울고

獨鴈叫羣天拍水　　물살이 하늘에 일렁일 때 무리 속 기러기
　　　　　　　　　　모두들 울어대네.

楚國霸臣放十年　　초나라 패신은 십 년 동안 내쫓김을 당하였고

漢宮佳人嫁千里[53]　　한나라 궁궐의 미녀는 천리 먼 곳으로
　　　　　　　　　　시집갔네.

深閨洞房語恩怨　　깊은 규수의 침방에서 사랑과 원망을 말하고

紫燕黃鸝韻桃李　　붉은 제비, 노란 꾀꼬리 복사와 오얏을
　　　　　　　　　　노래하네.

楚狂行歌驚市人　　초나라 광인의 노래는 시장 사람을 놀라게 하고

漁父拏舟在葭葦　　어부는 배를 이끌고서 갈대 사이로 떠나네.

問君枯木著朱繩　　묻노니, 그대 고목에 붉은 줄을 매달아

何能道人意中事　　어찌 그리도 사람의 의중을 알아서
　　　　　　　　　　연주하는가.

君言此物傳數姓　　그대 이 물건은 여러 사람을

52　[교감기] 고본의 시 끝에 첨부한 교정에는 "'琵琶'는 달리 '阮咸'으로 된 본도 있
　　다"라고 했다.
53　[교감기] '佳人'은 장지본에는 '家人'으로 되어 있다.

	거쳐 왔다고 하는데
玄璧庚庚有橫理	검은 구슬에 가로지른 무늬가 쫙쫙 뻗어있네.
閉門三月傳國工	문을 닫아걸고 석 달을 국공에게 전하니
身今親見阮仲容	완함의 모습을 지금 직접 보네.
我有江南一丘壑	나에게 강남의 한 언덕과 골짜기가 있으니
安得與君醉其中	어찌하면 그대와 그곳에서 취해 볼까나.

【주석】

翰林尙書宋公子 文采風流今尙爾 : 한림상서는 당시 경문공 송기宋祁였다. 두보의 「단청인丹靑引」에서 "문채와 풍류는 지금까지도 남아있네"라고 했다.

翰林尙書, 當是宋景文公. 老杜丹靑引曰, 文采風流今尙存.

自疑耆域是前身 囊丸探中起人死 : 혜교慧皎의 『고승전』에서 "기역은 천축 사람이다. 중국과 천축을 두루 돌아다녔는데, 본성이 신이하고 기이하며 떠도는 곳이 일정하지 않았다. 여남의 등영문은 두 다리가 굽어서 일어나 걸을 수가 없었다. 기역이 맑은 물 한 잔과 버들잎 한 가지를 가져다가 버들가지에 물을 뿌리고서 손을 들어 영문을 향해 주문을 외웠다. 이렇게 세 번 하고서 손으로 영문의 무릎을 끌어당기자 영문이 일어나 이전처럼 걸을 수 있게 되었다"라고 했다. 두보의 「기장십이寄張十二」에서 "주머니 속 약은 묵은 것이 아니라네"라고 했다. 왕유

의 「우연작偶然作」에서 "전생에 잘못해 시인이나 했었고, 전생의 몸 응당 화공이었을 것이네"라고 했다.

高僧傳, 耆域, 天竺人. 周流華竺, 靡有常所, 神奇任性, 迹行不常. 汝南滕永文, 兩脚攣屈, 不能起行. 域取淨水一杯, 楊柳一枝, 拂水擧手, 向永文而呪, 如此者三, 因以手搦永文膝, 令起, 卽行如故. 老杜詩, 囊中藥未陳. 餘見上注.

貌如千歲枯松枝 落魄酒中無定止 : 노동의 「여마이」에서 "나의 몸은 온통 기이하고 기이하여, 천년 만년 묵은 마른 소나무 가지 같네"라고 했다. 낙천 백거이의 「우제각하청偶題閣下廳」에서 "모습은 장차 소나무처럼 파리해질 것이고, 마음은 대나무처럼 비어갈 것이네"라고 했다. 『한서·역이기전』에서 "집안이 가난하고 영락하여 입고 먹을 생업이 없었다"라고 했다.

盧仝與馬異詩曰, 此骨縱橫奇又奇, 千歲萬歲枯松枝. 樂天詩曰, 貌將松共瘦, 心與竹俱空. 漢書酈食其傳, 家貧落魄, 無衣食業.

得錢百萬送酒家 一笑不問今餘幾 : 소명태자 소통蕭統의 『소명태자집·도연명전蕭統昭明太子集·陶淵明傳』에서 "안연지가 2만전을 도연명에게 주었는데, 연명은 모두 술집으로 보내놓고 조금씩 꺼내서 술을 마셨다"라고 했다. 『한서·소광전』에서 "집안 식구에게 금이 얼마나 남았는지 묻고서 그것을 팔아서 음식을 장만하였다"라고 했다.

昭明太子作陶淵明傳曰, 顔延之留二萬錢與淵明, 淵明悉遣送酒家, 稍就取酒. 漢書疏廣傳, 問其家金餘尙有幾所, 趣賣以供食.

手揮琵琶送飛鴻　促絃玷醉驚客起 : 혜강의 「증수재입군贈秀才入軍」에서
"눈으로 돌아가는 기러기를 보내고, 손으로 오현금을 탄다"라고 했다.

　嵇康詩曰, 目送歸鴻, 手揮五絃.

寒蟲催織月籠秋　獨鴈叫羣天拍水 : 이 이하 네 연은 모두 곡조의 소리를
형용하였다. 『이아』에서 "실솔은 귀뚜라미이다"라고 했는데, 주에서
"지금의 촉직이다"라고 했다. 두목의 「박진회泊秦淮」에서 "안개는 차가운
수면을 싸고 달빛은 모래밭을 감쌌는데"라고 했다. 한유의 「만박강구晚
泊江口」에서 "한마리 한 마리 울어대는 뭇 원숭이"라고 했다. 또한 「제임
롱사題臨瀧寺」에서 "바다 기운 어둑하고 물이 하늘을 치네"라고 했다.

　此以下四韻, 皆形容曲聲. 爾雅, 蟋蟀, 蛩. 注云, 今促織也. 杜牧之詩曰,
烟籠寒水月籠沙. 退之詩, 一一叫羣猿. 又云, 海氣昏昏水拍天.

楚國霸臣放十年　漢宮佳人嫁千里 :『사기 · 굴원전』에서 "영윤 자란이
굴원을 못마땅하게 여겨 마침내 양왕이 노하여 귀양 보냈다"라고 했
다.『초사 · 대초서』에서 "굴원은 9년 동안 쫓겨나 있었다"라고 했다.
『한서 · 흉노전』에서 "원제는 후궁 가운데 양가의 자녀로 자가 소군인
왕장을 선우에게 하사하였다"라고 했다. 살펴보건대 거문고 악곡으로
「침상」과 「소군」이 있다.

史記屈原傳曰, 令尹子蘭短屈原, 頃襄王怒而遷之. 楚辭大招序曰, 屈原放流九年. 漢書匈奴傳曰, 元帝以後宮良家子王嬙, 字昭君, 賜單于. 按琴曲有沈湘及昭君云.

深閨洞房語恩怨 紫燕黃鸝韻桃李 : 『문선』에 실린 문통 강엄의 「별부」에서 "그윽한 내실의 금슬에 부끄럽고"라고 했다. 『초사』에서 "아름다운 용모 수려한 자태로 항상 빈방에 있네"라고 했다. 한유의 「청영사금」에서 "친밀하기가 아녀자의 말소리 같아, 서로 너니 나니 하며 은혜와 원망을 토로하는 듯하네"라고 했다. 백거이의 「비파인」에서 "싱그럽게 지저귀는 앵무새는 꽃 아래로 날아다니고, 목 메인 듯 울며 흐르던 샘물 여울로 내려가네"라고 했다.

文選江文通別賦云, 慙幽閨之琴瑟. 楚辭曰, 姱容脩態絚洞房. 退之聽穎師琴詩, 昵昵兒女語, 恩怨相爾汝. 樂天琵琶引曰, 間關鶯語花底滑, 幽咽泉流水下灘.[54]

楚狂行歌驚市人 漁父拏舟在葭葦 : 『논어』에서 "초나라 광인 접여가 노래하면서 공자를 지나쳐갔다"라고 했다. 『장자』에서 "어부가 노를 잡고 배를 끌어당겼다"라고 했다. 또한 "노를 저어 물가를 따라 갈대 사이로 사라졌다. 공자는 물결이 가라앉고 노 젓는 소리가 들리지 않게 된 다음에 수레에 올랐다"라고 했다.

---

54 [교감기] '水下灘'은 원래 '冰下灘'으로 되어 있었는데, 전본에 의거하여 바로잡았다.

魯論曰, 楚狂接輿, 歌而過孔子. 莊子曰, 漁父杖拏而引其船. 又曰, 刺船而去, 延緣葦間. 孔子待水波定, 不聞拏音, 而後敢乘.

問君枯木著朱繩 何能道人意中事 : 백거이의 「비파행」에서 "내린 눈썹 손에 맡겨 끊임없이 튕기어서, 속마음을 다 말하니 그 사연이 무한하네"라고 했다. 『후한서·예형전』에서 "황조가 "처사는 참으로 내 마음을 알았구려. 마치 내 속으로 하고픈 말과 같네""라고 했다.

樂天琵琶引曰, 低眉信手續續彈, 說盡心中無限事. 後漢禰衡傳, 黃祖曰, 處士, 此正得祖意, 如祖腹中之所欲言也.

君言此物傳數姓 玄璧庚庚有橫理 : 『문선』에 실린 월석 유곤劉琨의 「중증노심重贈盧諶」에서 "손 안에 검은 구슬이 있으니, 본래 형산의 구슬이었다네"라고 했다. '횡리橫理'는 거문고의 단문斷文[55] 같은 것을 이른다. 『한서·문제기』에서 "문제가 아직 대왕代王으로 있을 때 점을 치니 점괘가 대횡大橫이 나왔다. 점쟁이가 "거북 등이 크게 가로질러 쫙쫙 갈라졌으니, 내가 천왕이 된다""라고 했다. 그 주에서 "경경庚庚은 가로로 쫙쫙 갈라진다는 말이다"라고 했다.

文選劉越石詩, 握中有玄璧, 本自荊州珍. 橫理, 謂若琴之斷文. 漢書文帝紀曰, 代王卜之, 兆得大橫. 占曰, 大橫庚庚, 予爲天王. 注云, 庚庚, 橫貌.

---

55 단문 : 옻칠한 면이 수축으로 인하여 생기는 균열이다.

閉門三月傳國工 身今親見阮仲容 : 『주례・고공기』에서 "규에 맞게 하고 구矩에 맞게 하는 것을 국가의 장인이라 부른다"라고 했는데, 주에서 "나라의 이름난 장인이다"라고 했다. 여기서는 이것을 인용하여 교방의 악공에게 전수한다는 의미이다. 『진서』에서 "완함의 자는 중용이다"라고 했다.

周禮考工記, 輪人曰, 可規可萬, 謂之國工. 注云, 國之名工. 此借用, 謂傳於教坊樂工也. 晉書, 阮咸字仲容.

我有江南一邱壑 安得與君醉其中 : 『진서・사곤전謝鯤傳』에서 "진 명제晉明帝가 사곤에게 "자신을 유량庾亮과 비교하면 어떻다고 생각하는가"라고 물었다. 이에 사곤이 "묘당廟堂에 단정히 앉아서 백관百官의 모범이되게 하는 점에서는 그보다 못하지만, 산과 골짜기를 즐기는 면에 있어서는 그보다는 낫다고 생각합니다""라고 했다. 살펴보건대 거문고 악곡에 「풍입송」이 있다.

一邱壑見上注. 按琴曲有風入松

21. 문하후성에서 포지사로 돌아와 누워 노홍초당도를 구경하다

自門下後省歸臥舖池寺, 觀盧鴻草堂圖

원풍 8년에 문하중서외성을 후성이라 하였다. 『당서·은일전』에서 "노홍의 자는 옹연으로, 숭산에 여막을 짓고 거처하였다. 현종이 예를 갖춰 불렀는데, 사양하였다. 산으로 돌아갈 때 은거하는 옷을 하사하고 관에서 초당을 관리하였다"라고 했다.

元豊八年, 以門下中書外省爲後省. 唐書隱逸傳, 盧鴻字顥然, 廬嵩山. 玄宗備禮徵之, 辭. 還山, 賜隱居服, 官營草堂.

黃塵逆帽馬辟易	누런 먼지가 관리 맞이하니 말은 뒤로 물러나는데
歸來下簾臥書空	돌아와 주렴 내리고 빈방에 누워 책을 보네.
不知繡鞍萬人立	아지 못게라, 비단 안장에 많은 사람 서 있지만
何如盧郎駕飛鴻	어찌하면 날아가는 기러기에 멍에 맨 노홍과 같을지.

【주석】

黃塵逆帽馬辟易 歸來下簾臥書空 不知繡鞍萬人立 何如盧郎駕飛鴻 : '역

逆'은 맞이함을 이른다. 『한서 · 항적전』에서 "사람과 말이 모두 놀라서 두어 리를 후퇴하였다"라고 했는데, 주에서 "사람과 말이 막던 것을 열어서 그 본래 있던 곳을 바꾸는 것이다"라고 했다. 「왕길전」의 서문에서 "엄군평嚴君平이 성도의 저자에서 점을 쳐주며 하루에 백 냥을 벌면 살기에 충분하다고 여겨 가게 문을 닫고 『노자』를 공부하였다"라고 했다. 『진서 · 은호전』에서 "은호殷浩가 비록 벼슬에서 쫓겨났지만 원망하는 말을 하지 않았다. 다만 하루 종일 허공에 '쯧쯧 괴이할 일咄咄怪事' 네 글자를 썼다"라고 했다. 『담원』에서 "재상과 사상에게는 수보상화의 깔개를 하사하였고, 참정과 부추에게는 수반봉잡화의 깔개를 하사하였다"라고 했다. 『문선』에 실린 사형 육기의 「의서북유고루擬西北有高樓」에서 "돌아가는 기러기 날개에 멍에를 맬까 생각하고"라고 했다. 곽박의 「유선시」에서 "적송자가 상류에 와서, 기러기 멍에 매어 붉은 이내를 올라타네"라고 했다.

逆, 謂迎也. 漢書項籍傳曰, 人馬俱驚, 辟易數里. 注云, 開張而易其本處. 王吉傳敍曰, 嚴君平得百錢, 足自養, 則閉肆下簾, 而授老子. 晉書殷浩傳, 雖被放黜, 口無怨言, 但終日書空作咄咄怪事四字而已. 談苑曰, 宰相使相賜繡寶相花韉, 參政副樞繡盤鳳雜花韉. 文選陸士衡詩曰, 思駕歸鴻羽. 郭璞游仙詩曰, 赤松臨上游, 駕鴻乘紫煙.

22. 자첨이 포지사 벽에 작은 산과 마른 나무를 그린 그림에 쓰다. 2수

題子瞻寺壁小山枯木. 二首[56]

장방회 가본에서 "소동파가 포지사의 나의 서재 곁의 벽에 나무와 바위를 그린 것에 대해 두 수를 짓다"라고 했다.

張方回家本云, 題子瞻酺池寺予書齋旁畫木石壁兩首

첫 번째 수其一

爛腸五斗對獄吏	다섯 말 술 마시고 옥리를 대하고
白髮千丈濯滄浪	천 길의 백발을 창랑의 물에 감았네.
却來獻納雲臺表	절간의 벽 위에 그림을 그리니
小山桂枝不相忘	작은 산과 계수나무 가지를 잊지 못하네.

【주석】

爛腸五斗對獄吏 白髮千丈濯滄浪 : 『금루자』에서 "은홍원이 "주단의 뱃

---

56 [교감기] 장지본과 전본에는 제목의 '枯木' 아래에 '二首'란 두 글자가 있다. 건륭본에는 '子瞻' 위에 '蘇'자가 있다. 문집과 고본은 '題子瞻寺壁小山枯木'으로 제목을 삼았는데, 문집의 권5에는 첫 번째 수를 실었고, 또한 '子瞻寺壁小山枯木'이란 제목으로 문집 권9에 두 번째 수를 실었으니, 대개 첫 번째 수는 고시이고 두 번째 수는 율시이기 때문이다.

속에는 서 말의 술[57]이 들어간다'"라고 했다. 여기서 다섯 말라고 한
것은 출전이 미상이니, 혹 글자가 잘못된 것인 듯하다. 『한서·주발
전』에서 "주발이 옥에서 나오면서 "내가 일찍이 백만 대군을 거느렸는
데, 어찌 옥리가 귀한 것을 알았겠는가'"라고 했다. '대옥리對獄吏'는 동
파가 원풍 연간에 어사옥에 갇혀 있던 것을 이른다. 이백의 「추포가秋浦
歌」에서 "흰 머리칼 삼천 장으로 자랐으니, 근심도 따라 늘었겠지"라고
했다. 『맹자』에서 "창랑의 물이 맑으면 나의 갓끈을 씻을 수 있다"라고
했다. 이는 동파가 황주로 귀양 갔던 때를 이른다.

金樓子, 殷洪遠云, 周旦腹中有三斗爛腸. 此云五斗, 未詳, 或字誤耳. 漢書
周勃傳曰, 安知獄吏之貴. 對獄吏, 謂東坡元豊間下御史獄. 太白詩, 白髮三千
丈, 緣愁似箇長. 濯滄浪見上注, 謂謫黃州時.

却來獻納雲臺表 小山桂枝不相忘:『문선』에 실린 사조의 「고취곡鼓吹
曲」에서 "초상화 그려 운대 위에 바치니, 공과 명성 참으로 걸어놓을
만하네"라고 했는데, 이선의 주에서 『후한서』를 인용하여 "숙종이 가
규에게 조서를 내려 궁중으로 불러 남궁의 운대에서 상서를 강의하게
하였다"라고 했다. 『초사』에는 회남왕 유안이 지은 「초은사」가 있은
데, 그 서에서 "회남 소산이 지은 것이다"라고 했으며, 그 가사에서 "계
수나무 가지 부여잡고 애로라지 오래 머무르네"라고 했다.

文選謝朓詩, 獻納雲臺表, 功名良可收. 李善注引後漢書, 肅宗詔賈逵入講

尙書南宮雲臺. 楚辭淮南王劉安有招隱士序曰, 淮南小山之所作也. 其詞曰,
攀援桂枝兮聊淹留.

두 번째 수 其二

海內文章非畫師	해내의 문장가로 화공이 아닌데
能回筆力作枯枝[58]	능히 필력을 돌려서 메마른 나무를 그리네.
豫章從小有梁棟	예장나무는 묘목 때부터 동량의 기상 있지만
也似鄭公雙鬢絲	수염 무성한 정건과 비슷하네.

【주석】

海內文章非畫師 能回筆力作枯枝 豫章從小有梁棟 也似鄭公雙鬢絲 : 두보
의 「고우승상만시故右丞相挽詞」에서 "해내에서는 문장으로 으뜸인데"라
고 했다. 또한 「전중양감견시장욱초서도殿中楊監見示張旭草書圖」에서 "필력
은 아득한 바다와 같네"라고 했다. 『당서 · 염립각전』에서 "대각에서
전하여 부르기를 '화사 염립본'"이라고 했다. 『문선』에 실린 안원 조터
曹攄의 「감구感舊」에서 "깃들었던 새가 메마른 나무를 떠나네"라고 했
다. 『남사 · 왕검전』에서 "원찬이 왕검을 보고 "이는 재상 가문의 향나
무와 잣나무와 예장豫章나무로, 이미 동량의 기상이 있다""라고 했다.
두보의 「증정건」에서 "정공은 수염 센 늙은이로 세상에 버림받아, 술

---

58 [교감기] '筆力'은 문집에는 '筆法'으로 되어 있다.

에 취하면 항상 그림 그리려 하네"라고 했다. 이 구절의 의미는 동파는 예장의 동량의 재목인데 또한 세상의 버림을 받은 정공을 본받아 작은 붓으로 유희를 즐긴다는 것이다.

老杜詩, 海內文章伯. 又詩, 溟漲與筆力. 唐書閻立本傳, 閣外傳呼畫師閻立本. 文選曹顏遠詩曰, 棲鳥去枯枝. 南史王儉傳, 袁粲見之曰, 栝柏豫章雖小, 已有梁棟氣矣. 老杜贈鄭虔詩, 鄭公樗散鬢成絲, 酒後猶稱老畫師. 詩意謂東坡豫章梁棟之林, 亦效鄭公樗櫟之散木, 游戲於小筆也.

23. 자첨이 그린 메마른 나무 그림에 쓰다
題子瞻枯木

折衝儒墨陣堂堂	유자와 묵가를 절충하여 군진이 당당하며
書入顔楊鴻鴈行	글씨는 안진경, 양응식과 나란하네.
胸中元自有丘壑	흉중에는 원래 산수를 즐기는 마음 있기에
故作老木蟠風霜	짐짓 풍상에 똬리 튼 노목을 그렸네.

【주석】

折衝儒墨陣堂堂 書入顔楊鴻鴈行 : 『안자춘추』에서 "범소가 진평왕에게 이르기를 "제나라는 병합할 수가 없습니다. 제가 그 임금을 시험하려고 하니 안자가 알았고, 제가 그 음악을 범하고자 하니 태사가 알았습니다" 라고 하니, 이에 제나라를 정벌하려는 계책을 그만두었다. 공자가 이를 듣고서 "술동이와 도마 사이에서 벗어나지도 않고 천리 밖에 있는 적을 꺾어버렸으니, 안자를 이르는 말이다"라고 했다. ○『순자 · 예론』에서 "사람이 예의와 하나가 되면 양쪽을 모두 얻을 것이고 성정과 하나가 되면 양쪽을 모두 잃을 것이다. 고로 유자는 장차 사람으로 하여금 양쪽을 다 얻도록 시키는 자이고 묵자는 장차 사람으로 하여금 양쪽을 다 잃도록 시키는 자이다. 이것이 바로 유자와 묵자의 구분되는 점이다"라고 했다. 손자』에서 "당당한 진을 공격하지 말라"라고 했다. '안顔'은 노공 안진경을 이르고, '양楊'은 양응식을 이른다. 『진서 · 왕희지전』에서 "스스

로 일컫기를 "나의 글씨는 종요와 비교하면 어깨를 나란히 할 수 있고 장지의 초서와 비교하면 내가 약간 미치지 못한다'"라고 했다. 1구는 원래 "문장은 일월과 빛을 다투네"로 되어 있었는데, 후에 고쳤다.

折衝見上注. ○ 荀子禮論曰, 儒者使人兩得之也, 墨者使人兩喪之也. 是儒墨之分也. 孫子曰, 勿擊堂堂之陣. 顔謂魯公, 楊謂凝式. 晉書王羲之傳, 自稱我書比鍾繇當抗行, 比張芝草猶當鴈行也. 第一句元作文章日月與爭光, 後改焉.

胸中元自有丘壑 故作老木蟠風霜 : 이 두 구는 원래는 "붓 끝에 강해를 풀어놓았으니, 깊은 강가의 고목은 풍상을 겪었네"라고 했다. 『진서·사곤전謝鯤傳』에서 "진 명제晉明帝가 사곤에게 "자신을 유량庾亮과 비교하면 어떻다고 생각하는가"라고 물었다. 이에 사곤이 "묘당廟堂에 단정히 앉아서 백관百官의 모범이 되게 하는 점에서는 그보다 못하지만, 산과 골짜기를 즐기는 면에 있어서는 그보다는 낫다고 생각합니다'"라고 했다. 『한서』「추양전」에서 "뿌리와 가지가 구불구불 휘어진 나무도 만승 천자의 그릇이 될 수 있다"라고 했다. 『세설신어』의 주에서 지둔支遁의 「소요론」에서 "성인은 하늘로부터 받은 올바름을 타고 흥취도 드높게 끝없는 세계에서 방랑하며 노닌다"라고 했다.

此兩句元作筆端放浪有江海, 臨深枯木飽風霜. 晉書謝鯤傳曰, 或問論者, 以君方庾亮何如. 答曰, 端委廟堂, 使百寮準則, 鯤不如亮. 一丘一壑, 自謂過之. 漢書鄒陽傳曰, 蟠木根柢, 輪囷離奇. 世說注引支氏逍遙論曰, 至人乘天正而高興, 遊無窮於放浪.

24. 자첨의 「백시가 그린 호두적에 장난스레 글을 쓰다」란 작품에 화답하다

和子瞻戲書伯時畫好頭赤[59]

李侯畫骨不畫肉[60]	이후李侯는 뼈를 그리고 겉모습 그리지 않았으니
筆下馬生如破竹	붓 끝에 대를 쪼개 듯 빨리 말이 그려지네.
秦駒雖入天仗圖[61]	진나라 말이 비록 궁궐 의장 그림에 들어가지만
猶恐眞龍在空谷	참 용마가 빈 골짜기에 있을까 두렵네.
精神權奇汗溝赤	정기를 지녀 잘 내달리니 한구에 붉은 땀 흐르고
有頭赤烏能逐日[62]	붉은 까마귀 같은 머리로 능히 해를 뒤좇네.
安得身爲漢都護	어찌하면 내가 한나라 도호가 되어
三十六城看歷歷	서른여섯 나라를 일일이 볼 수 있으려나.

---

59 [교감기] 문집에는 시의 제목이 '次韻子瞻詠好頭赤圖'로 되어 있다. 장지본의 제목은 저본과 같으나 '赤' 아래 '圖' 자가 있다.

60 [교감기] '不畫肉'은 문집에는 '不'은 '亦'으로 되어 있다. 고본은 시의 끝 원교(原校)에서 "달리 '亦畫肉'으로 된 본도 있다"라고 했다.

61 [교감기] '天仗圖'에서 문집에는 '仗'이 '馬'로 되어 있다. 고본에는 '仗'이 '伏'으로 되어 있으며, 시작품의 끝에 있는 원교에서 "'天伏'을 달리 '天馬'로 된 본도 있다"라고 했다.

62 [교감기] '有頭'는 문집에 '自有'로 되어 있으며, 고본의 원교에는 "'有頭'는 달리 '自有'로 된 본도 있다"라고 했다.

【주석】

侯畫骨不畫肉 筆下馬生如破竹 : 두보의 「단청인丹靑引」 시에서 "한간은 겉모습 그렸으나 뼈는 그리지 못하니, 화류마의 넘치는 기상을 표현하지 못했네"라고 했다. 여기서는 이 내용을 뒤집어서 사용하였다. '파죽'은 귀신처럼 빠른 것을 이른다. 『진서·두예전』에서 "대나무를 쪼개는 것에 비유할 수 있으니, 몇 마디가 쪼개지기만 하면 그 다음부터는 칼날을 대기만 해도 저절로 쪼개집니다"라고 했다.

老杜丹靑引曰, 幹惟畫肉不畫骨. 此反而用之. 破竹, 言其神速. 晉書杜預傳曰, 今兵威已振, 譬如破竹數節之後, 皆迎刃而解.

秦駒雖入天仗圖 猶恐眞龍在空谷 : 『당서·이임보전李林甫傳』에서 "입장마立仗馬를 보지 못했는가, 종일 아무 소리도 없이 3품의 사료를 먹인다"라고 했다. 잠삼의 「기좌성두습유寄左省杜拾遺」에서 "새벽에는 천자 의장 행렬 따라 들어가고, 저녁에는 궁중 향기 머금고 돌아오네"라고 했다. 두보의 「단청인」에서 "잠깐 사이에 구중궁궐에 참 용마가 나오니, 만고의 평범한 말 모습 다 씻어 없앴네"라고 했다. 『시경·백구』에서 "희디 흰 백색 망아지는, 저 빈 골짜기에 있다"라고 했다.

立仗馬見上注. 岑參詩云, 曉隨天仗入, 暮惹御香歸. 老杜丹靑引云, 斯須九重眞龍出, 一洗萬古凡馬空. 白駒詩曰, 皎皎白駒, 在彼空谷.

精神權奇汗溝赤 有頭赤烏能逐日 : 『후한서·마원전』의 주에서 "마원

의 저서인 『동마상법』에서 "한구汗溝, 말의 흉복부와 퇴부(腿部)가 내면으로 서로 연결된 곳, 즉 땀이 흘러내리는 부분는 깊숙해야 한다'"라고 했다. 『전한서』에서 "악와가에서 "붉은 땀으로 젖어서 물방울이 붉게 흐르네. 기세 제어하기 쉽지 않으나, 대단히 잘 내달리네'"라고 했다. 설종의 「적오송」에서 "붉고 붉은 적오여, 해의 정기를 받았네'라고 했는데, 여기서는 이것을 차용하여 호두적이 해 안이 까마귀 같아서 능히 해를 뒤좇을 수 있음을 말한다. 『왕자년습유기』에서 "주 목왕의 팔준마 가운데 네 번째 월영은 해를 뒤좇아 달릴 수 있다'라고 했다. ○ 동파의 이 시의 서에서 "임금의 말 호두적"이라고 했다.

後漢馬援傳注, 銅馬相法曰, 汗溝, 欲深長. 前漢書, 渥洼馬歌曰, 霑赤汗, 沫流赭. 志俶儻, 精權奇. 薛綜赤烏頌曰, 赫赫赤烏, 惟日之精. 此借用, 言馬頭赤如日中烏, 故能逐日也. 王子年拾遺記曰, 周穆王八駿, 四名越影, 逐日而行. ○ 東坡詩序言, 御馬好頭赤.

安得身爲漢都護 三十六城看歷歷 : 『후한서·서역전』에서 "무제 시기에 서역이 귀순하였는데, 서른여섯 나라가 있었다. 한에서 사자교위를 설치하여 통솔하였는데, 선제가 도호로 고쳤다'라고 했다. 한유의 「희후희지喜侯喜至」에서 "하나하나 주막을 지나가겠지'라고 했다. ○ '역歷'자 운에 대해 동파는 「희서백시화오두적戱書伯時畫好頭赤」에서 "우맹으로 하여금 장지를 잡게 하지 말라, 잔디는 땔감으로 가마솥에 태울 것이니까"[63]라고 했으며, 소철은 「차운자첨호두적次韻子瞻好頭赤」에서 "황금

으로 머리를 싸고 마부에 의지하는데, 고개 숙여 북풍 들으며 옛날을 회상하네"라고 했다. 산곡의 시도 이와 같으니, 흥은 각자 다르지만 모두 뛰어난 작품이다.

後漢西域傳曰, 武帝時, 西域內屬有三十六國, 漢置使者校尉領護之. 宣帝改曰都護. 退之詩, 歷歷想行店. ○ 歷字韻, 東坡, 莫教優孟卜葬地, 厚衣薪樵入銅歷. 黃門, 黃金絡頭依圍人, 倪聽北風懷所歷. 山谷詩又如此, 興寄各異而奇.

---

63 우맹으로 (…중략…) 것이니까 : 우맹은 춘추시대 초(楚)나라의 악인(樂人)이다. 초 장왕(楚莊王)의 말이 죽자 우맹이 "부뚜막으로 곽(槨)을 만들고 구리로 만든 가마솥으로 관(棺)을 만들어 생강과 대추를 섞은 뒤 향료를 넣어 쌀로 제사 지내고, 화광(火光)으로 옷을 입혀서 이를 사람의 창자 속에 장사 지내십시오"라고 하였다.

25. 태초 연간에 잡은 대완의 호랑이 등뼈의 천마를 백시가 그린 것에 대해 읊다

詠伯時畫太初所獲大宛虎脊天馬圖[64]

『한서·예악지』에서 "천마가에서 "천마 오니, 땀은 샘처럼 뿜네. 호랑이 등뼈에 변화는 귀신 같네""라고 했다.

漢書禮樂志, 天馬歌曰, 天馬倈, 出泉水. 虎脊兩, 化若鬼.

筆端那有此	붓으로 어찌 이렇게 그릴 수 있나
千里在胸中	천리가 흉중에 담겨져 있네.
四蹄雷電去[65]	네 발굽은 번개처럼 내달리는데
一顧馬羣空	한 번 돌아보면 마구간이 텅 비네.
誰能乘此物	누가 능히 이 말을 탈 수 있나
超俗駕長風	속세를 초탈하여 긴 바람을 타고 가네.
逸材歸轡勒	뛰어난 재주로 말고삐의 굴레를 받게 되니
歲在執徐同	그 해는 같은 집서년이네.[66]

---

64 [교감기] 문집에는 시의 제목에 '畫太初所獲大宛'의 일곱 글자가 없다.
65 [교감기] '雷雷'는 문집에는 '電電'으로 되어 있다. 고본의 원교에서 "달리 '電電'으로 되어 있는 본도 있다"라고 했다.
66 같은 집서년이네 : 잡힌 해와 그린 해가 모두 진(辰)이 들어가는 해라는 의미이다.

【주석】

筆端那有此 千里在胸中 四蹄雷電去 一顧馬羣空 : 두보의 「화마찬」에서 "네 발굽 번개 같아 하루 종일 천지를 내달리네"라고 했다. 최표의 『고금주』에서 "진시황의 명마에 추전이 있다"라고 했다. 한유의 「송온조처사서」에서 "백락이 한 번 기북의 들판을 지나면 마굿간이 텅 비게 된다"라고 했다.

老杜畫馬贊曰, 四蹄雷電 一日天地. 崔豹古今注曰, 秦始皇有馬名追電. 退之送溫造序曰, 伯樂一過冀北之野, 而馬羣遂空.

誰能乘此物 超俗駕長風 : 『세설신어』의 주注에서 "『위씨춘추』에서 "그때에 왕융王戎이 속세를 초월하지 못한 것을 이른다""라고 했다. 『남사』에서 "종각이 "원컨대 멀리 가는 바람을 타고서 만 리의 파도를 부수며 나아가리""라고 했다.

世說注, 魏氏春秋曰, 時謂王戎才能超俗也. 南史, 宗愨曰, 願乘長風, 破萬里浪.

逸材歸轡勒 歲在執徐同 : 한 무제 태초 3년에 이사장군 이광리가 대완을 정벌하고서 준마를 얻었다. 4년B.C. 101 봄에 장안으로 돌아왔다. 살펴보건대 돌아온 해가 경진년이다. 『이아』에서 "진辰이 들어가는 해를 집서라고 한다"라고 했다. 그러므로 「천마가」에서 "천마가 오니, 집서년이었네"라고 했다. 백시가 이 말을 그린 것은 아마도 원우 3년 무진

년이었을 것이다.

漢武帝太初三年, 貳師將軍李廣利伐宛, 得其善馬, 四年春還京師. 按是歲庚辰. 爾雅, 歲在辰曰執徐. 故天馬歌云, 天馬倈, 執徐時. 伯時畫此馬, 蓋在元祐三年戊辰.

26. 풍봉세가 잡은 대완의 상룡을 백시가 그린 것에 대해 읊다
詠伯時畫馮奉世所獲大宛象龍圖[67]

上黨良家子	상당의 양가집 자제로
挽強如屈肘	팔꿈치를 굽힌 듯 활을 힘껏 당겼네.
三十學春秋[68]	서른에 『춘추』를 배웠는데
豈爲莎車首	어찌 사거의 목을 벨 줄 알았으랴.
誰言馮光祿	누가 말하랴, 광록대부 풍안세가
不如甘延壽	감연수보다 못하다고.
雖無千戶封	비록 천호의 봉함은 없지만
乃得六龍友	이에 여섯 준마를 벗으로 삼았네.

【주석】

上黨良家子 挽強如屈肘 三十學春秋 豈爲莎車首 : 『한서』에서 "풍봉세
는 상당의 양가집 자제로 뽑혀서 낭관이 되었다. 30살 넘어 『춘추』를
배웠다. 본시 연간에 사거를 격파하였다. 사거왕이 자살하자 그의 머
리를 장안으로 보내고 그의 명마 상룡을 얻어서 돌아왔다"라고 했다.
『한서 · 주발전』의 주에서 "'인강(引彊)'은 능히 활을 강하게 끝까지 잡아
당긴다는 말로, 지금의 활을 강하게 당기는 사마와 같다"라고 했다.

---

67 [교감기] 문집과 고본에는 시의 제목에 '畫馮奉世所獲大宛'이란 여덟 글자가 없다.
68 [교감기] '學'은 문집에는 '讀'으로 되어 있다.

『좌전』의 '극수戟手'에 대한 주에서 "손가락을 펼치고 팔꿈치를 굽힌 것이 갈래 창 모양과 같다"라고 했다.

漢書, 馮奉世, 上黨良家子, 選爲郎. 年三十餘, 學春秋. 本始中, 擊莎車. 莎車王自殺, 傳其首長安. 得其名馬象龍而還. 周勃傳注曰, 如今挽强司馬. 左傳戟手注曰, 屈肘如戟形.

誰言馮光祿 不如甘延壽 雖無千戶封 乃得六龍友 : 선제가 봉세를 제후로 봉하려고 의논하자, 소망지가 홀로 "봉세가 천자의 명을 사칭하고 천자의 명을 어겼으니 마땅히 제후로 봉할 수 없다"고 하였다. 이에 황제가 봉세를 광록대부로 삼았다. 봉세가 죽은 뒤에 감연수가 질지선우를 죽인 공으로 열후에 봉해졌다. 이에 두흠이 소장을 올려 봉세의 이전 공에 대해 뒤미처 논의하였는데, 황제는 선제 때의 일이라고 하고는 다시 기록하지 않았다. 『한서』에서 "악와가에서 "오늘은 누가 짝하랴, 용마가 벗이 되었네""라고 했다. 『주역·건괘』에서 "때때로 육룡을 타고 하늘을 오른다"라고 했다.

宣帝議封奉世, 蕭望之獨以其矯制違命, 不宜受封. 上以奉世爲光祿大夫. 奉世死後, 甘延壽以誅郅支單于, 封爲列候. 於是杜欽上疏, 追訟奉世前功. 上以先帝時事, 不復錄. 漢書渥洼馬歌曰, 今安匹, 龍爲友. 易乾卦曰, 時乘六龍以御天也.

27. 죽석과 목우를 그린 그림에 쓰다【서문을 함께 싣다】
題竹石牧牛#引】[69]

    자첨이 군집한 대나무와 괴이한 바위를 그리고 백시가 앞 언덕에 목동이 소를 타는 모습을 보내니 대단히 운치가 있었다. 이에 장난스레 읊조렸다.

    子瞻畫叢竹怪石, 伯時增前坡牧兒騎牛, 甚有意態, 戲詠.

野次小峥嶸	들판 작은 봉우리
幽篁相倚綠[70]	깊숙한 대숲에 대가 서로 기대 푸르네.
阿童三尺箠	동자가 세 척의 채찍으로
御此老觳觫	늙고 끔뻑거리는 소를 모네.
石吾甚愛之	바위를 내가 매우 좋아하여
勿遣牛礪角	소뿔로 비비지 못하게 하였네.
牛礪角尚可	소가 뿔로 비비는 건 괜찮지만
牛鬪殘我竹	소가 내 대밭을 뭉개버리는구나.

---

69 [교감기] 문집과 고본에는 '#引' 두 글자가 없다. 또한 왼쪽 줄의 '子瞻' 이하의 문장도 없다.
70 [교감기] '倚'는 문집과 고본, 그리고 장지본에는 '依'로 되어 있다.

【주석】

野次小峥嶸 幽篁相倚綠 阿童三尺箠 御此老觳觫 : 『초사』에서 "나는 깊숙한 대나무 밭에 있어서 하늘이 보이지 않네"라고 했다. 『진서·양호전』에서 "아이야, 아이야"라고 했는데, 이것을 차용하였다. 『장자』에서 "한 자 길이의 채찍을 매일 절반씩 자르면 영원토록 다 자를 수 없다"라고 했다. 『맹자』에서 "나는 벌벌 떠는 것을 차마 보지 못하겠다"라고 했고 또한 "죄가 없는데 죽을 땅으로 나아간다"라고 했다.

楚辭曰, 余處幽篁兮. 晉書羊祜傳, 阿童復阿童. 此借用. 莊子曰, 一尺之捶, 日取其半, 萬世不竭. 觳觫見孟子.

石吾甚愛之 勿遣牛礪角 牛礪角尚可 牛鬪殘我竹 : 『좌전』에서 "자피가 "그는 신중하고 선량하여 내가 그를 사랑하니, 나를 배반하지 않을 것입니다""라고 했는데, 여기서는 그 어법을 차용하였다. 한유의 「석고가」에서 "(석고를) 목동이 부싯돌로 삼고 소가 뿔을 비벼대니"라고 했다. 당나라 이섭의 「산중山中」에서 "목동 놈들은 어찌할 수 없구나, 풀어놓은 소가 내 대나무를 뜯어 먹네"라고 했다.

左傳, 子皮曰, 愿吾愛之, 不吾叛也. 此用其語律. 退之石鼓歌曰, 牧童敲火牛礪角. 唐人李涉詩云, 無奈牧童何, 放牛喫我竹.

28. 백시의 천육표기도에 쓰다. 2수

題伯時天育驃騎圖. 二首

두보는 「천육표기가」를 지었다. 천육은 당나라 황실의 마구간이다.

老杜有天育驃騎歌. 天育, 唐廐名也.

첫 번째 수其一

玉花照夜今無種	옥화총과 조야백, 지금 그런 말이 없는데
櫪上追風亦不傳	마구간의 추풍표 또한 전하지 않네.
想見眞龍如此筆	이 그림 보고 참 용마를 상상하는데
蒺藜沙晚草迷川	사막 저물녘에 질려 때문에 시내 찾지 못하네.

【주석】

玉花照夜今無種 櫪上追風亦不傳 : 『명황별전』에서 "황제가 조야백과 옥화총을 탔다"라고 했다. 두보의 「단청인」에서 "선제가 타던 말 가운데 옥화총이 있었는데, 화가가 산처럼 많았지만 그림 모습이 닮지 않았네"라고 했으며, 또한 「관화마도인」에서 "일찍이 선제의 명마 조야백을 그렸는데"라고 했으며, 또한 「도보귀행」에서 "공의 마굿간의 추풍표가 필요하다네"라고 했다.

明皇別傳曰, 上乘照夜白玉花驄. 老杜丹靑引曰, 先帝天馬玉花驄, 畫工如山貌不同. 又觀畫馬圖引曰, 曾貌先帝照夜白. 又徒步歸行曰, 須公櫪上追風驃.

想見眞龍如此筆 蒺藜沙晚草迷川 : 두보의 「단청인」에서 "잠깐 사이에 구중궁궐에 참 용마가 나오니, 만고의 평범한 말 모습 다 씻어 없앴네"라고 했다. 마지막 구는 이 말이 사막의 풀숲 황량한 곳에서 매몰되어 있음을 탄식하고 있다. '질려蒺藜'는 대개 동주 사원감에서 생산된다. 『본초강목』에서 "질려는 풍익의 평평한 연못이나 길가에서 생산된다"라고 하였다. 풍익은 지금의 동주이다. 두보의 「제오제풍第五弟豊」에서 "모래톱의 저물녘에 할미새는 추워하네"라고 했다.

丹靑引曰, 斯須九重眞龍出, 一洗萬古凡馬空. 末句歎此物理沒於沙草荒涼之地. 蒺藜, 蓋同州沙苑監所出, 本草所謂, 生馮翊平澤或道傍. 馮翊, 卽今同州. 老杜詩, 沙晚鶺鴒寒.

두 번째 수 其二

明窓槃礴萬物表	세상 밖 밝은 창가에 두 다리 펴고
寫出人間眞乘黃	인간 세상의 참 승황을 그려내네.
邂逅今生猶姓李	이번 생애에서 우연히 만났는데 성은 같으니
可非前世江都王	전생의 강도왕이 아닌가 하네.

【주석】

明窓槃礴萬物表 寫出人間眞乘黃 邂逅今生猶姓李 可非前世江都王 :『장자』에서 "화사畵史가 옷을 벗고 두 다리를 쭉 편 채 벌거벗고 있었다"라고 했다. 두보의「관화마도인」에서 "국초 이래로 말을 그려왔는데, 신묘한 경지는 오직 강도왕을 꼽았네. 조패 장군은 나이 서른에 이름을 날리니, 세상에 또다시 승황 그림을 보게 되었네"라고 했다. 살펴보건대『명화기』에서 "강도왕 이서李緒는 곽왕 이원궤의 아들이다. 백시와 강도왕은 모두 이 씨 성이다"라고 했다. 왕유의「우연偶然」에서 "일찍 세상에 잘못된 사객이었지만, 전생에는 응당 화가였을 것이네"라고 했다.

畵史槃礴. 見上注. 老杜觀畫馬圖引曰, 國初己來畫鞍馬, 神妙獨數江都王. 將軍得名三十載, 人間又見眞乘黃. 按名畫記, 江都王緒, 霍王元軌之子. 伯時與王皆李姓. 王維詩曰, 夙世謬詞客, 前生應畫師.

29. 이모 이부인의 묵죽. 2수

姨母李夫人墨竹. 二首

    미불의 『화사』에서 "조의대부 왕지재의 아내인 남창현군 이 씨는 상서 이공택의 누이이다. 능히 소나무와 대나무, 나무와 바위 등의 그림 견본을 보고서 곧바로 그려내면 진품과 가품을 구별하기 어렵다. 산곡은 이공택의 외조카이다.

    米芾畫史云, 朝議大夫王之才妻, 南昌縣君李氏, 尙書公擇之妹, 能臨松竹木石等畫見本, 卽爲之, 卒難辨. 山谷蓋公擇甥也.

첫 번째 수其一

深閨靜几試筆墨[71]	깊은 규방 고요한 책상에서 붓을 놀려 그리니
白頭腕中百斛力	흰머리 이모의 팔뚝은
	백 섬도 들어 올릴 만하네.
榮榮枯枯皆本色	영고성쇠는 모두 본래 모습이라
懸之高堂風動壁	높은 당에 거니 바람이 벽에 불어오는 듯.

【주석】

    深閨靜几試筆墨 白頭腕中百斛力 : 두보의 「호아행虎牙行」에서 "삼척의

---

71 [교감기] '靜'은 문집과 건륭본에는 '淨'으로 되어 있다.

각궁은 두 섬 들 힘으로 당기네"라고 했다.

老杜詩, 三尺角弓兩斛力.

　　榮榮枯枯皆本色 懸之高堂風動壁 : 『문선』에 실린 좌사의 「위도부」에
서 "영고성쇠를 정밀하게 변론하였다"라고 했다. 또한 안연년의 「추호
행秋胡行」에서 "잠깐 사이에 영고성쇠를 보네"라고 했다. 『당서·유중
영전』에서 "의원은 본래 관원이다"라고 했다. 두보의 「산수도가」에서
"그대 고당의 흰 벽에 걸려 있구나"라고 했다. 장언원의 『화기』에서
"승려 종언이 나무와 바위를 그리고서 "무거운 자질이라 땅에 숨고, 맑
은 바람이 당에 가득하다""라고 했다. 여기서 말한 '풍동벽風動壁'은 또
한 이익의 「죽창문풍」에서 "문을 여니 바람이 대를 흔드네"라는 구의
의미를 겸하여 사용하였다. ○『문선』에 실린 사종 완적의 「영회詠懷」
에서 "휘도는 바람 네 벽에 불어오네"라고 했다.

　　文選魏都賦曰, 英辭榮枯. 又顔延年詩, 俛仰見榮枯. 唐書柳仲郢傳曰, 醫
有本色官. 老杜山水圖歌曰, 掛君高堂之素壁. 張彦遠畫記言, 僧宗偃畫樹石
曰, 重質隱地, 淸颷滿堂. 此言風動壁, 亦兼用李益竹窓聞風詩開門風動竹之
意. 文選阮嗣宗詩, 回風吹四壁.

두 번째 수其二

　　小竹扶疎大竹枯　　　　작은 대는 무성하고 큰 대는 말랐으니

筆端眞有造化爐	붓 끝에 참으로 조물주의 화로가 있네.
人間俗氣一點無	세상의 속된 기운은 한 점도 없으니
健婦果勝大丈夫	굳센 부인은 과연 대장부보다 낫구나.

【주석】

小竹扶疎大竹枯筆 端眞有造化爐 :『한서』에 실린 사마상여의 「상림부上林賦」에서 "드리운 가지가 무성하였다"라고 했다. 『후한서·오행지』에서 "환제 때 동요에서 "소맥은 푸르고 푸르며 대맥은 말라 비틀어져""라고 했는데, 이 시의 어법을 사용하였다. 『한시외전』에서 "군자는 세 가지를 피해야 하니, 문사의 붓끝을 피해야 하고"라고 했다. 두보의 「곡태주정사호소소감哭台州鄭司戶蘇少監」에서 "난리 후에 운명이 달라졌으니, 임금의 다스림을 안정시킨 공을 세웠네"라고 했다. 살펴보건대 『장자』에서 "지금 천지를 큰 화로로 삼고 조물주를 대장장이로 삼았다"라고 했다.

漢書司馬相如賦曰, 垂條扶疎. 後漢五行志, 桓帝初, 童謠曰, 小麥靑靑大麥枯. 此用其語律. 韓詩外傳曰, 避文士之筆端. 老杜詩, 勝決風塵際, 功安造化爐. 按莊子曰, 今一以天地爲大爐, 造化爲大冶.

人間俗氣一點無 健婦果勝大丈夫 : 한유의 「왕중서묘지王仲舒墓誌」에서 "공께서 지은 문장에는 세상의 속기가 없다네"라고 했다. 승려 관휴의 「동림사」에서 "밭에 한 점의 티끌도 없으니, 누가 이곳에 거처하기에

적당한가"라고 했다. 『고악부·농서행』에서 "굳센 아낙이 집안을 유지
하니, 사내 한 명보다 낫네"라고 했다. 두보의 「병거행兵車行」에서 "비
록 젊은 아낙이 호미와 장기 잡더라도"라고 했다.

退之王仲舒墓誌曰, 公所爲文章, 無世俗氣. 僧貫休東林寺詩曰, 田地更無
塵一點. 古樂府隴西行曰, 健婦持門戶, 勝一大丈夫. 老杜詩, 縱有健婦把鋤犁.

30. 자첨과 자유가 「게적도」에 쓴 시에 차운하다. 2수

次韻子瞻子由題憩寂圖. 二首[72]

임연의 옛 주에서 "원래 이 시는 없고 다만 그 제목만 있었다"라고
했는데, 지금 양씨의 『보주』에 의거하여 집어넣는다.

任氏舊注, 元無此詩, 但存其目爾. 今以陽氏補注增入.

첫 번째 수其一

松含風雨石骨瘦	소나무는 비바람을 머금고 바위는 뼈대가 앙상하며
法窟寂寥僧定時	절간은 고요하여 승려는 참선에 들었네.
李侯有句不肯吐	이후는 좋은 시구 있어도 토해 내지 않고서
淡墨寫出無聲詩	담묵으로 소리 없는 시를 그려 내는구나.

---

72 [교감기] 이 시는 장지본에는 「題伯時畫松下淵明」의 뒤에 있다. 건륭본과 전본에
는 이 두 수의 시가 실려 있지 않다. 「게적도」의 작자와 자유, 자첨의 제화시 및
산곡의 이 두 수가 지어진 시기에 대해, 청나라 풍응류(馮應榴)는 『소문충공시합
주(蘇文忠公詩合注)』 47권 「차운자유제게적도후(次韻子由題憩寂圖後)」의 주에
서 이미 상세하게 고찰하였는데, 글이 길어 기록하지 않는다. 그 글의 요점은 동
파가 바위를 그리고 백시가 소나무를 그려서 두 사람이 합작하여 「게적도」를 완
성하였다는 것이다. 각각의 창화시는 원우 3년에 지어졌다고 확정할 수 없다.

【주석】

松含風雨石骨痩 法窟寂寥僧定時 李侯有句不肯吐 淡墨寫出無聲詩 : 시의 의미는 백시가 그림에 시를 담았으니, 소동파의 「한간마韓幹馬」에서 "한간의 그림은 말이 없는 시"라고 했는데 그 의미를 차용하였다.

詩意謂伯時寄詩於畫, 用東坡韓幹丹青不語詩之意

두 번째 수其二

龍眠不似虎頭癡	용면은 호두처럼 어리석지 않으니
筆妙天機可並時	붓의 오묘함과 천기를 함께 지녔네.
蘇仙潑墨作蒼石	소선이 먹을 뿌려 검푸른 바위를 그렸으니
應解種花開此詩	응당 알았으리, 꽃 심을 때 이 시 지을 줄을.

【주석】

龍眠不似虎頭癡 : 『보주』에서 "백시는 자호를 용면거사라고 했다. 고개지의 어렸을 때 자는 호두인데, 당시에 대단히 어리석다고 일컬어졌다"라고 했다. 동파의 「증이도사贈李道士」에서 "누가 호두가 어리석인 사람이 아님을 아는가"라고 했다.[73] 양楊은 "산곡이 「제백시계적도」에서 "어떤 사람은 "자첨이 백시를 지목하여 전생의 화가이다"라고 하였

---

73 동파의 (…중략…) 했다 : 아래 주에 "誰知癡虎頭"라고 하였는데, 이런 시구는 보이지 않고 이와 비슷한 시구가 「증이도사」에 보인다.

는데, 세속 사람들은 이해하지 못하고서 이것은 말을 잘못한 병이라고 여긴다. 백시가 산 하나와 골짜기 하나를 소유하여 즐기는 운치는 옛 사람에 내리지 않으니, 누가 이런 어리석은 계획을 하겠는가. 자첨의 이 말은 참으로 백시를 잘 아는 것이다"라고 했다.

補注. 伯時自號龍眠居士. 顧愷之小字虎頭, 時稱癡絶. 東坡詩, 誰知癡虎頭. 楊曰, 山谷題伯時憩寂圖云, 或言子瞻目伯時爲前身畫師, 流俗人不領, 便是語病. 伯時一丘一壑, 不減古人. 誰當作此癡計. 子瞻此語, 是眞相知

筆妙天機可並時 : 두보의 「신화산수장가新畫山水障歌」에서 "유 소부는 천기가 정밀한데, 그림을 좋아하는 벽癖이 있네"라고 했다. 살펴보건대, 「왕유전」에서 "그림의 의상意想이 입시의 경지에 들었으니, 산수와 평원의 묘사와 구름의 기세와 바위의 색에 대해 화가들은 천기가 이르렀다고 하였으니, 학자들이 미칠 바가 아니다"라고 했다. 『보주』에서 "오침우는 문장을 잘 짓고 말재주가 있었으며 무예도 겸하였다. 당시 사람들은 "그의 붓은 오묘하고 말도 오묘하고 힘도 오묘하다""라고 했다.

楊曰, 杜甫, 劉侯天機精, 愛畫入骨髓. 按王維畫思入神, 至山水平遠. 雲勢石色. 畫工以爲天機所到. 學者不及也. 補注, 吳沈友善屬文, 有口辯, 兼武事. 時言其筆之妙說之妙力之妙.

蘇仙漱墨作蒼石　應解種花開此詩 : 『보주』에서 "『신선전』의 소선옹[74]

74　소선옹 : 주가 앞의 「次韻宋楙宗三月十四日到西池」에 보인다.

이란 글자를 차용하여 동파를 말하였다.

補注, 此用仙傳蘇仙翁字, 以言東坡.

1. 조자방의 「잡언」에 차운하여 답하다

次韻答曹子方雜言[1]

酺池寺湯餅一齋盂	포지사 바릿대의 떡국에
曲肱懶著書	팔베개를 하며 게을리 책을 지어보네.
騎馬天津看逝水	말을 타고 천진교에서 흘러가는 물을 보니
滿船風月憶江湖	배에 가득한 풍월은 강호를 떠올리네.
往時盡醉令卿酒	지난 날 냉경의 술에 흠씬 취했을 때
侍兒琵琶春風手	시녀의 비파는 봄바람 같은 솜씨였지.
竹間一夜鳥聲春	밤새 대길 사이로 비파는 울어대고
明朝醉起雪塞門	다음날 취해 일어나니 눈이 문을 덮었네.
當年聞說冷卿客	당시에 냉경 객에게 들으니
黃鬚鄴下曹將軍	업하의 누런 구레나룻 지닌
	조장군이 있다 하네.
挽弓石八不好武	팔균의 석궁을 당겨도 무예는 좋아하지 않아
讀書臥看三峯雲	책 읽으며 누워 삼봉의 구름을 바라보네.

---

1 [교감기] 문집과 고본의 제목 아래의 원주에는 "조자방의 이름은 보(輔)이다"라고 했다.

誰憐相逢十載後	누가 가엽게 여길까, 서로 만난 지 십 년 뒤에
釜裏生魚甑生塵	솥 안에 물고기가 헤엄치고
	독 안에 먼지가 난 것을.
冷卿白首太官寺	냉경은 흰 머리 광록시 태관으로
樽前不復如花人	술동이 앞에 꽃 같은 사람은 아니로다.
曹將軍	조장군이여
江湖之上可相忘	강호에서 서로 잊을 수 있지만
春鋤對立鴛鴦雙	해오라기는 쌍쌍의 원앙을 마주하고 있네.
無機與游不亂行	기심이 없이 더불어 노닐면 행렬이
	어지럽지 않으니
何時解縷濯滄浪	언제나 갓끈 풀어 창랑에서 빨아보려는가.
喚取張侯來平章	장후를 부르고 평장사를 오게 하여
烹茶煮餅坐僧房	차를 끓이고 떡을 구워 승방에 앉아보세나.

【주석】

　酺池寺湯餅一齋盂 曲肱懶著書: 『환우기』에서 "포지사는 개봉부 준의현 서북쪽에 있는 옛날 대량성 안에 있는데, 양나라 효종이 지었다"라고 했다. 살펴보건대 준의현은 뒤에 상부로 이름을 고쳤다. 속철의 「병부」에서 "허기를 채우고 추위를 풀어주는 것으로 떡국이 제일이다"라고 했다. 당시 산곡은 계율을 매우 엄하게 지키고 있었다. 그러므로 '재우齋盂'라는 시어가 있다. '곡굉曲肱'은 후한의 학자인 변소가 항상

낮잠을 즐긴다는 의미를 사용하였다. 『사기·우경전』에서 "곤궁하여 근심스럽지 않으면 또한 책을 지을 수 없다"라고 했다. ○『논어』에서 "나물밥을 먹고 물을 마시며 팔을 구부려 베개로 삼아도 즐거움은 그 안에 있다"라고 했다.

寰宇記曰, 蕭池在開封府浚儀縣西北, 古大梁城內, 梁孝王作. 按浚儀後更名祥符. 束哲餠賦曰, 充虛解戰, 湯餠爲最. 時山谷持戒律甚嚴, 故有齋盂之句. 曲肱用邊韶晝眠意. 史記虞卿傳曰, 非窮愁亦不能著書. ○ 論語, 飯蔬食飲水, 曲肱而枕之, 樂亦在其中矣.

騎馬天津看近水 滿船風月憶江湖 : 살펴보건대 『동경기』에서 "숭제방의 서쪽에 천한교가 있다. 다리 남쪽에 주작문이 있는데 선덕문과 마주하고 있다"라고 했다. 이 시에서 말한 '천진天津'은 아마도 당나라 도읍 낙양에 있었던 천진교를 말하는 것으로, 인하여 차용하였다. ○『전등록』에서 "선자화상의 시에서 "배에 가득 달빛만 싣고 돌아오네""라고 했다.

按東京記, 崇濟坊西有天漢橋, 橋南朱雀門, 與宣德門相直. 此詩云天津, 蓋唐之洛都有天津橋. 因借用爾. ○ 傳燈錄, 船子和尚詩云, 滿船空載月明歸.

往時盡醉冷卿酒 侍兒琵琶春風手 : '냉경冷卿'은 『인화록』에서 사부를 빙청이라 하고 두보가 광문을 냉관이라 한 종류이다.[2] 아래구로 살펴

---

2   냉경 : 냉은 한직이란 의미이다. 두보의 「취시가(醉時歌)」에서 "광문선생만 홀로

보면 광록경을 이른다. 살펴보건대 『실록』에서 "원우 3년 10월에 문급이 광록소경이 되었다"라고 했다. 문급은 대개 노공 문언박文彦博의 아들인데, 이 시에서 가리키는 인물이 아마도 그 사람인 듯하다. 『한서』「원앙전」의 주에서 "시아侍兒는 여종이다"라고 했다. 왕안석의 「명비곡」에서 "황금 한발[3]에 봄바람 같은 손으로"라고 했다. 『예장외집』에 「화자방잡언」이 있는데, 또한 이 일에 대해 언급하였다. 어떤 이는 "냉冷은 성이다"라고 했다.

冷卿, 如因話錄以祠部爲氷廳, 老杜以廣文爲冷官之類, 以下句攷之, 謂光祿卿也. 按實錄, 元祐三年十月, 文及爲光祿少卿. 及蓋潞公之子, 此詩所指, 豈其人耶. 漢書袁盎傳注曰, 侍兒, 婢也. 王介甫明妃曲曰, 黃金捍撥春風手. 豫章外集又有和子方雜言, 亦及此事. 或云, 冷, 姓也.

竹間一夜鳥聲春 明朝醉起雪塞門 : "조성춘鳥聲春은 나무를 쪼는 듯한 비파소리를 이른다. 『녹이전』에서 "한 길 넘게 큰 눈이 내렸다. 낙양 수령이 순찰하다가 원안의 집에 이르렀는데 오가는 행적이 없었다"라고 했다. 한유의 「설후기최승雪後寄崔丞」에서 "남전의 시월은 눈이 문을 덮네"라고 했다.

鳥聲春, 謂琵琶啄木聲也. 錄異傳曰, 大雪丈餘, 洛陽令至袁安門, 無有行路. 退之詩, 藍田十月雪塞關.

한직(閒職)에 있네[廣文先生官獨冷]"라고 했다.
3　한발 : 비파(琵琶) 채의 끝에 장식한 금은을 말한다.

當年聞說冷卿客 黃鬚鄴下曹將軍 :『위지』에서 "임성 위왕 창은 태조의 아들이다. 오환을 크게 격파하고 그 공을 제장에게 돌렸다. 태조가 기뻐하며 창의 구레나룻을 어루만지면서 "누런 구레나룻 아이가 큰 공을 이뤘구나""라고 했다. 두보는 「관조장군화마도인」을 지었는데, 이것을 인용하였다. ○ 조식이 업하에 거주하자 일시에 그를 종유하던 자들이 업하의 학문이라 칭하였다.

魏志, 任城威王彰, 太祖之子, 大破烏丸, 歸功諸將. 太祖喜, 持彰鬚曰, 黃鬚兒竟大奇也. 老杜有觀曹將軍畫馬圖引, 此借用. ○ 曹植居鄴下, 一時從其游者, 名鄴下之學.

挽弓石八不好武 讀書臥看三峯雲 :『당서·장홍정전』에서 "군사들이 두 석궁을 당기는 것이 글자 하나 아는 것만 못하다"라고 했다.『좌전』에서 "안고지의 활은 6균이었다"라고 했는데, 주에서 "6균은 180근이다"라고 했다. 두보의 「전출새前出塞」에서 "활은 강하게 당겨야 하고"라고 했다. 또한 「배정광문유하장군산림陪鄭廣文游何將軍山林」에서 "하 장군은 무예를 좋아하지 않아, 어린 자식 모두 글을 잘하네"라고 했다. 자미 소순흠蘇舜欽의 「서중잡영暑中雜詠」에서 "푸른 하늘에 흘러가는 흰구름을 누워서 바라보네"라고 했다.『화산기』에서 "그 삼봉을 곧바로 올라가면 맑은 하늘을 볼 수 있다"라고 했다.

唐書張弘靖傳, 士挽兩石弓. 左傳, 顏高之弓六鈞. 注云, 六鈞, 百八十斤. 老杜詩, 挽弓當挽強. 又詩, 將軍不好武, 稚子總能文. 蘇子美詩, 臥看青天行白雲. 華山記云, 其三峯直上, 晴霽可觀.

誰憐相逢十載後 釜裏生魚甑生塵 : 한유의 「유성남遊城南」에서 "십 년 지
나 술동이 앞에서 만나고 보니, 나는 장부가 되고 선생은 흰머리가 늘
었군요"라고 했다. 『후한서』에서 "범단의 자는 사운으로 내무의 수령
이 되었는데, 거처하는 곳은 초라하였다. 때로 식량이 끊겨 곤궁하게
거처하였지만 태연자약하였다. 마을에서 노래하기를 "시루 속에 먼지
쌓인 범사운이요, 솥 안에 물고기가 사는 범내무로다""라고 했다.

退之詩, 尊酒相逢十載後, 我爲壯夫君白首. 後漢書, 范丹字史雲, 爲萊蕪
長, 所止單陋, 有時絶粒, 窮居自若. 閭里歌之曰, 甑中生塵范史雲, 釜中生魚
范萊蕪.

冷卿白首太官寺 樽前不復如花人 : 살펴보건대 『통전』에서 "태관은 백
관의 음식을 관리하는데, 광록경에 속한다"라고 했다. 이백의 「휴기등
서하산携妓登棲霞山」에서 "금빛 병풍에 웃으며 앉은 꽃 같은 사람이네"라
고 했다.

按通典, 太官掌百官之饌, 屬光祿卿. 大白詩, 金屛笑坐如花人.

曹將軍 江湖之上可相忘 春鋤對立鴛鴦雙 無機與游不亂行 何時解纓濯滄
浪 : 『장자』에서 "가물 때 물고기들은 서로 숨을 쉬어 적셔주지만 강이
나 호수에서 서로 잊는다"라고 했다. 『이아』에서 "해오라기 달리 용서

春鋤라고 한다"라고 했다. 『문선』에 실린 강엄의 「의장작시」에서 "힘써 현사를 맑게 하면, 흉중에 기교가 없어지네. 사물과 나의 피아를 잊어 버리면 갈매기와 친할 수 있다네"라고 했는데, 이는 『열자』의 내용을 인용한 것이다.[4] 『장자』에서 "공자가 대택에 들어갔는데, 짐승들 속에 들어가면 짐승들 무리가 놀라 어지러워지지 않고 새들 속에 들어가면 새들 행렬이 놀라 어지러워지지 않는다"라고 했다. 『맹자』에서 "창랑 의 물이 맑으면 나의 갓끈을 씻을 수 있다"라고 했다.

莊子曰, 魚相忘於江湖. 爾雅曰, 鷺春鋤. 文選江淹擬張綽詩曰, 疊疊玄思 淸, 胷中去機巧. 物我俱忘懷, 可以狎鷗鳥. 蓋用列子事. 莊子山木篇曰, 孔子 逃於大澤, 入獸不亂羣, 入鳥不亂行. 濯纓見上注.

喚取張侯來平章 烹茶煮餠坐僧房 : '장후張侯'는 아마도 장중모인 듯하 다. 즉 함께 승방에 갈 생각을 말하였다. 살펴보건대 『산곡시외집』에 「송조자방겸간장중모」가 있다. 『당서·곽정일전』에서 "재상을 평장사 로 명하였는데, 정일 등에게서 시작하였다"라고 했는데, 그 글자를 차 용하였다. 두보의 「화배적등신진사기왕시랑和裴迪登新津寺寄王侍郎」에서 "마음대로 승방에 머물고 있다네"라고 했다.

張侯, 似是張仲謀. 言欲與之共往僧房, 商畧歸計也. 按外集有送曹子方兼

---

4   이는 (…중략…) 것이다 : 바다에서 갈매기와 친구처럼 지내는 사람이 있었는데, 어느 날 부친의 부탁을 받고 잡아 가려는 마음을 품자, 갈매기가 벌써 기미를 알 고는 그에게 내려오지 않았다는 전설이 있다.

簡張仲謀詩. 唐書郭正一傳曰, 平章事自正一等始. 此借用其字. 老杜詩, 隨意
宿僧房.

2. 자첨이 왕자립에게 화답한 「풍우패서옥유감」이란 작품에 차운하다

次韻子瞻和王子立風雨敗書屋有感5

왕적의 자는 자립이다. 소자유의 사위로 장인에게 학문을 배웠다.

王適字子立, 蘇子由之壻, 從其婦翁學.

婦翁不可撾	장인이 매질할 수 없으니
王郎非嬌客	왕랑은 교객이 아니로다.
十年爲從學	십 년을 따라 배우며
苦淡共陲厄	고생하며 곤액을 함께 했네.
燕雀蚩鴻漸6	제비와 참새가 나아가는 기러기를 비웃으며
犬羊眄麟獲	개와 양이 잡힌 기린을 흘겨보네.
遇逢涇渭分7	경수와 위수가 나님을 만나니
昨夢春氷釋	어제 밤 꿈에 봄 얼음이 풀리더라.
平生五車書	평생에 다섯 수레의 책을 읽었지만
才吐二三策	재주는 겨우 두세 책만 드러내었네.
已作謗薰天	이윽고 도리를 지킨다고 비방을 들으니

---

5 [교감기] 문집에는 제목 아래의 원주에 "자립의 이름은 적(適)이다"라고 했다.
6 [교감기] '치(蚩)'는 문집, 전본, 건륭본에는 모두 '치(嗤)'로 되어 있다. 살펴보건대 두 글자는 통용하니, 이후로 다시 나오면 교정하지 않는다.
7 [교감기] '우(遇)'는 장지본에는 '우(偶)'로 되어 있다.

金朱果何益	금과 인끈도 끝내 어찌 유익하리오.
君窮一牕下	그대는 창 아래에서 곤액을 당하여
風雨更削跡	풍우에 다시 자취를 숨겼네.
詩工知學進	시의 공교로움에서 학문이 나아감을 알았고
詞苦見意迫	시어의 고달픔에서 절실한 의미를 보았네.
俗情傲秦贅	세속의 생각은 데릴사위를 깔보는데
婦舍不煖席	처갓집은 계속해서 떠도는구나.
南冶從東家	남용과 공야장은 공자를 따랐기에
不聞被嘲劇	심한 조롱을 당하지 않았네.
師儒並世難	스승과 선비를 겸하기는 어려운데
日月過箭疾	세월은 화살보다 빨리 지나가네.
公今未有田	공은 지금 밭이 없으니
把筆耕六籍	붓을 잡고 육경을 가시게나.

【주석】

婦翁不可撾 王郞非嬌客 :『후한서·제오륜전』에서 "광무제가 장난삼
아 륜에게 이르기를 "들으니 그대가 관리가 되어 장인을 매질한다고
하는데 정녕 그런 일이 있는가""라고 했다. 『위지·무제기』에서 "명령
을 내려 "제오백어가 세 번 고아인 여자에게 장가들었는데 그를 장인
을 때린다고 하니 이것은 모두 임금을 속이는 짓이다""라고 했다. 살펴
보건대 지금 세속에서는 사위를 '교객嬌客'이라 부른다.

後漢第五倫傳, 光武戲謂倫曰, 聞君爲吏, 笞婦公, 寧有之耶. 魏志武帝紀, 令曰, 第五伯魚三娶孤女, 謂之搰婦翁. 按今俗間以壻爲嬌客.

十年爲從學 苦淡共陣厄 : 『한서·숙손통전』에서 "여후께서는 폐하와 함께 힘들게 생활하였습니다"라고 했다. 『좌전』에서 "곤궁은 시운이 좋지 않은 것이다"라고 했다.

漢書叔孫通傳曰, 呂后與陛下攻苦食淡. 左傳曰, 困窮陣厄.

燕雀蛇鴻漸 犬羊眄麟獲 : 이 이하는 자유에 대하여 말하였다. 『한서·진승전』에서 "제비와 참새가 어찌 기러기와 고니의 뜻을 알리오"라고 했다. 『주역』에서 "기러기가 나무로 아나감이다"라고 했다. 『춘추·애공 14년』에서 "서쪽에서 사냥하여 기린을 잡았다"라고 했다.

此以下指子由. 漢書陳勝傳曰, 燕雀焉知鴻鵠之志. 易曰, 鴻漸于木. 春秋哀公十四年, 西狩獲麟.

遇逢涇渭分 昨夢春氷釋 : 『시경·곡풍』의 주에서 "경수와 위수가 서로 합쳐져도 맑은 물과 흐린 물은 섞이지 않는다"라고 했다. 『좌전·양공 28년』에서 "봄에 얼음이 얼지 않았다. 이에 재신이 "올해 송나라와 정나라는 기아가 들 것이다""라고 했다. ○ 소동파 또한 이 시를 지었으니 '석釋'자 운으로 "나의 거문고는 끝내 줄이 없으니, 당기지 않으니 놓음도 없네"라고 했다. 두 시 모두 그 오묘함이 지극하다.

涇渭春氷, 並見上注. ○ 東坡亦有此詩. 釋字韻云, 我琴終不絃, 無攪故無釋. 各極其妙也.[8]

平生五車書 才吐二三策 : 『장자』에서 "혜시는 다방면에 책을 지어서 그 책이 다섯 수레나 된다"라고 했다. 『맹자』에서 "『서경』의 내용을 모두 믿는다면 차라리 『서경』이 없는 것이 나을 것이다. 나는 무성편에서 두세 쪽만 취할 뿐이다. 인자한 사람은 천하무적인데, 지극히 인자한 사람이 지극히 불인한 사람을 치는 마당에, 어떻게 피가 흘러서 절굿공이를 떠내려가게 할 수가 있겠는가"라고 했다.

莊子曰, 惠施多方, 其書五車. 二三策見孟子.

已作謗薰天 金朱果何益 : 자유는 대간에 있으면서 자주 당대 일을 의논하였는데, 당대 사람들이 기뻐하지 않았다. 두보의 「견흥遣興」에서 "북쪽 마을 부잣집 향내 하늘에 피어오르고"라고 했다. 살펴보건대 양웅의 「감천부」에서 "황천에 훈초를 태웠다"라고 했는데, 그 글자를 인용하였다. 『법언』에서 "고관이 금을 품을 즐거움은 안자의 즐거움만 못하네"라고 했다.

子由在臺諫, 數論事, 不爲當世所喜. 老杜詩, 北里富薰天. 按揚雄甘泉賦曰, 燎薰皇天. 此借用其字. 法言曰, 紆朱懷金之樂, 不如顏氏子之樂.

---

8 [교감기] '동파(東坡)'부터 '묘야(妙也)'는 전본에 이 조목의 주가 없다.

君窮一憁下 風雨更削跡 : 이 이하는 자립에 대한 서술이다. 『장자・산목』에서 "공자가 "나는 노에서 두 번 쫓겨났고 송에서 벌목했으며 위에서 자취를 숨겼다""라고 했다. 또한 「도척편」에도 삭적에 관한 내용이 나온다.

此以下述子立. 莊子山木篇, 孔子曰, 吾再逐於魯, 伐木於宋, 削跡於衛. 又見盜跖篇.

詩工知學進 詞苦見意迫 : 유신의 『애강남부서』에서 "곤액에 고통스런 말이 없지는 않았지만 다만 슬픔과 비애를 위주로 하였다"라고 했다.

庾信哀江南賦序曰, 不無危苦之詞, 惟以哀悲爲主.

俗情傲秦贅 婦舍不煖席 : 『한서・가의전』에서 "진나라에서는 집안이 가난한 경우 아들이 장성하면 데릴사위로 나간다"라고 했다. 두보의 「견민遣悶」에서 "남에게 의지함은 진의 데릴사위 같고"라고 했다. 『회남자』에서 "아궁이가 검을 겨를이 없고, 빈자리가 따뜻해지지 않는다"라고 했다.

漢書賈誼傳曰, 秦人家貧, 子壯則出贅. 老杜詩, 倚著如秦贅. 淮南子曰, 墨突不暇黔. 孔席不及煖.

南冶從東家 不聞被嘲劇 : 『논어』에서 "남용이 세 번 「백규」를 외니 공자가 자신 형의 딸로 아내를 삼게 하였다"라고 했다. 또한 "공자가 공

야장을 평하여 가히 사위로 삼을 만하다라고 하고 그의 딸로 아내를 삼게 하였다"라고 했다. 「병원별전」에서 "병원이 손숭을 찾아갔다. 손숭이 "그대가 정군을 버렸으니 이른바 정군을 동쪽 집의 공구쯤으로 여기는 것인가"[9]라 하자, 병원이 "선생은 제가 정현을 동쪽 집의 구로 여겼다고 말하는데, 선생께서는 저를 서쪽 집의 어리석은 사람쯤으로 여기는 것인가요"라고 했다. 「촉도부」에서 "유창하게 말하고 유창하게 논하다"라고 했다. 『남사·사령운전』에서 "경박한 소년들이 어떤 시에 대해 부연하자, 많은 문사들이 그에 대한 글을 지으면서 빈정거리고 조롱하였다"라고 했다.

魯論, 南容三復白圭, 孔子以其兄之子妻之. 又曰, 子謂公冶長, 可妻也. 以其子妻之. 東家見上注. 蜀都賦曰, 劇談戲論. 南史謝靈運傳, 輕薄少年, 凡人士並爲題目, 皆加苦言劇句.

師儒並世難 日月過箭疾 : 『주례·천관』에서 "스승은 어짊으로 백성을 얻고 선비는 도로 백성을 얻는다"라고 했다. 『사기·중니제자열전』에서 "공자가 자주 장문중과 유하혜를 칭송하였는데, 그러나 그들은 모두 후대 사람으로 공자와 세대를 함께 하지 않았다"라고 했다. 백거이의 「시사제示舍弟」에서 "세월은 쏜 화살 같네"라고 했다. 두보의 「북정北

---

9   그대가 (…중략…) 것인가 : 정군은 정현이다. 동쪽 집의 공구라는 말은『공자가어』에 보이는 말로, 공자의 서쪽 이웃 사람도 공자가 어떤 인물인지 잘 모르고 그저 동쪽 집의 공구라고 불렀다는 고사이다.

征」에서 "쏜 화살보다 빨리 적을 쳐부수네"라고 했다.

周禮天官曰, 師以賢得民, 儒以道得民. 史記仲尼弟子列傳曰, 孔子數稱臧文仲柳下惠, 然皆後之, 不並世, 樂天詩, 年光同激箭. 老杜詩, 破敵過箭疾.

公今未有田 把筆耕六籍 : 『후한서·반고전』 주에서 "어찌 오래 붓으로 삶을 유지하려 하겠는가"라고 했다.

後漢班超傳注曰, 安能久事筆耕乎.

3. 소덕을 희롱하며

嘲小德

中年擧兒子	중년에 자식을 낳아
漫種老生涯	늙은 인생에 부질없이 키우네.
學語囀春鳥	말을 배울 땐 지저귀는 봄날 새 같고
途牕行暮鵶	길가 창에는 저물녘 까마귀가 날아가네.
欲嗔王母惜	꾸짖으려 해도 할머니가 말리니
稍慧女兄誇	조금 똑똑하다고 누이와 형이 자랑하네.
解著潛夫論	『잠부론』을 지을 줄 안다면
不妨無外家	외가가 없어도 무방하리라.

【주석】

中年擧兒子 漫種老生涯 : 『진서 · 왕희지전』에서 "사안이 "중년 이후로 슬픔과 즐거움에 마음을 상하였다"라고 했다. 『사기 · 맹상군전』에서 "아버님께서 오월에 난 자식을 키우지 못하게 한 까닭은 무엇입니까"라고 했다. 『장자』에서 "나의 삶에는 끝이 있지만"이라고 했다.

晉書王羲之傳, 謝安曰, 中年以來, 傷於哀樂. 史記孟嘗君傳曰, 君所以不擧五月子者何. 莊子曰, 吾生也有涯.

學語囀春鳥 途牕行暮鵶 : 이 구는 달리 "말을 배우니 봄날 새처럼 귀

가 따갑고, 서창에는 (낙서하여) 가을 기러기 빗겨 나네"로 된 본도 있다. 두보의 「견흥遣興」에서 "아들 기자는 총명한 아이로, 작년 말을 배웠네"라고 했다. 『악부』에 실린 유고언의 「양춘가」에서 "봄 새는 한 번 지저귀면 천 소리가 있네"라고 했다. 살펴보건대 『주례·나씨』에서 "중춘에는 봄 새들이 벌여있다"라고 했다. 유우석의 「답전편答前篇」에서 "어린이들이 붓으로 장난하니 꾸짖을 수 없고, 벽과 책, 창에 낙서해도 칭찬하네"라고 했다. 노동의 「첨정」에서 "들으니 책상 위에서 먹을 갈아, 늙은 까마귀처럼 시서를 검게 칠한다지"라고 했다. '行'의 음은 '胡'와 '剛'의 반절법이다.

一作學語春蟲咶, 書牎秋鴈斜. 老杜詩, 驥子好男兒, 前年學語時. 樂府柳顧言陽春歌曰, 春鳥一囀有千聲. 按周禮羅氏, 仲春羅春鳥. 劉禹錫詩, 小兒弄筆不能嗔, 涴壁書牎且賞勤. 盧仝示添丁云, 忽然案上翻墨汁, 塗抹詩書如老鴉. 行, 音胡剛反.

欲嗔王母惜 稍慧女兄誇 : 『이아』에서 "아버지의 어머니를 왕모라 한다"라고 했다. 당시 산곡의 모부인은 병이 없이 건강했다.

爾雅, 父之妣爲王母. 時山谷母夫人無恙.

解著潛夫論 不妨無外家 : 달리 "시내에서 기다리니 작은 배를 몰 줄 알아, 나와 함께 이내 핀 백사장에서 낚시하네"라고 된 본도 있다. ○ 『후한서·왕부전』에서 "안정의 풍속은 서얼을 비루하게 여겼는데 왕

부는 외가가 없어서 고을 사람들이 천하게 여겼다. 이에 은거하며 책을 저술하여 당대의 잘잘못을 기롱하였는데, 자신의 이름을 드러내고 싶지 않아 책을 『잠부론』이라 하였다"라고 했다.

一作待渠能小艇, 伴我釣煙沙. ○ 後漢王符傳曰, 安定俗鄙庶孼, 而符無外家, 爲鄕人所賤. 隱居著書, 以譏當世失得, 不欲章顯其名, 故號曰潛夫論.

4. 장 비감이 양을 보내준 것에 장난삼아 답하다

戲答張秘監餽羊

細肋柔毛飽臥沙	연한 갈비에 부드러운 털로 배부르게 백사장에 누우니
煩公遣騎送寒家	번거롭게도 공이 기마병 보내 한미한 집에 보내주었네.
忍令無罪充庖宰	차마 죄가 없는데 푸줏간을 채우랴
留與兒童駕小車	살려서 아이들에게 주어 작은 수레 끌게 해야겠네.

【주석】

細肋柔毛飽臥沙 煩公遣騎送寒家 : 동주에 사원감에 아름다운 양이 있는데, 세속에서 세륵와사라고 부른다. 「곡례」에서 "양을 '유모'라고 부른다"라고 했다. 두보의 「초당草堂」에서 "높은 벼슬아치도 내가 옴을 반겨, 말 탄 심부름꾼 보내 필요한 것 물어보네"라고 했다. ○『문선』에 실린 위문제 조비의 편지에서 "지금 기마병을 보내 업하에 이르게 하겠다"라고 했다. 『세설신어』에서 "왕경의 모친이 "너는 본래 한미한 집안의 자식이다""라고 했다.

同州沙苑監有佳羊, 俗謂之細肋臥沙. 曲禮, 羊曰柔毛. 老杜詩, 大官喜我來, 遣騎問所須. ○ 文選魏文帝書曰, 今遣騎到鄴. 世說, 王經母曰, 汝本寒家子.

忍令無罪充庖宰 留與兒童駕小車 : 『맹자』에서 "죄가 없는데 사지로 나
아가는 것 같았다면 소와 양을 어찌하여 선택하였습니까"라고 했다.
한유와 맹호연의 「투계연구」에서 "의로운 살이라 반찬 되기는 부끄럽
게 여겼지"라고 했다. 『진서 · 위개전』에서 "총각으로 양이 모는 수레
를 타고 저자로 들어가니 보는 이들이 옥인으로 여겼다"라고 했다.
『한서 · 차천추전』에서 "차천주가 승상이 되어 연로하자 임금이 조회
에 수레를 타고 궁궐로 들어오라고 명하였다"라고 했다. ○ 『법화
경』에서 "불난 집에서 장자의 아이들이 놀고 있는데, 장자가 아이들에
게 집에서 나오면 녹거와 양거와 우거를 주겠다고 유혹하였다. 아이들
이 밖으로 나오자 장자는 훨씬 좋은 대백우거를 주었다"라고 했다.

孟子曰, 若無罪而就死地, 則牛羊何擇焉. 韓孟鬭雞聯句曰, 義肉恥庖宰.
晉書衛玠傳, 總角乘羊車入市, 見者以爲玉人. 漢書車千秋傳, 朝見得乘小車.
○ 法華經, 火宅喩長子, 語其子有鹿車羊車大白牛車.[10]

---

10 [교감기] '법화경(法華經)'부터 '우거(牛車)'까지 전본에는 이 조목의 주를 싣지
     않았다.

5. 왕정국이 문에 쓴 두 절구에 장난삼아 답하다

戱答王定國題門兩絶句

첫 번째 수其一

非復三五少年日	다시 열다섯 소년 시절 오지 않으리니
把酒償春頰生紅	술 가지고 봄 구경하매 뺨이 붉어지네.
白鷗入羣頗相委	흰 갈매기는 무리에 들어가면
	서로 잘 알게 되는데
不謂驚起來賓鴻	손님처럼 찾아온 기러기에
	깜짝 놀랄 줄은 전혀 몰랐네.

【주석】

非復三五少年日　把酒償春頰生紅 : 『당척언』에 실린 설봉의 「어신진사」에서 "노파는 15살 소년 때부터 동쪽에서 바르고 서쪽에서 지우며 간신히 유지하며 왔네"라고 했다. 한유의 「조소년」에서 "다만 봄날 완상하는 술을 가지고, 모두 꽃을 꺾으러 가자하네"라고 했다. ○ 또한 「화산녀」에서 "흰 입에 붉은 뺨 길고 푸른 눈썹"이라고 했다.

撫言薛逢語新進士曰, 老婆三五少年時, 也曾東塗西抹來. 退之嘲少年日, 直把春償酒, 都將命乞花. ○ 又華山女云, 白咽紅頰長眉靑.

白鷗入羣頗相委　不謂驚起來賓鴻 : 『장자』에서 "짐승들 속에 들어가면

짐승들 무리가 놀라 어지러워지지 않았다"라고 했다. '위委'는 잘 안다는 의미이다. 『세설신어』에서 "사마휘는 어떤 사람이 사마휘의 돼지를 자기 것으로 아는 자가 있었는데, 그에게 그 돼지를 주었다"라고 했다. 한유의 「여류중승서」에서 "적과 마주할 때 그 정황을 상세하게 알지 못하면"이라고 했다. 『예기·월령』에서 "늦가을에는 기러기가 손님으로 찾아온다"라고 했다. 이 구는 아마도 산곡이 왕정국을 찾아갔다가 만나지 못하였는데, 첩 가운데 회피하는 자가 있었던 듯싶다. 내빈來賓은 아마도 그 첩의 이름인 듯하다.

莊子曰, 入獸不亂群. 委謂諳識也. 世說, 司馬徽, 人有委認徽豬者. 退之與柳中丞書亦曰, 與賊不相諳委. 禮記月令, 季秋鴻鴈來賓. 此句當是山谷往見定國, 不遇而姬妾有避之者. 來賓, 或是其名字.

두 번째 수其二

頗知歌舞無竅鑿	자못 가무를 아는 혼돈은 구멍이 없으니
我心塊然如帝江	나의 마음 우두커니 제강과 같네.
花裏雄蜂雌蛺蝶	꽃 속의 숫벌과 암나비는
同時本自不作雙	같이 있더라도 본래 짝은 되지 못하니.

頗知歌舞無竅鑿 我心塊然如帝江 : 『산해경』에서 "천산에 신이 사는데, 그의 형상은 누런 주머니 같고 빨간 불꽃 같이 붉으며, 여섯 개의 다리

와 네 개의 날개를 가지고 있고, 혼돈으로서 얼굴이 없다. 노래와 춤을 아는 이 신이 바로 제강이다. 혹은 홍강이라고도 한다"라고 했다. 『장자』에서 "하루에 한 구멍씩 파니 혼돈이 죽어버렸다"라고 했으며, 또한 "인위를 깎아 없애서 소박한 데로 돌아가 아무런 감정 없이 외로이 홀로 섰다"라고 했다.

山海經曰, 天山有神, 狀如黃囊, 赤如丹火, 六足四翼, 渾沌無面目, 是識歌舞, 實惟帝江, 或作鴻江也. 莊子曰, 日鑿一竅而渾沌死. 又曰, 彫琢復樸, 塊然獨以其形立.

花裏雄蜂雌蛺蝶 同時本自不作雙 : 의산 이상은의 「유지사」에서 "꽃송이와 벌집에는, 수벌과 암나비가 사네. 같은 시대에 살면서 같은 종류가 아니니, 어찌 또다시 서로 그리워할까"라고 했다. 두보의 「진정進艇」에서 "꽃받침 나란한 연꽃은 원래 한 쌍이네"라고 했는데, 이 의미를 반대로 사용하였다. 권5의 「자첨시구묘일세子瞻詩句妙一世」에서 "그들은 조무구, 장문잠과 짝이 되지 못하네[渠非晁張雙]"라고 했다.

李義山柳枝詞曰, 花房與蜜脾, 蜂雄蛺蝶雌. 同時不同類, 那復更相思. 老杜詩, 並蔕芙蓉本自雙. 此反其意. 不作雙, 見上注.

6. 서릉과 유신의 만체를 장난삼아 본 떠 '청인의 원망'을 짓다. 3수

清人怨戱效徐庾慢體. 三首[11]

첫 번째 수其一

秋水無言度	가을 강을 건너지 마시라
荷花稱意紅	연꽃이 만족스럽게 붉으니.
主人敬愛客	주인이 공경하고 사랑하는 객을
催喚出房籠	재촉하여 불러 방에서 나오게 하네.
一斛明珠曲	일곡의 명주곡으로
何時落塞鴻	언제나 변방 기러기 떨어뜨릴까.
莫藏春笋手[12]	봄날 죽순 같은 손을 감추지 마시라
且爲剝蓮蓬[13]	장차 연방[14]을 벗겨야 하니까.

【주석】

秋水無言度 荷花稱意紅 : 『문선·고시』에서 "강을 건너 부용을 타네"

---

11 [교감기] '청인(淸人)'은 전본과 건륭본에는 '정인(情人)'으로 되어 있다. 또한 문집과 고본에는 두 번째 수와 세 번째 수의 편차가 뒤바뀌어 있다.
12 [교감기] '막장(莫藏)'은 문집과 고본에 '시번(試煩)'으로 되어 있다.
13 [교감기] 문집과 고본에는 이 구가 '聊爲剝蓮蓬'으로 되어 있다. 원교에서 "달리 '발평봉(撥萍蓬)'으로 된 본도 있다"라고 했다. 또한 건륭본에는 '박(剝)'이 '삭(削)'으로 되어 있다.
14 연방 : 연밥이 들어있는 송이를 말한다.

라고 했다. 왕안석의 「제서태일궁벽題西太一宮壁」에서 "연꽃은 지는 해에 붉게 물들었네"라고 했다.[15] 살펴보건대 『한서·예관전』에서 "아뢴 일이 임금의 뜻에 맞다"라고 했다.

選詩曰, 涉江采芙蓉. 王介甫詩, 荷花稱意紅. 按漢書兒寬傳, 奏事稱意.

主人敬愛客 催喚出房籠 : 『문선』에 실린 조식의 「공연公讌」에서 "공은 객을 공경하고 좋아하여, 잔치가 끝나도록 피곤한 줄 모르네"라고 했다. 두보의 「병후과왕의음증가病後過王倚飮贈歌」에서 "사람 보내 시장에서 향기로운 쌀을 사다가, 안방의 부인 불러 몸소 상 차리라 하네"라고 했다. 양 원제의 「무산」에서 "신녀에게 인사할 일 없어, 한 번 방에서 나오지 않네"라고 했다.

選詩云, 公子敬愛客, 終宴不知疲. 老杜詩, 遣人向市賖香粳, 喚婦出房親自饌. 梁元帝巫山詩, 無因謝神女, 一爲出房籠.

一斛明珠曲 何時落塞鴻 : 현종玄宗이 매비梅妃에게 진주 1곡을 하사하자 매비가 시를 지어 사례하기를 "장문궁에서 종일 단장하지 않는데, 진주로 적막함을 위로하실 필요 있을까요?[長門盡日無梳洗 何必珍珠慰寂寥]"라고 했다. 이를 악곡으로 짓게 하고 「일곡주」라고 이름 붙였다고 한다.

---

15 연꽃은 (…중략…) 물들었네 : '荷花稱意紅'는 황정견의 이 시구이고, 이와 비슷한 왕안석의 시구는 「제서태일궁벽(題西太一宮壁)」에 보이는 '荷花落日紅酣'이 있다. 이 책의 오류로 보인다.

『예기』에서 "노래하는 사람이 많이 모였는데, 구슬을 꿴 듯 반듯하였다"라고 했다. 포조의 「경락편」에서 "서리 노래는 변방의 기러기를 떨어뜨리네"라고 했다.

一斛珠見上注. 禮記曰, 歌者纍纍乎, 端如貫珠. 鮑照京洛篇, 霜歌落塞鴻.

莫藏春笋手 且爲剝蓮蓬 : 두목의 「미음」에서 "주사위를 더듬더듬 손으로 싸서 주어드는데, 섬섬옥수를 볼 수가 없구나"라고 했다. 소식의 「악부」에서 "손가락 끝이 드러나는데, 봄날 죽순처럼 가늘고 기네"라고 했다.

杜牧之微吟曰, 骰子逡巡裹手拈, 無因得見玉纖纖. 東坡樂府曰, 指尖露, 春笋纖長.

두 번째 수其二

翡翠釵梁碧	비취 차고 양나라 구슬로 비녀 지르며
石榴帬褶紅[16]	석류처럼 붉은 치마 주름 접네.
隙光斜斗帳	틈으로 스며든 빛은 큰 휘장에 비치고
香字冷薰籠	향전은 훈롱에서 차갑네.
聞道西飛燕	들으니, 서쪽으로 나는 제비가
將隨北固鴻[17]	장차 북고산의 기러기를 따른다 하네.

16 [교감기] '습(褶)'은 문집과 전본에는 '접(摺)'으로 되어 있다.

| 鴛鴦會獨宿 | 원앙도 홀로 잘 줄 아는데 |
| 風雨打船蓬 | 비바람은 뱃전을 때리네. |

【주석】

翡翠釵梁碧 石榴裙褶紅 : 유신의 「탕자부」에서 "진주와 비취를 차고 양나라 속전으로 쪽을 지르고"라고 했다. 『악부·황문가』에서 "막 나온 달처럼 눈썹을 그리고, 석류처럼 붉은 치마를 만드네"라고 했다.

庚信蕩子賦, 佩珠翠的, 釵梁粟鈿. 樂府黃門歌曰, 點黛方初月, 縫裙學石榴.

隙光斜斗帳 香字冷薰籠 :『악부』에 실린 위수의 「영세악」에서 "비단 창에 석양이 들어오고, 상객은 술을 다시 따르네"라고 했다. 또한 오융의 「추규원」에서 "석양은 서쪽 벽에 은은한데, 저물녘 참새는 남쪽 가지에 오르네"라고 했다. 또한 「장낙가」에서 "붉은 비단에 겹으로 된 큰 휘장, 늘어진 사각의 밝은 귀걸이"라고 했다. '향香'자는 향전[18]을 이른다. 『설문해자』에서 "구籌는 대그릇이니, 옷에 향내를 입힐 수 있다"라고 했다. 왕건의 「궁사」에서 "붉은 얼굴에 늙지 않았는데 은혜가 먼저 끊어지니, 훈롱에 기대 앉아 아침까지 기다리네"라고 했다.

樂府魏收永世樂曰, 綺牕斜影入, 上客酒須添. 又吳融秋閨怨曰, 斜光隱西壁, 暮雀上南枝. 又長樂佳曰, 紅羅複斗帳, 四角垂明璫. 香字, 謂香篆. 薰籠

17　[교감기] '고(固)'는 장지본에는 '향(向)'으로 되어 있다.
18　향전 : 불을 붙여 그 탄 양으로 시간을 재는 전자체(篆字體) 모양의 향을 말한다.

見上注. 王建宮詞曰, 紅顔未老恩先斷, 斜倚薰籠坐到明.

聞道西飛燕 將隨北固鴻 : 『고악부』에서 "동으로 나는 까치와 서로 나
는 제비, 견우와 직녀는 때로 서로 만나네"라고 했다. 강총의 「동비백
로가東飛伯勞歌」에서 "남으로 나는 까마귀 까치 북으로 나는 기러기, 농
옥[19]과 난향[20]은 때로 임을 만나네"라고 했다. 살펴보건대 『환우기』에
서 북고산은 윤주 단도현의 북쪽에 있다."라고 했는데, 여기서 말한 북
고홍은 자세하지 않다. 아마도 글자가 잘못된 듯하다.

古樂府曰, 東飛伯勞西飛燕, 黃姑阿母時相見. 江總歌, 南飛烏鵲北飛鴻, 弄
玉蘭香時會同. 按寰宇記, 北固山在潤州丹徒縣北. 此云北固鴻, 未詳, 恐字誤.[21]

鴛鴦會獨宿 風雨打船篷 : 위구의 의미를 마무리하였다. 두보의 「배제
귀공자장팔구휴기납량陪諸貴公子丈八溝攜妓納涼」에서 "비가 내려 자리를 적
시고, 바람 거세져 뱃머리 때리네"라고 했다. 두목의 「강상우기최마江

---

19 농옥 : 춘추시대 진 목공(秦穆公)의 딸 농옥(弄玉)은 생황을 잘 불었는데 자신과
    합주(合奏)할 수 있는 사람을 기다리던 끝에 통소를 잘 부는 소사(蕭史)를 만나
    결혼하여 통소로 봉황의 소리를 낼 수 있게 되었고, 봉황이 그들의 집에 와서 앉
    았다.
20 난향 : 『수신기(搜神記)』에 "한(漢)나라 때 두란향이란 자가 장석(張碩)의 집에
    자주 왔는데, 나이가 16, 7세가량 되었고 황당한 이야기를 하였다"라고 했다.
21 [교감기] 전본과 건륭본에는 '자오(字誤)' 아래에 보주가 달렸으니 "지금 살펴보
    건대 「월령」에서 "기러기 북쪽으로 향하네"라고 했으니, '향(鄉)'은 '향(向)'과
    통한다. 아마도 마땅히 "북으로 향하는 기러기"라고 지어야 하니, '고(固)'는 '향
    (向)'의 오자인 듯하다[今按月令鴈北鄉鄉與向通恐當作北向鴻固蓋向字之誤]"라
    고 했다.

上雨寄崔碼」에서 "중춘 평평한 강에 비가 내리니, 많은 빗방울 촉의 비단을 때리네. 배안에서 잠은 나그네를 깨우니, 추위는 낚시하는 도롱이에 엄습하네"라고 했다. ○ 두보의 「가인佳人」에서 "합혼 나무도 저물녘 합칠 줄 알고, 원앙새도 홀로 자지 않네"라고 했다.

終上句之意. 老杜詩, 雨來霑席上, 風急打船頭. 杜牧之詩, 春半平江雨, 圓多破蜀羅. 聲眠蓬底客, 寒過釣來蓑. ○ 老杜詩, 合昏尚知時, 鴛鴦不獨宿.

세 번째 수其三

障羞羅袂薄	부끄러움 가리려 비단 소매 들고
承汗領巾紅	붉은 목도리 수건으로 땀을 닦네.
晚風斜蠆髮	저물녘 바람은 말아 올린 머리를 흔들고
逸艷照牕籠	빼어난 아름다움은 창살에 비추네.
胡琴抱明月	호금은 밝은 달빛 안고 있고
寶瑟陣歸鴻	보배로운 비파엔 돌아가는 기러기 진을 치네.
倚壁生蛛網	벽에 기대어 거미가 줄을 치니
年光如轉蓬	세월은 굴러가는 쑥대처럼 흘러가네.

【주석】

障羞羅袂薄 承汗領巾紅 : 『남사・유우전』에서 "사람을 마주 보기 부끄러운데 부채로 가린들 무슨 소용이랴"라고 했다. 『옥대신영・잡가』에

서 "소매 들어 부끄러움을 가리고, 빗질하며 어지러운 머리칼을 정리하네"라고 했다. 『문선·낙신부』에서 "비단 소매 들어 눈물을 가리네"라고 했다. 『방언』에서 "호표屙裱는 두건이다"라고 했는데, 주에서 "부인의 목도리 수건이다"이라고 했다. ○ 한유의 「유성남游城南」에서 "흰 베 긴 적삼에 자주색 영건을 두른"이라고 했다.

南史劉瑀傳曰, 羞面見人, 扇障何益. 玉臺新詠雜詩曰, 擧袖且障羞, 回梳理亂髮. 文選洛神賦曰, 抗羅袂以掩涕. 方言曰, 屙裱謂之被巾. 注云, 婦人領巾. ○ 退之詩, 白布長衫紫領巾.

晚風斜蠆髮 逸艶照牕籠 : 『시경·도인사』에서 "말아 올린 머리털이 벌 꼬리와 같도다"라고 했는데, 주에서 "만蠆은 독을 쏘는 벌레이다. 꼬리 끝을 들어 올리면 부인의 머리칼 끝을 굽게 말아 올린 것과 같다"라고 했다. 『문선』에 실린 포조의 「완월玩月」에서 "짙은 눈썹이 진주 창살에 가리어, 옥고리달가 닫힌 창 너머에 있네"라고 했다.

都人士詩曰, 卷髮如蠆. 注, 蠆, 螫蟲也. 尾末捷然, 似婦人髮末曲上卷然. 文選鮑照詩, 蛾眉蔽珠櫳, 玉鉤隔瑣牕.

胡琴抱明月 寶瑟陣歸鴻 : 유우석의 「태랑가」에서 "쪽진 머리로 천천히 보는데 눈에 밝은 달이 가득하고, 섬섬옥수로 줄을 튕기니 호풍이 일어나네"라고 했는데, 이는 비파를 잘 연주함을 말한 것으로 이것을 차용하였다. 『문선』에 실린 심약의 「삼월삼일三月三日」에서 "화려한 자

리에서 보배 같은 비파를 뜯네"라고 했다. 유우석의 「상진매행」에서 쟁을 잘 연주하는 것에 대해 말하면서 "옥으로 만든 보배 기둥에 가을 기러기 나네"라고 했다. 살펴보건대 비파에도 기러기발이 있으니 양웅이 말한 "기러기발을 아교로 칠하고 비파를 연주한다"는 말에 보이는 기러기발이 바로 그것이다.

劉禹錫泰娘歌曰, 低鬟緩視抱明月, 纖指破撥生胡風. 言其善琵琶也. 此借用. 文選沈休文詩曰, 象箋鳴寶瑟. 劉禹錫傷秦妹行, 言善其箏曰, 玫瑰寶柱秋鴈行. 按瑟亦有柱, 揚子所謂膠柱調瑟, 是也.

倚壁生蛛網 年光如轉蓬 : 거문고와 비파를 오랫동안 연주하지 않음을 말한다. 『문선』에 실린 강엄의 「의장사공시」에서 "난초 길에 지나간 자취 드물고, 옥 경대엔 거미줄 쳐 있네"라고 했다. 『회남자』에서 "성인이 굴러가는 쑥대를 보고 수레를 만들었다"라고 했는데, 이것을 차용하여 수레바퀴가 도는 것처럼 세월이 흘러가는 것을 말하여 미인의 점점 나이가 들어감을 슬퍼하였다.

言琴瑟久不御也. 文選江淹擬張司空詩曰, 蘭徑少行迹, 玉臺生網絲. 淮南子曰, 聖人觀轉蓬而爲車. 此借用, 以言年運而往, 如車轂之轉, 傷美人之遲暮也.

7. 장인 손신노에게 바치다. 2수

呈外舅孫莘老, 二首

첫 번째 수其一

九陌黃塵烏帽底	아홉 수레 길 누런 먼지에 오사모 낮게 썼는데
五湖春水白鷗前	오호의 봄물엔 흰 갈매기 앞에 나네.
扁舟不爲鱸魚去	조각배는 농어 때문에 띄운 것이 아니니
收取聲名四十年	사십 년 명성을 갈무리하려 함이네.

【주석】

九陌黃塵烏帽底 五湖春水白鷗前 : 『삼보구사』에서 "장안 성 안에 여덟 개의 거리에 아홉 대의 수레가 지나가는 길"이라고 했다. 한유의 「한유閒游」에서 "양웅은 다만 자신만을 지켰으니, 어찌 아홉 수레 길에 먼지 나게 달렸으랴"라고 했다. 또한 「감춘感春」에서 "비록 아홉 수레 길이 있지만 먼지가 나지 않네"라고 했다. 『악부‧독곡가』에서 "오사모를 쓴 사내 누구인줄 모르겠네"라고 했다. 『월어』에서 "범려가 마침내 경쾌한 배를 타고 오호에 배를 띄워 떠나갔다"라고 했다. 두보의 「공안송위소부公安送韋少府」에서 "시절이 위태로워 누런 먼지 속에 전쟁이 일어나고, 백발 앞의 강호엔 해가 짧네"라고 했는데, 자못 이 시의 시어와 운율을 차용하였다.

三輔舊事曰, 長安城中, 八街九陌. 退之詩, 子雲祗自守, 奚事九衢塵. 又詩,雖有九陌無塵埃. 樂府讀曲歌曰, 不知烏帽郎是誰. 越語曰, 范蠡遂乘輕舟, 以浮於五湖. 老杜詩, 時危兵甲黃塵裏, 日短江湖白髮前. 此頗用其語律.

扁舟不爲鱸魚去　收取聲名四十年 : 『진서·장한전』에서 "장한이 제나라 왕 경의 아전이 되었는데, 그러던 중 가을바람이 스산하게 이는 것을 보고 이에 고향 오의 고채와 순나물 국, 농어회 등이 그리워졌다. "사람이 살면서 귀한 것은 자신의 뜻에 맞는 일이다. 어찌 수천 리 타향에서 벼슬살이 하면서 명성이나 관작을 요구하랴"라고 하고 마침내 수레를 몰아 돌아갔다. 이윽고 제왕 경이 패하자 사람들은 그가 기미를 보았다고 하였다"라고 했다. 두보의 「증진이보궐贈陳二補闕」에서 "그대 홀로 이름 날리는구나"라고 했다. 또한 「증정건」에서 "이름 드날린 지 40년이지만"이라고 했다.

晉書張翰傳, 齊王冏辟爲掾, 因見秋風起, 乃思吳中菰菜蓴羹鱸魚鱠, 曰人生貴得適意, 何能羈官數千里, 以要名爵乎, 遂命駕而歸. 俄而冏敗, 人謂見機. 老杜詩, 夫子獨聲名. 又贈鄭虔詩, 才名四十年.

두 번째 수其二

甓社湖中有明月	벽사호 안에 명월주가 있는데
淮南草木借光輝	회남의 초목이 그 빛으로 빛난다네.
故應剖蚌登王府[22]	그러므로 응당 조개를 갈라 왕부에

올려야 하지만

不若行沙弄夕霏[23]　　모래밭 가며 저녁 아지랑이 희롱함만 못하네.

【주석】

黿社湖中有明月 淮南草木借光輝 : 심존중의『몽계필담』에서 "가우 연간에 양주에 구슬 하나가 나왔는데 매우 커서 날이 어두워도 잘 보였다. 처음에는 천장현의 연못 안에서 나왔는데 후에 옮겨 다니다가 벽사호로 들어갔다. 다시 후에 신개호 안에 있었다. 90년 간 거주민과 행인들이 자주 보았다. 구슬은 크기가 주먹만 한데 빛이 나서 똑바로 바라볼 수 없었다. 십여 리 사이의 숲도 해가 처음 떠오를 때처럼 모두 그림자가 생겼다"라고 했는데, 이것을 인용하여 손신노를 비교하였다. 살펴보건대 신노는 고우의 군인인데 고우는 본래 양주에 속하였다. 『한서·추양전』에서 "명월주와 야광벽"이라고 했다.

沈存中筆談曰, 嘉祐中, 揚州有一珠, 甚大, 天晦多見. 初出于天長縣陂澤中, 後轉入黿社湖, 後又在新開湖中. 九十餘年, 居民行人, 常常見之. 珠大如拳, 爛然不可正視. 十餘里間, 林木皆有影, 如日初照. 此詩引用, 以比莘老. 按莘老, 高郵軍人, 高郵本屬揚州云. 漢書鄒陽傳曰, 明月之珠, 夜光之璧.

故應剖蚌登王府 不若行沙弄夕霏 :『장자』의 거북이 차라리 꼬리를 끈

22　[교감기] '왕부(王府)'는 문집과 고본, 그리고 장지본에는 '왕실(王室)'로 되어 있다.
23　[교감기] '행사(行沙)'는 문집에는 '함사(含沙)'로 되어 있다.

다는 말로 남에게 구속 받는 영화보다는 마음 편한 가난함을 바란다는 의미를 사용하였다. 『촉지·진복주기』에서 "조개를 갈라 구슬을 구한다"라고 했다. 『주례·향대부』에서 "진사의 명단을 임금에게 바치면 임금은 그것을 천부에 올린다"라고 했다. 또한 『주례·왕부』에서 "왕의 패옥과 주옥을 맡아 올린다"라고 했다. 『서경』에서 "어디서나 통하는 석과 누구에게나 공평한 균이 곧 왕부에 있다"라고 했다. 구양수의 「앵무나」에서 "붉은 고동이 모래밭을 가면 밤에 빛이 난다"라고 했다. 또한 같은 시에서 "천금의 붉은 고동을 누가 그 값 따져볼까, 뻘밭의 조개를 따르는 것과 어찌 같으랴"라고 했다. 『문선』에 실린 사령운의 「석벽정사石壁精舍」에서 "구름과 노을은 저녁 아지랑이 거두네"라고 했는데, 이선의 주에서 "비霏는 햇살의 기운이다"라고 했다.

用莊子龜寧曳尾之意. 蜀志秦宓奏記曰, 剖蚌求珠. 周禮鄕大夫曰, 登于天府. 又玉府,[24] 掌共王之佩玉珠玉. 書曰, 王府則有. 歐公鸚鵡螺詩曰, 紅螺行沙夜生光. 又曰, 一螺千金價誰量, 豈若泥下追含漿. 文選謝靈運詩, 雲霞收夕霏. 李善注, 霏, 日氣也.

---

24 [교감기] '왕부(王府)'는 원래 '천부(天府)'로 되어 있었는데, 지금 전본과 『주례』권6에 의거하여 바로잡는다.

8. 천단의 영수장을 신노에게 보내다

以天壇靈壽杖送莘老

王屋千霜老紫藤	왕옥산의 천년 묵은 붉은 등나무는
扶公休沐對親朋	휴가에 공을 부축하여 벗을 대하게 하네.
異時駟馬安車去	훗날 네 마리 말이 끄는 안거를 타고 가
拄到天壇願力能	천단에 짚고 오르리니 서원력 때문이리라.

【주석】

王屋千霜老紫藤 扶公休沐對親朋 異時駟馬安車去 拄到天壇願力能 : 왕옥
산은 강주 원곡현에 있다. '천상千霜'은 천년을 지낸 성상이란 의미이
다. 두보의 「풍질주중風疾舟中」에서 "초 지역 민가 다듬이 소리 삼년을
지냈네"라고 했다. 『예기』에서 "대부는 일흔 살이 되면 벼슬을 임금에
게 돌려준다. 만약 사직하지 못하면 사방을 갈 때 안거를 타고 스스로
노부라고 칭한다"라고 했다. 두보의 「망악望嶽」에서 "어찌하면 신선의
구절장을 얻어, 짚고 올라 옥녀의 세두분에 다다를까"라고 했다. 이백
의 「기왕옥산인맹대융」에서 "원컨대 선생을 따라 천당에 올라, 한가롭
게 선인들과 낙화를 쓸고 싶네"라고 했다. 『원각경』에서 "즉 이것은 시
작도 없는 오래전부터의 청정한 원력에 의한 것이다"라고 했다. 이통
의 『현화엄론』에서 "지전보살[25]은 평범한 사람이다. 그러므로 지전에

---

25 지전보살 : 발심은 했지만 십지 가운데에 첫 단계인 초지에도 들지 못한 보살이다.

성불한 사람은 서원력[26]을 미뤄 나가는데 본법은 아니다"라고 했다. 시에서는 늙을수록 더욱 건강하여 능히 방외에서 유람할 수 있으니, 그것은 원하는 힘이 그렇게 만든 것을 말한다.

王屋山, 在絳州垣曲縣. 千霜, 謂經千歲之星霜. 老杜詩, 三霜楚戶砧. 禮記, 大夫七十而致事, 適四方, 乘安車, 自稱曰老夫. 老杜詩云, 安得仙人九節杖, 挂到玉女洗頭盆. 太白寄王屋山人孟大融詩曰, 願隨夫子天壇上, 閒與仙人掃落花. 圓覺經曰, 皆依無始淸淨願力. 李通玄華嚴論曰, 地前菩薩是凡夫, 故有地前成佛者, 推爲誓願力, 能非本法. 故詩言老而益健, 能爲方外之游. 蓋由願力所致.

---

26 서원력 : 큰 소원을 세우고 마음을 다하여 기원함으로써 신령과 부처를 감응시키는 힘을 말한다.

9. 유청노 도인의 「한야」에 장난삼아 답하다. 3수

戱答兪淸老道人寒夜. 三首

『왕립지시화』에서 "산곡이 이르기를 "금화의 유청노는 자가 자중이
다. 20년 전 나와 함께 회남에서 공부하였다. 원풍 갑자년에 광릉에서
만났는데, 그가 말하기를 "왕안석 공이 나의 도포를 벗게 하고 승려의
가사를 입게 하고서 반산사에서 향화를 받들게 하였다. 나의 승명은
자림이며 자는 청노로, 처자의 얽매임이 없으니, 반산도인이 되는 것
도 어려운 일은 아닌 것 같다"라고 하였다. 그러나 산 거북이 통에서
빠져나오는 것처럼 승려 생활을 감당하기는 어려운 듯했다. 2~3년 뒤
에 보니 유관이 잘 어울렸다. 인하여 청노에게 장난스레 화답하며 시
에서 이렇게저렇게 말하였다""라고 했다. 살펴보건대 산곡의 이 시의
발문에서 "자첨이 자주 이 시를 읊조리면서 뛰어난 작품이라고 하였
다"라고 했다.

　王立之詩話, 山谷云, 金華兪淸老, 字子中. 二十年前, 與子共學於淮南. 元
豊甲子相見於廣陵, 自云荊公欲使之脫縫掖, 著僧伽黎, 奉香火於半山寺. 予
之僧名紫琳, 字淸老, 無妻子之累云. 去作半山道人, 似不爲難事. 然生龜脫
筒, 亦難堪忍. 後數年見之, 儒冠自若也. 因嘗戱和淸老詩云 云. 按山谷跋此
詩云, 子瞻屢哦此詩, 以爲妙也.

첫 번째 수其一

索索葉自雨	삭삭 잎이 비처럼 지고
月寒遙夜闌	달은 차가워 멀리서 밤이 깊어가네.
馬嘶車鐸鳴	말이 히잉거리니 수레의 종이 울며
羣動不遑安	모든 움직임이 편안할 겨를이 없네.
有人夢超俗	속세 벗어나기 꿈꾸는 사람이
去髮脫儒冠	머리칼을 자르고 유관을 벗었네.
平明視淸鏡	새벽에 맑은 거울을 보는데
政爾良獨難	참으로 진실로 견디기 어렵네.

【주석】

索索葉自雨 月寒遙夜闌 : 백거이의 「유우諭友」에서 "마른 잎은 누렇게 되기 전에, 삭삭하며 날아 떨어지네"라고 했다. 또한 「추석秋夕」에서 "낙엽 지는 소리 마치 빗소리 같고, 달빛은 서리처럼 희네"라고 했다. 『초사』에서 "가을 날 나무 끝 먼 밤경치 바라보며"라고 했다. 두보의 「강촌羌村」에서 "밤 깊어 촛불 켜고"라고 했다. ○ '우雨'는 마땅히 『춘추』의 "황충이 비처럼 쏟아졌다[雨螽]"는 말에서의 '우雨'처럼 읽어야 하니, 동사인 거성으로 읽어야 한다. 이는 "낙엽 지는 소리 마치 빗소리 같고[葉聲落如雨]"에서의 '우雨'가 아니다. 그러므로 선배들이 "깊은 서원에 사람 없는데 살구꽃 비처럼 쏟아지네"를 논하여 사우수가 아니라고 했다.

樂天詩, 乾葉不待黃, 索索飛下來. 又云, 葉聲落如雨, 月色白似霜. 楚辭曰, 覿杪秋之遙夜. 老杜詩, 夜闌更秉燭. ○ 雨, 當如春秋雨盇之雨, 從去聲, 非葉聲落如雨. 故前輩論深院無人杏花雨, 非四雨數.

馬嘶車鐸鳴 羣動不遑安 : 『진서·순욱전』에서 "처음에 순욱이 길에서 조나라 상인의 소 방울소리를 듣고 기억하였다"라고 했다. 도잠의 「음주飲酒」에서 "해 저물자 모든 움직임이 고요해지고"라고 했다. 『문선』에 실린 속석의 「남해」에서 "마음이 안정될 겨를이 없다"라고 했다.

晉書荀勖傳, 逢趙賈人牛鐸, 識其聲. 淵明詩曰, 日入羣動息. 文選束晳南陔詩曰, 心不遑安.

有人夢超俗 去髮脫儒冠 平明視淸鏡 政爾良獨難 : 자신의 형체를 잊지 못함을 말하였다. 『문선』에 실린 계륜 석숭石崇의 「사귀인서」에서 "내가 젊어서 큰 뜻을 지녀 유속을 뛰어넘었다"라고 했다. 한유의 「송후부하중送侯赴河中」에서 "그래도 유관을 벗고 출전해 목숨을 던져 먼저 돌진하리라 다짐하네"라고 했다. 또한 「송혜시送惠師」에서 "관을 벗고 머리칼을 잘랐네"라고 했다. 「항우전」에서 "날이 밝은 뒤에야 한나라 군사들은 깨달았다"라고 했다. 백거이의 「탄노歎老」에서 "아침에 일어나 맑은 거울을 보니, 형체와 그림자가 모두 처량하다"라고 했다. 『조자건집·원앙가』에서 "신하 노릇하기가 참으로 어렵네"라고 했다.

言其未能忘形也. 超俗, 見上注. 退之詩, 猶思脫儒冠. 又詩, 脫冠剪頭髮.

項羽傳, 平明漢軍乃覺之. 樂天詩, 晨興照淸鏡, 形影兩寂寞. 曹子建集怨歌行曰, 爲臣良獨難.

두 번째 수其二

聞道一稊米	들으니 좁쌀 같은 존재로
出身縛簪纓	세상에 나가 관원이 되었다네.
懷我伐木友	벌목하던 나의 벗을 그리는데
寒衾夢丁丁	차가운 이불에 쩡쩡 소리 꿈꾸네.
富貴但如此	부귀는 다만 이와 같으니
百年半曲肱	백 년에 반은 자유롭게 지냈네.
早晚相隨去	조만간 서로 만나서
松根有茯苓[27]	송근의 복령 캐러 다니세.

【주석】

聞道一稊米 出身縛簪纓 : 『장자』에서 "하백이 "백 가지 도리를 듣고 자기만한 사람이 없다고 여기는 자가 있었는데 바로 저를 두고 한 말인 듯합니다"라고 했다. 또한 "북해의 신 약이 "천지 안에 있는 사해를 헤아려보면 큰 창고에 있는 좁쌀과 같지 않겠습니까"라고 했는데,

---

27 [교감기] '복(茯)'은 원래 '복(伏)'으로 되어 있었는데, 전본에 의거하여 바로잡았다.

『한서음의』에서 "제미穄米는 좁쌀이다. 달리 제초라고도 한다"라고 했다. 『북산이문』에서 "지금 보니 난초를 풀고 먼지 낀 갓을 썼네"라고 했다. ○ 『문선』에 실린 포조의 「대동무음代東武吟」에서 "세상에 나와 한나라 은혜를 입었네"라고 했다.

莊子, 河伯曰, 聞道百以爲莫己若者, 我之謂也. 又北海若曰, 計四海之在天地, 不似稊米之在太倉乎.[28] 音義曰, 小米也. 一曰稊草也. 北山移文曰, 今見解蘭縛塵纓. ○ 文選詩云, 出身蒙漢恩.

懷我伐木友 寒衾夢丁丁 : "벌목하는 소리 쩡쩡 울리니"라는 말은 『시경·대아』에 보인다.

代木丁丁, 見詩大雅.

富貴但如此 百年半曲肱 : 한유의 「희후희지喜侯喜至」에서 "인생은 다만 이와 같으니, 붉은 인끈을 어찌 족히 아까워하랴"라고 했다. 『이문집異聞集』에서 "도사인 여옹呂翁이 한단邯鄲 길가의 여관에서 묵었다. 소년인 노생盧生이 빈곤을 한탄했는데, 말을 마치자 졸음이 몰려왔다. 당시 주인은 황량 밥을 짓고 있었는데, 여옹이 품속을 뒤적이다가 베개를 꺼내어 노생에게 주었다. 베개의 양 끝에는 구멍이 있었다. 노생은 꿈속에서 구멍을 통해 어떤 집에 들어가서 50년을 부귀를 누리다가 늙고

병들어 죽었다. 기지개를 켜고 잠에서 깨어나 둘러보니 여옹이 곁에 있었으며 주인이 짓던 황량 밥은 아직 익지 않았다"라고 했다. 『논어』에서 "공자가 말하기를 "나물밥을 먹고 물을 마시며 팔베개를 하고 눕더라도 즐거움은 그 안에 있다""라고 했다.

· 退之詩, 人生但如此, 朱紫安足惜. 下句用邯鄲夢事, 見上注. 曲肱見魯論.

早晚相隨去 松根有茯苓 : 당나라 조하의 「좌상헌지상공座上獻之相公」에서 "조금이나마 은혜 갚을 일 조만간 끝나면, 물가로 돌아가 한가한 사람 되리라"라고 했다. 두보의 「엄씨계방가행嚴氏溪放歌行」에서 "그대의 소나무 뿌리에 큰 복령이 있으니, 만년에 같이 달여 먹을 생각이 있으신지"라고 했다.

唐趙嘏詩, 早晚粗酬身事了, 水邊歸去一閒人. 老杜詩, 知子松根長茯苓, 遲暮有意來同煮.

세 번째 수其三

牧羊金華山	금화산에서 양을 기르다가
早通玉帝籍	일찍 옥황상제의 명부에 이름을 올렸네.
至今風低草	지금 바람 불어 풀이 낮으니
角戢角戢見白石	뿔 우뚝한 양을 보리라.
金華風煙下	금화의 풍경 아래에

亦有君履迹	또한 그대의 자취도 있는데,
何爲紅塵裏	어찌하여 홍진 속에서
頷鬚欲雪白	구레나룻이 눈처럼 새어 가는고.

【주석】

牧羊金華山 早通玉帝籍 : 『신선전』에서 "황초평이 15살 때 집에서 양을 키우게 하였다. 도사를 따라 금화산 석실에서 도를 닦았다. 40여 년이 지난 뒤에 형이 찾아와서 양이 어디 있냐고 물었다. 이에 초평이 흰돌을 꾸짖으니 모두 일어나 수만 마리의 양이 되었다"라고 했다. '황皇'자는 다른 책에서는 간혹 '황黃'으로 되어 있기도 하다. 산곡은 대대로 금화에 거주하였기에 이렇게 말하였다. 『한서 · 원제기』에서 "군왕에 소속된 급사와 궁사마중에게 그들의 조부모, 부모, 형제를 위하여 통적[29]하라고 명하였다"라고 했다. 백거이의 「심왕도사尋王道士」에서 "장수하려면 장부에 이름을 올려야 할까 두려우니, 선대에서 시험 삼아 이름을 살펴보시게"라고 했다. 『한서』에서 "궁궐에 이름을 올리고"라고 했다.

神仙傳曰, 皇初平年十五, 家使牧羊. 有道士將至金華, 四十餘年, 其兄初起見之, 問羊何在. 初平叱白石, 皆起成羊數萬頭. 皇字, 他書或作黃, 山谷先世居金華, 故云. 漢元帝紀, 令從官給事宮司馬中者, 得爲大父母父母兄弟通籍. 樂天詩, 但恐長生須有籍, 仙臺試爲檢名看. 漢書, 通籍金閨.

---

29 통적 : 문표에 이름을 올리면 궁문의 출입을 허락하는 일을 이르던 말이다.

至今風低草 角戢角戢見白石 : 『악부·칙륵가』에서 "하늘은 끝없이 푸르고, 들판은 끝없이 넓은데, 바람 불어 풀이 누우면 소와 양이 보이네"라고 했다. 『시경·무양』에서 "너의 양이 오니 그 뿔이 온순하네"라고 했는데, '角戢'의 음은 '阻'와 '立'의 반절법이다. 뿔이 우뚝 선 모양으로 또한 '羰'으로 쓰기도 한다.

樂府敕勒歌曰, 天蒼蒼, 野茫茫, 風吹草低見牛羊. 無羊詩曰, 爾羊來思, 其角角戢角戢. 音阻立反, 角堅貌, 亦作羰.

金華風煙下 亦有君履迹 何爲紅塵裏 頷鬚欲雪白 : 금화는 무주에 속한다. 청노 또한 금화 사람이다. 반첩여의 「자도부自悼賦」에서 "임금이 남긴 발자취를 생각하네"라고 했는데, 주에서 "'기墓'는 신의 자취이다"라고 했다. 「서도부」에서 "홍진이 사방에 가득하네"라고 했다. 백거이의 「동남행東南行」에서 "뺨에 가득 구레나룻이 하얗네"라고 했다.

金華屬婺州, 清老亦金華人. 班婕妤賦曰, 思君兮履墓. 注云, 墓, 履迹也. 西都賦曰, 紅塵四合. 樂天詩, 滿頷白髭鬚.

10. 비서성에서 겨울 밤 숙직하며 이덕소를 그리며

祕書省冬夜宿直寄懷李德素

　　산곡은 「제설순노가이서대서」란 글을 지었는데, "덕소는 서성의 이자이다. 세속에 부침하였지만 행실은 옛사람 같았다. 지난 날 용면산에 숨어 지내며 푸른 소를 타면서 완공산의 삼조 승찬僧燦을 왕래하였다. 스스로 고송을 태워 먹을 만들었다"라고 했다. 그러므로 이 시의 말구에 "소미성에 점을 친다"는 시어가 있다.

　　山谷有題薛醇老家李西臺書云, 德素, 舒城李粢也. 浮沉於俗, 操行如古人. 徃時隱龍眠山, 駕靑牛, 徃來皖公三祖, 自燒古松作墨云云. 故此詩末句有占少微之語.

曲肱驚夢寒	팔베개로 자다가 꿈에서 깨니 서늘한데
皎皎入牖下	밝은 달이 들창 아래로 들어오네.
出門問何祥	문을 나서며 밖이 어떤지 살피는데
岑寂省中夜	고요한 궁궐 안의 밤이로다.
姮娥攜靑女30	항아가 청녀를 대동하고
一笑粲萬瓦	한 번 웃으니 가가호호 다 환하네.
懷我金玉人31	나의 금옥 같은 사람을 그리나니

30　[교감기] '항아(姮娥)'는 장지본에 '항아(嫦娥)'로 되어 있다.
31　[교감기] '회(懷)'는 전본에는 '지(指)'로 되어 있다.

幽獨秉大雅	외진 곳에 홀로 살며 고아함을 지녔네.
古來絶朱絃	옛날부터 거문고 줄을 끊어버림은
蓋爲知音者	대개 음을 알아주는 자를 위해서지.
同牀有不察	같은 침상에서 자도 살피지 못하였는데
而況子在野	더구나 그대가 초야에 있음에랴.
獨立占少微	홀로 서서 소미성을 점쳐보는데
長懷何由寫	깊은 그리움을 어떻게 쏟아낼까.

【주석】

曲肱驚夢寒 皎皎入牖下 : 『문선·고시』에서 "명월을 어찌 그리도 환한가"라고 했다. 또한 육기의 「의명월하교교擬明月何皎皎」에서 "북쪽 마루 위에 편안히 누우니, 밝은 달이 들창으로 들어왔네"라고 했다.

文選古詩, 明月何皎皎. 又詩, 安寢北堂下, 明月入我牖.

出門問何祥 岑寂省中夜 : 『좌전·희공 16년』에서 "송나라에 다섯 개의 돌이 떨어졌으며, 익조 여섯 마리가 바람에 떠밀려 뒤로 날아서 송나라 도읍을 지나갔다. 송양공이 "이것은 무슨 조짐인가. 길흉 가운데 어디인가""라고 했다. 『문선』에 실린 포조의 「무학부舞鶴賦」에서 "고요한 도성을 떠나"라고 했다. 『한서·소제기』에서 "소제가 장공주를 위하여 성안에서 공양을 받게 하였다"라고 했는데, 주에서 채옹의 말을 인용하였으니 "본래 금중이었는데, 효원황후 부친의 이름이 금이었기

때문에 성중으로 고쳤다"라고 했다.

左氏僖十六年傳, 隕石于宋五. 六鷁退飛, 過宋都. 宋襄公曰, 是何祥也, 吉凶焉在. 文選舞鶴賦, 去帝鄉之岑寂. 漢書昭帝紀, 共養省中. 注引蔡邕云, 本爲禁中, 孝元皇后父名禁, 改曰省中.

姮娥攜靑女 一笑粲萬瓦 : 이상은의 「상월霜月」에서 "청녀[32]와 소아[33]가 추위를 견뎌, 서리 내리는 달 속에서 아름다움 다투네"라고 했다. 왕충의 『논형』에서 "예가 서왕모에게 불사약을 청하자, 예의 아내인 항아가 훔쳐서 달로 달아나 달에 몸을 의탁하였으니, 이것이 섬서이다"라고 했다. 『회남자』에서 "가을이 되면 석 달 동안 청녀가 나와서 눈서리를 뿌린다"라고 했는데, 주에서 "청녀는 천신인 청영옥녀로 서리와 눈을 담당한다"라고 했다. 『곡량전』에서 "군인들이 이를 드러내며 환하게 모두 웃었다"라고 했는데, 주에서 "찬연粲然은 크게 웃는 모양이다"라고 했다. 송경문의 『필기』에서 "찬粲은 밝음이다. 많은 대중이 모두 이를 드러냈는데, 이는 이미 희니 밝은 뜻을 포함하고 있다"라고 했다.

李商隱詩, 靑女素娥俱耐冷, 月中霜裏鬪嬋娟. 王充論衡曰, 羿請不死之藥於西王母, 羿妻姮娥竊以奔月, 託身於月, 是爲蟾蜍. 淮南子曰, 至秋三月, 靑女乃出, 降以雪霜. 注曰, 靑女, 天神靑娭玉女, 主霜雪也. 穀梁傳曰, 軍人粲然皆笑. 注云, 粲然, 盛笑貌. 宋景文筆記云, 粲, 明也. 知萬衆皆啟齒, 齒旣

---

32 청녀 : 서리의 여신, 서리의 별칭. 아래에 설명이 자세하다.
33 소아 : 달의 이칭.

白, 以粲義包之.

懷我金玉人 幽獨秉大雅 : 『진서·왕융전』에서 "왕융이 산도를 품평하기를 "마치 가공하지 않은 옥과 정련하지 않은 금과 같아서, 사람들은 그 보배로움을 흠모하지만 그 그릇의 이름을 알지 못한다""라고 했다. 『초사』에서 "홀로 외진 산중에 사노라"라고 했다. 『한서·하간헌왕찬』에서 "대저 「대아」는 우뚝하여 무리와 다르다고 한 말에 하간헌왕이 가깝다"라고 했다.

晉書王戎傳, 戎目山濤, 如璞玉渾金, 人皆欽其寶, 莫知名其器. 楚辭曰, 幽獨處乎山中. 大雅見上注.

古來絕朱絃 蓋爲知音者 : 『여씨춘추』에서 "종자기가 죽자 백아는 거문고 줄을 끊어버렸으니, 세상에 자신의 음을 알아주는 이가 없기 때문이다"라고 했다.

見上主.

同牀有不察 而況子在野 : 『문선』에 실린 장화의 「여사잠」에서 "만일 이 의리를 어기면 같은 이불을 덮는 부부라도 의심할 것이다"라고 했는데, 이 구는 대략 그 의미를 취하여 세상에 지음이 없기는 한데 만약 가까운 곳에 있더라도 오히려 제대로 알지 못하거든 하물며 먼 곳은 말할 나위가 없음을 말하였다. 산곡은 「나한찬」을 지어서 "내가 염부

제중생을 보건대 같은 침상에 있더라도 시기하여 마치 얼음과 숯 같다"라고 했다. 『사기·전숙전』에서 "전인과 임안 두 사람이 같은 침상에 누웠다"라고 했다. 『서경』에서 "군자들이 초야에 있다"라고 했다.

文選張華女史箴曰, 苟違斯義, 則同衾以疑. 此句畧采其意, 言世無知音, 雖在傍近, 猶不識察, 況遠外乎. 山谷作羅漢贊又曰, 我觀閻浮提衆生, 同牀猜忌若氷炭. 史記田叔傳曰, 田仁與任安二人, 同牀臥. 書曰, 君子在野.

獨立占少微 長懷何由寫 : 『논어』에서 "후일에 다시 혼자 서 있거늘"이라고 했다. 『수서·천문지』에서 "소미의 네 성은 태미성의 서쪽에 있는데 사대부의 자리이다. 달리 처사성이라고도 하는데, 밝게 커져서 노랗게 되면 어진 인재가 등용된다"라고 했다. 『초사』에서 "마음은 한없이 탄식하며 오래 그리워하네"라고 했다. 『문선』에 실린 무선 장화張華의 「답하소答何劭」에서 "속에서 나오는 진심을 토로하네"라고 했다.

魯論曰, 他日又獨立. 隋書天文志, 少微四星, 在太微西, 士大夫之位也, 一名處士, 明大而黃, 則賢士擧. 楚辭曰, 情慨慨而長懷. 文選張茂先詩, 寫心出中誠.

11. 추워진 뒤에야 송백을 안다

歲寒知松柏

『논어』에서 "세상이 추워진 뒤에 송백이 뒤에 시듦을 안다"라고 했다.
魯論曰, 歲寒然後知松柏之後彫也.

群陰彫品物	여러 음이 만물을 시들게 할 때
松柏尙桓桓	송백은 굳셈을 드높였네.
老去惟心在	늙어가지만 마음은 그대로인데
相依到歲寒[34]	서로 의지하며 추운 시절이 되었네.
霜嚴御史府	서리처럼 엄한 어사부에
雨立大夫官	빗속에 서 있는 대부의 관원이네.
犧象溝中斷	희준, 상준 만들고 나머지는
	시궁창에 버려지며
徽絃爨下殘	때다 남은 오동나무에 기러기발과 줄을 다네.
光陰一鳥過	세월은 새처럼 지나가버리니
翦伐萬牛難	자르고 베면 만 마리 소도 끌기 어렵네.
春日輝桃李	봄날 복사와 오얏은 빛나는데
蒼顔亦豫觀	검푸른 얼굴로 참여하여 보네.

---

34 [교감기] 문집에서 '노거(老去)'는 '노지(老至)'로 되어 있고, '상의(相依)'는 '상
장(相將)'으로 되어 있다.

【주석】

群陰彫品物 松柏尙桓桓 :『주역』에서 "만물이 각각 형태를 갖추기 시작한다"라고 했다.『서경』에서 "힘쓸지어다, 장사들이여. 용맹함을 드높여라"라고 했는데, 주에서 "환환桓桓은 용맹한 모습이다"라고 했다.

易曰, 品物流形. 書曰, 勖哉夫子, 尙桓桓. 注云, 桓桓, 武貌.

老去惟心在 相依到歲寒 :『문선』에 실린 육기의 「연연주」에서 "굳센 음이 숙살의 계절에도 차가운 나무를 시들게 하지 않는 마음"이라고 했다. 구양수의 「증왕개보贈王介甫」에서 "늙어감이 스스로 불쌍치만 마음은 아직 여전한데"라고 했다.

文選陸機演連珠曰, 勁陰殺節, 不彫寒木之心. 歐陽公詩, 老去自憐心尙在.

霜嚴御史府 雨立大夫官 :『한서』에서 "주박이 어사대부가 되어 관청에 잣나무를 줄지어 심었다"라고 했다. 최전의 「어사잠」에서 "종이 위에 서리가 어리고, 붓 끝에서 바람이 인다"라고 했다.『문선』에 실린 성공수成公綏의 「소부」에서 "치음을 발하면 한겨울에도 증기가 나오고 우음을 내달리면 엄한 서리가 여름에도 시들게 한다"라고 했다. 응소의『한관의』에서 "진시황이 태산을 봉할 때 폭우를 만났는데, 나무를 껴안고 해를 피하였다. 이에 그 나무를 봉하여 오대부송이라고 하였다"라고 했다.『사기·골계전』에서 "우전이 "폐순랑들아! 그대들은 비록 키가 크지만 무엇이 좋은가. 다행한 것은 빗속에 서 있을 뿐이로

다"'라고 했다.

漢書, 朱博爲御史大夫, 其府列柏樹. 崔篆御史箴曰, 簡上霜凝, 筆端風起. 文選嘯賦曰, 騁羽則嚴霜夏彫. 應劭漢官儀, 秦始皇封泰山, 遇暴雨, 賴得抱樹, 因封其樹爲五大夫松. 史記滑稽傳, 優旃曰, 陛楯郞, 汝雖長何益, 幸雨立.

犧象溝中斷 徽絃爨下殘 : 『장자』에서 "백년 묵은 나무를 쪼개어 제사에 쓰는 술그릇을 만들고선 청색과 황색으로 문양을 내고 난 후에 나머지 부스러기는 시궁창에 버리게 됩니다. 쓰레기를 제기와 비교하면 아름답고 더러움에는 차이가 있지만 그 본성을 잃는 것에는 마찬가지입니다"라고 했다. 『좌전』에서 "소의 형상으로 만든 주기酒器와 상아로 장식한 주기는 궁문 밖으로 나갈 수 없다"라고 했는데, 희상犧象은 희준犧樽과 상준象樽을 이른다. 『후한서·채옹전』에서 "오나라 사람이 오동나무를 태워 밥을 짓고 있는데, 채옹이 불이 맹렬하게 타는 소리를 듣고 그것이 좋은 나무인줄 알았다. 이에 그에게 달라고 요청하여 거문고를 만드니 당시 사람들이 초미금이라 불렀다"라고 했다. 『진서·도잠전』에서 "집에 거문고 1장을 보관해 두었는데 줄도 기러기발도 없었다"라고 했다. 『장자』에서 "자연 그대로의 통나무를 해치지 않고 누가 희준을 만들 수 있는가"라고 했다. ○ 한유의 「목거사」에서 "신을 위한 제기가 되었는데 어찌 시궁창에 버려진 부스러기와 비교될까, 재목인줄 아는 게 타다 남은 땔감으로 거문고 만든 것과 같네"라고 했다.

莊子曰, 百年之木, 破爲犧尊, 靑黃而文之. 其斷在溝中, 美惡有間矣. 其於

失性, 一也. 左傳曰, 犧象不出門. 謂犧尊, 象尊也. 後漢蔡邕傳, 吳人有燒桐
以爨者, 邕聞火烈之聲, 知其良木, 請而爲琴, 時號焦尾琴. 晉書陶潛傳, 畜素
琴一張, 絃徽不具. 莊子曰, 純樸不殘, 孰爲犧尊. ○ 退之木居士詩, 爲神詎
比溝中斷, 遇賞還同炊下餘.

光陰一鳥過 剪伐萬牛難 : 『문선』에 실린 강엄의 「별부」에서 "밝은 달
의 흰 서리에 세월은 흘러가네"라고 했다. 두목의 「독작獨酌」에서 "높
고 먼 푸른 하늘 아득히 넓고, 만고에 한 마리 새 나네"라고 했다. 『문
선』에 실린 장협張協의 「잡시雜詩」에서 "사람이 해내에 사는 것은, 새가
눈 앞을 지나는 것처럼 잠깐이네"라고 했다. 두보의 「송채희로도위환
롱우送蔡希魯都尉還隴右」에서 "몸은 새보다 날래고"라고 했다. 『시경·감
당』에서 "자르지 말고 베지 말라"라고 했다. 두보의 「고백행」에서 "큰
집 기울어 들보와 용마루 필요하여도, 만 마리 소가 산처럼 무거워 고
개 돌리리라"라고 했다.

文選別賦曰, 明月白露, 光陰往來. 杜牧之詩, 長空碧杳杳, 萬古一飛鳥. 選
詩, 人生之海內, 忽如鳥過目. 老杜詩, 身輕一鳥過. 甘棠詩曰, 勿翦勿伐. 老
杜古柏行, 大廈如傾要梁棟, 萬牛回首丘山重.

春日輝桃李 蒼顔亦豫觀 : 노성한 이들이 앉아서 새로 나온 젊은이를
본다는 말이다. 이백의 「고풍」에서 "송백은 원래 외롭고 꿋꿋한 것, 복
숭아 오얏처럼 남에게 좋게 보이긴 힘들다네"라고 했다. 구양수의 「취

옹정기」에서 "검푸른 얼굴에 백발을 하고 그 사이에 쓰러져 있으니"라
고 했다.

言老成坐見新進也. 太白詩, 松柏本孤直, 難爲桃李顔. 歐公醉翁亭記曰, 蒼
顔白髮, 頹然乎其間.

12. 동관에서 보지 못한 책을 읽다

東觀讀未見書[35]

『후한서·황향전』에서 "도성에서 부르기를 "천하에 둘도 없으니 강하의 황동이로다"라 하였다. 숙종이 황향에게 조서를 내려 동관에 와서 이전에 보지 못했던 책을 읽게 하였다"라고 했다.

後漢黃香傳, 京師號曰, 天下無雙, 江夏黃童. 肅宗詔香, 詣東觀, 讀所未嘗見書.

漢規羣玉府	한나라에서 군옥산에 책부를 구획하니
東觀近宸居	동관은 황제 거소에 가깝네.
詔許無雙士	조서 내려 둘도 없는 선비에게
來觀未見書	동관에 와서 보지 못한 책을 읽게 허락했네.
皇文開萬卷	황제는 호문好文하여 만 권을 열었으며
家學陋三餘	집은 비루하여 삼여에 공부했네.
竹帛森延閣	죽백은 연각에 빽빽하고
星辰繞直廬	별은 직려를 감싸 도네.
諸生起孤賤[36]	서생이 미천함에서 일어남은

---

35 [교감기] 문집에서는 이 시의 제목 아래의 주에 "이하는 성제시[진사가 성에서 주관하는 과거에 짓는 시]에 빗대 지은 네 수이다"라고 했다. 살펴보건대 네 수는 이 작품 이외에 달리 세 수이니, 「세한지송백(歲寒知松柏)」, 「피갈회주옥(被褐懷珠玉)」, 「관새래향(款塞來享)」이다.

天子自吹噓[37]　　　천자가 등용해서이지.

願以多聞力　　　원컨대 견문이 많아 능력 있는 이로

論思補帝裾　　　조정 일을 논하여 황제의 옷깃을

　　　　　　　　잡아당기게 하길.

【주석】

漢規羣玉府　東觀近宸居 : 『목천자전』에서 "군옥산은 선왕의 이른바 책부[38]이다"라고 했다. 『통전』에서 "후한 시기에 도서는 동관에 있었다"라고 했다. 살펴보건대 「화제기」에서 "영원 13년에 동관에 행차하여 많은 장서와 전적을 열람하였다"라고 했다. 『문선』에서 "그 광경이 임금의 거소까지 이어졌다"라고 했다. 『한서·동방삭전』에서 "이제 구획하여 동산을 만들었다"라고 했다.

穆天子傳曰, 羣玉山, 先王之所謂策府. 通典曰, 後漢圖書在東觀. 按和帝紀, 永元十三年幸東觀, 覽書林, 閱篇籍. 文選曰, 景屬宸居. 漢書東方朔傳曰, 今規以爲苑.

詔許無雙士　來觀未見書 : 제목 아래의 주에 보인다.

見題注.

36　[교감기] '고천(孤賤)'은 문집에 '미천(微賤)'으로 되어 있다.

37　[교감기] '자(自)'는 문집에 '사(賜)'로 되어 있다.

38　책부 : 고대 제왕의 서적을 간직해 둔 곳.

皇文開萬卷 家學陋三餘 : 『위략』에서 "동우의 자는 계진으로 『좌씨전』에 뛰어났다. 그에게 배우는 자가 "책 읽을 겨를이 없습니다"라고 하자, 동우가 "마땅히 삼여를 이용하면 된다"라고 했다. 이에 "삼여가 무엇입니까"라고 묻자, 장우가 "겨울은 한 해의 여가이고, 밤은 하루의 여가이고, 장맛비는 또한 한 때의 여가이다""라고 했다.

魏畧曰, 董遇字委眞, 善左氏傳, 從學者云, 苦渴無日. 遇言, 當以三餘. 或問三餘之意, 遇言, 冬者歲之餘, 夜者日之餘, 陰雨者又月之餘.

竹帛森延閣 星辰繞直廬 : 『문선』에 실린 조식의 「구자시표」에서 "이름이 죽백에 드리울 것이다"라고 했는데, 이선의 주에서 "죽백은 『묵자』에서 나왔다"[39]라고 했다. 『한서 · 예문지』의 주에서 인용한 『칠약七略』에서 "안에는 연각, 광내, 비서 등의 부서가 있고 밖에는 태상, 태사, 박사 등의 서적을 보관하는 곳이 있다"라고 했다. 두보의 「상위좌상上韋左相」에서 "신발 끄는 소리 별에 들리네"라고 했다. 또한 「투증가서개投贈哥舒開」에서 "하늘과 땅은 한나라 궁궐을 에워싸네"라고 했다. 「서도부」에서 "주려[40]가 천 줄이다"라고 했는데, 주에서 "숙직하는 곳을 려廬라고 한다"라고 했다.

文選曹子建求自試表曰, 名稱垂於竹帛. 李善注, 字出墨子. 漢書藝文志注

---

39 죽백은 『묵자』에서 나왔다 : 『묵자 · 비명(非命)』에서 "대나무와 비단에 쓰고"라고 했다.
40 주려 : 궁궐을 지키는 군사가 번을 설 때 자는 곳.

引七署曰, 內則有延閣廣內祕室之府. 外則有太常太史博士之藏. 老杜詩, 聽
履上星辰. 又云, 乾坤繞漢宮. 西都賦曰, 周廬千列. 注云, 直宿曰廬.

諸生起孤賤 天子自吹噓：『후한서・반초전』에서 "관상쟁이가 "좨주가
지금은 포의 서생이지만 응당 만 리 밖 제후에 봉해질 것이오""라고 했
다. 황향이 소장을 올려 "강회의 미천하고 어리석은 소생"이라고 했다.
두보의 「증헌납贈獻納」에서 "다만 천거하여 임금에게 전해지길 바라네"
라고 했다. 살펴보건대 『위지』에서 "정혼이 "공공서는 청담과 고론에
능하여 고목에 생기를 불어넣는다""라고 했다. ○ 한유의 「시아示兒」에
서 "동당에서 앞산을 보니 구름과 바람이 서로 불어대네"라고 했다.

後漢班超傳, 相者曰, 祭酒布衣諸生耳, 而當封侯萬里之外. 黃香上疏曰,
江淮孤賤, 愚蒙小生. 老杜詩, 惟待吹噓送上天. 按魏志, 鄭渾曰, 孔公緒能清
談高論, 噓枯吹生. ○ 韓退之詩, 雲風相吹噓.[41]

願以多聞力 論思補帝裾：『서경・열명』에서 "임금이 견문 많은 사람을
구하는 것은 오직 사업을 세우기 위함입니다"라고 했다. 반고의 「양도
부」에서 "조회에서 논할 것을 생각하고, 날과 달로 충언을 올린다"라
고 했다. 『시경』에서 "임금의 직무에 허점이 있자, 다만 중산보가 도왔
다"라고 했다. 『위지・신비전』에서 ""기주의 백성은 옮겨서는 안 됩니

---

41 [교감기] '한유(韓愈)'는 원래 '유종원(柳宗元)'으로 되어 있었는데, 지금 전본과
    『전당시』 권242에 있는 한유의 「시아(示兒)」에 의거하여 바로잡는다.

다"라고 하자, 황제가 답하지 않고 일어나 안으로 들어가 버렸다. 이에 신비가 따라가서 그 옷깃을 잡아당겼다"라고 했는데, '제거帝裾'는 그 글자를 사용하였다.

說命曰, 王人求多聞, 時惟建事. 班固兩都賦序曰, 朝以論思, 日月獻納. 補帝裾, 用補袞意. 魏志辛毗傳, 言冀州民不可徙, 帝不答, 起入內, 毗隨而引其裾. 此借用其字.

13. 갈옷을 입고 주옥을 품었다

被褐懷珠玉

『문선』에 실린 완적의 「영회」에서 "갈옷 입고 주옥을 품으며, 안자 민자건으로 기약하네"라고 했다. 살펴보건대 『공자가어』에서 "자로가 공자에게 묻기를 "여기에 어떤 사람이 있는데 갈옷을 입었지만 옥을 품고 있는데 어떻게 하면 좋겠습니까"라 하자, 공자가 "나라에 도가 없으면 숨는 것이 좋지만, 나라에 도가 있다면 벼슬아치의 복장으로 옥을 잡아도 좋다""라고 했다.

文選阮籍詠懷詩曰, 被褐懷珠玉, 顔閔相與期. 按家語, 子路問孔子曰, 有人於此, 被褐而懷玉, 何如. 孔子曰, 國無道, 可也. 國有道, 則袞冕而執玉.

國士懷珠玉	국사가 주옥을 품고
通津不易扛	나루를 건너며 손을 쉬이 들지 않네.
櫝藏心有待	상자에 보관하고 마음엔 기다림이 있으니
褐短義難降	짧은 베옷이라도 의리는 굽힐 수 없네.
寶唾歸靑簡	보배로운 말은 청간에 기록되고
晴虹貫夜窓	환한 무지개가 저녁 창에 비추네.
直言方按劍[42]	직언에 바야흐로 칼을 뽑아드는데
豈是故迷邦	어찌 고의로 나라를 어지럽히려 하겠는가.

---

42 [교감기] '방(方)'은 문집에 '방(防)'으로 되어 있다.

彈雀輕千仞	천 길의 참새에게 경솔하게 쏘는데
連城貫一雙	연성벽 한 쌍을 꿰어 주네.
安知藍縷底	어찌 알랴, 헤진 저 옷으로
明月弄寒江	명월주를 차가운 강에서 희롱할 줄을.

【주석】

國士懷珠玉 通津不易扛 : '국사國士'는 『사기・예양전』에 보이는 말로, 즉 예양은 일찍이 "만약 군주君主가 중인衆人을 대하는 태도로 나를 대하면, 나도 중인의 태도로 그에게 보답할 것이며, 만약 군주가 국사國士를 대하는 태도로 나를 대하면 나도 국사의 태도로 그에게 보답할 것이다"라고 했다. '불이강不易扛'은 지극히 신중함을 이른다. 『예기』에서 "옥을 잡고서는 달려가지 않는다"라고 했다. 또한 "주옥을 받는 자는 두 손으로 움켜잡는다"라고 했다. 도잠의 「영삼랑詠三郞」에서 "갓을 털어 쓰고 요로에 나섰으나, 다만 시대가 우리를 버릴까 두려웠네"라고 했다.

國士, 見史記豫讓傳. 不易扛, 言其重愼之至也. 禮記曰, 執玉不趨. 又曰, 受珠玉者以掬. 淵明詩, 彈冠乘通津, 但懼時我遺.

櫝藏心有待 褐短義難降 : 『논어』에서 "자공이 "여기에 아름다운 옥이 있다면 상자에 감춰두고 보관하겠습니까. 아니면 좋은 값을 찾아 팔겠습니까"라 묻자, 공자가 "팔지어다, 팔지어다. 그러나 나는 값을 기다

리는 자이다"'라고 했다. '의난강義難降'은 굽힐 수 없다는 말이다. 『맹
자』에서 "스스로 돌이켜서 정직하지 못하면 비록 갈관박褐寬博이라도
내 두려워하지 않겠는가"라고 했다. 영척의 「반우가飯牛歌」에서 "짧은
베 홑옷은 정강이도 가리지 못하네"라고 했다.

魯論,[43] 子貢曰, 有美玉於斯, 韞櫝而藏諸, 求善價而沽諸. 子曰, 沽之哉,
沽之哉. 我待價者也. 義難降, 言不可屈. 孟子, 雖褐寬博, 吾不惴焉. 甯戚歌,
短布單衣長止骭.

寶唾歸靑簡 晴虹貫夜窗 : 한유와 맹교의 「성남연구」에서 "미녀의 구
슬 눈물은 다 줍지 못하고"라고 했다. 『후한서 · 조일전』에서 "하는 말
이 절로 구슬을 이루었다"라고 했다. 또한 「오우전」에서 "부친이 오회
가 남해의 태수가 되어 죽간의 푸른 기운을 녹여 경서를 베껴 썼다"라
고 했다. 『예기』에서 "옛날 군자들은 덕을 옥에 견주었으며, (…중
략…) 기운이 흰 무지개 같음은 하늘이다"라고 했다.

韓孟城南聯句曰, 寶唾拾未盡. 後漢趙壹傳曰, 咳唾自成珠. 又吳祐傳, 父
恢守南海, 欲殺靑簡, 以寫經書. 禮記曰, 君子於玉比德, 氣如白虹, 天也.

直言方按劍 豈是故迷邦 : 『한서 · 추양전』에서 "명월주와 야광벽을 어
두운 밤에 길가에서 사람에게 던지면 모두들 칼을 어루만지면서 서로

43　[교감기] '노논(魯論)'에 대한 이 조목의 주는 원래 출처를 표시하지 않았는데,
　　지금 『논어』에 의거하여 보충하였다.

를 흘겨봅니다. 왜 그렇겠습니까. 아무런 까닭 없이 앞에 나타났기 때문입니다"라고 했다. 『논어』에서 "양화가 공자에게 이르기를 "보물을 품고서 나라를 어지럽히면 인이라 이를 수 있겠소""라고 했다.

按劍見上注. 魯論, 陽貨謂孔子曰, 懷其寶而迷其邦, 可謂仁乎.

彈雀輕千仞 連城貫一雙 : 『장자』에서 "수후의 구슬로 천 기 벼랑의 참새를 쏜다면 세상이 반드시 비웃을 것이다"라고 했다. 『문선』에 실린 노담盧湛의 「남고시覽古詩」에서 "연성벽은 속여서 돌아왔고, 형옥은 진실이라서 인정받았네"라고 했는데, 진나라가 15성으로 조의 구슬과 바꾸려고 한 것을 이른다. 『사기』에서 "우경이 조 효성왕을 유세하였는데, 한 번 보는 자리에서 흰 구슬 한 쌍을 주었다"라고 했다.

莊子曰, 以隋侯之珠, 彈千仞之雀, 世必笑之. 選詩曰, 連城既僞往, 荊玉亦眞還. 謂秦以十五都易趙璧也. 史記, 虞卿說趙孝成王, 一見賜白璧一雙.

安知藍縷底 明月弄寒江 : 『좌전』에서 "약오가 섶나무 수레를 타고 헤진 옷을 걸친 채 산림을 개척했다"라고 했다. 『한서·추양전』에서 "명월주와 야광벽을 어두운 밤에 길가에서 사람에게 던지면 모두들 칼을 어루만지면서 서로를 흘겨봅니다. 왜 그렇겠습니까. 아무런 까닭 없이 앞에 나타났기 때문입니다"라고 했다. 『한서·율력지』에서 "해와 달은 구슬을 합친 것 같다"라고 했다. 『장자』에서 "연못에 구슬을 숨겨놓았다"라고 했다. 『좌전』에서 "자범이 그 구슬을 하수에 던져버렸다"라고

했다.

左傳曰, 若敖篳路藍縷, 以啟山林. 明月珠見上注. 漢志曰, 日月如合璧. 莊子曰, 藏珠於淵. 左傳曰, 子犯投其璧於河.

14. 변방 관문을 두들겨 와서 공물을 바치다
款塞來享

원우 3년에 하 지역 사람이 사신을 보내 봉책에 사례하였다. 그러므로 이 시를 지었다. 『한서·선제기』에서 "변방 관문을 두들겨 와서 공물을 바쳤다"라고 했는데, 주에서 "변방의 관문을 두드려 와서 복종하였다는 뜻이다"라고 했다.

元祐三年, 夏人遣使謝封冊, 故以命題. 漢宣帝紀曰, 款塞來享. 注云, 叩塞門來服從也.[44]

前朝夏州守	이전 왕조의 하주 태수가
來款塞門西	서쪽 변방 관문에 와서 문을 두드렸네.
聖主敷文德[45]	성스런 군주가 문덕을 펼쳐
降書付狄鞮	항복 문서가 적제에서 왔네.
氈裘瞻日月	모직 갖옷의 흉노가 해와 달을 바라보니
剺面帶金犀	칼로 벤 얼굴에 금서대를 찼네.
殿墀閑干羽	궁궐 뜨락에서 방패와 깃으로 춤을 추는데
邊亭息鼓鼙	변방 보루에선 북소리 멈추었네.

---

44 [교감기] '주운(注云)'부터 '복종야(服從也)'까지 전본에 이 조목의 주가 없다.
45 [교감기] '성주부문덕(聖主敷文德)'은 문집에는 '성상개황극(聖上開皇極)'으로 되어 있다. 건륭본은 "내가[옹방강]이 살펴보건대 『정화록』에는 '성상개황극(聖上開皇極)'으로 되어 있다"라고 했다.

永輸量谷馬	곡량의 말을 길이 들여오리니
不作觸藩羝	울타리 치받는 양이 되지 않으리라.
聲勢常相倚	반란은 형세를 서로 의지하지만
今聞定五溪	지금 들으니 오계를 평정했다 하네.

【주석】

前朝夏州守 來款塞門西 : 『오대사·이인복전』에서 "당 희종 연간에 척 발사경이란 자가 하주의 편장이 되었다. 뒤에 황소를 격파한 공에 참여 하여 이 씨 성을 하사받고 하주절도사에 임명되었다. 사경이 죽자 아우 인 사간이 그 자리에 올랐다. 사간이 죽자 아들이 이창이 그 자리에 서 고 이창이 휘하 장수에 죽임을 당하자 군중에서 인복을 맞이하여 그 자 리에 세웠다. 그러나 그가 사간과 친소가 얼마나 되는지 알지 못하였 다. 그 아들 이초와 이홍이 연달아 그 자리에 올랐다. 세상에 하주, 은 주, 수주, 유주, 정주 등 다섯 주가 있는데, 원우 원년이 되자 하주의 병 권을 장악한 상이 죽자 아들 건순이 그 자리를 물려받았다"라고 했다.

五代史李仁福傳, 唐僖宗時, 有拓跋思敬者, 爲夏州偏將. 後以與破黃巢功, 賜姓李氏, 拜夏州節度使. 思敬卒, 弟思諫立. 思諫卒, 子彝昌立. 彝昌爲其將 所殺, 軍中迎仁福立之, 不知其於思諫爲親踈也. 其子彝超彝興繼立. 世有夏 銀綏宥靜等五州之地, 至元祐元年, 夏國主秉常卒, 子乾順承襲.

聖主敷文德 降書付狄鞮 : 『서경』에서 "순 임금이 문덕을 크게 펴면서

방패와 새 깃을 들고 두 섬돌 사이에서 춤을 추니, 그로부터 70일 만에 유묘족이 귀순하였다"라고 했다. 『예기·왕제』에서 "오방의 백성이 있는데, 서방을 적제라고 하고 북방을 역이라고 한다"라고 했는데, 주에서 "적의 의미는 안다는 의미이다"라고 했다.

書曰, 帝乃誕敷文德, 舞干羽于兩階, 七旬有苗格. 禮記王制曰, 西方曰狄鞮, 北方曰譯. 注曰, 狄之言知也.

黈裘瞻日月 劓面帶金犀 : 『사기·소진전』에서 "연나라는 반드시 모직 옷이나 개와 말이 나는 산지를 얻고"라고 했다. 『후한서·경병전』에서 "흉노족이 경병이 죽었다는 소식을 듣고 온 나라가 통곡하였으며 간혹 얼굴을 베어 피를 흘리기도 하였다"라고 했는데, 주에서 "려黎는 베다는 뜻이다"라고 했다. 음은 '力'과 '私'의 반절법이다. 이것을 차용하여, 힘든 처지를 고하여 살려달라고 빈 것을 말하였다. 『한서·흉노전』에서 "문제가 선우에게 황금 허리띠 하나를 보냈다"라고 했는데, 주에서 "서비犀毗는 허리에 차는 큰 띠를 말한다"라고 했다. ○『법언』에서 "사나운 북쪽 오랑캐가 우리의 비단을 입고 우리의 금서대를 차니 또한 흠향하지 않겠는가"라고 했다.

史記蘇秦傳云, 燕必致旃裘狗馬之地. 後漢耿秉傳, 匈奴聞秉卒, 舉國號哭, 或至黎面流血. 注云, 黎卽劓割也, 音力私反. 此借用, 以言祈哀請命. 漢書匈奴傳, 文帝遺單于黃金犀毗一. 注云, 要中大帶也. ○ 法言, 被我純繒, 帶我金犀, 不亦享乎.

殿陛閑干羽 邊亭息鼓鼙 : 『서경』에서 "순 임금이 문덕을 크게 펴면서
방패와 새 깃을 들고 두 섬돌 사이에서 춤을 추니, 그로부터 70일 만에
유묘족이 귀순하였다"라고 했다. 『후한서·제동전논』에서 "변방의 보
루에 누워 악기를 연주하였다"라고 했다. 『악기』에서 "군자는 북치는
소리를 들으면서 병사를 이끌 신하를 생각한다"라고 했다.

干羽見上注. 後漢書祭肜傳論曰, 臥鼓邊亭. 樂記曰, 君子聽鼓鼙之聲, 則
思將帥之臣.

永輸量谷馬 不作觸藩羝 : 『사기·화식전』에서 "곡량의 우마를 사용하
기에 이르렀다"라고 했는데, 이것을 차용하여 하나라 사람들이 공물을
바친 것을 말하였다. 『주역·대장괘』에서 "숫양이 울타리를 들이받아
서 그 뿔이 걸렸다"라고 했는데, 이것을 차용하여 변방을 침범하지 않
은 것을 말한다.

史記貨殖傳曰, 至用谷量牛馬. 此借用, 以言夏人入貢. 易大壯卦曰, 羝羊
觸藩, 羸其角. 此借用, 以言不犯塞.

聲勢常相倚 今聞定五溪 : 한유의 「평회서비」에서 "반란을 꾀하는 자들
이 아직도 여럿 있어 형세를 서로 의지하고 있으나, 강한 우리들을 의지
하지 않는다면 약한 그대들이 무엇에 의지하랴"라고 했다. '정오계定五
溪'는 남이를 평정시킨 것을 이른다. 『후한서·마원전』에서 "유상이 무
릉 오계의 오랑캐를 격파하였다"라고 했는데, 주에서 "무릉에는 오계가

있는데, 웅계, 서계, 유계, 무계, 진계 등을 이른다"라고 했다.

退之平淮西碑曰, 凡叛有數, 聲勢相倚. 吾強不支, 汝弱奚恃. 定五溪, 謂南夷底定也. 後漢馬援傳, 劉尙擊武陵五溪蠻夷. 注云, 武陵有五溪, 謂雄溪酉溪酉溪潕溪辰溪.

15. 형돈부를 그리며

憶邢惇夫

    돈부의 이름은 거실이며 화숙 형서의 아들이다. 젊어서 글을 잘 지어 여러 공들이 많이 칭송하였다. 그가 지은 『신음집』은 세상에 전해진다. 동파가 "돈부는 어릴 때부터 더불어 교유하는 자들이 제공과 장자인데, 한 사람에게도 지우를 입지 못해 드디어 초목과 함께 스러졌다"라고 했다.

    惇夫本末具上注. 有呻吟集行於世. 東坡云, 惇夫自爲童子, 所與交皆諸公長者, 百不一見, 遂與草木共盡.

詩到隨州更老成	시가 수주에 이르러 더욱 노성해지니
江山爲助筆縱橫	강산의 도움으로 붓이 종횡으로 달리네.
眼看白璧埋黃壤	흰구슬이 황천에 묻히는 것을 눈으로 보는데
何況人間父子情	더구나 인간세상 부자간의 정은 오죽하랴.

【주석】

    詩到隨州更老成 江山爲助筆縱橫 : 돈부의 부친 형서는 기거사인을 지냈다. 그는 고공회로 하여금 글을 짓게 하였는데, 그것이 태후의 뜻을 거스르게 된 일에 연좌되었다. 이에 원우 원년 정월에 수주의 태수로 좌천되었는데, 돈부가 수행하였다. 두보의 「경증정간의敬贈鄭諫議」에서

"조금도 부족한 곳이 없으며, 파란곡절은 홀로 노련하네요"라고 했다. 『당서·장열전』에서 "악주로 귀양갔는데 시가 더욱 처완해졌다. 사람들이 강산의 도움을 얻었다고 하였다"라고 했다. 두보의 「희위륙절구戲爲六絶句」에서 "구름을 오르내리는 건필에 의사는 종횡무진이네"라고 했다.

惇夫父恕, 爲起居舍人. 坐敎高公繪爲書, 忤太后意, 元祐元年正月, 謫知隨州, 惇夫侍焉. 老杜詩, 毫髮無遺恨, 波瀾獨老成. 唐書張說傳, 謫岳州而詩益悽惋, 人謂得江山助云. 老杜詩, 凌雲健筆意縱橫.

眼看白璧埋黃壤　何況人間父子情 : 『진서·유량전』에서 "장차 장사지내려고 하는데 하충이 탄식하면서 "흙속에 옥수를 묻으니 사람의 슬픈 마음이 어찌 그치리오""라고 했다. 『세설신어』의 주에서 "건기 왕돈王敦이 도간에게 이르기를 "어진 그대가 월기교위 소준蘇峻에게 잔혹하게 죽는다면 천하 사람들이 공을 위해 애통해하지 않겠습니까. 더구나 자애로운 아버지의 마음이야 오죽하겠습니까""라고 했다. 『한서·장우전』에서 "부자간의 사사로운 감정을 견딜 수 없습니다"라고 했다.

晉書庾亮傳, 將葬, 何充嘆曰, 埋玉樹於土中, 使人情何能已. 世說注, 王愆期謂陶侃曰, 賢子越騎酷沒, 天下爲公痛心, 況慈父情耶. 漢書張禹傳曰, 不勝父子私情.

16. 진소장과 조적도의 증답시에 차운하다

次韻秦少章晁適道贈答詩

二子論文地	두 사람이 글을 논한 곳은
陰風雪塞廬	거센 바람에 눈이 초가에 쌓였네.
寧穿東郭履	차라리 동곽의 신발이 구멍 날지언정
不遺子公書⁴⁶	자공에게 편지는 보내지 않았네.
士固難推挽	선비는 참으로 추천받기 어려운데
時聞有詔除	때로 조서로 임명하였다는 소식 들었네.
負暄眞計得	햇볕 쬐는 게 참으로 만족스러우니
獻御恐成疎	임금에게 올리는 건 아마도 어리석으리라.

【주석】

二子論文地 陰風雪塞廬 : 『후한서·원안전』에서 "한 길 넘게 큰 눈이 내렸다. 낙양 수령이 순찰하다가 원안의 집에 이르렀는데 오가는 행적이 없었다"라고 했다. 한유의 「설후기최승雪後寄崔丞」에서 "남전의 시월은 눈이 문을 덮네"라고 했다.

後漢書袁安傳, 大雪積地, 洛陽令至袁安門, 無有行路. 退之詩, 藍田十月雪塞關.

---

46 [교감기] '유(遺)'는 문집과 고본, 건륭본에는 '봉(奉)'으로 되어 있다.

寧穿東郭履 不遺子公書 : 『사기·골계전』에서 "동곽 선생은 빈곤하고 굶주렸다. 눈 속을 가는데 신발은 위쪽은 있지만 바닥은 없어서 발로 온전히 땅을 디디고 다녔다"라고 했다. 『장자』에서 "옷을 헤지고 신발은 구멍이 났다"라고 했다. 『한서·진만년전』에서 "자함이 진탕에서 주는 편지에서 "자공의 도움을 받아 궁궐에 들어가게 되었으니 죽어도 여한이 없다""라고 했다.

史記滑稽傳, 東郭先生貧困飢寒, 行雪中, 履有上無下, 足盡踐地. 莊子曰, 衣敝履穿. 漢書陳萬年傳, 子咸予陳湯書曰, 卽蒙子公力, 得入帝城, 死不恨也.

士固難推挽 時聞有詔除 : 위구는 정당시가 선비들을 추천하면서 항상 자신보다 뛰어나다고 하였다는 고사를 인용하였다. 한유의 「유자후묘지명柳子厚墓誌銘」에서 "추천을 받을 해줄 만한 높은 지위의 권세가로서 서로 알 만한 사람이 없었다"라고 했다. 『한서』에서 "곡영이 "올바르지 못한 관직에 임명하는 조서를 면하였다""라고 했다. 유우석의 「수원원장酬元院長」에서 "궁궐에 통적한 선비가 참으로 많은데, 황지의 임명서를 매일 듣네"라고 했다. ○『좌전·양공 14년』에서 "장무중이 위후를 보고서 "저 두 공자公子가 앞에서 끌고 뒤에서 미니 들어가지 않으려 해도 들어가지 않을 수 있겠는가""라고 했다. 또한 『진서』에서 "등유가 선정을 하다가 교체되자, 백성들이 노래하기를 "등후는 만류해도 오지 않고, 사령은 떠밀어도 가지 않네""라고 했다. 대개 이 두 고사를 섞어서 사용하였다.

上句用鄭當時推轂士之意. 退之誌云, 無相知有氣力得位者推挽. 漢書, 谷永曰, 免不正之詔除. 劉禹錫詩, 金門通籍眞多士, 黃紙除書每日聞. ○ 左傳襄十四年, 臧武仲見衛侯曰, 二子者, 或輓之, 或推之, 欲無入, 得乎. 又晉書, 鄧侯挽不來, 謝令推不去. 蓋參而用之.

負暄眞計得 獻御恐成疎 : 『열자』에서 "옛날 송나라의 한 농부가 봄이 되어 농사를 시작하여 햇볕을 쬐게 되었다. 그 아내를 돌아보며 이르기를 "햇볕을 등에 받는 따뜻함을 우리 임금에게 바치면 장차 후한 상을 내릴 것이오""라고 했다. 『장자』에서 "물고기가 큰 강에서 자유롭게 노닐게 되었다"라고 했다. 한유의 「귀팽성歸彭城」에서 "미나리 아무리 맛있다 하여도, 진상하는 건 어리석은 일"이라고 했다.

列子曰, 宋有田父, 暨春東作, 自曝於日. 顧謂其妻曰, 負日之暄, 以獻吾君, 將有重賞. 莊子曰, 於魚得計. 退之詩, 食芹雖云美, 獻御固已癡.

17. 진소장이 술을 달라고 요청한 것에 대해 차운하여 답하다

次韻答秦少章乞酒[47]

朝事鞍馬早	이른 조회에 말 타고 들어가니
吏曹文墨拘	이조는 글과 먹에 바쁘구나.
終無尺寸補	끝내 조금의 보탬도 없으니
但於朋友疎[48]	다만 벗에게 소원하네.
豈如簞瓢子[49]	어찌 곤궁한 안자와 같으랴
臥起一牀書	거처에 책상 위 한 권 책뿐인.
炙背道堯舜	햇볕을 쬐면서도 요순을 말하고
雪屋相與娛	눈 덮인 집에서 서로 즐거워하네.
步出城東門	걸어서 성의 동문을 나가니
野鳥吟廢墟	들새가 폐허에서 노래하네.
頗知富貴事	자못 부귀에 대해 알겠으니
勢窮心亦舒	형세가 곤궁하면 마음도 편해지네.
詩來獻窮狀	시를 보내 곤궁한 상황을 알리는데
水餅嚼氷蔬	수병에 깨끗한 나물을 씹네.

---

47 **[교감기]** 문집과 고본의 제목 아래의 원주에서 "진소장의 이름은 구(覯)이다"라고 했다.

48 **[교감기]** '어(於)'는 고본에는 '여(與)'로 되어 있다. '붕우(朋友)'는 문집과 고본에 '우붕(友朋)'으로 되어 있다.

49 **[교감기]** '기여(豈如)'는 문집과 고본, 장지본과 건륭본에는 '기지(豈知)'로 되어 있다.

斗酒得醉否	한 말 술로 취하셨는가
枵腹如瓠壺	불룩한 배는 호리병 같네.
亦可召西舍	또한 서사로 부를 수 있는데
侯嬴非博徒	후영은 노름꾼이 아니라네.

【주석】

朝事鞍馬早 吏曹文墨拘 : 『문선』에 실린 명원 포조의 「의고시擬古詩」에서 "해 늦게 조정에 파하여 돌아오는데, 말을 타니 넓은 길이 막혔네"라고 했다. 공간 유정劉楨의 「잡시雜詩」에서 "맡은 일이 서로 쌓여 있으니, 글과 먹이 어지러이 흩어져 있네"라고 했다. 『한서·사마상여전』에서 "어진 군주가 즉위하면 어찌 자질구레한 일을 처리하며 문자에 구애받고 습속에 얽매이며"라고 했다.

文選鮑明遠詩曰, 日晏罷朝歸, 鞍馬塞衢路. 劉公幹詩曰, 職事相填委, 文墨紛消散. 漢書司馬相如傳曰, 豈特委瑣齷齪, 拘文牽俗.

終無尺寸補 但於朋友疎 : 『한서·이광전』에서 "끝내 아주 작은 공도 없습니다"라고 했다. 『한서·제갈풍전』에서 "다만 도움이 없을까 두렵습니다"라고 했다. 『논어』에서 "붕우에게 자주 충언하면 이에 멀어지게 된다"라고 했는데, 이것을 차용하였다.

漢書李廣傳曰, 終無尺寸功. 諸葛豐傳曰, 獨恐未有云補. 魯論曰, 朋友數, 斯疎矣. 此借用.

豈如簞瓢子 臥起一牀書 : 『논어』에서 "어질도다, 안회여! 한 소쿠리의 밥과 한 표주박 물로 누추한 시골에서 지내자면 남들은 그 곤궁한 근심을 감당치 못하거늘, 안회는 도를 즐기는 마음을 바꾸지 않으니, 어질도다, 안회여"라고 했다. 『한서·소무전』에서 "한나라 부신을 지팡이로 삼아 양을 키우며 항상 절조를 지켰다"라고 했다. 한산자의 시에서 "집안에 무엇이 있는가, 다만 책상의 책만 보이네"라고 했다.

簞瓢見魯論. 漢書蘇武傳曰, 杖漢節牧羊, 臥起操持. 寒山子詩曰, 家中何所有, 惟見一牀書.

炙背道堯舜 雪屋相與娛 : 『문선』에 실린 혜강의 「절교서」에서 "야인이 등에 쬐는 햇볕을 고맙게 생각하고 미나리 맛을 좋게 여기고는, 이것을 임금님에게 바치려고 하였다"라고 했는데, 주에서 『열자』를 인용하여 "옛날 송나라의 한 농부가 봄이 되어 농사를 시작하여 햇볕을 쬐게 되었다. 그 아내를 돌아보며 이르기를 "햇볕을 등에 받는 따뜻함을 우리 임금에게 바치면 장차 후한 상을 내릴 것이오""라고 했다. 『맹자』에서 "성품이 선하다고 말하면서, 말을 꺼내면 반드시 요순을 일컬었다"라고 했다.

文選嵆康絶交書曰, 野人有快炙背而美芹子者, 欲獻之至尊. 注引列子曰, 宋有田父, 負日之暄云云. 孟子, 道性善, 言必稱堯舜.

步出城東門 野鳥吟廢墟 : 제갈량諸葛亮의 「양보음」에서 "걸어서 제나라

도성 문을 나오니, 저 멀리 탕음 마을 보이네. 마을 안에 세 개의 무덤, 줄줄이 많이도 닮았구나"라고 했다.

梁甫吟曰, 步出齊東門, 遙望蕩陰里. 里中有三墳, 纍纍正相似.

頗知富貴事 勢窮心亦舒 : 폐허 본 것을 인하여 부귀는 항상할 수 없음을 알기에 비록 곤궁함에 처하더라도 그 마음은 한가롭다는 말이다. 한유의 「왕승복전」에서 "내가 흙손을 잡고서 부귀한 집에 드나든 지가 오래되었습니다. 한 번 가 본 적이 있는 집을 또 지나가게 되었는데 폐허가 되어 있었습니다"라고 했다. 또한 "비록 수고로워도 부끄러움이 없으니 내 마음은 편안합니다"라고 했다. 『초사·애영』에서 "애오라지 나의 근심스런 마음을 풀어보네"라고 했다. 두보의 「오반五盤」에서 "편안함에 마음이 펴지네"라고 했다.

因見廢墟, 知富貴之不可常, 故雖處窮, 而其心休然也. 退之王承福傳曰, 吾操鏝以入於富貴之家, 有年矣. 有一至者焉, 又徃過之, 則爲墟矣. 又曰, 雖勞無愧, 吾心安焉. 楚辭哀郢曰, 聊以舒吾憂心. 老杜詩, 坦然心神舒.

詩來獻窮狀 水餠嚼氷蔬 : 『좌전』에서 "진 문공이 조나라 사람들에게 그들의 공적을 올리라고 했다"라고 했다. 『남사·하집전』에서 "고제가 수인병을 좋아하여 하집이 항상 만들어 올렸다"라고 했다.

左傳曰, 晉文公使曹人獻狀. 南史何戢傳, 高帝好水引餠, 戢每設上焉.

斗酒得醉否 枵腹如瓠壺 :『한서·양운전』에서 "양을 삶고 양을 구워 말 술로 스스로를 위로하였다"라고 했다. 두보의 「병적屛跡」에서 "인생 백년 온통 취해"라고 했다.『장자』에서 "위왕이 내게 큰 박씨를 주었는데, 텅 비어 크기는 했지만"이라고 했다.『한서음의』에서 "텅비고 큰 것을 枵라 한다"라고 했다.『촉지·장예전』에서 "옹개는 귀신의 지시라고 핑계를 대어 "장예 부군은 호리병 같아서 겉은 비록 윤택하나 속 알맹이는 조잡하다. 죽일 필요도 없으니 묶어서 오나라에 주어라""라고 했다.

漢書楊惲傳曰, 烹羊炰羔, 斗酒自勞. 老杜詩, 百年渾得醉. 莊子曰, 魏王大瓠之種, 非不呺然大也. 音義曰, 虛大曰呺. 瓠壺見上注.

亦可召西舍 侯嬴非博徒 :『사기·위공자무기전』에서 "위나라에 은사가 있으니 후영이라 한다. 나이가 일흔인데 집안이 가난하여 대량의 이문감을 하고 있다. 공자가 수레를 몰면서 왼쪽을 비워두고 스스로 후생을 맞이하였다"라고 했다. 또한 "조공자가 들으니 조나라에 처사가 있는데 모공은 노름꾼 사이에 숨어 있고 설공은 술집에 숨어 있다고 한다. 이에 공자가 이들이 있는 곳을 듣고 걸어가 이 두 사람과 어울리게 되었는데, 대단히 즐거워하였다"라고 했다.

史記魏公子無忌傳, 魏有隱士曰侯嬴, 年七十, 家貧爲大梁夷門監者. 公子從車騎, 虛左, 自迎侯生. 又曰, 公子聞趙有處士, 毛公藏於博徒, 薛公藏於賣漿家. 公子乃聞步徃從此兩人游, 甚歡.

1. 이헌시. 6수【서문을 붙이다】
頤軒詩. 六首【幷序】

　고군소高君素가 이헌頤軒을 짓고서는 나에게 시를 지어달라고 요청했다. 이에 나는 '이헌'의 의미에 대해 다음과 같이 말한다.

　"『주역·이괘頤卦』에서 "그 길러지는 것을 살펴보고 스스로 기르는 것을 구해야 한다"라고 했다. 그 전傳에서 "관이觀頤는 그 길러지는 것을 살피는 것이요, 자구구실自求口實은 스스로 기르는 것을 구하는 것이다"라고 했다. 선표單豹는 계곡에 살면서 물만 마셨는데 어린아이의 얼굴빛이 있었지만 굶주린 호랑이가 그를 잡아먹었다. 장의張毅는 두 손을 모아 홀을 들고 무릎을 꿇고 허리를 굽히어 엎드리면서 인간세상에서 명예를 길렀지만 질병이 그를 공격했었다.[1] 호랑이를 기르는 자는

---

[1]　선표(單豹)는 (…중략…) 공격했었다 : 『장자·달생(達生)』에 의하면, 전개지(田開之)란 사람이 일찍이 주 위공(周威公)에게 말하기를 "내가 스승에게서 들으니, 양생을 잘하는 사람은 양을 치는 것과 같이 하여 그 뒤떨어진 놈을 보고 채찍질을 가한다고 하였습니다[聞之夫子曰, 養生者, 若牧羊然, 視其後者而鞭之]"라고 했다. 위공이 그 까닭을 묻자 대답하기를 "노나라에는 선표(單豹)란 자가 있어 바위 굴에 은거하면서 물만 마시고 속세의 이끗을 다투지 않아서, 그는 나이가 칠십이 되어도 마치 어린애 같았는데, 불행히 굶주린 호랑이를 만나서 호랑이가

온전한 먹잇감을 통째로 주지 않는다.[2] 양을 치는 자는 그 무리에 방해되는 놈을 제거하고 그 뒤떨어진 놈을 보고 채찍질을 한다.[3] 매를 기르는 자는 매를 굶주리게 만든다.[4] 이것이 그 길러지는 것을 살펴 사물의 성性을 다하게 하는 것이다. 포정庖丁[5]은 복잡하게[6] 여기지 않고 소를

그를 잡아먹었습니다. 또 장의(張毅)란 사람은 부잣집, 가난한 집을 두루 쫓아다니며 명리를 얻기에 급급했는데, 그는 나이 사십에 속으로 열병이 나서 죽었습니다. 그러고 보면 선표는 안의 정신만 기름으로써 호랑이가 그 밖의 몸뚱이를 잡아먹었고, 장의는 밖의 몸뚱이만 기름으로써 열병이 그 안을 침범한 것이니, 이 두 사람은 모두 그 뒤떨어진 놈을 채찍질하지 못한 것입니다[魯有單豹者, 巖居而水飮, 不與民共利, 行年七十而猶有嬰兒之色, 不幸遇餓虎, 餓虎殺而食之. 有張毅者, 高門縣薄無不走也, 行年四十而有內熱之病以死. 豹養其內, 而虎食其外. 毅養其外, 而病攻其內. 此二子者, 皆不鞭其後者也]"라고 했다. 이 구절을 활용한 대목이다.

2　호랑이를 (…중략…) 않는다 : 『장자·인간세(人間世)』에서 "호랑이를 사육하는 사람에 대해 알고 있지 않은가. 감히 산 채로 음식을 주지 않는 것은 범이 그것을 죽이려는 성냄을 일으킬까 두려워하기 때문이다. 또 감히 한 마리를 통째로 주지 않는 것은 범이 그것을 찢어발기려는 성냄을 일으킬까 두려워하기 때문이다[不知夫養虎者乎, 不敢以生物與之, 爲其殺之之怒也. 不敢以全物與之, 爲其決之之怒也]"라고 한 구절을 활용한 것이다.

3　양을 (…중략…) 한다 : 『한서·복식전(卜式傳)』에 보이는 "비단 양 뿐만이 아니라 백성을 다스림에도 역시 그러하니, 악한 자는 그때마다 제거하여 무리를 해치지 못하게 해야 합니다[非獨羊也, 治民亦猶是矣, 惡者輒去, 毋令敗群]"라는 부분과 『장자·달생(達生)』에 보이는 "전개지(田開之)란 사람이 일찍이 주 위공(周威公)에게 말하기를 '내가 스승에게서 들으니, 양생을 잘하는 사람은 양을 치는 것과 같이 하여 그 뒤떨어진 놈을 보고 채찍질을 가한다고 하였습니다[聞之夫子曰, 養生者, 若牧羊然, 視其後者而鞭之]'라 했다"라는 부분을 활용한 대목이다.

4　매를 (…중략…) 만든다 : 『후한서·여포열전(呂布列傳)』에 보이는 "진등(陳登)이 조조(曹操)에게 여포(呂布)에 대해 말하기를 "여포를 다루는 것은 호랑이를 키우는 것과 같아서 고기를 배불리 먹이지 않으면 사람을 물어뜯습니다"라고 했다. 이에 조조가 이 말에 반대하여 "여포를 다루는 것은 매를 키우는 것과 같아서 굶겨 놓으면 사람의 말을 듣지만 배가 부르면 날아가 버린다[譬如養鷹, 飢卽爲用, 飽則颺去]"라 했다"라고 한 구절을 활용한 대목이다.

5　포정(庖丁) : 포정이 소를 해체하는 일에 대해서는 『장자·양생주(養生主)』에 보

해체하는 칼로 작업을 했다. 구루장인痀瘻丈人은 만물을 매미의 날개와 바꾸지 않았다.[7] 필부匹夫의 뜻은 삼군三軍의 장수가 빼앗을 수 없다.[8]

인다.

6 복잡하게 : '긍계(肯綮)'는 보통 이치가 복잡하게 얽혀 있는 중요한 핵심 부분을 가리키는 말로 쓰인다. 『장자·양생주(養生主)』에서 소 잡는 기술이 뛰어난 포정(庖丁)이 "소의 관절 사이에는 빈틈이 있고, 나의 칼날은 두께가 없으니, 두께가 없는 칼을 빈틈이 있는 관절 사이에 집어넣으면, 그 공간이 넓고 넓어 칼을 놀릴 때 반드시 여유가 있게 마련이다. 근육과 뼈가 엉켜 있는 복잡한 부위[肯綮]에도 칼날이 상한 적이 없는데, 더구나 큰 뼈와 같은 것이겠는가"라고 한 데서 유래했다.

7 구루장인(痀瘻丈人)은 (…중략…) 않았다 : '구루장인'은 『장자·달생(達生)』에 보이는 '구루장인(痀僂丈人)'을 말한다. 이와 관련해 『장자·달생(達生)』에 다음과 같은 내용이 있다. "중니(仲尼)가 초나라로 갈 적에 어떤 숲 속으로 나가다가 곱사등이 노인이 매미를 마치 물건을 줍는 것처럼 손쉽게 잡는 것을 보았다. 중니가 말했다. "재주가 좋군요. 무슨 비결이라도 있습니까" 노인이 대답했다. "비결이 있지요. 대여섯 달 동안 손바닥 위에 둥근 구슬 두 개를 포개놓아도 떨어뜨리지 않을 정도가 되면 매미를 잡을 때 잡는 경우보다 놓치는 경우가 적어지고, 구슬 세 개를 포개놓아도 떨어뜨리지 않을 정도가 되면 매미를 잡을 때 놓치는 경우가 열 번에 한 번 정도가 되고, 구슬 다섯 개를 포개놓아도 떨어뜨리지 않을 정도가 되면 마치 땅에 떨어진 물건을 줍는 것처럼 매미를 잡게 됩니다. 그때 나는 내 몸을 나무 그루터기처럼 웅크리고 팔뚝은 시든 나무의 가지처럼 만들어서 비록 천지가 광대하고 만물이 많지만 오직 매미 날개만을 알 뿐입니다. 나는 돌아보지도 않고 옆으로 기울지도 않아서 만물 중 어느 것과도 매미 날개와 바꾸지 않으니 어찌하여 매미를 잡지 못하겠습니까" 공자가 제자들을 돌아보며 말했다. "뜻을 한 가지 일에 집중하여 꼭 귀신과 다를 것이 없는 사람은 바로 이 곱사등이 노인을 두고 한 말일 것이다[仲尼適楚, 出於林中, 見痀僂者, 承蜩猶掇之也. 仲尼曰, 子巧乎. 有道邪, 曰, 我有道也. 五六月, 累丸二而不墜, 則失者錙銖, 累三而不墜, 則失者十一, 累五而不墜, 猶掇之也. 吾處身也, 若橛株拘, 吾執臂也, 若槁木之枝, 雖天地之大萬物之多, 而唯蜩翼之知, 吾不反不側, 不以萬物, 易蜩之翼, 何爲而不得. 孔子顧謂弟子曰, 用志不分, 乃凝於神, 其痀僂丈人之謂乎]."

8 필부(匹夫)의 (…중략…) 없다 : 이 구절은 『논어·자한(子罕)』에 보이는 "삼군을 지휘하는 대장은 빼앗을 수 있어도, 필부의 뜻은 빼앗을 수는 없다[三軍可奪帥也, 匹夫不可奪志也]"라는 대목을 활용한 것이다.

이것이 스스로 기르는 것을 살펴 자신의 성性을 다한 것이다.『시경·
기욱淇奧』에서 "깎고 다듬은 듯하고 또 쪼고 간 듯하도다"라고 했는데
온전한 성性을 구한 것일 뿐이다. 고군소가 빈곤 속에서도 선을 좋아하
고 장차 매일 새로워지는 학문의 공부를 하려고 이 이헌을 지어 그 바
르고 길함을 기르고자 한 것이다. 이에 '관이자구구실觀頤自求口實' 여섯
글자로 시를 지어[9] 이로써 권면하고 경계한다"

　高君素作頤軒, 請予賦詩. 予爲說其義曰, 在易之頤, 觀頤, 自求口實. 其傳
曰, 觀頤, 觀其所養也. 自求口實, 觀其自養也. 單豹巖棲谷飮, 有孺子之色, 而
虎攻其外. 張毅擎跽曲拳, 養人間之譽, 而疾攻其內. 養虎者, 不以全物與之.
牧羊者, 去其敗羣, 視其後者而鞭之. 養鷹者飢之. 是謂觀其所養, 盡物之性
也.[10] 庖丁不以肯綮, 嬰其解牛之刀. 痀瘻丈人不以萬物易蜩之翼. 匹夫之志,
不可奪於三軍之帥. 是謂觀其自養,[11] 盡己之性也. 詩云, 如切如磋, 如琢如磨.
求盡性而已. 君素樂善能貧,[12] 將求學問日新之功, 故作頤軒, 以養其正吉. 乃
以觀頤自求口實六字作詩, 以勸戒之.

9　'관이자구구실(觀頤自求口實)'로 (…중략…) 지어 : 여섯 수의 작품에 각각 '관(觀)',
　　'이(頤)', '자(自)', '구(求)', '구(口)', '실(實)'을 운자로 사용했다는 말이다.
10　[교감기] '盡物之性也'가 문집에는 없고 고본에는 '盡物' 두 글자가 없다.
11　[교감기] '是謂觀其自養'의 구절 아래에 문집·고본·장지본에는 '觀其所養, 盡物
　　之性也, 觀其自養'이라는 13글자가 있다.
12　[교감기] '貧'이 문집·장지본에는 '賢'으로 되어 있다.

첫 번째 수其一

金石不隨波	쇠와 돌은 파도에 움직이지 않고
松竹知歲寒	소나무 잣나무 추운 이후에 안다오.
冥此芸芸境	이 무성한 세속은 어둑하기만 하니
回向自心觀	마음 돌려 자신의 마음 살펴야 하네.

【주석】

金石不隨波　松竹知歲寒　冥此芸芸境　回向自心觀 : 왕충의 『논형』에서 "급한 여울물에 모래가 돌고 돌이 구르는데, 큰 돌은 움직이지 않는다. 이것은 돌은 무겁고 모래는 가볍기 때문이다. 대유大儒와 속리俗吏가 함께 세상에 살아가는데, 이와 유사한 것이 있다"라고 했다. 『노론』에서 "한 해가 추워진 이후에야 소나무와 잣나무가 늦게 시든다는 것을 안다"라고 했다. 『노자』에서 "만물이 무성하다가 각기 그 뿌리로 돌아간다"라고 했다. 『화엄경』에 '십회향十回向'[13]이라는 말이 있다. 두보의 「알문공상방謁文公上方」에서 "처음의 마음으로 돌아가고 싶네"라고 했

---

[13] 십회향(十回向) : '회향(回向)'이라는 것은 공허함으로 돌아가는 것을 말한다. 『화엄경』에서 "보살마하살에 열 가지의 회향이 있다"라고 했다. 다음과 같은 열 가지이다. ① 구호일체중생이중생상회향(救護一切衆生離衆生相廻向), ② 불괴회향(不壞廻向), ③ 등일체제불회향(等一切諸佛廻向), ④ 지일체처회향(至一切處廻向), ⑤ 무진공덕장회향(無盡功德藏廻向), ⑥ 입일체평등선근회향(入一切平等善根廻向), ⑦ 등수순일체중생회향(等隨順一切衆生廻向), ⑧ 진여상회향(眞如相廻向), ⑨ 무박무착해탈회향(無縛無着解脫廻向), ⑩ 입법계무량회향(入法界無量廻向).

다.『사십이장경』에서 "욕망과 애정을 끊어버리고 절로 마음의 근원을
알아야 한다"라고 했다.

王充論衡曰, 湍瀨之回沙轉石, 而大石不動者, 是石重而沙輕. 大儒俗吏竝
在世俗, 有似於此. 魯論曰, 歲寒然後知松柏之後凋也. 老子曰, 夫物芸芸, 各
歸其根. 華嚴經有十回向. 老杜詩, 回向心地初. 四十二章經曰, 斷去欲愛, 識
自心源.

두 번째 수其二

知足是靈龜	만족함을 아는 것이 신령스런 거북이요
無厭乃朶頤	싫어함이 없는 것이 턱 늘어트리는 것일세.
虛心萬物表	만물의 밖에서 마음을 비워야 하니
寒暑自四時	춥고 더운 사계절도 절로 순행된다네.

【주석】

知足是靈龜 無厭乃朶頤 虛心萬物表 寒暑自四時 :『노자』에서 "만족함
을 알면 욕되지 않는다"라고 했다.『주역·이괘頤卦』의 초구初九에서
"그대의 신령스러운 거북을 버리고 나를 보고서 턱을 움찍거리니 흉하
다"라고 했다. 그 주注에서 "늘어진 턱이란 씹는다는 말이다. 현명함을
기르는 세상에 머물면서, 그 밟는 바를 바르게 해서 그 덕을 온전하게
하지 못하고 신령스러운 거북이의 밝은 조짐을 버리고, 나의 턱을 늘

어트리고 조급하게 구하는 것을 부러워하면 흉함이 이보다 심한 것이
없게 된다"라고 했다. 『노자』에서 또한 "그 마음을 비우고 그 배를 채
워라"라고 했다. 『노론』에서 "하늘이 무슨 말을 하던가. 사계절이 순차
적으로 행해지고 모든 생명체가 태어난다"라고 했다.

老子曰, 知足不辱. 易頤之初九曰, 舍爾靈龜, 觀我朵頤, 凶. 注云, 朵頤者,
嚼也. 居養賢之世, 不能貞其所履以全其德, 而舍其靈龜之明兆, 羨我朵頤而
躁求, 凶莫甚焉. 老子又曰, 虛其心, 實其腹. 魯論曰, 天何言哉, 四時行焉, 百
物生焉.

세 번째 수其三

無外一精明	하나의 정명 이외에는 없노니
六合同出自	육합이 모두 자신에게서 나온다네.
公能知本原	공은 능히 본원을 알고 있으니
佛亦不相似	불가와는 또한 같지 않으리라.

【주석】

無外一精明 六合同出自 公能知本原 佛亦不相似 : 『능엄경』의 게偈에서
"여러 가지 환술이 무성無性[14]을 이루고 육근六根[15]도 이와 같아 원래 하

---

14 무성(無性) : 불교어로, 일체의 제법(諸法)에 실체가 없다는 말이다.
15 육근(六根) : 불교어로, 여섯 개의 뿌리 즉 안(眼)·이(耳)·비(鼻)·설(舌)·신

나의 정명精明에 의지했다가 나누어져 육화합六和合[16]이 된다. 한 곳만 쉬어 멈추게 되면 육근의 작용도 모두 이루어지지 않는다"라고 했다. 『전등록』에 실린 「영가증도가永嘉證道歌」에서 "본원本原의 자성自性이 바로 천진불天眞佛이다"라고 했으며, 또한 운거선사雲居禪師는 "만약 이 사대四大[17]라면 부처도 또한 짓지 않을 것입니다"라고 했고 또한 「남양충국사광어南陽忠國師廣語」에서 "중이 "이미 털끝만한 것도 없는데, 어떻게 무슨 물건이라고 이름 지을 수 있습니까"라 물으니, 선사가 "본래 이름이 없다"라고 했다. 중이 "그렇다면 비슷한 것이 있습니까"라 묻자, 선사가 "비슷한 것이 없기에, 세상에서 견줄 바 없이 홀로 존귀하다고 말하는 것이다"라 했다"라고 했다.

楞嚴偈曰, 諸幻成無性, 六根亦如是, 元依一精明, 分成六和合, 一處成休復, 六用皆不成. 傳燈錄, 永嘉證道歌曰, 本原自性天眞佛. 又雲居禪師曰, 若是四[18]大佛亦不作. 又南陽忠國師廣語云, 僧問, 旣無纖毫, 可得名爲何物. 師曰, 本無名字. 曰, 還有相似者否. 師曰, 無相似者, 世號無比獨尊.

    (身)·의(意)를 말한다.

16 육화합(六和合) : 불교어로, 육근(六根)이 모두 조화를 이루어 합해진다는 말이다.

17 사대(四大) : 불교에서는 '지(地)'·'수(水)'·'화(火)'·'풍(風)'을 사대라고 하는데, 사람의 몸이 이로써 구성되었다고 여긴다.

18 四 : 중화서국본에는 '思'로 되어 있는데, '四'의 오자로 보인다.

네 번째 수其四

辱莫辱多欲　　많은 욕심보다 더 큰 욕됨은 없고

樂莫樂無求　　욕심 없는 것보다 더 큰 즐거움은 없다네.

人生強學耳　　사람이 태어나면 열심히 배울 따름이니

萬古一東流　　만고세월 한줄기 물은 동으로 흐른다네.

【주석】

辱莫辱多欲 樂莫樂無求 人生強學耳 萬古一東流 : 『초사』에서 "살아서 이별하는 것보다 더 큰 슬픔은 없고, 새로 사람을 알아서 사귀는 것보다 더 큰 즐거움은 없다"라고 했는데, 이 율격律格을 활용했다. 『예기·유행儒行』에서 "밤낮으로 열심히 공부하여 물음에 대비한다"라고 했다. 두보의 「희위육절구戱爲六絶句」에서 "강하처럼 그치지 않고 만고에 흐르리라"라고 했는데, 여기에서는 다만 이 글자를 차용하여, 흘러가는 물이 이 같이 빨리 흐르니 하루라도 아끼지 않을 수 없다는 것을 말했다. 목지 두목의 「독작獨酌」에서 "만고의 세월이 한 마리 새처럼 날아가네"라고 했다. 낙천 백거이의 「서루야西樓夜」에서 "세월은 동으로 흘러가는 물일세"라고 했다.

楚辭曰, 悲莫悲兮生別離, 樂莫樂兮新相知. 此用其律. 禮記儒行曰, 夙夜強學以待問. 老杜詩, 不廢江河萬古流. 此特借用其字, 言逝川之速如此, 不可不惜日也. 杜牧之詩, 萬古一飛鳥. 樂天詩, 年光東流水.

다섯 번째 수其五

樞機要發遲	말은 조심스레 천천히 꺼내야 하고
飮食戒¹⁹味厚	음식은 맛 좋은 것을 경계해야 하네.
漁人溺於波	어부는 파도에 빠지는 법이고
君子溺於口	군자는 입에 빠지는 법일세.

【주석】

樞機要發遲 飮食戒味厚 漁人溺於波 君子溺於口 : 『주역』에서 "언행言行은 군자의 추기樞機²⁰이다. 그 언행을 어떻게 발하느냐에 따라 영욕이 대체로 결정된다"라고 했다. 『국어』에서 "맛 좋은 것이 진실로 큰 독이 된다"라고 했다. 『주역·이괘頤卦』의 대상大象에서 "군자는 말을 삼가고 음식을 절제해야 한다"라고 했기에, 2구에서 이렇게 말한 것이다. 『예기』에서 "소인은 물에 빠지고 군자는 입에 빠지며 대인大人은 백성에게 빠지니, 모두 얕보기 때문이다"라고 했다. 이 작품의 구본舊本에는 "소인은 물에 빠지고, 군자는 입에 빠지네. 예로부터 때에 맞는 말을 하지 못하면, 오직 다리가 없는 말沒梁斗²¹이 될 뿐이라네"라고 되어 있다. 살펴보건대, 진재사秦再思의 『기이록紀異錄』에서 "고변高騈이 술자리에서

---

19 [교감기] '戒'가 문집·고본에는 '減'으로 되어 있다. 고본의 원주(原注)에서 "다른 판본에는 '戒'로 되어 있다"라고 했다.

20 추기(樞機) : 사물의 관건이 되는 부분을 뜻하는데, 보통 사람의 언어를 뜻하는 말로 쓰인다.

21 다리 없는 말沒梁斗] : 말[斗]에 다리가 없으면 곡식을 되어볼 수가 없으므로, 흔히 언어(言語)가 반복무상한 것을 비유하는 말로 쓰인다.

설도薛濤에게 배석하게 하고서는 한 글자를 바꾸는 놀이를 하자고 했다.[22] 이에 고변이 "입 구口라는 글자는 마치 국에 빠져 자루가 보이지 않는 국자와 같다[口有似沒梁斗]"라고 하자 설도가 "내 천川자는 마치 서까래 세 개를 세워 놓은 것 같습니다[川有似三條椽]"라 했다"라고 했다.

易曰, 言行, 君子之樞機, 樞機之發, 榮辱之主也. 國語曰, 厚味實臘毒. 頤卦之大象曰, 君子以愼言語, 節飮食. 故此句及之. 禮記曰, 小人溺於水, 君子溺於口, 大人溺於民, 皆在其所褻也. 此詩舊本云, 小人溺於水, 君子溺於口. 古來犯時機, 惟此沒梁斗. 按秦再思紀異錄曰, 高騈命酒佐薛濤改一字令, 騈曰, 口有似沒梁斗. 濤曰, 川有似三條椽.

여섯 번째 수其六

涇流不濁渭	경수가 위수 때문에 탁한 것 아니요
種桃無李實	복숭아 심으면 오얏 열매 없으리라.
養去心塵緣	마음 속 티끌 같은 인연 버려야만
光明生虛室	밝은 빛이 빈 방에서 생겨난다네.

【주석】

涇流不濁渭 種桃無李實 養去心塵緣 光明生虛室 : 『시경·곡풍谷風』에서

22　한 (…중략…) 했다 : 반드시 한 글자가 형상을 나타내면서 동시에 운을 이루어야 한다는 의미이다.

"경수가 위수 때문에 흐려 뵈지만, 그 물가는 아주 맑기만 하니라"라고 했다. 그 전傳에서 "위수와 경수가 서로 모여들어도 맑고 탁한 것이 구별된다"라고 했다. 그 전箋에서 "경수는 위수가 있기 때문에 위수가 탁해 보인다. '식식湜湜'은 바름을 유지하는 모양이다"라고 했다. 속담에서 "오얏을 심으면 도리를 이루지 못하고 벼를 심으면 콩이 나지 않는다"라고 했다. 근래 원오선사圓悟禪師 극근克勤이 일찍이 이 두 마디 말을 가지고 송頌을 지은 것이 있다. 『맹자』에서 "마음을 기르는 것은 욕심을 줄이는 것보다 좋은 것이 없다"라고 했다. 『원각경』에서 "망령스러운 사대四大[23]를 자신의 몸뚱이로 여기고 육진六塵[24]의 그림자를 자기의 마음으로 삼는다"라고 했다. 또한 "이 허망한 마음에 만약에 육진이 없으면, 허망한 마음이 있을 수 없다. 사대가 분해되어 흩어지면 티끌이 없게 됨을 얻을 수 있다. 그 가운데서 인연과 티끌이 각각 돌아가서 흩어져 버린다. 결국에는 인연의 마음도 볼 수 없게 된다"라고 했다. 『장자』에서 "빈 방안에서 흰 빛이 생겨난다"라고 했다.

谷風詩曰, 涇以渭濁, 湜湜其沚. 傳云, 涇渭相入而淸濁異. 箋云, 涇水以有渭, 故見渭濁. 湜湜, 持正貌. 俗諺曰, 種李不成桃, 種禾不生豆. 近出[25]圓悟禪師克勤, 嘗以此兩語作頌. 孟子曰, 養心莫善于寡欲. 圓覺經曰, 妄誕四大爲

---

23 사대(四大) : 불교에서는 '지(地)'·'수(水)'·'화(火)'·'풍(風)'을 사대라고 하는데, 사람의 몸이 이로써 구성되었다고 여긴다.
24 육진(六塵) : 심성을 더럽히는 6식의 대상계로, 색(色)·성(聲)·향(香)·미(味)·촉(觸)·법(法)을 말한다.
25 [교감기] '出'이 전본에는 '日'로 되어 있고 건륭본에는 '聞'으로 되어 있다.

自身相, 六塵緣影爲自心相. 又曰, 此虛妄心, 若無六塵, 則不能有. 四大分解,

無塵可得, 於中緣塵, 各歸散滅, 畢竟無有緣心可見. 莊子曰, 虛室生白.

2. 사찰에서 자고 일어나다. 2수

寺齋睡起. 二首26

첫 번째 수其一

小點大癡螳捕蟬	사마귀가 매미 잡는 건 소힐대치요
有餘不足蘷憐蚿	기가 노래기 부러워하는 건 유여부족이네.
退食歸來北窗夢	조정에서 물러나 북창 아래에서 꿈을 꾸니
一江風月27趁漁船28	한줄기 바람과 달이 어선을 따르네.

【주석】

小點大癡螳捕蟬 有餘不足蘷憐蚿 : 퇴지 한유의 「송궁문送窮文」에서 "우리를 몰아내려고 하니, 작게는 교활하고 크게는 어리석다"라고 했다. 『장자』에서 "장자가 기이한 까치를 보았는데, 새총을 잡고 그것을 당겨 새를 잡으려 머물러 있다가, 한 마리 매미가 막 시원한 나무 그늘을 얻어 자기 몸을 잊고 있는 것을 보았다. 그런데 그 매미 뒤에서는 사마귀가 도끼모양의 발을 들어 올려 매미를 잡으려 하고 있었는데, 매미

---

26 [교감기] 문집·고본에는 제목이 '寺齋睡起'라 되어 있고 이 아래에 있는 2수의 작품을 따로 분류하여 문집 권5 고시류(古詩類)와 권9 율시류(律詩類)에 각각 수록해 두었다. 권5에 실린 작품의 제목 아래에 "元醑池寺睡起二首, 其一東字韻, 見第九卷"이라는 주(注)가 있다.
27 [교감기] '風月'이 문집·고본에는 '春月'이라고 되어 있고 고본의 원교(原校)에서는 "다른 판본에는 '風月'로 되어 있다"라고 했다.
28 [교감기] '趁漁'가 전본에는 '桃李'로 되어 있다.

를 잡는다는 이득만 생각하고 자기 몸을 잊고 있었다. 이상한 까치는 바로 그 뒤에서 사마귀를 잡는다는 이익만 생각하고 자기 몸을 잊고 있었다"라고 했다. 또한 "외발 짐승인 기夔는 발이 많은 노래기[蚿]를 부러워하고 노래기는 발이 없는 뱀을 부러워하며, 뱀은 형체가 없는 바람을 부러워하고 바람은 움직이지 않고도 널리 살펴보는 눈[目]을 부러워하며, 눈은 안에 들어앉았으면서도 자유로이 작용하는 마음을 부러워한다"라고 했다. 『한서음의』에서 "'기夔'는 한 발만 있는 짐승이다. '현蚿'은 마현馬蚿이라는 곤충으로 다리가 많다"라고 했다. 시의 의미는 공교로움과 거짓이 서로 뒤집히고 지혜와 어리석음이 서로 각을 세우고 있으니, 이 몇 곤충과 더불어 무엇이 다르겠는가, 득실得失은 마침내 어디에 있는가라는 말이다. 『노자』에서 "남은 것은 덜어내고 부족한 것은 채운다"라고 했다.

退之送窮文曰, 驅我令去, 小黠大癡. 莊子曰, 莊子覩異鵲, 執彈而留之, 覩一蟬, 方得美蔭而忘其身, 螳蜋執翳而搏之. 見得而忘其形, 異鵲從而利之, 見利而忘其眞. 又曰, 夔憐蚿, 蚿憐蛇, 蛇憐風, 風憐目, 目憐心. 音義云, 夔, 一足獸. 蚿, 馬蚿蟲, 多足. 詩意謂巧詐之相傾, 智愚之相角, 與此數蟲何異, 得失竟安在哉. 老子, 有餘者損之, 不足者補之.

退食歸來北窓夢 一江風月趁漁船:『시경・고양羔羊』에서 "조정에서 물러나 밥을 먹네"라고 했다. '북창몽北窓夢'[29]은 앞의 주注에 보인다. 임포

---

29 북창몽(北窓夢) : 도잠(陶潛)의 「여자엄등소(與子儼等疏)」에서 "일찍이 말하노

의 「추강사망秋江寫望」에서 "가장 좋은 건, 배꽃에 비 지난 후, 거룻배에서 저녁 밥 짓는 연기"라고 했다. ○『동파악부』에서 "한줄기 풍월에 강호에서 낚시하네"라고 했다.

羔羊詩曰, 自公退食. 北窓夢見上注. 林逋秋江寫望詩曰, 最愛梨花經雨後, 一篷煙火飯漁船. ○ 東坡樂府, 一竿風月釣江湖.

두 번째 수其二

桃李無言一再風	한두 번 바람에 도리는 말이 없는데
黃鸝惟見綠葱葱[30]	푸른 그늘 우거진 속에서 꾀꼬릴 보네.
人言九事八爲律	아홉 일 중 여덟이 율령이라 말을 하노니
儻有江船吾欲東	만일 강에 배 있다면 동쪽으로 가고파라.

【주석】

桃李無言一再風 黃鸝惟見綠葱葱 : 복숭아 오얏 꽃이 한두 번 바람을 맞으면 그 빛을 회복하지 못하고 붉은 빛이 퇴색하게 되어 한순간 푸른 그늘이 된다. 분주하게 경사京師의 먼지 속에서 살아가다보니 일찍

니 5~6월에 북창 아래 누워 잠시 불어오는 서늘한 바람을 맞으면 희황 시대의 백성인가 생각이 든다. 생각이 좁고 지식은 적지만 뱉은 말을 지키려고 했다. 세월은 흘러가는데 기교는 적으니 먼 옛날을 찾으려 해도 아득하니 어찌할까"라고 했다.

30 [교감기] '葱葱'이 본래 '忽忽'으로 되어 있는데, 지금 전본·건륭본에 따른다.

이 봄날의 사물을 자세히 보지 못했다는 의미이다. 『한서·이광전李廣傳』의 찬贊에서 "복숭아 오얏은 말을 하지 않지만, 그 아래 절로 길이 생긴다"라고 했다. 『한서·사마상여전司馬相如傳』에서 "한두 곡조를 연주했다"라고 했다.

桃李一再經風, 無復顏色, 紅紫事退, 遽成綠陰. 意謂卒卒京塵中, 未嘗得細見春物也. 漢書李廣贊曰, 桃李不言, 下自成蹊. 漢書司馬相如傳曰, 爲鼓一再行.

人言九事八爲律 儻有江船吾欲東 : 『한서·주보언전主父偃傳』에서 "상소문에서 언급한 아홉 가지 일 가운데, 여덟 가지가 율령에 관한 것이었다"라고 했다. 『한서·한신전韓信傳』에서 "고조高祖가 "나 또한 동쪽으로 가고자 할 뿐이다. 어찌 우울하게 이곳에 오래 머물겠는가"라 했다"라고 했다. 이것을 모두 차용하여, 세도世途가 좁고 험하여 걸핏하면 법령을 위반하게 되니 차라리 강해에서 살고 싶다고 말한 것이다. 퇴지 한유의 「남내조하귀정동관南内朝賀歸呈同官」에서 "법 집행하는 많은 젊은이들, 모서리를 갈고 담금질하네. 장차 너의 잘못을 들어, 몸뚱이의 계단으로 삼으려 하네. 몸 거두어 관동으로 돌아가고자 하나, 도착하기 전에 죽을지도 모르네"라고 했다. ○『좌전』양공襄公 15년 조에서 "내 말의 머리가 동쪽으로 가고자 한다"라고 했다.

漢書主父偃傳曰, 所言九事, 其八爲律. 又韓信傳, 高祖曰, 吾亦欲東耳, 安能鬱鬱久居此乎. 此皆借用, 謂世途狹隘, 動觸法令, 寧自放於江海也. 退之

詩, 法令多少年, 磨淬出角圭. 將擧汝愆尤, 以爲身階梯. 收身歸關東, 期不到

死迷. ○ 左傳襄十五年, 余馬首欲東.

3. 꿈을 기록하다

記夢

『홍구보시화洪駒父詩話』에서 "내가 일찍이 산곡 황정견에게 들었는데 황정견은 "이 작품은 하나의 일을 기록한 것이다. 일찍이 한 종실宗室의 귀인貴人을 따라 기녀들을 데리고 어떤 절에 놀러간 적이 있었다. 술이 얼큰해지자 여러 기녀들은 모두 승방僧房으로 흩어져 들어갔는데 주인은 괴이하게 여기지 않았다. 그래서 효연몽지비분운曉然夢之非紛紜이란 구절이 있게 된 것이다"라 했다"라고 했다. 승僧 혜홍의 『영재야화』에서는 "산곡 황정견이 원우元祐 초, 낮에 포지사酺池寺에 누워 있다가 꿈속에서 한 명의 도사道士와 봉래산을 여행했다. 그리고 꿈에서 깨어 이 작품을 지었다고 한다. 최근에 나와 상강의 배 안에서 함께 잠을 잤는데, 친히 이 말을 해 주었다"라고 했다. 두 이야기 중에 어느 것이 맞는지는 모르겠다.

洪駒父詩話曰, 予嘗聞山谷云, 此篇記一段事也. 嘗從一貴宗室, 携妓女游某寺, 酒闌, 諸妓皆散入僧房中, 主人不怪也. 故有曉然夢之非紛紜之語.[31] 僧惠洪冷齋夜話, 以爲山谷元祐初, 晝臥酺池寺, 夢與一道士遊蓬萊, 覺而作此詩. 頃與余同宿湘江舟中, 親爲言之. 兩說未知孰是.

---

31 [교감기] '洪駒 (…중략…) 之語'라는 구절에 대해 장지본 옹 씨(翁氏)의 비교(批校)에서 "이것은 반드시 가리키는 바가 있을 것이니, 홍구보(洪駒父)가 말한 "귀인(貴人)의 가기(家妓)들이 승방(僧房)에 흩어져 들어갔다"라는 것은 아닌 듯하다"라고 했다.

衆眞絶妙擁靈君	아름다운 뭇 기녀들 영군 감싸고 있으니
曉然夢之非紛紜	명료하여 꿈속의 어지러운 일 아니어라.
窓中遠山是眉黛	창속의 먼 산은 아름다운 눈썹이요
席上榴花皆舞裙	자리의 석류꽃은 모두 기녀들의 치마로세.
借問琵琶得聞否	문건대, 비파 소리 듣고 있었는가
靈君色莊妓搖手	영군은 화가 났고 기녀는 손 저었지.
兩客爭棊爛斧柯	두 길손 바둑 두느라 도끼자루는 썩고
一兒壞局君不呵	아이가 바둑판 어지럽혀도 화내지 않네.
杏梁歸燕語空多[32]	은행 들보에 돌아온 제비 부질없이 지저귀니
奈此雲窓霧閣何	이 구름 창과 이내 덮인 집 어이하리까.

【주석】

衆眞絶妙擁靈君 曉然夢之非紛紜 : 『진고』에서 "『진위세보』에서 "영흥
興寧 3년에 뭇 선인들이 양희의 집으로 내려왔다"라고 했다. 『한서·공
손홍전』에서 "어리석은 마음이 환해져서 다스리는 도리가 행해질 수
있음을 보았습니다"라고 했다. '몽분운'[33]은 앞의 주注에 보인다.

眞誥, 眞胄世譜云, 興寧三年, 衆眞降楊羲家. 漢書公孫弘傳曰, 愚心曉然,
見治道之可以行也. 夢紛紜見上注.

---

32 [교감기] '語空'이 문집·고본·장지본에는 '空語'로 되어 있다.
33 몽분운(夢紛紜) : 『본초강목(本草綱目)』 「인삼조(人參)」 조(條)의 주(注)에서
"『약성론(藥性論)』"에서 "허약함을 앓으면 대부분 꿈이 분란하다"'라고 했다.

窓中遠山是眉黛 席上榴花皆舞裙 : 『문선』에 실린 현휘 사조의 「선성군
宣城郡」에서 "창 밖으론 먼 산이 줄지어 있네"라고 했다. 『서경잡기』에
서 "탁문군卓文君은 아름답고 사랑스러워 눈썹색깔은 먼 산을 바라보는
듯하다"라고 했다. 『악부·황문창』에서 "절세의 미인들과, 손 잡고 봄
누대에 올랐네. 눈썹은 막 떠오른 초승달 같고, 치맛자락은 석류를 배
운 듯해라"라고 했다.

文選謝玄暉詩曰, 窓中列遠岫. 西京雜記曰, 文君姣好, 眉色如望遠山. 樂
府黃門倡曰, 佳人俱絶世, 握手上春樓. 點黛方初月, 縫裙學石榴.

借問琵琶得聞否 靈君色莊妓搖手 : 『문선』에 실린 자건 조식의 「백마白
馬」에서 "묻건대, 뉘 집은 자식인가"라고 했다. '색장'[34]은 『노론』에 보
인다. 『한서·허후전』에서 "또한 첩으로 하여금 손을 쓸 수 없게 했다"
라고 했다. 승僧 혜홍의 『영재시화』에서 "산곡 황정견이 꿈에서 두 명
의 도인을 만났는데, 그들이 황정견을 데리고 전각에 올라갔다. 그 곳
의 주인은 붉은 옷을 입고 있었고 선녀들이 주위에서 모시고 있었다.
그 선녀 중 한 여인이 단정하게 비파를 연주하고 있었다. 황정견은 그
음색이 너무도 좋아 그녀를 돌아보기만 한 채 주인에게 배례하는 것을
잊었다. 이에 주인은 얼굴이 붉게 변했다. 그래서 시에서 "묻건대, 비파

---

34 색장(色莊) : 『논어·선진(先進)』에 "언론이 독실한 사람을 평가한다면, 그를 군
자라고 할 것인가, 겉만 장엄한 자라고 할 것인가[論篤是與, 君子者乎, 色莊者乎]"
라는 구절이 보인다. '색장'은 얼굴색만 장엄하게 하는 것으로, 겉과 속이 다른
것을 말한다.

소리 듣고 있었는가, 영군은 화가 났고 기녀는 손 저었지"라고 한 것이
다. 지금 『산곡집』에 실린 것과는 시어가 같지 않은데, 아마도 다시 고
쳤을 것이다"라고 했다. ○ 이정이 월국공 양소를 찾아뵈었는데, 한 기
녀가 홍불紅拂을 들고 그 앞에 서 있었다. 그날 밤, 그 기녀는 이정에게
도망쳐 왔다. 이정은 장차 태원으로 돌아가면서 영석의 여관에서 묵게
되었다. 기녀는 머리를 손질하고 있었는데, 머리가 길어 땅에 닿을 정
도였다. 그때 붉은 수염을 한 길손이 나귀를 타고 왔는데, 가죽부대를
그 기녀 앞에 던지고서는 이를 베개 삼아 누워 그 기녀가 머리 손질하
는 것을 보고 있었다. 이정이 말을 빗질하고 있었고 대단히 화가 났지
만 어찌할 수 없었다. 기녀는 그 길손의 얼굴을 빤히 바라보고는 한 손
으로는 머리를 잡고 다른 한 손으로는 이정에게 화내지 말라는 신호를
보냈다. 급히 빗질을 마치고 길손에게 절을 하고서는 '형'이라고 불렀
다. 이 이야기는 『태평광기』에 보이는데, 이것을 차용한 것이다.

文選曹子建樂府云, 借問誰家子. 色莊見魯論. 漢書許后傳曰, 且使妾搖手
不得. 僧惠洪冷齋夜話曰, 山谷夢有兩道人, 導升殿, 主者衣絳衣, 仙女擁侍.
中有一女, 方整琵琶. 山谷極愛其風韻, 顧之, 忘揖主者. 主者色莊. 故其詩曰,
借問琵琶可聞否, 靈君色莊妓搖手. 今山谷集語不同, 蓋復更易之耳. ○ 李靖
謁越國公楊素, 有妓執紅拂立於前, 是夕, 妓遂奔靖. 靖將歸太原, 行次靈石旅
舍. 妓方理髮, 髮長委地. 有虯髯客乘驢而來, 投革囊於前, 取枕欹臥, 看妓理
髮. 靖方刷馬, 甚怒, 未決. 妓熟觀其面, 一手握髮, 一手映身搖示靖令勿怒.
急梳頭, 拜客, 以兄呼之. 見太平廣記, 此借用.[35]

兩客爭棊爛斧柯 一兒壞局君不呵 : 『술이기』에서 "진나라 왕질이 신안 석실산에 가서 나무를 베었는데, 두 명의 동자들이 바둑을 두며 노래하는 것을 들었다. 잠시 후에 아이들이 왕질에게 "왜 가지 않습니까"라 말했다. 왕질이 일어나 도끼자루를 보니 모두 썩어 있었다. 돌아와 보니 나무하러 가기 전에 살았던 사람이 없었다"라고 했다. 이 이야기는 또한 『수경주水經注‧점강수漸江水』의 주注에도 보인다. 『위지‧왕찬전』에서 "왕찬은 다른 사람들이 바둑을 두는 것을 보고 있다가 바둑이 다 끝나고 나면 왕찬이 다시 복기復棋했다"라고 했다. 『한서‧이광전』에서 "패릉위가 술에 취하여 호통을 쳐 이광을 멈추게 했다"라고 했다.

述異記, 晉王質詣信安石室山伐木, 見數童奕碁而歌, 俄頃謂質曰, 何不去. 質起, 視斧柯爛盡. 旣復歸, 無復時人矣. 亦見水經漸工水注. 魏志王粲傳, 觀人圍碁, 局壞, 粲爲覆之. 漢書李廣傳, 霸陵尉醉呵止廣.

杏梁歸燕語空多 奈此雲窓霧閣何 : 사마상여의 「장문부」에서 "은행나무를 꾸며서 들보를 만들었네"라고 했다. 낙천 백거이의 「우의寓意」에서 "가볍게 나는 두 마리 현조는, 본래 쌍쌍이 나는 제비라네. 저 은행나무 들보를 귀하게 여기고, 이 띳집 용마루 천하게 여기네"라고 했다. 퇴지 한유의 「화산녀」에서 "구름 이내 긴 창과 집의 일 황홀한데, 겹겹

---

35 [교감기] '李靖 (…중략…) 借用'이라는 주(注)가 전본‧건륭본에는 없다. 또한 지금 통용되는 『태평광기(太平廣記)』 중에는 위에서 서술한 기록이 보이지 않는다.

의 푸른 장막에 금빛 병풍은 깊어라"라고 했다. 악부樂府에 '연귀량'이
라는 곡조가 보인다.

司馬相如長門賦曰, 飾文杏以爲梁. 樂天詩, 翩翩兩玄鳥, 本是雙飛燕. 彼
矜杏梁貴, 此嗟茅棟賤. 退之華山女詩云, 雲窓霧閣事恍惚, 重重翠幬深金屛.
樂府有燕歸梁之名.

4. 원명과 함께 홍복사를 지나다가 장난스레 쓰다

同元明, 過洪福寺, 戲題

洪福僧園拂紺紗　　　홍복사의 뜨락에 푸른 비단 휘날리니

舊題塵壁似昏鴉　　　벽에 예전에 쓴 시가 마치 저물녘 까마귀 같네.

春殘已是風和雨　　　비바람에 봄날은 이미 저물어가나

更著遊人撼落花　　　다시 유람객 있어 떨어진 꽃 흔드네.

【주석】

洪福僧園拂紺紗 舊題塵壁似昏鴉 : 홍복사洪福在는 변경에 있다. 동파 소식의 「안국사심춘安國寺尋春」에서 "옥 같은 신선의 큰 복꽃이 바다와 같다"라고 했다. 『척언』에 실린 왕파王播의 「제목란원題木蘭院」에서 "삼십년 전에 얼굴에 먼저 가득했는데, 이제 비로소 푸른 깁에 싸인 시를 보게 되었네"라고 했다. 『법서원』에서 "오동鄔彤은 초서를 잘 썼으니 마치 찬 숲에 깃든 까마귀와 같다"라고 했다. ○ 두보의 「대설對雪」에서 "기다리다보니 저물녘 까마귀 날아오네"라고 했다.

洪福在汴京. 東坡詩曰, 玉仙洪福花如海. 摭言, 王播詩曰, 三十年前塵撲面, 如今始得碧紗籠. 法書苑曰, 鄔彤善草書, 如寒林棲鴉. ○ 老杜詩, 有待至昏鴉.

春殘已是風和雨 更著遊人撼落花 : 구본에는 산곡 황정견이 쓴 서문이

있는데 "삼월 중에 여원명呂元明 및 필공숙과 홍복사에 이르렀는데, 여
원명이 예전에 벽에다 쓴 "진과 함께 술 취한 이후에 나무에 올라가 꽃
을 혼들었네"라는 구절을 보고 웃으며 즐거워하다가 장난스레 쓴다"
라고 했다. 낙천 백거이의 「진중음秦中吟」에서 "쏴쏴 부는 비바람 소리
같네"라고 했다.

舊本有山谷序云, 三月中, 同呂元明畢公叔至洪福寺, 見元明壁間舊題云, 與
晉之醉後, 使騎升木撼花, 以爲笑樂, 戱題. 樂天詩, 颯颯風和雨.

5. 조심도가 소매를 구하기에 장난스레 답하다. 2수

戱答晁深道乞消梅. 二首

『왕립지시화』에서 "소매는 경사에 있는데, 귀하게 여기지 않았다. 그런데 내가 이것을 따서 산곡 황정견에게 주었고 황정견이 이를 토대로 몇 수의 절구를 지은 일로 인해 마침내 장안에 그 이름이 알려지게 되었다"라고 했다. 조심지의 자는 심도이고 뒤에 이름을 영지라고 고쳤고 자도 지도라고 고쳤다.

王立之詩話云, 消梅, 京師有之, 不以爲貴. 因余摘遺山谷, 山谷作數絶, 遂名振于長安. 晁深之, 字深道, 後改名詠之, 字知道.

첫 번째 수其一

青莎徑裏香未乾	푸른 잔디 길에 향기 사라지지 않았고
黃鳥陰中實已團	녹음 속에 꾀꼬리 울고 열매 이미 맺혔어라.
蒸豆作烏鹽作白	삶은 콩으로 오매, 소금으로 백매 만드는데
屬聞丹杏薦牙盤	근래 들으니, 단행을 상아 쟁반에 올렸다지.

【주석】

青莎徑裏香未乾 黃鳥陰中實已團 : 만물의 변화가 **빠른** 것에 놀랐다는 것이다. 당나라 사람 유창의 「여승화구與僧話舊」에서 "잔디 길의 저물녘

안개 대나무 언덕에 엉키었네"라고 했다. 구양수의 「초하서호初夏西湖」
에서 "봄 지난 뒤 녹음 속에 꾀꼬리 우네"라고 했다.

驚物化之速也. 唐人劉滄詩, 莎徑晚烟凝竹塢. 歐公詩, 綠陰黃鳥春歸後

蒸豆作烏鹽作白 屬聞丹杏薦牙盤 : 『제민요술』에 백매를 만드는 법[36]과
오매를 만드는 법[37]이 실려 있는데, 여기에서는 이 글자를 이용했다.
지금 사람들은 당매로 오매를 만드는데, 삶은 콩을 섞어서 그 검은 색
깔을 낸다. 『도경 · 본초』의 매실 조條에서 "소금을 넣어 백매를 절이는
데, 약용으로 쓰인다"라고 했다. 『한서 · 곡영전』에서 "근래 들으니, 특
진관特進官으로 성문城門의 군대를 거느리게 했다"라고 했다. 그 주注에
서 "'촉'은 가깝다는 것으로, 음은 '지'와 '욕'의 반절법이다"라고 했다.
퇴지 한유의 「이화」에서 "얼음 쟁반 여름에 올리매 푸른 과일 부드럽
네"라고 했다. 『노씨잡설』에서 "황제의 부엌에서 반찬을 올릴 때는 아
홉 가지 음식을 올리면서 상아 쟁반 아홉 개를 쓰며 그 위에 음식을 올

---

36 백매(白梅)를 만드는 법 : 『제민요술』에서 백매 만드는 법에 대해 다음과 같이
　　말했다. "백매 만드는 법 : 매실에는 신[酸] 맛이 있다. 핵(核)이 되기 시작할 때
　　에 따 밤에는 소금물에 담가 놓고 낮에는 햇빛에 쬐어 말린다. 모름지기 열흘 밤
　　낮 동안 10번 담그고 10번 햇볕에 쬐이면 백매가 만들어진다. 조미료 또는 양념
　　따위의 여러 가지 용도로 쓰인다[作白梅法, 梅子酸. 核初成時摘取, 夜以鹽汁漬之,
　　晝則日曝. 凡作十宿, 十浸十曝, 便成矣. 調鼎和羹, 所在多入也]."
37 오매(烏梅)를 만드는 법 : 『제민요술』에서 오매 만드는 법에 대해 다음과 같이
　　말했다. "오매(烏梅) 만드는 법 : 역시 매실이 익기 시작할 무렵에 따 대바구니에
　　넣고 굴뚝 위에서 연기를 쐬어 가며 말리면 된다. 오매는 약용으로 쓰지 결코 조
　　미료로 써서는 안 된다[作烏梅法, 亦以梅子核初成時摘取, 籠盛, 於突上熏之, 令乾,
　　卽成矣. 烏梅入藥, 不任調食也]."

린다"라고 했다. 이 작품의 뜻은 매실이 시들어 그 본성을 잃을 때이기에 붉은 살구가 황제에게 진상되는 은총을 입게 되었으니, 이것이 노성한 이들을 버려두고 새로 과거에 합격한 사람을 등용하는 것과 무엇이 다르겠느냐는 것이다.

齊民要術有作白梅與作烏梅法, 此用其字. 今人作糖梅, 雜以蒸豆, 取其色黑. 圖經本草梅實條曰, 以鹽殺白梅, 入藥用. 漢書谷永傳曰, 屬聞以特進領城門兵. 注云, 屬, 近也, 音之欲反. 退之李花詩曰, 氷盤夏薦碧實脆. 盧氏雜說曰, 御廚進饌, 用九飣食, 以牙盤九枚, 裝食味於其間. 詩意謂當梅實槁悴失性之時, 丹杏方蒙獻御之寵, 與老成屏棄而新進見用, 何異哉.

두 번째 수其二

北客未嘗眉自顰	북객은 먹지 않아도 눈썹 절로 찌푸리고
南人誇說齒生津	남인은 이에 침 고인다 과장되게 말하네.
磨錢和蜜誰能許	동전 갈아 꿀 섞는 것 뉘 능히 하랴
去蒂供鹽亦可人	꼭지 제거하고 소금 섞었으니 또한 가인이네.

【주석】

北客未嘗眉自顰 南人誇說齒生津 : 『필담』에 실린 존중 심괄의 「다론」에서 "누가 여린 향기 맡고 참새의 혀라고 했는가, 알겠어라, 북쪽에서 온 길손은 맛보지 못했으리"라고 했다. 살펴보건대, 당나라 독고급이

지은 『초북객문』이란 것이 있다. 『세설신어』에서 "남인의 학문은 창문으로 해를 보는 것과 같다"라고 했다. '빈미'는 매실의 신맛이 사람들에게 눈썹을 찌푸리게 만든다는 것을 말한다. 『세설신어』에서 또한 "위 무제가 행군을 하다가 길을 잃어 삼군이 모두 목마름에 시달렸다. 이에 무제는 "앞에 큰 매화나무 숲이 있는데, 달고 신 열매가 주렁주렁 있으니 이것으로 목마름을 해소할 수 있을 것이다"라고 했다. 병사들은 이 말을 듣고 입에서 모두 침이 흘러나왔다"라고 했다.

筆談載沈存中茶論詩云, 誰把嫩香名雀舌, 定知北客未曾嘗. 按唐獨孤及有招北客文. 世說曰, 南人學問, 如牖中見日. 顰眉謂梅酸使人攢眉也. 世說又載, 魏武帝行失道, 三軍皆渴. 帝令曰, 前有大梅林, 饒子甘酸, 可以解渴. 士卒聞之, 口皆水出.

磨錢和蜜誰能許 去蔕供鹽亦可人 : 지금 사람들은 꿀 속에 매화를 담구는 법이 있는데, 한두 개의 동전을 갈아 그 아래에 두면 그 빛깔이 더욱 선명해진다고 한다. '수능허'는 가난한 집에서는 동전이 없기에 이렇게 하지 못한다는 말이다. 『한서·식화지』에서 "간혹 간사한 사람이 동전의 뒷면을 갈아서 그 부스러기를 취한다"라고 했다. 『촉지·비위전』에서 "그대는 진실로 가인可人이니, 반드시 적을 물리칠 수 있을 것이다"라고 했다. '가인可人'이라는 글자는 『예기』에 나오고[38] 이를 차용했는

---

38 '가인(可人)'이라는 (…중략…) 나오고 : 『예기·잡기(雜記)』 하(下)의 "관중이 도적을 만나 그 중에서 두 명을 취해 가신으로 삼았다. 이후 환공에게 조정의 공

데, 다른 사람의 마음을 기쁘게 해 준다는 말이다.

今人漬蜜梅法, 磨一二銅錢, 置其下, 顔色益鮮. 誰能許謂寒家不辦此也. 漢書食貨志曰, 或盜摩錢質而取鋊. 蜀志費禕傳曰, 君信可人, 必能勦辦賊者也. 字出禮記, 此借用, 謂悅可人意.

신으로 삼기를 추천하면서 "함께 조유하는 자들 때문에 법을 범했지만 벼슬을 줄 만한 사람입니다"라고 했다. 관중이 죽자, 환공은 그들에게 관중의 복을 입게 했다. 대부에게 벼슬한 자가 대부를 위하여 복을 입는 것이 관중으로부터 시작되었으니, 군명이 있기 때문이었다[管仲遇盜, 取二人焉. 上以爲公臣曰, 其所與游辟也, 可人也. 管仲死, 桓公使爲之服]"라는 구절에 보인다. '가인'은 보통 재주와 덕이 훌륭한 사람을 말한다.

6. 매화를 조심도에게 보내며 장난스레 지어 보내다. 2수

以梅餽晁深道戲贈. 二首

첫 번째 수其一

帶葉連枝摘未殘	잎과 가지에 매달린 싱싱한 열매 따는데
依稀茶塢竹籬間[39]	차 언덕과 대나무 울 사이에 숨어 있구나.
相如病渴應須此	상여의 소갈병消渴病에 응당 이것 필요하니
莫與文君魘遠山	탁문군과 함께 먼 산 찡그리며 보지 마시게.

【주석】

帶葉連枝摘未殘 依稀茶塢竹籬間 : 육우의 「고저산기」에서 "만석오의
큰 돌 사이에서 자명이 자라고 저석오에서는 권다가 자라네"라고 했다.

陸羽顧渚山記曰, 漫石塢, 巨石中生紫茗. 赭石塢生卷茶.

相如病渴應須此 莫與文君魘遠山 : '상여'[40]와 '원산'[41] 및 위무제[42]의

39　[교감기] '依稀'가 문집에는 '依俙'로 되어 있는데, '依稀'와 의미가 같다. 장지본·
　　전본·건륭본에는 '依依'로 되어 있다.

40　상여(相如) : 사마상여를 말한다. 『한서·사마상여전(司馬相如傳)』에서 "항상 소
　　갈병이 있었다"라고 했다.

41　원산(遠山) : 『문선』에 실린 현휘 사조의 「선성군(宣城郡)」에서 "창밖으론 먼 산
　　이 줄지어 있네"라고 했다. 『서경잡기』에서 "탁문군(卓文君)은 아름답고 사랑스
　　러워 눈썹색깔은 먼 산을 바라보는 듯 하다"라고 했다.

42　위무제(魏武帝) : 『세설신어』에서 "위 무제(魏武帝)가 행군을 하다가 길을 잃어
　　삼군(三軍)이 모두 목마름에 시달렸다. 이에 무제는 "앞에 큰 매화나무 숲이 있

일은 모두 앞의 주注에 보인다. '축원산'은 앞 시에 보이는 '빈미'[43]의 의미이다.

相如遠山及魏武事, 竝見上注. 蹙遠山, 卽前詩顰眉之意.

두 번째 수其二

渴夢呑江起解顔	목마른 꿈에 강물 삼키며 얼굴 펴고
詩成有味齒牙間	시 쓰자 이와 어금니 사이에 맛 있다네.
前身鄴下劉公幹	전신은 복하의 유공간이요
今日江南庚子山	지금은 강남의 유자산이라오.

【주석】

渴夢呑江起解顔 詩成有味齒牙間 :『당문수』에 실린 하풍의 「몽갈부」에서 "구강九江으로 내달리고 오호로 달려가니, 손은 연거푸 마시느라 겨를 없고 마음은 주저함이 없었다오"라고 했다. 좌사左思의 「오도부」에서 "때론 황하 들이키며 한수까지 마셨다네"라고 했다.『열자』에서 "노상이 비로소 한 번 얼굴을 풀고 웃었다"라고 했다.『한서·정당시전』에서 "진실로 그 말에 맛이 있구나"라고 했다.『한서·손숙통전』에

는데, 달고 신 열매가 주렁주렁 있으니 이것으로 목마름을 해소할 수 있을 것이다"라고 했다. 병사들은 이 말을 듣고 입에서 모두 침이 흘러나왔다"라고 했다.

43 빈미(顰眉) : 매실의 신맛이 사람들에게 눈썹을 찌푸리게 만든다는 것을 말한다.

서 "어찌 이와 어금니 사이에 두겠는가"라고 했다.

唐文粹有何諷夢渴賦曰, 奔九江, 走五湖, 手不暇于斡運, 心不息於躊躇.
吳都賦曰, 或呑江而納漢. 列子曰, 老商始一解顔而笑. 漢書鄭當時傳曰, 誠有
味乎其言也. 叔孫通傳曰, 何足置齒牙間哉.

前身鄴下劉公幹 今日江南庾子山 : 이로써 앞 구절에서 시를 지었다는
의미를 마쳤다. 『문선』에 실린 사령운의 『의위태자복중집』에 유정의
시[44]가 수록되어 있다. 살펴보건대, 『위지・왕찬전』에서 "유정의 자는
공간이다"라고 했다. 위문제의 「여오질서」에서 "공간 유정의 오언시
는 당시에 오묘하고도 뛰어났다"라고 했다. 양나라 강엄의 「잡체시서」
에서 "관서와 복하에서는 이미 이와 같은 수준과 같은 것이 드물었고
강외와 강남에서는 자못 기이한 시법詩法으로 여겼다"라고 했다. 『북사
・문원전』에서 "유신의 자는 자산으로 양나라를 섬기었고 서릉과 함께
초찬학사가 되었으며, 문장도 또한 아름다웠기에 세상에서 '서유체'라
고 불렸다. 후에 장안에 머물면서 「애강남부」를 지었다"라고 했다. ○
양나라 고총이 처음 현리가 되었는데, 어느 날 밤 꿈에서 두 사람을 만
났다. 그들이 왕찬과 서간이라고 하고서는 "예전에 공과 이 관청에 함

---

44 유정(劉楨)의 시 : 『의위태자복중집』에 실린 유정의 시는 다음과 같다. "幽厲昔
崩亂, 桓靈今板蕩. 伊洛旣燎煙, 函崤沒無像. 整裝辭秦川, 秣馬赴楚壤. 沮漳自可美,
客心非外獎. 常歎詩人言, 式微何由往. 上宰奉皇靈, 侯伯咸宗長. 雲騎亂漢南, 宛郢皆
掃盪. 排霧屬盛明, 披雲對淸朗. 慶泰欲重疊, 公子特先賞. 不謂息肩願, 一旦値明兩.
竝載遊鄴京, 方舟汎河廣. 綢繆淸讌娛, 寂寥梁棟響. 旣作長夜飮, 豈顧乘日養"

께 있었다. 공은 유정이다"라고 했다. 그리고는 그가 남긴 시를 읊조렸다. 고총이 잠에서 깨어나 그가 남긴 글 두세 편을 수령에게 주었는데, 수령은 고총을 매우 후하게 대우해 주었다. 이때에 "죽은 유정이 오히려 살아 있는 고총을 비호해 주었다"라고 말을 하곤 했다. 이 일이 『태평광기』에 보인다.

以終上句詩成之意. 文選謝靈運擬魏太子鄴中集有劉楨詩. 按魏志王粲傳, 劉楨, 字公幹. 魏文帝與吳質書曰, 公幹五言詩, 妙絶當時. 梁江淹雜體詩序曰, 關西鄴下, 旣已罕同, 河外江南, 頗爲異法. 北史文苑傳, 庾信, 字子山, 事梁, 與徐陵竝爲抄撰學士, 文竝綺艶, 故世號徐庾體. 後留長安, 作哀江南賦. 〇 梁顧悤始爲縣吏, 一夕遇二人, 稱是王粲徐幹, 云, 昔與公同府. 公, 劉楨也. 乃誦其遺文. 悤悟, 以遺文數篇投令, 令待之甚厚. 時謂死劉楨, 猶庇得生顧悤. 見太平廣記.[45]

---

45   [교감기] '梁顧 (…중략…) 廣記'라는 부분이 전본·건륭본에는 없다. 또한 살펴보건대, 『태평광기(太平廣記)』 권327 『현괴록(玄怪錄)』에 실린 고총(顧悤)의 일을 인용했는데, 글자가 이것과 같지 않다. 여기에서는 그 큰 의미만을 취했다.

7. 손자실이 소장에게 쓴 작품에 차운하여 적재에게 부치다

次韻孫子實題少章, 寄寂齋

虛名誤壯夫	헛된 명성이 장부를 그르치면
今古可笑閔	예로부터 비웃고 근심했다오.
屍裹萬里歸	말가죽에 쌓여 만 리 돌아와야 하고
書載五車稛⁴⁶	책은 다섯 수레에 가득 실어야 하네.
安知衡門下	어찌 알랴, 형문의 아래에서
身與天地準	이 몸이 천지와 같다는 것을.
秦晁兩美士	진소유와 조심도 훌륭한 두 선비는
內行頗修謹	평소에 자못 근신함을 닦았었네.
余欲造之深	나는 깊이 나아가고자 하여
抽琴去其軫	거문고에서 기러기발을 제거했다오.
寄寂喧鬧間	소란하게 싸우는 속에서 고요함 부치니
此道有汲引⁴⁷	이 도로써 서로 이끌어줌 있으리라.
獄戶聞答榜	감옥에서 매 맞는 소리 들리고
市聲雜嘲㗤	시정에선 조롱과 웃음소리 섞여 있어라.
二生對曲肱	이생이 팔꿈치 구부리고 함께 누우니

46　[교감기] '稛'이 문집에는 '攞'으로 되어 있다.
47　[교감기] '此道'에 대해 고본의 원교(原校)에서는 "다른 판본에는 '鉤深'으로 되어 있다"라고 했다.

圭玉發石蘊	규옥이 돌 속에 숨어 있다 드러났구나.
小大窮鵬鷃[48]	붕새와 메추라기에서 대소 궁구하고
短長見椿槿[49]	대춘과 목근에서 장단을 살펴야 하리.
欲聞寂時聲	고요함 속에서 울림 듣고자 하노니
黃鐘在龍筍	황종에도 용순거가 있다네.

【주석】

虛名誤壯夫 今古可笑閔 : 『문선·고시』에서 "헛된 명성이 다시 무슨 도움 되리오"라고 했다. 두보의 「유회태주정십팔사호有懷台州鄭十八司戶」에서 "이전부터 도깨비 막으려 귀양 보낸 것은,[50] 대부분 재주와 명성으로 잘못되서라네"라고 했다. 양웅의 『법언』에서 "장부는 하지 않는다"라고 했다. 퇴지 한유의 「답최립지서」에서 "군자들은 나를 동정하고 소인들은 나를 비웃는다"라고 했다.

文選古詩曰, 虛名復何益. 老杜詩, 從來禦魑魅, 多爲才名誤. 法言曰, 壯夫不爲也. 退之答崔立之書曰, 君子小人之所憫笑.

屍裏萬里歸 書載五車稛 安知衡門下 身與天地準 : 『후한서·마원전』에

---

48 [교감기] '小大'가 전본에는 '大小'로 되어 있다.
49 [교감기] '見椿槿'에 대해 고본의 원교(原校)에서는 "다른 판본에는 '付椿槿'으로 되어 있다"라고 했다.
50 이전부터 (…중략…) 것은 : 『좌전』에서 "사흉(四凶)을 사방의 외진 변방으로 쫓아내 도깨비를 막게 하였다[投諸四裔, 以禦魑魅]"라고 했다.

서 "(장부는 마땅히 변방 싸움터에서 죽어) 말가죽으로 시체를 싸서 돌아와 장사를 지낼 뿐이다"라고 했다. 『장자』에서 "혜시는 다방면에 재주가 있었고 그 책은 다섯 수레였다"라고 했다. 『국어·제어』에서 "빈 주머니를 가지고 가서 큰 고리에 가득 싣고서 돌아온다"라고 했는데, 그 주注에서 "무겁게 가지고 돌아온다는 것을 말한다. '곤'은 멘다는 의미이다"라고 했다. 『시경·진풍陳風·형문衡門』에서 "형문의 아래에, 노닐고 쉴 수 있도다"라고 했는데, 그 주注에서 "나무를 가로걸어 문을 만든 것이니, 천루함을 말한 것이다"라고 했다. 『주역·계사繫辭』에서 "역은 천지와 같다"라고 했다.

後漢馬援傳曰, 要當以馬革裹屍還葬爾. 莊子曰, 惠施多方, 其書五車. 齊語曰, 垂橐而往, 稇載而歸. 注, 言重而歸也, 稇, 絭也. 陳詩曰, 衡門之下, 可以棲遲. 注謂, 橫木爲門, 言淺陋也. 繫詞曰, 易與天地準.

秦晁兩美士 內行頗修謹 : 『한서·정당시전』에서 "평소에 수양을 했다"라고 했다. 『한서·석분전』에서 "착한 행실과 효도하고 근신함"이라고 했다.

漢書鄭當時傳曰, 內行修. 石奮傳曰, 馴行孝謹.

余欲造之深 抽琴去其軫 : 퇴지 한유의 「병중증장십팔病中贈張十八」에서 "내 그 기운을 가득 차게 하고 싶어, 펄럭이는 깃발을 보지 못하게 했네"라고 했다. 『맹자』에서 "군자가 깊이 나아가기를 도로써 한다"라고

했다. 『한시외전』에서 "공자가 남쪽에서 유세를 하다가 초 땅을 지나던 중에, 아곡이라는 마을에 이르렀을 때 한 처녀가 옥으로 몸을 두른 채 빨래를 하고 있었다. 이에 공자는 거문고를 꺼내 기러기발을 제거하고 이를 자공에게 주면서 "말을 잘 건네서, 저 여인이 하는 말을 살펴보아라"라 했다"라고 했다. 이것을 차용하여 적재에게 보내는 의미를 밝혔다.

退之詩, 吾欲盈其氣, 不令見麾幢. 此用其律. 孟子曰, 君子深造之以道. 韓詩外傳曰, 孔子南遊適楚, 至於阿谷之隧, 有處子佩瑱而浣者. 孔子抽琴去其軫, 以授子貢曰, 善爲之辭, 以觀其語. 此借用, 以明寄寂之意.

寄寂喧闃間 此道有汲引 : 『장자』에서 "캄캄한 어둠 속에서 홀로 새벽빛을 보며, 소리 없는 정적 속에서 홀로 커다란 화음和音을 듣는다. 그 때문에 깊이 하고 또 깊이 해서 만물을 만물로 존재하게 한다"라고 했다. 그 주注에서 "보고 듣는 것이 고요함 속에 있지 않으면, 어둠만 있게 되어 밝지 못하게 되니, 근원을 궁구한 뒤에 만물을 만물로 존재하게 할 수 있다"라고 했다. 산곡 황정견은 대개 이 의미를 이용한 것이다. ○ 두보의 「알문공상방謁文公上方」에서 "무생법無生法[51]으로 본성을 깨쳐 연다네"라고 했다. 또한 유향의 「봉사」에서 "우·직·고요가 대대

---

[51] 무생법(無生法) : 무생법인(無生法印)의 준말로서, 번뇌가 더 이상 생하지 않는 불생불멸(不生不滅)의 경지를 말한다. 『능엄경』에서 "이 사람이 무생법인(無生法忍)을 얻었다"라고 했으며, 그 소(疏)에서 "있는 그대로의 실상을 무생법이라 부른다"라고 했다.

로 서로 이끌어주면서 비주[52]하지 않았다"라고 했다.

莊子曰, 冥冥之中, 獨見曉焉. 無聲之中, 獨聞和焉. 故深之又深, 而能物焉.
注云, 視聽而不寄之, 於寂則有闇昧而不和, 窮其原而後能物物. 山谷蓋用此
意. ○ 老杜詩, 無生有汲引. 又劉向封事, 禹稷皋陶, 傳相汲引, 不爲比周.[53]

獄戶聞答榜 市聲雜嘲嘶 : 『문선』에 실린 강엄의 「보원숙명서報袁叔明書」
에서 "감옥에서 분한 마음 품고 있었다"라고 했다. 『한서·장오전』에
서 "관리가 태형 수천 대를 때렸다. '방'의 음은 '팽'이다"라고 했다. 위
문제의 『전론』에서 "공융의 글은 이치가 수사를 이기지 못하여 조롱과
빈정거림으로 장황하고 번잡한 데 이르렀다"라고 했다. 퇴지 한유의
「취객醉客」에서 또한 "처음에는 소리 지르며 싸우더니, 중간에는 적막
속에 조롱이 섞였네"라고 했다. ○ 『장자』에서 "제 환공이 호탕하게 웃
었다"라고 했다. '천'의 음은 '칙'과 '인'의 반절법이다.

文選江淹上書曰, 含憤獄戶. 漢書張敖傳曰, 吏榜笞數千. 榜音彭. 魏文帝
典論曰, 孔融理不勝詞, 至乎雜以嘲戱. 退之詩亦云, 初喧或紛爭, 中静雜嘲
戱. ○ 莊子曰, 齊桓公嘶然而笑. 嘶[54]音敕忍反.

---

52 비주(比周) : 비(比)는 사사로운 마음으로 편벽되게 친한 것이며, 주(周)는 정도
(正道)로 널리 사귀며 널리 공사의 구별 없이 친한 것을 말한다. 『논어·위정(爲
政)』에서 "군자는 두루 원만하고 편당 짓지 않으며, 소인은 편당 짓고 두루 원만
하지 못하다[君子周而不比, 小人比而不周]"라고 했다.
53 [교감기] '又劉 (…중략…) 比周'가 전본에는 없다.
54 [교감기] '嘶'이 본래 '嘶'으로 되어 있는데, 지금 전본 및 『장자(莊子)』의 석문(釋
文)에 의거하여 바로잡는다.

二生對曲肱 圭玉發石蘊 :『문선』에 실린 왕포의 「사자강덕론」에서 "아름다운 옥이 돌 가운데 싸여 있을 때는 보통 사람들은 이를 판별할 수 없다. 훌륭한 장인이 이를 잘 다듬은 이후에야 화씨의 보배인 줄 안다"라고 했다.

文選王褒四子講德論曰, 美玉蘊於砥砆, 凡人視之怏焉. 良工砥之, 然後知其和寶也.

小大窮鵬鷃 短長見椿槿 :『장자』에서 "북쪽 바다에 새가 있는데 그 이름이 붕새이다. 등은 태산 같고 날개는 하늘에 드리운 구름 같아서 회오리바람을 타고 구만 리를 올라간다. 구름을 벗어나고 푸른 하늘을 등에 진 다음에야 남쪽으로 간다. 붕새가 남쪽 바다로 갈 적에 작은 메추라기가 쳐다보고 웃으면서 말하기를 "저 새는 또한 어디를 가려는 걸까. 나는 뛰어올라 봤자 고작 두어 장도 못 오르고 도로 내려와 쑥대밭 사이에서 빙빙 돌 뿐이지만, 이것도 최고로 나는 것인데, 저 새는 장차 어디를 가려는 걸까"라 했다"라고 했다. 이것은 작고 큰 것을 분별한 것이다. 또한『장자』에서 "조균[55]은 한 달을 알지 못하고 쓰르라미는 봄, 가을을 알지 못한다. 상고시절에 대춘이라는 나무가 있었으니, 8천 년을 봄으로 하고 8천 년을 가을로 삼았다"라고 했다.『음운』에서 "'균'은 아침에 생겨났다가 저녁에 떨어진다. 반니는 '목근'이

---

55 조균(朝菌) : 음습한 퇴비 위에 아침에 생겨났다가 햇빛을 보면 말라 버리는 버섯을 말한다.

라고 했다"라고 했다.

莊子曰, 冥海有鳥焉, 其名爲鵬, 背若太山, 翼若垂天之雲, 摶扶搖羊角而
上者九萬里. 絶雲氣, 負靑天, 然後圖南, 且適南冥也. 斥鷃笑之曰, 彼且奚適
也, 我騰躍而上, 不過數仞, 而下翺翔蓬蒿之間, 此亦飛之至, 而彼且奚適也.
此小大之辨也. 又曰, 朝菌不知晦朔, 蟪蛄不知春秋. 上古有大椿者, 以八千歲
爲春, 以八千歲爲秋. 音義曰, 菌朝生暮落, 潘尼云, 木槿也.

欲聞寂時聲 黃鐘在龍筍 : 종을 비록 치지 않아도 그 소리가 울려 퍼진
다는 것이다. ○『능엄경』에서 "부처가 아난阿難에게 "종소리가 사라져
메아리마저 끊기면 너는 소리가 들리지 않는다고 말한다. 만일 실제로
들림이 없다면 듣는 마음도 이미 소멸하여 고목과 같을 것이다. 종을
다시 치면 너는 어떻게 종소리임을 알겠느냐. 소리가 있고 없음을 아
는 것은 소리가 혹은 있다간 없을지언정 어찌 너희들 듣는 마음이 있
다가 없어졌겠느냐. 듣는 마음이 실제로 없다면 그 소리가 없다는 것
을 누가 알겠느냐"라 했다"라고 했다. 육기의 「문부」에서 "적막함 속
에서 두드려 소리를 구한다"라고 했다. 『여씨춘추』에서 "황종은 궁률
의 근본이다"라고 했다. 『예기』에 "하후씨의 용순거"[56]라는 말이 있다.
『운서』에서 "'순'을 또한 순으로 쓰기도 한다"라고 했다. ○ 동파 소식

---

56 용순거(龍簨虡) :『주례·동관(冬官)·재인(梓人)』에서 "재인은 순(簨)과 거(虡)
를 만든다"라고 했는데, 가로 틀을 순(簨)이라 하고 세로 틀을 거(虡)라 하니 악
기를 매다는 틀이니, 용 모습으로 꾸몄기 때문에 '용순거'라고 한다.

의 「법운사종명」에서 "고요함 속에서 때때로 울리누나"라고 했다.

鐘雖未擊, 聲音歷然. ○ 楞嚴經曰, 佛語阿難, 聲銷無響, 汝說無聞. 若實無聞, 聞性已滅, 同于枯木. 鐘聲更擊, 汝云, 何知, 知有知無, 自是聲塵, 或無或有, 豈彼聞性, 爲汝有無, 聞實云無. 誰知無者. 陸機文賦曰, 叩寂寞以求音. 呂氏春秋曰, 黃鐘, 宮律之本也. 禮記曰, 夏后氏之龍簨虡. 韻書, 簨亦作筍. ○ 東坡法雲寺鐘銘曰, 鳴寂寂時鳴.

8. 손자실에 차운하여 소유에게 보내다【다른 판본에는 '용기적재운'이라고 되어 있다. ○ 진관의 자는 소유이고 고우의 군인이다】

次韻孫子實, 寄少游.57【一本云, 用寄寂齋韻. ○ 秦觀, 字少游, 高郵軍人】

薛宣欲吏雲	설선은 주운을 관리 삼으려 했고
季氏或招閔	계 씨는 민자건을 수령으로 불렀다네.
此公胷中秋	차공의 가슴 속은 가을이니
萬物欲收秔58	만물을 가득 거둬들이려 하네.
賣藥偶知名	약 팔다 우연히 이름을 알았으니
草玄非近準	현초와는 가깝거나 같지 않다오.
才難不易得	인재 구하기 어려우니 쉽게 얻을 수 없고
志大略細謹	뜻 큰 사람은 사소한 일 대략 한다네.
士生要弘毅	선비는 살아감에 넓고 강인해야 하며
天地爲蓋軫	천지가 수레 덮개와 뒤턱 나무 되어야지.
驥來鹽車駿	천리마 와서 소금 수레 끌고
井下短綆引	우물 아래 두레박줄은 짧기만 해라.
難甘呼爾食	호통 속에 먹는 것은 달기 어려우니
聊寄粲然哂	애오라지 호탕한 웃음을 보낸다네.

57　[교감기] 문집·고본은 제목 아래 '端'이라는 원주(原注)가 있다.
58　[교감기] '欲收秔'이 문집·고본에서는 '被收攎'으로 되어 있다. 장지본에는 '秔'이 '攎'으로 되어 있는데, 오자이다.

誰能借前籌	누가 능히 앞 젓가락 빌려 셈 하리오
還婦用束緼[59]	헌솜을 묶어 며느리 돌아오게 했다지.
吾聞調羹鼎	내가 듣건대, 솥에서 국 조리할 때
異味及枌堇[60]	특별한 맛 내기 위해 분근을 쓴다지.
豈其供王羞	어찌 왕의 반찬으로 올리는데
而棄會稽筍	회계의 죽순을 버리겠는가.

【주석】

薛宣欲吏雲 季氏或招閔：『한서·주운전』에서 "설선이 승상이 되자, 주운이 찾아가서 뵈었다. 설선이 주운에게 "전야의 일을 모두 잊어버리고 또한 나와 동각에 머물면서 사방의 기사를 살펴봅시다"라고 했다 주운이 "소생을 관리로 삼으려고 하십니까"라고 했다. 이에 설선이 감히 다시 말을 꺼내지 못했다"라고 했다. 동파 소식의 「중기重寄」에서 "설선은 진실로 주운을 관리 삼으려 했네"라고 했다. 『노론』에서 "계씨가 민자건을 비 땅의 수령으로 삼았다. 이에 민자건이 "나를 위해 잘 말을 해 주시게. 만약 나를 다시 찾아오면 나는 반드시 문수汶水 가에 있을 것일세"라고 했다"라고 했다. 그 주注에서 "거듭 와서 나를 부른다는 것이다"라고 했다.

漢書朱雲傳, 薛宣爲丞相, 雲往見之, 宣謂曰, 在田野亡事, 且留我東閣, 可

---

59 [교감기] '緼'이 문집에는 '蘊'으로 되어 있다.
60 [교감기] '堇'이 문집·장지본에는 '槿'으로 되어 있다.

以觀四方奇士. 雲曰, 小生洒欲相吏邪. 宣不敢復言. 東坡詩, 薛宣眞欲吏朱雲. 魯論曰, 季氏使閔子騫爲費宰, 閔子騫曰, 善爲我辭焉, 如有復我者, 則吾必在汶上矣. 注謂重來召我.

此公胥中秋 萬物欲收稇 : '차공'은 진소유秦少游를 가리킨다. 『장자』에서 "가을이 되면 만 가지 보배가 이루어진다"라고 했다.
此公指少游. 莊子曰, 正得秋而萬寶成.

賣藥偶知名 草玄非近準 : 『후한서 · 일민전』에서 "한강의 자는 백휴인데, 장안의 시장에서 약을 팔고 있었다. 이때에 어떤 여자가 한강을 따라서 약을 사니 한강은 가격을 지켜 바꾸지 않았다. 이에 여자가 화를 내며 "공이 한백휴인가, 가격이 두 개가 아닌가"라고 했다. 한강은 탄식하면서 "내가 본래 이름을 피하고자 했는데, 지금 어린 여자가 모두 나를 알고 있는데 어찌 약을 팔겠는가"라 했다"라고 했다. 아래 구는 앞서 본 「유회반산노인재차운有懷半山老人再次韻」 시구詩句의 '현초불방준역草玄不妨準易'의 주注에 보인다.
後漢逸民傳, 韓康字伯休, 賣藥長安市. 時有女子從康買藥, 康守價不移, 女子怒曰, 公是韓伯休耶, 乃不二價乎. 康歎曰, 我本欲避名, 今小女子皆知有我, 何用藥爲. 下句見上草玄不妨準易注.

才難不易得 志大略細謹 : '재난'[61] 및 '불이득'[62]은 모두 『노론』에 보인

다. 『사기·역이기전』에서 "큰일을 하는 사람은 사소한 일은 대략 했다"
라고 했다. 진소유가 일찍이 채주의 교수敎授로 있을 때, 관기官妓인 누완
과 도심아를 돌아보고 시를 지어 종종 자신의 마음을 전한 적이 있다.
『왕립지시화』에서 "소의 진적秦覿이 "진소유는 산곡 황정견의 이 구절을
대단히 원망했으니, 채주의 일을 아는 사람이 매우 적었음을 말한 것이
다. 노직 황정견의 시어는 대단히 무게감이 있어 사람들이 이미 이 시어
를 보고서는 마침내 취모[63]하게 되었다"라 했다"라고 했다.

才難及不易得, 皆見魯論. 史記酈食其傳曰, 擧大事, 略細謹. 少游嘗教授
蔡州, 顧官妓婁婉及陶心兒者, 詞中往往寄意. 王立之詩話, 秦少儀云, 少游極
怨山谷此句, 謂言蔡州事, 少人知者. 魯直詩語重, 人旣見此語, 遂使吹毛耳.

士生要弘毅 天地爲蓋軫 : 『노론』에서 "선비는 넓고 강인하지 않을 수
없으니, 임무는 막중하고 길을 멀다"라고 했다. 『고공기』에서 "수레 덮
개의 둥근 것은 하늘의 모습을 본뜬 것이고 수레 뒤턱 나무의 네모란
것은 땅의 모습을 본뜬 것이다"라고 했다.

魯論曰, 士不可以不弘毅, 任重而道遠. 考工記曰, 蓋之圓也, 以象天也. 軫
之方也, 以象地也.

---

61 재난(才難) : 『논어·태백(泰伯)』에 "인재 얻기가 어렵다고 했는데, 그 말이 맞지
    않는가[才難, 不其然乎]"라는 공자(孔子)의 말이 나온다.
62 불이득(不易得) : 『논어·태백(泰伯)』에 "3년을 배우고서도 녹봉에 뜻을 두지 않
    는 자를 얻기가 쉽지 않구나[三年學, 不至於穀, 不易得也]"라고 한 구절이 보인다.
63 취모(吹毛) : 칼날 위에 털을 불면 그 털이 끊어지는 날카로운 검으로, 남의 허물
    을 애써 드러내려고 털을 후후 불어 흠집을 찾아내는[吹毛覓疵] 행동을 말한다.

驥來鹽車駿 井下短綆引 : 어진 인재를 알기 어려워서, 무리에서 뛰어나면서 심원한 재주를 지닌 자를 쉽게 이끌어낼 수 없다는 말이다. 『전국책』에서 "한명이 춘신군을 보고 "무릇 이 천리마가 나이가 들어, 소금 수레를 싣고 태항산太行山을 넘게 되었습니다. 산 중턱에서 더 오를 수 없었고 수레 앞 받침대 나무도 더 이상 지탱할 수 없었습니다. 이때 백락이 지나다가 이를 보고서는 수레에서 내려서 울면서 비단 옷을 벗어 그 말에게 덮어 주었습니다. 천리마는 이에 땅에 고개를 숙이고 숨을 몰아쉬다가 다시 고개를 들어 울어대니, 그 소리가 하늘에까지 울렸습니다. 백락이 자신을 알아준 것에 대해 기뻐한 것입니다"라 했다"라고 했다. 『장자』에서 "주머니가 작으면 큰 물건을 담을 수 없고, 두레박줄이 짧으면 깊은 우물의 물을 길을 수 없다"라고 했다.

言賢才難識, 拔而深遠者, 未易汲引也. 戰國策, 汗明見春申君曰, 夫驥之齒至矣, 服鹽車, 上太行, 中坂遷延, 負轅不能上. 伯樂遭之, 下車攀而哭之, 解紵衣而冪之. 於是俯而噴, 仰而鳴, 聲造於天. 欣伯樂之知己也. 莊子曰, 褚小者不可以懷大, 綆短者不可以汲深.

難甘呼爾食 聊寄粲然囅 : 『맹자』에서 "호통 치면서 주면 길가는 사람도 받지 않는다"라고 했다. 그 注에서 "'호이'는 호이呼爾와 같으며 꾸짖는 모습이다"라고 했다. '찬연'[64]은 앞의 注에 보인다.

---

64 찬연(粲然) : 『곡량전』에서 "군인들이 이를 드러내며 환하게 모두 웃었다"라고
    했는데, 주에서 "찬연(粲然)은 크게 웃는 모양이다"라고 했다. 송경문의 『필

孟子曰, 嘑爾而與之, 行道之人弗受. 注云, 嘑爾, 猶呼爾, 咄啐之貌也. 粲然見上注.

誰能借前籌 還婦用束縕 : 『한서·장량전』에서 "신이 청컨대 앞의 젓가락을 빌려서 대왕을 위하여 셈을 해 보겠습니다"라고 했다. 퇴지 한유의 「부강릉도중기증한림삼학사赴江陵途中寄贈翰林三學士」에서 "이 방법은 진실로 숭상할 만하니, 누가 능히 앞 젓가락 빌려 셈할까"라고 했다. 『한서·괴통전』에서 "길손이 괴통에게 "선생께서는 양석군과 동곽선생을 알고 계신데, 어찌 상국에게 나아가지 않습니까"라 물었다. 이에 괴통이 "마을의 어미는 유세를 하는 선비가 아니니, 헌솜을 묶어서 불을 빌리는 것은 며느리를 돌아가게 하는 도리는 아니다. 그러나 만물은 서로 느끼는 바가 있고 일은 마땅한 바가 있으니, 신이 조상국에게 불을 청해보겠다"라 했다"라고 했다. ○『한비자』에서 "돼지 어깨 고기를 잃어버린 사람이 있었는데, 그 며느리가 훔쳤다고 생각하면서 그 며느리를 내쫓아냈다. 이 말을 이웃 노인이 듣고서는 갈대를 묶어 그 집에 이르러 "어젯밤에 개들이 뼈를 다투었는데, 환하게 불로 살펴보겠소"라고 했다. 주인 어미는 잘못을 깨우쳤고 그 며느리는 돌아왔다"라고 했다.

漢書張良傳曰, 臣請借前箸以籌之. 退之詩, 玆道誠可尙, 誰能借前籌. 翩

기』에서 "찬(粲)은 밝음이다. 많은 대중이 모두 이를 드러냈는데, 이는 이미 희니 밝은 뜻을 포함하고 있다"라고 했다.

通傳, 客謂通曰, 先生知梁石君東郭先生, 何不進之於相國乎. 通曰, 里母非談說之士也, 束縕乞火, 非還婦之道也. 然物有相感, 事有適可, 臣請乞火於曹相國. ○ 韓非子, 人有亡其豚肩者, 意其婦而逐之. 隣嫗聞之, 束葦而詣之曰, 昨夜狗爭骨, 須火以燭之. 主母悟, 乃還其婦.

吾聞調羹鼎 異味及枌菫 : 『좌전』에서 정자산이 "예전에 내 식지食指가 이렇게 움직이면 반드시 별미別味를 먹었다"라고 했다. 『예기・내칙』에서 "씀바귀나 부추는 햇것과 묵은 것을 섞어 쌀뜨물로 매끄럽게 한다"라고 했다. 그 주注에서 "'환'은 씀바귀와 같은 종류이다. 겨울에는 근을 사용하고 여름에는 환을 사용한다. 느릅나무의 흰 것을 분이라고 한다. '근菫'의 음은 '근謹'이다"라고 했다.

左傳, 鄭子家曰, 他日我如此, 必嘗異味. 禮記內則曰, 菫荁枌楡免薧, 滫瀡以滑之. 注云, 荁, 菫類也, 冬用菫, 夏用荁, 楡白曰枌, 菫音謹.

豈其供王羞 而棄會稽笱 : 퇴지 한유의 「천사薦士」에서 "행여 마땅히 옥돌과 옥[65] 가려, 차라리 서옥瑞玉[66]을 버리리라"라고 했다. 이 의미를 이용한 것이다. 『시경・형문衡門』에서 "어찌 물고기를 먹음에, 반드시 황하의 잉어여야 하리오"라고 했다. 『주례・선부』에서 "선부가 왕이 먹는 밥・술・고기・요리를 관장하였다"라고 했다. 『주례・해인』에서

---

65 옥돌과 옥 : '민옥(珉玉)'은 가짜 옥돌과 진짜 옥을 말한다.
66 서옥(瑞玉) : '규모(珪瑁)'는 흠이 없는 완전한 옥을 말한다.

"가두[67]에 담는 것으로는 작은 죽순 절임과 어해가 있다"라고 했다. 『이아』에서 "'순'은 죽순이다"라고 했다. 또한 『이아』에서 "동남쪽에서 생산되는 좋은 제품으로는 회계의 대나무 화살이 있다"라고 했다.

　退之詩, 幸當擇珉玉, 寧有棄珪瑁. 此用其意. 詩曰, 豈其食魚, 必河之魴. 周禮膳夫, 掌王之食飮膳羞, 醢人曰, 加豆之實, 筍菹魚醢. 爾雅曰, 筍, 竹萌. 又曰, 東南之美者, 有會稽之竹箭焉.

67　가두(加豆) : 종묘의 제사에서 구헌(九獻)을 올린 뒤에 술을 더 올리는데, 이때에 변(籩)과 두(豆)에 음식을 더 담아 올리는 것을 '가변'과 '가두'라고 한다.

9. 장난스레 진소유의 벽에 쓰다

戱書秦少游壁68

이 작품의 뜻을 살펴보니, 당시 소유가 남경을 지날 때, 소유를 존경하는 바가 있던 주인옹이 소유를 후하게 대접했다. 그리고는 돌아갈 때 따라가고자 했지만 그 집안에서 주인옹이 늙었다는 이유로 이를 막았다. 이 작품은 진 씨의 까마귀 고사故事69로 인해, 마침내 모두 새들에 사람을 비유하여 장난 쳐 보낸 것이다. '정령위'는 소유를 가리키고, '구욕'은 '소반자'를 가리키며, '진 씨 뜰 까마귀'는 소유의 아내를 가리키고 '아오지형'은 그가 낳은 자식이 이미 성장했다는 말이다. 송도는 지금의 남경으로, '송보'는 남경의 주인옹을 가리킨다. 말구에서는 장난삼아, 소유가 훗날 부유하게 된다면 비록 첩을 들인다고 한들 무슨 상관이 있겠는가라 말한 것으로, 이로써 소유 아내의 마음을 편안하게 해 주고자 한 것이다.

---

68 [교감기] 문집·고본에는 작품 제목 아래 '觀'이라는 원주(原注)가 있다.
69 진 씨(秦氏)의 까마귀 고사(故事) : 『고악부』에 「오생(烏生)」이란 작품이 있는데, 어미 까마귀가 자식을 남산의 암석 틈에게 낳았는데, 그 새끼들이 진 씨(秦氏) 집의 계수나무에 나란히 앉아 있었다. 그런데 망나니 같은 진 씨의 아들이 활로 그 새끼들을 죽이자, 어미 까마귀가 탄식하면서 한 노래이다. 작품의 전문은 다음과 같다. "烏生八九子, 端坐秦氏桂樹間. 唶我, 秦氏家有遊遨蕩子, 工用睢陽彊蘇合彈. 左手持彊彈兩丸, 出入烏東西. 唶我, 一丸卽發中烏身, 烏死魂魄飛揚上天. 我母生烏子時, 乃在南山巖石間. 唶我, 人民安知烏子處, 蹊徑窈窕安從通. 白鹿乃在上林西苑中, 射工尙復得白鹿脯. 唶我, 黃鵠摩天極高飛, 後宮尙復得烹煮之. 鯉魚乃在洛中深淵中, 釣鉤尙得鯉魚口. 唶我, 人民生各各有壽命, 死生何須復道前後."

觀此詩意, 當是少游過南京, 有所盼, 主翁待少游厚, 欲令從歸, 而其家難
之也. 此篇因有秦氏烏故事, 遂皆寄言衆禽以爲戲. 丁令威以指少游, 鸛鷒以
指所盼者, 秦氏庭烏以指少游之細君, 雅烏之兄言其所生子已長矣. 宋都今南
京, 宋父指南京主翁. 末句戲謂少游異時富貴, 雖有嬌妾何傷. 以開廣細君之
意也.

丁令威	정령위는
化作遼東白鶴歸	흰 학으로 변해 요동으로 돌아왔는데
朱顔未改故人非	고운 얼굴은 그대로인데 옛사람들 죽었네.
微服過宋風退飛[70]	미복으로 송 지나니 바람에 뒤로 밀리고
宋父擁篲待來歸	송보는 빗자루 들고 돌아오길 기다리니
誰饋百牢鸛鷒妃[71]	누가 백뢰를 구욕의 아내에게 먹일 것인가.
秦氏烏生八九子[72]	진 씨 나무에서 까마귀 여덟아홉 자식 낳았고
雅烏之兄畢逋尾	까마귀의 형은 마침내 꼬리를 흔드네.
憶炊門牡烹伏雌	기억난다, 문빗장으로 불 피워 암탉 삶았노니
未肯增巢令女棲[73]	둥지 넓혀 너의 보금자리로 삼지 않을 것이네.
莫愁野雉疎家雞	집닭 소홀히 한 채 들 꿩 근심 말라
但願主人印纍纍	다만 주인에게 인장이 쌓이길 바랄 뿐.

---

70 [교감기] '風'이 명대전본에는 '鷁'으로 되어 있다.
71 [교감기] '百牢'가 문집·고본에는 '伯牢'로 되어 있다.
72 [교감기] '烏生'이 문집에는 '庭烏'로 되어 있다.
73 [교감기] '女'가 문집·고본·장지본·전본에는 '汝'로 되어 있다.

【주석】

丁令威 化作遼東白鶴歸 朱顏未改故人非 : 『속수신기』에서 "요동의 화표주에서 학이 노래하기를 "새여 새여 정영위여, 집을 떠난 천 년 만에 이제 돌아왔네. 성곽은 의구한데 사람은 모두 바뀌었나니, 신선술 왜 안 배우고 무덤만 이리도 즐비한고"라 했다"라고 했다.

續搜神記, 遼東華表柱, 有鶴歌曰, 有鳥有鳥丁令威, 去家千年今來歸, 城郭猶是人民非, 何不學仙冢纍纍.

微服過宋風退飛 宋父擁篲待來歸 誰饋百牢鸐鵒妃 : 『맹자』에서 "공자가 미천한 사람의 옷을 입고 송나라를 지났다"라고 했다. 『춘추』희공 16년 조에서 "익조鷁鳥 여섯 마리 날아 송나라 수도를 지나갔다"라고 했다. 『좌전』에서 "손巽은 풍風이다"라고 했다. 『좌전』소공 25년 조에서 "구욕새가 와서 보금자리 트니, 멀리 떠나 있으리라. 조보는 고생 끝에 죽고 송보宋父는 거드름을 떨리라"라고 했다. 그 주注에서 "조보는 소공이 죽었기에 고생하다가 죽었고, 송보는 정공을 대신해 지위에 올랐기에 교만해졌다"라고 했다. 이 작품은 송나라의 고사를 이용했지만 다만 '송보'와 '구욕' 및 '백뢰'라는 글자만 사용했을 뿐 그 의미를 취하지는 않았다. 『사기·맹가전』에서 "추연騶衍이 연燕나라에 가니, 연 소왕燕昭王은 빗자루를 들고 길을 쓸며 앞에서 인도했고 제자의 자리에 앉아서 가르침을 받고 싶다고 청했다"라고 했다. '내귀'[74]는 앞의 주注에

---

74 내귀(來歸) : 『춘추』 민공원년(閔公元年)의 경문(經文)에서 "계자가 돌아왔다

보인다. 『좌전』 애공 7년 조에서 "오나라 사람들이 "송나라 사람도 일찍이 우리에게 백뢰[75]를 바쳤는데 노나라라고 송나라에 뒤질 수는 없다"라 했다"라고 했다. 그 주注에서 "오나라 사람이 송나라를 지나다가 백뢰를 얻었다"라고 했다. 이 시를 인용하여 남경의 주인옹이 소유를 존경했기에 백뢰를 마련하여 대접했음을 말한 것이다. 대개 두보의 「동수행冬狩行」에서 "새가 있는데 이름은 구욕조鸜鵒鳥라, 고기 맛은 제사상에 올리지도 못하네"라고 했다. 이것을 이용해서 장난친 것이다. '비'는 짝을 말한다. 퇴지 한유의 「맹호행」에서 "아침에 화가 나 그 자식을 죽이고, 저녁에 돌아와 그 아내에게 먹이네"라고 했다.

孟子曰, 孔子微服而過宋. 春秋僖公十六年, 六鶂退飛過宋都. 左傳曰, 風也. 昭公二十五年, 鸜鵒來巢, 遠哉遙遙, 稠父喪勞, 宋父以驕. 注謂, 稠父昭公死外, 故喪勞. 宋父定公代立, 故以驕. 此詩皆用宋事, 但摘取宋父鸜鵒及百牢字用之, 不取其意也. 史記孟軻傳曰, 騶子如燕, 昭王擁篲先驅, 請列弟子之坐而受業. 來歸見上注. 左傳哀公七年, 吳人曰, 宋百牢我, 魯不可以後宋. 注云, 吳過宋, 得百牢. 此詩引用, 謂南京主翁, 以所盼者代百牢而饋之也. 蓋老杜嘗有詩云, 有鳥名鸜鵒, 肉味不足充鼎俎. 故用以戲之. 妃, 匹也. 退之猛虎行曰, 朝怒殺其子, 暮還餐其妃.

季子來歸]"라고 했는데, 『공양전』에서 "돌아왔다고 한 것은 어째서인가, 기쁘기 때문이다[其曰來歸何, 喜之也]"라고 했다.

75 백뢰(百牢) : 성대한 상차림을 말한다. 뇌(牢)는 희생으로 쓰이는 짐승을 말하는데, 백뢰는 백가지 짐승을 잡아 요리한 것을 말한다.

秦氏烏生八九子 雅烏之兄畢逋尾 : 『고악부』에서 "까마귀가 여덟아홉의 자식을 낳아, 진 씨의 계수나무에 나란히 앉아 있었네"라고 했다. 『이아』에서 "까마귀는 비거이다"라고 했는데, 그 注에서 "'아'는 까마귀이니, 몸집은 작고 무리가 많다"라고 했다. 『후한서·영제기』 注에서 "동요에 "성 위의 까마귀가, 꼬리를 흔들어대는구나"[76]라 했다"라고 했다.

古樂府云, 烏生八九子, 端坐秦氏桂樹間. 爾雅曰, 鶝鶔. 注云, 雅, 烏也, 小而多羣. 後漢靈帝紀注, 童謠曰, 城上烏, 尾畢逋.

憶炊門牡烹伏雌 未肯增巢令女棲 : 『안씨가훈』에서 "『악부』에 실린 백리혜 처의 노래에 "백리혜여, 다섯 마리 양의 가죽으로, 이별하던 때가 생각난다. 암탉을 삶아 먹이고, 문빗장으로 밥을 지었네. 오늘날엔 부귀하여, 나를 잊었단 말인가"[77]라 했다"라고 했다. 살펴보건대, 채옹의 『예기·월령장구』에서 "'건'은 대문을 채우는 빗장인데, 사립문을 닫

---

76 꼬리를 흔들어대는구나 : '필포(畢逋)'는 까마귀가 꼬리를 까불어 대는 것을 이른다. 이것은 곧 까마귀가 높은 데에 앉아 이익을 독식한다는 뜻으로, 즉 당시 윗사람의 탐학한 정사를 풍자한 것이라 한다.

77 백리혜여 (…중략…) 말인가 : 춘추시대 백리혜가 일찍이 초(楚)나라에서 남의 소를 기르며 지낼 때, 진 목공(秦穆公)이 그가 어질다는 소문을 듣고 그의 주인에게 몸값을 주고 백리혜를 재상으로 발탁한 뒤 잔치를 열었다. 그때 마침 백리혜의 옛 아내가 재상의 관아에서 삯일을 하다가 남편을 알아보고 거문고를 타며 노래하기를 "백리혜여, 다섯 마리 양의 가죽으로, 이별하던 때가 생각난다. 암탉을 삶아 먹이고, 문빗장으로 밥을 지었네. 오늘날엔 부귀하여, 나를 잊었단 말인가"라고 했다. 백리혜가 그 노래를 듣고 누구냐고 물어보니 바로 자기의 옛 아내였으므로 다시 그와 부부(夫婦)가 되었다.

을 때 쓴다. 혹 '염이'라고도 한다"라고 했다. 이 시를 인용하여 소유의 아내가 또한 반드시 원망할 것이며, 까마귀 둥지를 넓혀서 구욕새를 받아들이지 않을 것이라고 말한 것이다.

顏氏家訓云, 樂府載百里奚妻辭曰, 百里奚, 五羊皮. 憶別時, 烹伏雌, 炊扊扅. 今日富貴, 忘我爲. 按蔡邕月令章句曰, 鍵, 關牡也, 所以止扉, 或謂之剡移. 此詩引用, 言少游細君, 亦必怨望, 不肯增烏巢以容鸜鵒也.

莫愁野雉疎家雞 但願主人印纍纍 : 새로운 사람 가운데 옛사람이 끼어 있는 것을 두려워한 것이다. 『법서원』에서 "유익의 자는 치공으로 초서와 예서를 잘 썼다. 형주에 있으면서 도성에 있는 벗들에게 보낸 편지에서 "어린 자들이 집안의 닭은 경시하고 들오리를 좋아하여 왕희지의 서법을 배운다"[78]라 했다"라고 했다. 『한서·석현전』에서 "백성들의 노래하기를 "뇌양牢梁이냐, 석현石顯이냐, 오록의 빈객賓客이냐. 인장印章은 얼마나 포개있는가, 인수印綬는 얼마나 긴가"[79]라 했다"라고 했

---

[78] 형주에 (…중략…) 했다 : 진(晉)나라의 서법가 유익(庾翼)이 처음에 왕희지와 이름을 나란히 하였는데, 뒤에 왕희지의 서법이 천하에 유행하자 세상 사람들은 물론이고 유익의 자제들까지 모두 왕희지의 서법을 배웠다. 이 때문에 유익이 자제들을 나무라며 "자기 집의 닭을 싫어하고 들오리를 좋아한다"는 말로 꼬집었다. 뒤에 자기 학파의 전가(傳家)의 기예를 천시하고 다른 학파의 학술을 배우는 것을 꼬집는 말로도 쓰이게 되었으나, 여기서는 후손들이 자기 조상이 마련한 가정의 금계를 소홀히 하고 남의 집안 가풍만을 좋게 여겨 따를까 염려하여 쓴 표현이다.

[79] 뇌양(牢梁)이냐 (…중략…) 긴가 : 당시 뇌량(牢梁)과 석현(石顯) 및 오록충종(五鹿充宗)이 결탁해 당우(黨友)가 되니, 이에 어울려 의지하는 사람들은 모두 총애를 받는 지위를 얻었는데, 이를 회화한 것이다.

다. 그 주注에서 "'누루'는 거듭 쌓인 것을 말한다"라고 했다. '주인'은
진소유를 말한다.

恐以新間舊也. 法書苑云, 庾翼字稚恭, 善草隷, 在荊州, 與都下書云, 小兒
輩乃輕家雞, 愛野鶩, 皆學逸少. 漢書石顯傳, 民歌之曰, 牢邪, 石邪, 五鹿客
邪, 印何纍纍, 綬若若邪. 注云, 纍纍, 重積也. 主人謂少游.

10. 진소의에게 보내다

贈秦少儀80

소의의 이름은 진적秦覿이고 소유 진관秦觀의 동생이다. ○『왕직방시화』에서 "소의는 시를 잘 짓는데 처음부터 시를 잘 지은 것은 아니다. 산곡 황정견을 찾아뵙고 황정견이 이 작품을 준 뒤에 잘 짓게 되었다. 당시 교유하는 사이에 말 때문에 허물을 받은 경우가 많았다. 그런데 소의가 산곡과의 인연을 통해 시사詩思가 크게 개발되어 이전의 모습은 다시 없었다. 교유하는 이들이 또한 눈을 비비고 볼 정도였다.

少儀名覿, 少游之弟. ○ 王直方詩話, 少儀好爲詩, 初不甚工, 旣而以所業見山谷, 山谷贈此詩. 當時交遊間, 多以言爲過. 然少儀緣此, 詩思大發, 非復往時. 交遊亦刮目視之.81

汝南許文休	여남의 허문휴
馬磨自衣食	말 기르면 먹고 살았다네.
但聞郡功曹	다만 듣건대, 군공조의
滿世名籍籍	명성은 세상에서 자자했다오.
渠命有顯晦	운명에는 드러나거나 감추어짐 있어
非人作通塞	사람이 통하거나 막히게 할 수 없다네.

---

80 [교감기] 문집·고본에는 작품 제목 아래 '覿'이라는 원주(原注)가 있다.
81 [교감기] '王直 (…중략…) 視之'라는 구절이 전본·건륭본에는 없다.

秦氏多英俊	진 씨 집안에는 영준한 이 많지만
少游眉最白	소유가 가장 백미라오.
頗聞鴻鴈行	자못 듣건대, 형제들이
筆皆萬人敵	글로는 모두 만 사람 대적할 만하네.
吾早知有覯	나는 일찍이 구 있다는 건 알았지만
而不知有覿	적이 있다는 것은 알지 못했네.
少儀袖詩來	소의가 소매 속에 시 가지고 왔는데
剖蚌珠的皪	진주조개 가른 듯 환히 빛났네.
乃能持一鏃	이에 능히 한 화살촉 가졌는데
與我箭鋒直	나와 화살촉이 서로 부딪친다네.
自吾得此詩[82]	내가 그대의 시를 얻고 나서
三日臥向壁	삼일 동안 벽 향해 누워있었네.
挽士不能寸[83]	선비를 한 치도 끌어들이지 못하면서
推去輒數尺	밀어 버리는 것은 수 척이나 된다네.
才難不其然	인재 얻기 어렵지 아니한가
有亦未易識[84]	또한 알기도 쉽지 않다네.

---

82 [교감기] '此詩'에 대해 고본의 원교(原校)에서 "다른 판본에는 '此士'로 되어 있다"라고 했다.
83 [교감기] '挽士'에 대해 고본의 원교(原校)에서 "다른 판본에는 '挽來'로 되어 있다"라고 했다.
84 [교감기] '亦'이 전본에는 '求'로 되어 있다.

【주석】

汝南許文休 馬磨自衣食 但聞郡功曹 滿世名籍籍 : 『촉지』에서 "허정의 자는 문휴로, 여남 평여 사람이다. 어릴 적에 종제인 허소許劭와 함께 모두 이름이 알려졌는데, 개인적인 마음으로 인해 잘 지내지 못했다. 허소가 군공조郡功曹가 되자 허정을 배척하여 교유하는 사이에 끼어주지 않았기에 허정은 말을 키우며 스스로 삶을 유지했다"라고 했다. 『한서·육가전』에서 "명성 쌓임이 대단했다"라고 했다. 또한 『한서·유굴리전』에서 "일이 이렇게 쌓였거늘, 어찌 숨긴다고 말을 하는가"라고 했다. 이것을 차용한 것이다.

蜀志, 許靖字文休, 汝南平興人. 少與從弟劭俱知名, 而私情不協. 劭爲郡功曹, 排擯靖, 不得齒敍, 以馬磨自給. 漢書陸賈傳, 名聲籍甚. 又劉屈氂傳曰, 事籍籍如此, 何謂秘也. 此借用.

渠命有顯晦 非人作通塞 : 『문선』에 '영현'과 '영회'라는 말이 있다.[85] 『주역』에서 "통함과 막힘을 안다"라고 했다.

文選有寧顯寧晦之語. 易曰, 知通塞也.

秦氏多英俊 少游眉最白 : 『촉지』에서 "마량의 자는 계상으로 형제는 다섯 사람인데 모두 재주와 명성이 있었다. 그런데 고을에서는 "마 씨

---

85 『문선』에 (…중략…) 있다 : 『문선』에 실린 사령운의 「제고총문(祭古塚文)」에 "爲錄爲夭, 寧顯寧晦. 銘誌湮滅, 姓字不傳. 今誰子後, 曩誰子先"이라는 구절이 있다.

의 다섯 형제 중에 백미가 가장 뛰어나다"라 했는데, 마량의 눈썹에 흰 털이 있었기에 이렇게 말한 것이다"라고 했다.

蜀志, 馬良字季常, 兄弟五人, 竝有才名. 鄕里爲諺曰, 馬氏五常, 白眉最良. 良眉中有白毛, 故稱之.

頗聞鴻鴈行 筆皆萬人敵 : 『예기』에서 "형뻘인 사람에게는 옆에서 조금 쳐져서 뒤따라간다"라고 했다. 『사기·항우전項羽傳』에서 "검은 한 사람만을 상대하는 것이니 배울 가치가 없다. 나는 만인을 상대하는 법을 배우고 싶다"라고 했다. ○ 두보의 「석별행惜別行」에서 "기린각에 기러기 항렬 그려놓았네"라고 했다.

禮, 兄之齒鴈行. 項羽傳, 劍一人敵, 不足學, 學萬人敵耳. ○ 杜詩, 麒麟閣 畫鴻鴈行.

吾早知有覯 而不知有覯 少儀袖詩來 剖蚌珠的皪 : '구'의 자는 '소장'이다. '부방'[86]은 앞의 주注에 보인다. 『문선·무부舞賦』에서 "진주의 푸른 빛 선명하게 환히 빛나네"라고 했는데, 이선이 주注에서 『설문해자』를 인용하여 "'적력'은 구슬이 빛나는 것이다"라고 했다.

覯字少章. 剖蚌見上注. 文選舞賦曰, 珠翠的皪而照耀. 李善注引說文曰,

---

86 부방(剖蚌) : 구양수(歐陽脩)의 「식계두(食雞頭)」에서 "바다 밑 조개 갈라 구슬 얻네[剖蚌得珠從海底]"라고 했다. 살펴보건대 『촉지(蜀志)』에서 "진복이 아뢰기를 "조개를 갈라 구슬을 얻었습니다"라 했다[秦宓奏記曰, 剖蚌求珠]"라고 했다.

的爍, 珠光也.

乃能持一鏃 與我箭鋒直：『문선·사치부』에서 "화살과 화살촉을 드네"라고 했다. 『열자』에서 "기창이 활 쏘는 법을 비위에게 배웠다. 기창은 이미 비위 기술을 다 얻어서 비위를 죽일 음모를 꾸몄다. 둘은 들판에서 만나 두 사람이 교대로 쏘았는데, 중간에 화살 끝이 서로 부딪쳐 땅에 떨어졌는데도 먼지도 일어나지 않았다. 이에 두 사람은 울면서 활을 던지고 서로 길에서 절하며 부자가 되길 청했다"라고 했다. 그 이후에 총림[87]에 "화살 끝이 서로 부딪친다"라는 말이 있게 되었는데, 모두 여기에서 비롯된 것이다. 홍각범의 『승보전』에 실린 조산의 『보경삼매』에서 "예는 공교로운 힘으로 백 걸음 밖에서도 맞추지만, 화살 끝이 서로 부딪치는 것에 있어서는 공교로운 힘으로도 어찌 할 수가 없네"라고 했다.

文選射雉賦曰, 擎牙低鏃. 列子曰, 紀昌學射於飛衛. 旣盡衛之術, 乃謀殺衛, 相遇於野, 二人交射, 中路矢鋒相觸而墜於地, 而塵不揚. 於是二子泣而投弓, 相拜於途, 請爲父子. 其後叢林有箭鋒相直之語, 蓋出於此. 洪覺範僧寶傳載曹山寶鏡三[88]昧曰, 羿以巧力, 射中百步, 箭鋒相直, 巧力何預.

自吾得此詩 三日臥向壁：『세설신어』에서 "왕동정이 몸을 돌려 벽을

87　총림(叢林)：많은 중들이 모여 사는 큰 절을 말한다.
88　三：중화서국본에는 '天'으로 되어 있는데, '三'의 오자이다.

향하여 눕고 탄식하길 "사람은 확실히 오래 살고 봐야 한다"라 했다"
라고 했다. 이 구절을 차용하여, 소의를 늦게서야 안 것이 절로 한스러
워서 벽을 향해 탄식한 것이다.

世說, 王東亭轉臥向壁, 歎曰, 人固不可以無年. 此借用, 自恨知少儀之晚,
向壁愧歎也.

挽士不能寸 推去輒數尺 : 『좌전』에서 "무릇 두 사람이 한편으로는 앞
에서 끌고 한편으로는 뒤에서 민다"라고 했는데, 이 구절은 글자만을
이용한 데서 그쳤다. 『노자』에서 "감히 한 치도 나아가지 않고 한 자를
물러난다"라고 했다. 『맹자』에서 "어진 이와 불초한 이의 차이가 한 치
도 되지 않을 것이다"라고 했다.

左傳曰, 夫二子者, 或輓之, 或推之. 此句止用其字. 老子曰, 不敢進寸而退
尺. 孟子曰, 賢不肖之相去, 其間不能以寸.

才難不其然 有亦未易識 : 『노론』에서 "인재 얻기가 어렵다 하는데 그
렇지 않은가"라고 했다. 『사기·범수전范雎傳』에서 "사람은 본래 알기
가 힘들며, 남을 아는 것 역시 쉬운 일이 아닙니다"라고 했다.

魯論曰, 才難, 不其然乎. 史記范雎傳曰, 人固不易知, 知人亦未易也.

11. 소장이 한림 소공을 따라 여항에 가기에 전송하다

送少章從翰林蘇公餘杭

東南淮海惟揚州	동남의 회수와 바다 사이에 양주 있는데
國士無雙秦少游	나라 선비 중 진소유와 짝할 이 없다오.
欲攀天關守九虎	하늘 오르고자 해도 아홉 범이 지키고 있어
但有筆力回萬牛	다만 필력 있어 만 마리 소 돌리누나.
文學縱橫乃如此	문학은 이와 같이 종횡무진이니
故應當家有季子	응당 집안일 맡은 자식 있으리라.
時來誰能力作難	때는 오는 법이니 누가 어렵게 힘 쓰리오
鴻鴈行飛入道山	기러기 줄 지어 날아 도산으로 들어가네.
斑衣兒啼眞自樂	색동옷에 어린애 울음도 진실로 즐겁지만
從師學道也不惡	스승 따라 도 배우는 것도 나쁘지 않네.
但使新年勝故年[89]	신년이 고년보다 낫게 하려면
卽如常在郎罷前	늘 아버지 앞에 있는 것 같이 하게.

【주석】

東南淮海惟揚州 國士無雙秦少游 : 『주례·직방씨』에서 "동남쪽이 양주이다"라고 했다. 『서경·우공禹貢』에서 "회수와 바다로 구분되는 곳

89　[교감기] '但'에 대해 고본의 원교(原校)에서는 "다른 판본에는 '自'로 되어 있다"라고 했다.

이 양주다"라고 했다. 고우군은 회남의 길에 속한다. 『한서·한신
전』에서 "소하가 "모든 장군은 얻기가 쉬울 따름이지만 한신韓信 같은
경우에 이르러서는 이 나라의 인물 중에 둘도 없습니다"라고 했다.

周禮職方氏, 東南曰揚州. 禹貢曰, 淮海惟揚州. 高郵軍屬淮南路. 漢書韓
信傳, 蕭何曰, 諸將易得, 至如信, 國士無雙.

欲攀天關守九虎 但有筆力回萬牛 : 『초사』에서 "하늘 계단 부여잡고 올
라 아래를 굽어본다"라고 했다. 『초사·초혼』에서 "호랑이와 표범이 천
제天帝의 궁궐 문을 지키면서 아래에서 올라오려는 사람들을 물어 해친
다"라고 했는데, 그 주注에서 "하늘 문은 아홉 겹으로, 호랑이와 표범을
시켜 그 문을 열고 닫게 하면서 올라오려고 하는 사람이 있으면 물어뜯
게 했다"라고 했다. 구양수의 「마상묵송성유시유감馬上默誦聖俞詩有感」에
서 "흥취 일자 필력은 천균이나 무겁네"라고 했다. 두보의 「고백행」에
서 "만 마리 소가 산처럼 무거워 고개 돌리리라"라고 했다.

楚辭曰, 攀天階而下視. 招魂曰, 虎豹九關, 啄害下人些. 注謂天門九重, 使
虎豹執其開閉, 啄齧欲上之人也. 歐公詩曰, 興來筆力千鈞重. 老杜古柏行曰,
萬牛回首丘山重.

文學縱橫乃如此 故應當家有季子 : 『후한서·주거전』에서 "오경에 종
횡무진한 주선광周宣光"이라고 했다. 두보의 「희위육절구戲爲六絶句」에서
"구름을 오르내리는 건필에 의사는 종횡무진이네"라고 했다. 낙천 백

거이의 「증초주곽사군贈楚州郭使君」에서 "집에 있어도 멋진 일이 몸에 쌓일 텐데, 어찌 임종[90]과 세후[91] 생각하랴"라고 했다. '당'의 음은 거성이다.

後漢周擧傳曰, 五經縱橫周宣光. 老杜詩, 凌雲健筆意縱橫. 樂天詩, 當家美事堆身上, 何意林宗與細侯. 當音去聲.

時來誰能力作難 鴻鴈行飛入道山 : 『악부』에 실린 손작의 「벽옥가」에서 "임에 감격해 어렵게 여기지 않네"라고 했다. 또한 태백 이백의 「억구유기초군원참군憶舊遊寄譙郡元參軍」에서 "산과 바다 뒤집는 것 어렵지 않네"라고 했다. 또한 두보의 「석별행惜別行」에서 "기린각麒麟閣에 기러기 항렬 그려놓았네"라고 했다. '안행'[92]과 '도산'[93]은 앞의 주注에 보인

---

90 임종(林宗) 후한(後漢)의 선비 곽태(郭太)를 말한다. 임종은 그의 자이다. 『분전(墳典)』에 해박하여 제자가 수천 명에 이르렀다. 귀향을 전송하는 1,000여 수레의 선비 가운데 오직 이응(李膺)과 같이 배를 타고 가므로, 전송하던 사람들이 '신선'이라고 했었다. 인물 품평을 잘했으나 말을 조심했기에 당고(黨錮)의 화를 면했다.

91 세후(細侯) : 동한(東漢) 때의 곽급(郭伋)의 자이다. 곽급은 지방관을 두루 지내면서 정치를 잘하여 그가 가는 고을마다 사람들이 모두 나와서 환영했다. 병주(幷州)에 재차 부임하였을 때에는, 서하(西河)에 이르자 어린이 수백 명이 죽마(竹馬)를 타고 길에 나와 환영한 바 있다.

92 안항(鴈行) : 『예기(禮記)』에서 "형제간에는 기러기처럼 줄지어 간다[兄弟之齒鴈行]"라고 했다. 두보의 「사제관부남전(舍弟觀赴藍田)」에서 "기러기 그림자 연이어 협 안에 이르고, 할미새 급히 날아 모래톱에 도달하네[鴻鴈影連來峽內, 鶺鴒聲急到沙頭]"라고 했다.

93 도산(道山) : 권1의 「평음장징거사(平陰張澄居士)」의 첫 번째 작품인 「인정(仁亭)」의 두 번째 구의 '도 지닌 이 산에 숨었구나[有道藏丘山]'에 보인다.

다. 『남사』에서 "다가오는 운명을 받아들인다"라고 했다. 동파 소식의 「중천황왕원식자미산래견운운仲天貺王元直自眉山來見云云」에서 "때가 오면 봉새처럼 훨훨 날 것일세"라고 했다.

樂府孫綽碧玉歌曰, 感郞不作難. 又太白詩曰, 回山倒海不作難. 又老杜詩, 麒麟閣畫[94]鴻鴈行. 鴈行道山見上注. 南史, 膺時來之運. 坡詩, 時來或作鵬騫.

斑衣兒啼眞自樂 從師學道也不惡 : 부모님을 섬기고 스승을 따르는 일도 모두 즐거울 수 있다는 것이다. 『열녀전』에서 "노래자가 양친을 봉양하는데, 나이가 일흔 살에도 어린아이 모습을 절로 즐기며 오색의 색동옷을 입었었다. 일찍이 물을 가지고 마루에 오르다가, 거짓으로 넘어져 땅에 누워 어린아이처럼 울기도 했었다"라고 했다. 『사기·순리전』에서 "노인이 어린아이들처럼 울었다"라고 했다. 『진서·사도온전』에서 "사안이 "왕응은 일소의 자식으로 나쁜 사람이 아닌데 너는 어찌 한스러워하느냐"라 했다"라고 했다.

事親從師, 皆有可樂者. 列女傳曰, 老萊子孝養二親, 行年七十, 嬰兒自娛, 著五色綵衣. 嘗取漿上堂, 跌仆, 因臥地, 爲小兒啼. 史記循吏傳曰, 老人兒啼. 晉書謝道韞傳, 謝安曰, 王郞, 逸少子, 不惡, 汝何恨也.

但使新年勝故年 卽如常在郞罷前 : 소장이 만약 소공을 따라 학문을 배워 날로 새로워진다면 이른바 뜻으로 뜻을 봉양한 것이니 어찌 반드시

---

94 畫 : 중화서국본에는 '盡'으로 되어 있는데, '畫'의 오자이다.

그 부모님에게서 멀리 떠나지 않는 것만을 효도라고 할 수 있겠는가라고 말한 것이다.『왕립지시화』에서 "산곡의 이 구절은 깊은 의미가 있는 말이다"라고 했다.『옥대신영』에 실린 구지의「잡시」에서 "오직 그대 떠난 지 오래 되었으니, 새로운 해요 예전은 아니라오"라고 했다. 당나라 사람 고황이 지은「건애민」에서 "아버지가 자식과 헤어지면서, "내가 너를 낳은 것이 후회스럽다" 자식이 아버지와 이별하면서, "마음이 끊어지고 피눈물 흘리며 황천에 가서도 아버지 앞에 나타날 수가 없습니다"라 했다"라고 했다.『청상잡기』에서 "민 땅 사람들은 아버지를 '낭파'라 부르고 자식을 '건'이라 부른다"라고 했다.

言少章儻從蘇公問學日新, 卽所謂以志養志者, 何必以不遠其親爲孝哉. 王立之詩話謂山谷此句, 蓋有深意. 玉臺新詠丘遲雜詩曰, 惟見君行久, 新年非故年. 唐人顧況有囝哀閩曰, 郎罷別囝, 吾悔生汝. 囝別郎罷, 心摧血下. 隔地絶天, 及至黃泉, 不得在郎罷前. 靑箱雜記云, 閩人謂父爲郎罷, 謂子爲囝.

12. 정인의 벽에 적다. 2수

題淨因壁. 二首[95]

첫 번째 수其一

瞑倚團蒲[96]挂鉢囊[97]	바리때 높이 걸고 포단 기대 눈 감으니
半窓疎箔度微涼	반창의 성긴 주렴에 서늘한 바람 지나네.
蕉心不展待時雨	파초 잎 피지 못해 시우를 기다리고
葵葉爲誰傾太陽[98]	접시꽃은 누굴 위해 태양 향해 기울었나.

【주석】

瞑倚團蒲挂鉢囊 半窓疎箔度微涼 : 구본에는 '괘발링挂鉢囊'이 '주몽장'으로 되어 있다.『전등록·운문전』에서 "바리때를 높이 걸고 지팡이를 꺾다"라고 했다.

舊作晝夢長. 傳燈錄雲門傳曰, 高挂鉢囊, 拗折挂杖.

蕉心不展待時雨 葵葉爲誰傾太陽 :『당여록』에 실린 노덕연의 「파초」에서 "속은 거꾸로 뽑아 올린 책 같구려"라고 했다. 퇴지 한유의 「석산

石山」에서 "당에 올라 계단에 앉으니 새로 비 흠뻑 내려, 파초 잎 넓어지고 치자 열매도 살 올랐네"라고 했다. '시우'[99]는 앞의 주注에 보인다. 자건 조식의 「구통친친표求通親親表」에서 "접시꽃이 태양을 향해 기우는 것과 같으니, 만일 태양이 빛을 돌리지 않는다 해도 끝까지 그것을 향하는 것은 참됨이다"라고 했다. 대개 『회남자』에 보이는 의미를 이용한 것이다.[100] 『문선』에 실린 원명 포조의 「행약지성동교行藥至城東橋」에서 "진실로 누가 수고로움을 하겠는가"라고 했다. ○ 당나라 이상은의 「대증代贈」에서 "파초 잎은 피질 못하고 정향은 맺혀 있어, 봄바람을 함께 향해 제각기 수심이로세"라고 했다.

唐餘錄路德延芭蕉詩云, 心似倒抽書. 退之詩, 升堂坐階新雨足,[101] 芭蕉葉大梔子肥. 時雨見上注. 曹子建表曰, 若葵藿之傾太陽, 雖不爲之回光, 然終向之者, 誠也. 蓋用淮南子意. 文選鮑明遠詩, 端爲誰苦辛. ○ 唐詩, 芭蕉不展丁香結, 同向春風各自愁.[102]

---

99 시우(時雨) : 『주례·소축(小祝)』에서 "때에 맞게 내리는 비를 맞이하다[逆時雨]"라고 했다. 『예기』에서 "공자가 "하늘이 때에 맞는 비를 내리니 산과 바다에서 구름이 솟는다"라 했다[孔子曰, 天降時雨, 山川出雲]"라고 했다.

100 대개 (…중략…) 것이다 : 『회남자』에 보이는 "성인의 도는 마치 접시꽃이 해와 함께 하는 것 같으니, 비록 처음과 끝을 함께 하지는 못하지만, 그 향하는 것은 진실하다[聖人之於道, 猶葵之與日也, 雖不能與終始哉, 其鄕之誠也]"라는 구절을 말한다.

101 足 : 중화서국본에는 '定'으로 되어 있는데, '足'의 오자이다.

102 [교감기] '唐詩 (…중략…) 自愁'의 작품은 이상은(李商隱)의 「대증(代贈)」이란 작품이다. 전본에는 이 부분이 없다.

두 번째 수其二

門外黃塵不見山	문밖 누런 먼지로 산 보이지 않는데
此中草木亦常閑[103]	그 속의 초목 또한 늘 한가로우리라.
履聲如度薄冰過[104]	신발 소리가 마치 얇은 얼음 밟는 듯
催粥華鯨吼夜闌[105]	죽 재촉하며 화경이 한밤중에 울리누나.

【주석】

門外黃塵不見山 此中草木亦常閑 履聲如度薄冰過 催粥華鯨吼夜闌 : 유우석의 「수낙천우제주옹견기酬樂天偶題酒甕見寄」에서 "문 밖 누런 먼지 속에 사람 달려오니, 술동이 맑은 술을 이제야 여네"라고 했다. 『장자』에서 "북쪽을 바라보아도 한韓나라의 명산이 눈에 보이지 않는다"라고 했다. '이성'[106]은 『한서·정숭전』에 보인다. 『시경·소민小旻』에서 "얇은 얼음을 밟듯 한다"라고 했다. '화경'[107]은 불가에서 재계齋戒를 알리면서 치는 물고기를 고래 모습으로 만들어 놓은 것을 말한다. 『석씨요람』에서 "지금 사찰의 목어는 때론 고래 모양으로 만들어 한 번 치고 포뢰[108]

---

103 [교감기] '此'가 『동파속집(東坡續集)』 권5에는 '箇'로 되어 있다.
104 [교감기] '度'가 『동파속집(東坡續集)』에는 '渡'로 되어 있다.
105 [교감기] '吼'가 『동파속집(東坡續集)』에는 '守'로 되어 있다.
106 이성(履聲) : 한(漢)나라 정숭(鄭崇)이 간쟁(諫爭)을 하러 갈 때마다 가죽 신발을 끌면서 갔는데, 그럴 때마다 황제가 웃으면서 "정 상서의 발자국 소리인 줄을 내가 알겠다[我識鄭尙書履聲]"라고 했다.
107 화경(華鯨) : 종을 치는 나무 공이에 새긴 고래인데 여기서는 범종을 가리킨다.
108 포뢰(蒲牟) : 바다에 사는 매우 잘 우는 짐승의 이름이다. 본래 고래를 두려워하여 고래가 치면 큰소리로 울부짖는다고 한다. 그래서 범종에 포뢰를 새기고 범종

로 큰 울부짖음을 삼는다"라고 했다. 살펴보건대, 『문선·동도부』에서 "고래가 일어나면 큰 북이 제절로 울린다"라고 했다. 또한 『문선』에 실린 반악의 「서정부」에서 "아름다운 방어가 뛰어오르네"라고 했다. 또한 두보의 「강촌삼수羌村三首」에서 "밤 깊어지자 다시 촛불을 드네"라고 했다.

劉禹錫詩, 門外黃塵人自走, 甕頭淸酒我初開. 莊子曰, 北面而不見冥山. 履聲見漢書鄭崇傳. 詩曰, 如履薄冰. 華鯨謂齋魚之藻飾者. 釋氏要覽曰, 今寺院木魚, 或取鯨魚一擊, 蒲牢爲之大鳴也. 按文選東都賦曰, 發鯨魚, 鏗華鐘. 又潘岳西征賦曰, 華鮒躍鱗. 又老杜詩, 夜闌更秉燭.

을 치는 나무 공이에 고래를 새긴다.

13. 6월 17일 낮잠을 자다
六月十七日晝寢

紅塵席帽烏鞾裏	석모와 검은 신[109] 신은 세상에서
想見滄洲白鳥雙	한 쌍의 흰 갈매기 나는 창주 그리노라.
馬齕[110]枯萁誼午枕[111]	마른 콩대 씹는 말 소리에 낮잠 시끄러운데
夢成風雨浪翻江	꿈속에선 비바람에 강 물결이 일렁거리네.

【주석】

紅塵席帽烏鞾裏 想見滄洲白鳥雙 : 『문선』에 실린 사조의 「지선성군출신림포향판교之宣城郡出新林浦向板橋」에서 "게다가 창주의 흥취까지 들어맞네"라고 했다. 두보의 「독립獨立」에서 "물가에는 한 쌍의 흰 갈매기 노니네"라고 했다.

---

109 석모와 검은 신 : '석모(席帽)'는 등석(藤席)으로 골격을 만들고 둘레에 천을 붙여서 늘어뜨려 햇빛을 차단하고 얼굴을 가릴 수 있도록 만든 모자이다. 송(宋)나라 이손(李巽)이 과거를 볼 때마다 낙방을 하자 고향 사람들이 "저 석모를 언제나 벗을 지 누가 알겠나[知席帽甚時得離身]"라며 비웃었는데, 뒤에 이손이 탁지 낭중(度支郞中)이 되어 그들에게 시를 지어 주기를 "마을의 친척들에게 알려 주노니, 지금 석모를 이미 벗었다오[爲報鄕閭親戚道, 如今席帽已離身]"라고 했다는 고사에서 유래하여 석모이신(席帽離身)이 과거 급제의 뜻으로 쓰이게 되었다. 의미가 확장되어 흡족하지 않은 벼슬을 칭하는 말이기도 하다. '오화(烏靴)'는 조정의 관원들이 신던 검은 가죽신을 말한다. 둘 다 속세에서 벼슬살이하고 있다는 말이다.
110 [교감기] '齕'이 문집·고본에는 '齧'로 되어 있다.
111 [교감기] '誼'가 전본에는 '喧'으로 되어 있다.

選詩曰, 復協滄洲趣. 老杜詩, 河間雙白鷗.

馬齕枯萁誼午枕 夢成風雨浪翻江 : 말이 풀 씹어대는 소리를 듣고서도
마침에 이러한 꿈을 꾸었다는 것이다. 『능엄경』에서 "깊은 잠에 빠진
사람이 침상에서 잠이 들었다. 그때 그 집안사람이 그가 잠자는 사이
에 절구로 쌀을 찧고 있었다. 그 사람이 꿈속에서 절구 찧는 소리를 듣
고 다른 것을 하고 있다고 생각 하면서, 혹은 북을 치거나 종을 친다고
여겼다"라고 했다. 이 작품은 그 의미를 대략 취해 와서 강호에 대한
생각이 깊고 그 생각으로 인해 강호를 그려 보면서 마침내 꿈을 꾸게
되었다는 것을 말한다. 『문선』에 실린 반악의 「마견독뢰馬汧督誄」에서
"콩대와 볏짚이 텅 비었네"라고 했다.

　聞馬齕草聲, 遂成此夢也. 楞嚴經曰, 如重睡人, 眠熟牀枕. 其家有人于彼
睡時, 擣練舂米, 其人夢中聞舂擣聲, 別作他物, 或爲擊鼓, 或爲撞鐘. 此詩略
采其意, 以言江湖之念深, 兼想與因, 遂成此夢. 文選馬汧督誄曰, 其秆空虛.

14. 북창에서

北窓[112]

生物趨功日夜流	사람들 공 추구하며 세월은 밤낮 흘러가노니
園林才夏麥先秋	정원 숲은 이제 여름인데 보리 먼저 익어가네.
綠陰黃鳥北窓簟	북창의 대자리에서 녹음 속 꾀꼬리 소리
	들으면서
付與來禽安石榴	능금과 안석류에 부치노라.

【주석】

生物趨功日夜流 園林才夏麥先秋 : 『장자』에서 "생물들이 숨을 쉬면서 서로 내뿜는 것들이다"라고 했다. 『문선』에 실린 문거 공융의 「논성효장서」에서 "세월은 머물지 않고 시절은 물같이 흐르네"라고 했다. 『예기·월령』에서 "초여름이면 보리는 가을 된 듯 무르익는다"라고 했다.

莊子曰, 主物之以息相吹. 文選孔文擧論盛孝章書曰, 歲月不居, 時節如流. 禮記月令, 孟夏麥秋至.

綠陰黃鳥北窓簟 付與來禽安石榴 : 말구末句는 대개 뜻을 붙인 바가 있는데, 사물은 각각 시절에 따라 변화하기에 잠시 그 자연스러운 변화의 소리를 듣는다는 것을 말했다. 구양수의 「초하서호初夏西湖」에서 "봄

---

112 [교감기] 고본의 『산곡외집(山谷外集)』 권7에 이 작품이 거듭 수록되어 있다.

지난 뒤 녹음 속에서 꾀꼬리 우네"라고 했다. 『상서고실』에서 "내사 왕 희지의 서첩 중에 「여촉군수주서첩與蜀郡守朱書帖」이 있고 그 속에서 "앵 도와 능금[來禽]을 구하니, 날마다 등나무 씨앗을 준다"라고 했다. "내 금"이란 맛이 달아서 뭇 새들이 날아온다는 말이다. 세속에서는 '임금' 이라고도 한다"라고 했다. 『박물지』에서 "장건이 서역으로 사신 갔다 가 돌아오면서 안석류를 얻었다"라고 했다. 자미 소순흠蘇舜欽의 「하의 夏意」에서 "별채 깊은 곳 여름 대자리 시원하고, 석류꽃 피어 주렴 속에 서도 눈부시다"라고 했다.

末句蓋有所寄, 言物化各用事於一時, 姑聽其自然耳. 歐公詩, 綠陰黃鳥春 歸後. 尙書故實曰, 王內史書帖, 有與蜀郡太守書, 求櫻桃來禽, 日給藤子. 來 禽言味甘來衆禽, 俗作林禽. 博物志云, 張騫使西域, 還得安石榴. 蘇子美詩, 別院深深夏簟淸, 石榴花發透簾明.

15. 조자충이 죽부인시를 보여주었다. 죽부인은 시원하게
    잠을 자게 해주는 대나무로 만든 물건으로, 팔과 다리로
    껴안으니 부인의 일과는 같지 않은 듯하다. 그래서 내가
    '청노'라고 이름 붙였고 더불어 짧은 시를 지었다. 2수
    趙子充示竹夫人詩, 蓋涼寢竹器, 憩臂休膝, 似非夫人之職. 予爲名曰靑
    奴,[113] 幷以小詩取之. 二首

첫 번째 수其一

靑奴元不解梳粧[114]	청노는 본래 빗질과 단장 하지 않지만
合在禪齋夢蝶牀	선가에서의 몽접의 침상에 부합하노라.
公自有人同枕簟	그대는 아내 있어 잠자리를 함께 하리니
肌膚氷雪助淸涼	얼음 눈 같은 피부가 시원하게 만들어 주겠지.

【주석】

　靑奴元不解梳粧 合在禪齋夢蝶牀 公自有人同枕簟 肌膚氷雪助淸涼 : 『문
선』에 실린 혜강의 「금부서」에서 "본래 음성을 알아듣지 못하는 듯"이
라고 했다. '몽접'[115]은 위의 주注에 보인다. 산곡 황정견이 고분[116]한

113　[교감기] '靑奴'에 대해 고본에서는 제목 아래 원교(原校)에서 "다른 판본에는 '竹
　　奴'로 되어 있다"라고 했다.
114　[교감기] '靑奴'에 대해 문집에서는 작품 아래 원교(原校)에서 "'靑奴'가 다른 판
　　본에는 '竹奴'로 되어 있다"라고 했다.
115　몽접(夢蝶) : 『장자·제물론(齊物論)』에서 "언젠가 장주가 꿈속에서 나비가 되었
　　다. 나풀나풀 잘 날아다니는 나비의 입장에서 스스로 유쾌하고 만족스럽기만 하

지 이미 오래 되었기에 『장자』에 보이는 호접몽의 고사를 이용한 것이다. 퇴지 한유의 「신정新亭」에서 "물결무늬가 잠자리에 떠 있네"라고 했다. 『장자』에서 "막고야 산에 신인이 살고 있는데, 살결이 얼음 눈과 같다"라고 했다. 『동파악부·동선가洞仙歌』에서 "얼음 피부와 옥 같은 뼈로 절로 시원함 있어 땀 흘리지 않는다오"라고 했다.

文選嵇康琴賦序曰, 似元不解聲音. 夢蝶見上注. 山谷鼓盆已久, 故用莊子夢蝶事. 退之詩, 水紋浮枕簟. 莊子曰, 藐姑射之山, 有神人焉, 肌膚若冰雪. 東坡樂府曰, 冰肌玉骨, 自清涼無汗.[117]

두 번째 수其二

穠李四絃風拂席	농리는 네 줄로 자리에서 바람 일으켰고
昭華三弄月侵牀	소화의 세 곡조에 침상엔 달빛 들었네.
我無紅袖堪娛夜	내겐 즐겁게 밤 보낼 붉은 소매 없노니
正要靑奴一味涼	청노의 시원함이 정말로 필요하다네.

였을 뿐 자기가 장주인 것은 알지도 못하였는데, 조금 뒤에 잠을 깨고 보니 몸이 뻣뻣한 장주라는 인간이었다[昔者莊周夢爲胡蝶, 栩栩然胡蝶也, 自喩適志與, 不知周也, 俄然覺則蘧蘧然周也]"라는 했다.

116 고분(鼓盆): 고분가(鼓盆歌)와 같다. 『장자·지락(至樂)』에서 "장자의 아내가 죽어서 혜자(惠子)가 위문하러 찾아갔는데, 장자가 걸터앉아 동이를 두드리며 노래를 부르고 있었다"라고 했다. 후세에 아내가 죽었을 때 사용하는 고사이다. 여기에서는 산곡 황정견의 아내가 죽은 지 오래되었다는 말이다.

117 [교감기] '無汗'이라는 두 글자가 본래 없는데, 지금 원연우본(元延祐本) 『동파악부(東坡樂府)·동선가(洞仙歌)』에 따라 보충한다.

【주석】

穠李四絃風拂席 昭華三弄月侵牀 我無紅袖堪娛夜 正要靑奴一味涼 : 원주元注에서 "겨울과 여름에도 푸르고 푸른 것이 대나무의 장점이기에 이름 붙여 '청노'라고 했다"라고 했다. '농리'와 '소화'는 귀인 집안의 두 기녀이다. 소화는 왕진경 부마가에서 피리를 부는 기녀이다. 두보의 시에서 "붉은 소매에서 먼저 잡힌 물고기 우네"[118]라고 했다. 구양수의 「초허주객招許主客」에서 "무엇을 가지고 아름다운 객을 부를까, 오로지 새 가을의 청량함이라네"라고 했다.

元注云, 冬夏靑靑, 竹之所長, 故命曰淸奴. 穠李昭華, 貴人家兩女妓也. 昭華蓋王晉卿駙馬家吹笛妓. 老杜詩, 紅袖泣前魚. 歐公詩, 欲將何物招嘉客, 唯有新秋一味涼.

---

118 먼저 (…중략…) 우네 : '읍전어(泣前魚)'는 먼저 잡힌 물고기가 운다는 말로, 『전국책·위책(魏策)』에 실려 있는 고사에서 나온 말이다. 위왕(魏王)이 용양군(龍陽君)과 함께 배를 타고 낚시를 했는데, 용양군이 갑자기 눈물을 흘리자 그 까닭을 물었다. 그러자 용양군은 먼저 잡힌 물고기가 뒤에 잡힌 더 큰 물고기 때문에 버려지듯이 용렬한 자신도 훗날 총애를 받는 신하들 때문에 버려질 것이기에 운다고 답했다.

16. 범촉공에 대한 만사. 2수【촉공의 휘는 진이고 자는 경인이다. 동파 소식이 그를 위해 묘지명을 지었는데, 지금 그 묘지명의 내용을 가져다가 이 시의 의미를 밝힌다】

范蜀公挽詞.119 二首【蜀公諱鎭, 字景仁, 東坡爲作墓誌, 今采掇以證此詩】

첫 번째 수其一

信道雖常爾	도 믿어 일정한 덕 있었기에
知人乃獨亨	후지인과 홀로 형통했다네.
書林身老大	서림에서 몸 늙어가면서
諫紙字敧傾	간지의 글자는 삐뚤빼뚤하네.
鼇去三山動	거북 떠나 세 산이 움직였고
人危五鼎烹	사람들 오정팽을 두려워한다오.
保全天子聖	천자의 성스러움으로 온전히 보존해
几杖送餘生	안석과 지팡이로 남은 생 보냈다오.

【주석】

信道雖常爾 知人乃獨亨 : 공은 도 믿는 것이 독실했으니, 대개 변하지 않는 덕이 있었기 때문이다. 다른 사람을 알아보는 명석함에 있어서도 홀로 마음으로 통하고 의미를 알아챘으니, 하늘에서 부여받은 천성이었다.『주역』에서 "믿음이 있어야 마음이 형통한다"라고 했다. 공은 신

---

119 [교감기] '蜀公'이 문집·고본·장지본에는 '文忠公'으로 되어 있다.

종을 섬기면서, 다시 한림학사와 지통진은대사가 되었다. 개보 왕안석이 정승이 되어 상평의 정책을 청묘법으로 바꾸고자 했다. 이에 공은 세 번이나 소장을 올려 왕안석과 다투었다. 그 후 왕안석과 논의가 더욱 어긋나게 되자, 나이 63세에 벼슬을 그만 두었다. 이 작품에서 말한 '지인'은 개보 왕안석을 가리킨다.

言公篤於信道, 蓋其常德. 至於知人之明, 獨心通意曉, 乃得之於天也. 易曰, 有孚維心亨. 公事神宗, 復爲翰林學士知通進銀臺司. 王介甫爲政, 欲改常平爲靑苗法, 公三上疏爭之. 其後議論益不合, 年六十三卽致仕. 此詩所謂知人, 蓋指介甫.

書林身老大 諫紙字攲傾 : 공이 인종의 조정에 이으면서 이미 학사가 되었었다. '서림'[120]은 앞의 주注에 보인다. 퇴지 한유의 「조춘早春」에서 "관청에서 한가롭게 늙어간다고 말하지 말라"라고 했다. 낙천 백거이의 「여원진서」에서 "나는 간관으로써 달마다 간지[121]를 아뢰어 왔다"라고 했다. 또한 두보의 「동원사군용릉행同元使君舂陵行」에서 "시를 지어 중얼거리는 동안, 먹물 마르고 글자는 삐뚤빼뚤하네"라고 했다.

公在仁宗朝, 已爲學士. 書林見上注. 退之詩, 莫道官閑身老大. 樂天與元稹書曰, 身是諫官, 月請諫紙. 又老杜詩, 作詩呻吟內, 墨淡字攲傾.

---

120 서림(書林) : 『한서·유림전서(儒林傳序)』에서 "효화황제 또한 자주 동관에 가서 많은 장서들을 열람하였다[孝和亦數幸東觀, 覽閱書林]"라고 했다.
121 간지(諫紙) : 임금에게 간하는 소장을 말한다.

鼇去三山動 人危五鼎烹 : 공이 나라를 떠나자 이때부터 나라가 흔들리게 되었다고 말한 것이다. 바야흐로 공이 벼슬 그만 두기를 청할 때에, 개보 왕안석은 스스로 소장을 만들어 공을 혹독하게 비판했었다. 그래서 이를 듣는 사람들이 모두 공을 위해 두려워했었다. 『열자』에서 "귀허라는 가운데에 다섯 개의 산이 있는데, 상제가 큰 거북이 열다섯 마리로 하여금 그 산을 지고 있게 해서, 다섯 산이 비로소 높이 솟아 움직이지 않게 되었다. 그런데 용백국에 거인이 있어 한 번 낚싯줄을 드리워서 여섯 마리 거북을 낚자, 이에 두 산이 북쪽 끝으로 흘러가버렸다"라고 했다. 『한서·주보언전』에서 "대장부가 살아서 오정[122]으로 먹지 못할진댄, 죽을 때는 오정에 삶아져 죽을 뿐이다"라고 했다.

言公既去國, 本自此搖矣. 方公請致仕時, 介甫自草制, 極口詆公. 聞者皆爲公懼. 列子曰, 歸墟中有五山, 帝使巨鼇十五戴之, 五山始峙而不動, 龍伯國之大人, 一釣連六鼇, 於是二山流於北極. 漢書主父偃傳曰, 大丈夫生不五鼎食, 死則五鼎烹耳.

保全天子聖 几杖送餘生 : 신종이 마지막에는 이전의 행동을 바꿔 공을 보호하여 공이 천명을 다 누리고 죽을 수 있었다는 말이다. 또한 두보의 「수함견심水檻遣心」에서 "술을 졸졸 조금 따라 마시며, 난간에 기

---

122 오정(五鼎) : 소·양·돼지·물고기·순록을 담아 제사지내는 다섯 개의 솥을 말하는데, 전하여 높은 작위에 있는 사람의 미식(美食)의 뜻으로 쓰인다. 높은 벼슬한 사람은 오정으로 먹는 것이요, 솥에 삶는 것은 사형(死刑)이다.

대 남은 생을 보내는구나"라고 했다. 『문선』에 실린 진림陳琳의 「원본 초서기지사고술상난사다袁本初書記之士故述喪亂事多」에서 "남의 생이 다행스러움 이미 많다네"라고 했다.

言神宗終覆護之, 使得終其壽考. 又老杜詩, 淺把涓涓酒, 深憑送死生. 選詩, 餘生幸已多.

두 번째 수其二

公在昭陵日	공이 인종의 때에
文章近赤墀	문장은 적지에 가까웠다오.
空嗟伏生老	복생의 늙음을 헛되어 탄식하며
不侍邇英帷	이영각의 휘장에서 모시지 못했다오.
去國幾三虎	나라 떠난 것은 거의 삼인성호 때문이요
聞韶待一夔	소 음악 들으면 한 명의 기를 기다렸다오.
誰言蓋棺了	누가 관 뚜껑 덮은 이후의 일을 말하랴
新樂鎖蛛絲	새로 만든 음악이 거미줄에 덮여 있다네.

【주석】

公在昭陵日 文章近赤墀 空嗟伏生老 不侍邇英帷 : '영소'는 인종의 능이름이다. 공은 인종을 섬기면서 이미 내외의 제도를 맡았었다. 대개 선조의 구신으로 공만이 당시에 등용되지 못했기에 이 시에서 탄식한 것이다. 『한서·매복전』에서 "붉은 섬돌[123] 길을 지나고 싶습니다"라

고 했다. 또한 『사기·유림전』에서 "복생은 본래 진나라 박사였다. 효문제孝文帝 때에 『상서』에 능통한 자를 구하려고 하여 복생을 부르고자 했다. 그러나 이때 복생의 나이는 아흔이 넘어서 다닐 수가 없었다"라고 했다. 이영각은 경연이 열렸던 곳으로, 공이 신종 때에 시독을 겸하고 있다가 얼마 지나지 않아 벼슬을 그만두었다.

永昭, 仁宗陵名. 公事仁宗, 已掌內外制. 蓋先朝舊臣, 獨不見容於當世, 此詩所歎也. 漢書梅福傳曰, 涉赤墀之塗. 又儒林傳, 伏生故爲秦博士. 孝文時, 求能治尙書者, 欲召之. 時伏生年九十餘, 不能行. 邇英閣經筵所在, 公在神宗時兼侍讀, 已而致仕.

去國幾三虎 聞詔待一夔 誰言蓋棺了 新樂鑽蛛絲：『한비자』에서 "방총龐蔥이 태자와 함께 한단에 인질이 되자 위왕에게 이르기를 "시장에 호랑이가 없는 것이 분명한데도 세 차례 사람들이 말하여 호랑이가 만들어진 것입니다. 지금 한단은 위나라에서 저잣거리보다 멀리 떨어져 있습니다. 그리고 신에 대해 말하는 사람은 세 명이 넘습니다. 왕께서 잘 살피시기 바랍니다"라 했다"라고 했다. 공이 유궤와 음악에 대해 논의했으나 뜻을 하나로 합치지 못했다. 그러자 공은 태부동을 요청하여 스스로 새로운 음악을 만들었는데, 이조의 음악과 비교해 보면 하나의 율을 낮춘 기이함이 있었다. 이성二聖：흠종(欽宗)과 휘종(徽宗)이 연화전에 행차하여 벼슬아치들을 불러 모아 함께 관람하고서는 아름답다고 하면

---

123 붉은 섬돌 : '적지(赤墀)'는 궁궐을 뜻하는 말로, 조정에 벼슬함을 말한다.

서 권장하라는 말을 남기셨다. 그러나 음악이 연주되고 삼일 지난 뒤에 공이 죽었다. '문소'[124]는 『노론』에 보인다. 『여씨춘추』에서 "노 애공이 공자에게 "악정 기[125]는 하나면 충분합니까"라고 물었다"라고 했다. 또한 두보의 「장부성도초당도중유작선기엄정공將赴成都草堂途中有作先寄嚴鄭公」에서 "책표지와 약봉지에는 거미줄이 얽혀 있네"라고 했다. '개관료'[126]는 앞의 주注에 보인다. 시의 의미는 공이 새로 만든 음악이 쓰여지지 못한 것을 한스럽게 여긴 것이다.

韓子曰, 龐共與太子質於邯鄲, 謂魏王曰, 夫市無虎明矣, 然而三人言, 成市虎. 今夫邯鄲去魏遠於市, 議臣者過三人, 願王察之. 公與劉几論樂不合. 既而請太府銅, 自爲新樂, 比李照樂下一律有奇. 二聖御延和殿, 召執政同觀, 賜詔嘉獎. 樂奏三日而公薨. 聞韶見魯論. 呂氏春秋, 魯哀公問於孔子曰, 樂正夔一足矣. 又老杜詩, 書籤藥裹封蛛網. 蓋棺了見上注. 詩意謂公以新樂卒不見用爲恨也.

---

124 문소(聞韶) : '소'는 순임금의 음악이다. 『논어·술이(述而)』에서 "공자가 제나라에 있을 적에 소악을 듣고 3개월 동안 고기 맛을 모르고 이르기를 "음악을 만든 것이 이러한 경지에 이를 줄은 생각하지 못했다"라 했다[子在齊聞韶, 三月不知肉味曰, 不圖爲樂之至於斯也]"라고 했다.

125 기(夔) : 순임금의 신하로 음악을 담당했다. 『서경·익직(益稷)』에 기가 음악의 효과에 대해 한 말이 나온다.

126 개관료(蓋棺了) : 두보의 「군부견간소혜(君不見簡蘇徯)」에서 "장부의 일은 관뚜껑 덮어야 결정된다[丈夫蓋棺事始定]"라고 했다.

17. 종실 공수에 대한 만사. 2수

宗室公壽挽詞. 二首

산곡 황정견이 일찍이 지은 「증종실경도자발贈宗室景道字跋」에서 "내가 종실 월궁과는 먼 친척[127]이기에, 예전에 선주원宣州院의 공수 경진과 일찍이 글을 짓고 술을 마시는 즐거움을 함께 했었다"라고 했다.

山谷嘗有贈宗室景道字跋云, 余與宗室越宮有葭莩, 故曩時與宣州院公壽景珍, 嘗共文酒之樂.

첫 번째 수其一

昔在熙寧日	예전 희녕의 때에
葭莩接貴游	먼 친척의 귀족이었다오.
題詩奉先寺	봉선사에서 시를 지었고
橫笛寶津樓	보진루에서 피리 불었었지.
天網恢中夏	하늘 그물이 중하에 너그러웠지만
賓筵禁列侯	빈객 잔치를 열후에겐 금지시켰네.
但聞劉子政	다만 듣건대, 유자정은
頭白更淸修	흰머리에도 다시 맑음 닦는다지.

---

127 먼 친척 : '가부(葭莩)'는 친함이 박한 것을 비유한 것으로, 보통 촌수가 먼 친인척을 뜻한다. 자세한 것은 시 작품의 주(注)에 보인다.

【주석】

昔在熙寧日 葭莩接貴游：『한서‧중산정왕전』에서 "가부는 친이다"라고 했는데, 그 주注에서 "'가'는 갈대요, '부'는 갈대 대롱 속에 있는 지극히 엷은 흰 창이다. 서로 붙어 있는 것을 비유한다"라고 했다. 『주례‧사씨』에서 "무릇 나라의 귀족 자제가 배우는 것이다"라고 했는데, 그 주注에서 "왕공의 자제들이다"라고 했다.

漢書中山靖王傳曰, 葭莩之親. 注云, 葭, 蘆葉也. 莩者, 其箭中白皮至薄者也. 喻相著. 周禮師氏曰, 凡國之貴游子弟學焉. 注云, 王公之子弟.

題詩奉先寺 橫笛寶津樓：『동경기』에서 "선현先賢을 받드는 복선원은 명의방에 있고 보진루는 천원방에 있는데 금명지 및 심정사와 서로 맞닿아 있다.

東京記曰, 奉先資福禪院, 在明義坊. 寶津樓在天苑坊, 與金明池心亭榭相直.

天網恢中夏 賓筵禁列侯 但聞劉子政 頭白更淸修：금지하는 법망이 비록 관대했지만, 종실에게 있어서만 엄밀하게 적용되었기에 빈객들이 서로 오가지 못했다. 그래서 이전처럼 다만 흰머리로 맑음을 닦는 현인이 있다는 것만을 들은 것이다. 『문선』에 실린 임언승의 「위범시홍작구립태재비表爲范始興作求立太宰碑表」에서 "제나라 법망의 너그러움을 만나 빈객을 금하는 법령이 느슨해졌다"라고 했는데, 이선의 주注에서 『후한서』를 인용하여 "건무 중에 법망이 오히려 관대해져 제왕들이 모

두 성장해 각기 빈객을 불러 모았다"라고 했다. 『한서·고제기』의 주注에서 "통후[128]를 예전에는 철후라고 했는데, 뒤에 고쳐 열후列侯라고 했다"라고 했다. 유향의 자는 자정으로 한나라 종실인데 나이 일흔둘에 죽었다. ○『위지·진교전』에서 "진등이 "맑게 닦고 악을 미워하여 앎도 있고 의리도 있으니 나는 조원달을 공경한다"라 했다"라고 했다. ○『노자』에서 "하늘의 그물은 넓고 넓어서 성글지만 놓치지 않는다"라고 했다. 또한 『시경』에 「빈지초연賓之初筵」[129]이란 작품이 있다.

言禁網雖云疏闊, 至宗室獨加嚴密, 故賓客不復往來. 如向時, 但聞其白首淸修之賢而已. 文選任彦昇表曰, 値齊網之弘, 弛賓客之禁. 李善注引後漢書, 建武中禁網尙寬, 諸王旣長, 各招引賓客. 漢書高帝紀注云, 通侯舊曰徹侯, 後改曰列侯. 劉向, 字子政, 漢宗室也, 年七十二卒. 魏志陳矯傳, 陳登曰, 淸修疾惡, 有識有義, 吾敬趙元達矣. ○ 老子曰, 天網恢恢, 疏而不失. 又詩有賓之初筵.

두 번째 수其二

昧旦鳴珂路　　　　　　새벽에 길에서 말 장식 울리며

---

128 통후(通侯) : 진(秦)나라가 통일한 뒤에 만든 20등급의 군공작(軍功爵) 중 최고 등급의 작위 이름이다. 한(漢)나라 때 공을 세운 타성(他姓) 대신(大臣)에게 수여하였는데, 신망(新莽) 때 폐지되었다.
129 「빈지초연(賓之初筵)」:『시경』소아(小雅)「빈지초연」이란 작품이 있는데, 이 시는 위(衛)나라 무공(武公)이 지은 시로, 유왕(幽王)과 신하들이 술에 빠져 지내는 것을 풍자했다.

春朝禁殿班	봄날 궁궐에서 조회 반열에 있었지.
方看分寶玉	보옥 나누어주는 걸 보았는데
何意作丘山	구산 될 줄 어찌 생각이나 했겠는가.
燕入風榮舞	제비는 바람결에 처마에서 춤을 추고
花開日笑顔	꽃이 피자 날마다 얼굴에는 웃음 폈네.
空餘杜陵淚	헛되이 두릉의 눈물만 남았노니
一爲漢中潸	한 번 한나라 위해 눈물 쏟았다오.

【주석】

昧旦鳴珂路 春朝禁殿班 : 『서경』에서 "선왕이 새벽에 크게 자기의 도를 드러내어 앉아서 아침을 기다렸다"라고 했다. 『당서·거복지』에서 "수레 제도는 3품 이상은 가[130] 아홉 개, 4품은 일곱 개, 5품은 여섯 개다"라고 했다. 또한 『당서·장가우전』에서 "동생인 장가정이 재상이 되자, 형인 장가우에게 금오장군을 맡기니 당시 그들이 거주하던 곳을 '명가리'라고 했다"라고 했다. 『주례』에서 "천자가 봄에 보는 것을 '조'라 한다"라고 했다. ○ 배도도 불우한 시절에 지은 절구에서 "높은 벼슬아치 되지 않아도 황도에서 노닐 것이요, 곡기를 끊지 않아도 하늘에 오르네"라고 했다.

書曰, 先王昧爽丕顯, 坐以待旦. 唐書車服志曰, 三品以上珂九子, 四品七子五品六子. 又張嘉祐傳, 弟嘉貞爲相, 嘉祐任金吾將軍, 時號所居坊曰鳴珂里.

---

130 가(珂) : 말굴레에 다는 장식을 말한다.

周禮, 春見曰朝. ○ 裴度不遇時絶句, 不然鳴珂遊帝都, 不然絶粒升天衢.[131]

方看分寶玉 何意作丘山：『서경·여오』에서 "보옥을 백숙의 나라에 나누어주어 이로써 친함을 두텁게 했다"라고 했다. 『문선』에 실린 맹양 장재의 「칠애」에서 "예전에 만승의 군주였는데, 지금은 구산[132]의 흙 되었구나"라고 했다.

書旅獒曰, 分寶玉于伯叔之國, 時庸展親. 文選張孟陽七哀詩曰, 昔爲萬乘君, 今爲丘山土.

燕入風榮舞 花開日笑顔：『문선』에 실린 사조의 「화왕주부계철원정시和王主簿季哲怨情詩」에서 "바람 드는 주렴에 한 쌍 제비 들어오네"라고 했다. 『의례』의 주注에서 "'영'은 처마이다"라고 했다. 태백 이백의 「자대내증自代內贈」에서 "첩은 우물 아래 꽃과 같은데, 꽃 피어 임 향해 웃음 짓네"라고 했다.

選詩曰, 風簾入雙燕. 儀禮注曰, 榮, 屋翼也. 太白詩, 妾似井底花, 開花向君笑.

空餘杜陵淚 一爲漢中淒：두보의 문집 중에 한중왕인 이우李瑀와 서로

---

131 [교감기] '裴度 (…중략…) 天衢'라는 구절이 전본·건륭본에는 모두 없다. 살펴보 건대, 『전당시(全唐詩)』 배도(裴度)의 항목에도 이 구절이 없다.
132 구산(丘山)：무덤을 말한다. 무덤 중에 큰 것을 '구(丘)'라고 한다.

주고받은 작품이 많은데, 이우는 당나라 종실이었다.

老杜集中多有與漢中王瑀往還詩, 瑀蓋唐宗室.

18. 성을 나와 나그네를 전송하고 옛 벗인 동평후 조경진의 무덤을 지나다

出城送客, 過故人東平侯趙景珍墓[133]

朱顔苦留不肯住[134]	고운 얼굴 잡기 힘들어 머물게 할 수 없노니
白髮政爾欺得人	백발이 정말로 사람을 속이는구나.
嬋娟去作誰家妾	어느 집 첩이 아름다운 저버렸나
意氣都成一聚塵	의기는 모두 한 줌의 먼지 되었구나.
今日牛羊上丘隴[135]	지금엔 소와 양이 오르는 언덕이
當時近前左右嗔	당시엔 좌우의 신하들 앞에서 진노하던 곳.
花開鳥啼荊棘裏	가시나무 속에서 꽃 피고 새 우니
誰與平章作好春	누가 평장과 좋은 봄날 만들려나.

【주석】

朱顔苦留不肯住 白髮政爾欺得人 : 낙천 백거이의 「취가醉歌」에서 "거울 속 고운 얼굴 바라보니 이미 없어라"라고 했다. 또한 「낙화落花」에서 "봄날 잡아도 머물지 않노라"라고 했다. 설능의 「춘일사부우회春日使府

---

133 [교감기] 문집에는 작품 제목 아래에 '令蟜'이라는 원주(原注)가 있고 고본에는 작품 제목 아래에 '令瑃'이라는 원주(原注)가 있다.
134 [교감기] '苦'에 대해 고본의 원교(原校)에서 "다른 판본에는 '欲'으로 되어 있다"라고 했다.
135 [교감기] '隴'이 문집에는 '壟'으로 되어 있다. 살펴보건대, 두 글자는 가차되는데 무덤을 말한다. 이 아래로는 보여도 다시 교정하지 않겠다.

寓懷」에서 "청춘은 날 버리고 당당히 떠나 버리고, 백발은 사람 속이고 끊임없이 생겨나네"라고 했다. 『왕직방시화』에서 "노직 황정견이 어릴 적에 설능의 「춘일사부우회」의 "청춘은 날 버리고 당당히 떠나 버리고, 백발은 사람 속이고 끊임없이 생겨나네"라는 구절을 읊조렸다. 이에 신로莘老 손각孫覺이 "이 구절은 누구의 시인가"라고 물었다. 공은 "두보의 시입니다"라고 대답했다. 이에 손각은 "두보는 이렇지 않다네"라고 했다. 훗날 공이 "제가 신로의 말을 듣고서 두보의 고아하고 큰 체제에 대해 깨달았다"라고 했다. 이 구절은 설능의 고질병을 찌른 것일 뿐이다"라고 했다.

樂天詩, 鏡裏朱顔看已失. 又云, 留春不肯住. 薛能詩曰, 靑春背我堂堂去, 白髮欺人故故生. 王直方詩話云, 魯直嘗言, 少時誦薛能詩云, 靑春背我堂堂去, 白髮欺人故故生. 孫莘老問曰, 此何人詩. 公曰, 老杜. 莘老云, 杜詩不如此. 後公云, 庭堅因莘老之言, 遂曉老杜詩高雅大體. 此句乃所以鍼薛能之膏肓爾.

嬋娟去作誰家妾 意氣都成一聚塵 : 『문선·서경부』에서 "치를 밟아 아름다움을 더하네"라고 했는데, 그 주注에서 "'치'는 예쁜 모습을 갖춘 해충이다"라고 했다. 낙천 백거이의 「감고장복야제기感故張僕射諸妓」에서 "춤과 노래 마음과 힘 쏟아 가르쳤건만, 하루아침에 죽었는데도 따라 죽지 않았구나"라고 했다. 『사기·안자전』에서 "의기가 양양하여 몹시 만족했다"라고 했다. 『한산자시집寒山子詩集·한산寒山』에서 "일찍

이 팔 척 사내로 알았는데, 어느새 한 줌 먼지가 되었구나. 저승엔 새벽
해 돋는 일 없지만, 푸른 풀로 봄날을 절로 알리라"라고 했다.

文選西京賦曰, 增嬋娟以跐䠙. 注云, 姿態妖蠱也. 樂天詩, 歌舞敎成心力
盡, 一朝身去不相隨. 史記晏子傳, 意氣揚揚, 甚是得也. 寒山子詩云, 始憶八
尺漢, 俄成一聚塵. 黃泉無曉日, 靑草自知春.

今日牛羊上丘隴 當時近前左右嗔 : 『고악부』에서 "향기로운 바람이 비
단 장막 둘렀고 귀에는 붉은 줄의 거문고 소리 들리노라. 무슨 말을 하
려는지 모르겠는데, 가느다란 소리로 연주를 하누나. 애석하구나, 해
진 바지를 입고, 엄정하게 궁궐을 지키고 있으니. 오늘 소와 양이 오르
는 언덕이 당시에는 활짝 핀 꽃에 얼굴 가까이 했던 곳일세"라고 했다.
두보의 「여인행麗人行」에서 "조심해서 승상의 진노 앞으로 가지 마시
게"라고 했다.

古樂府曰, 繡幕圍香風, 耳[136]節朱絲桐. 不知理何事, 淺立經營中. 愛[137]惜
加窮絝, 防閑[138]託守宮. 今日牛羊上丘壟, 當時近前面發紅. 老杜麗人行云,
愼莫近前丞相嗔.

花開鳥啼荊棘裏 誰與平章作好春 : 낙천 백거이의 「권령공개연勸令公開

---

136 耳 : 중화서국본에는 '年'으로 되어 있는데, '耳'의 오자이다.
137 愛 : 중화서국본에는 '護'로 되어 있는데, '愛'의 오자이다.
138 防閑 : 중화서국본에는 '隄防'으로 되어 있는데, '防閑'의 오자이다.

宴」에서 "마땅히 두세 번 즐거운 모임 도모하여, 즐겁게 제 이의 봄날
을 열어야 하리"라고 했다.

樂天勸令公開宴詩曰, 宜須數數謀歡會, 好作開成第二春.

19. 황영주에 대한 만사. 3수

黃潁州挽詞. 三首

첫 번째 수其一

恭惟同自出	삼가 같은 성씨에서 나와
累世復通家[139]	여러 세대에 집안 서로 교유했다네.
惠沫露枯涸[140]	은혜로운 거품으로 마른 곳 적셔주었고
忠規補過差	충직한 법도로 잘못을 바로잡아 주었네.
胷中明玉石	흉중에는 옥석이 밝았지만
仕路困風沙	벼슬길에선 풍파에 고달팠네.
尙有平生酒	오히려 평생 술을 마시었으니
秋原洒菊花	가을 들판에서 국화 술 마셨네.

【주석】

恭惟同自出 累世復通家 : 두보의 「증노오장贈盧五丈」에서 "삼가 같은 성씨에서 나왔는데, 젊은 나이에 높은 자리 거듭 올랐다네"라고 했다. 이것을 차용하여 성씨가 같다는 것을 말했다. 『후한서·공융전』에서 "공융이 이응에게 "그대와 여러 대에 집안 서로 알아왔지"라 했다"라고 했다.

---

139 [교감기] '累'가 문집에는 '數'로 되어 있다.
140 [교감기] '惠'가 장지본에는 '濡'로 되어 있다.

老杜贈盧五丈詩曰, 恭惟同自出, 妙選累高標. 此借用, 言族姓同出也. 後漢孔融傳, 謂李膺曰, 與君累世通家.

沫霑枯涸 忠規補過差 : 『장자』에서 "물이 바짝 마르게 되면, 물고기들이 서로 입김을 불어 축축하게 해 주고 거품으로 적셔 주곤 한다"라고 했다. 『문선』에 실린 태충太沖 좌사의 「영사시詠史詩」에서 "흙덩이가 마치 마른 연못의 물고기 같네"라고 했다. 사형 육기의 「변망론」에서 "충직한 법도와 굳센 절개"라고 했다. 송옥의 「등도자호색부」에서 "시를 드날리고 예를 지켜 끝내 잘못됨이 없었다"라고 했다.

莊子曰, 泉涸, 魚相與處於陸, 相呴以濕, 相濡以沫. 文選左太沖詩曰, 塊若枯池魚. 陸士衡辨亡論曰, 忠規武節. 宋玉登徒子好色賦曰, 揚詩守禮, 終不過差.

胷中明玉石 仕路困風沙 尚有平生酒 秋原泗菊花 : '옥석'[141]은 앞의 주注에 보인다.

玉石見上注.

두 번째 수其二

| 臨民次公老 | 차공처럼 늙어 백성에게 임하였고 |

---

141 옥석(玉石) : 『서경』에서 "곤산에 화재가 나면 옥과 돌이 다 타버린다[火炎崑岡, 玉石俱焚]"라고 했다.

論事長興通	장여와 통인이 일에 대해 논하였지.
袖有投虛刃	소매에는 틈새에서 노는 칼날 있었지만
時無斲鼻工	이따금 코 깎는 공교로움은 없었다오.
風流前輩近	풍류는 전배들에 가까웠고
名實後人公	명실을 후인들이 공정하게 평가했지.
不謂三日別	삼일 동안 떨어져 봐야 안다고 하지 말게
今成萬事空	지금은 모든 일 헛되게 되었나니.

【주석】

臨民次公老 論事長興通 : 『노론』에서 "거처함에 삼가고 행하는데 간략함으로 백성들에게 임한다"라고 했다. 『한서』에서 "황패의 자는 차공으로 영주의 수령을 역임했다"라고 했다. 『진서』에서 "하교의 자는 장여이다"라고 했다. 안인 반악의 「한거부서」에서 "예전 통인[142]과 장여가 나에 대해 논의하면서 진실로 "그대는 많은 쓰임에는 부족하오"라 했다"라고 했다.

魯論曰, 居敬而行簡, 以臨其民. 漢書, 黃霸字次公, 爲潁州守. 晉書, 和嶠字長興. 潘安仁閒居賦序曰, 昔通人知長興之論予也, 固謂拙於用多.

袖有投虛刃 時無斲鼻工 : 『문선·천태산부』에서 "숙련된 백정이 칼을

---

142 통인(通人) :『논형』에서 "고금(古今)의 일에 박학한 사람을 '통인'이라 한다"라고 했다.

모두 틈새에 댄다"라고 했다. 살펴보건대, 『장자』에 보이는 '포정해우'
와 관련된 주注에서 "칼날을 빈틈에 놀린다"라고 했다. '착비'[143]는 앞의
주注에 보인다.

文選天台山賦曰, 投刀皆虛. 按莊子庖丁解牛, 注曰, 游刃於空. 斲鼻見上注.

風流前輩近 名實後人公 : 『문선』에 실린 공융의 「논성효장서」에서 "지
금의 젊은이들은 선배들 비방하는 것을 좋아한다"라고 했다. 구양수의
「중독조래집重讀徂徠集」에서 "후세에는 공평하지 않기 때문에 지금까지
성현이 없다"라고 했다. ○『진서』에서 "손탁의 풍류는 한 시대에 으뜸
이었다"라고 했다.

文選孔融論盛孝章書曰, 今之少年, 喜謗前輩. 歐公詩, 後世苟不公, 至今
無聖賢. ○ 晉書, 孫綽風流, 爲一時之冠.

不謂三日別 今成萬事空 : 『오지 · 여몽전』에서 "선비가 삼일 만 떨어져
있어도 눈을 비비고 서로 대하게 된다"라고 했다. 낙천 백거이의 「자

---

143 착비(斲鼻) : 『장자』에서 "장자가 장례식에 참석하려고 혜자의 묘 앞을 지나가다
가 따르는 제자를 돌아보고 말했다. "땅 사람 중에 자기 코끝에다 백토를 파리날
개 만큼 얇게 바르고 장석(匠石)에게 그것을 깎아 내게 하자 장석이 도끼를 바람
소리가 날 정도로 휘둘러 백토를 깎았는데 백토는 다 깎여졌지만 코는 다치지
않았고 영 땅 사람도 똑바로 서서 모습을 잃어버리지 않았다. 송나라 원군이 그
이야기를 듣고 장석을 불러 "어디 시험 삼아 내게도 해 보여 주게" 하니까 장석은
"제가 이전에는 그렇게 할 수 있었지만 지금은 그 기술의 근원이 되는 상대가 죽
은 지 오래되었습니다" 하더니만 지금 나도 혜시가 죽은 뒤로 장석처럼 상대가
없어져서 더불어 이야기할 사람이 없어졌다'라 했다"라고 했다.

영自詠」에서 "한평생 손길 따라 지나가버리니, 모든 일 고개만 돌리면 헛된다네"라고 했다.

吳志呂蒙傳曰, 士別三日, 卽刮目相待. 樂天詩, 百年隨手過, 萬事轉頭空.

세 번째 수其三

公與汝陽守	공은 여양의 수령을 역임했는데
人間孝友稀	세상에선 보기 드문 효우였다오.
脊令鳴夜雨[144]	척령은 비오는 밤에 울어대고
棠棣倚春暉[145]	당체는 봄 햇살에 기대어 있구나.
粉省雙飛入	상서랑성에 쌍이 되어 함께 들어갔는데
泉臺相與歸	천대에는 뉘와 함께 돌아가시려나.
哀笳宛丘道	완구의 길에선 슬픈 만사 들려오니
衰涕不勝揮	슬픔에 떨어지는 눈물 다 닦지도 못하겠네.

【주석】

公與汝陽守 人間孝友稀 脊令鳴夜雨 棠棣倚春暉 : '척령'[146]은 앞의 주注

---

144 [교감기] '脊令'이 문집·고본·장지본·명대전본에는 '鶺鴒'으로 되어 있다.
145 [교감기] '棠棣'가 문집·전본에는 '常棣'로 되어 있고 주(注)에도 또한 '常棣'라고 되어 있다. 살펴보건대, 두 글자는 서로 통용된다. 이후로는 거듭 나와도 다시 교정하지 않겠다.
146 척령(脊令) : 『시경·상체(常棣)』에서 "저 할미새 들판에서 있노니, 형제가 어려움에 급히 돕도다[鶺鴒在原, 兄弟急難]"라고 했다. 두보의 「사제관부남전(舍弟

에 보인다. 『시경·당체』에서 "아가위 꽃송이 활짝 피어 울긋불긋, 지금 어떤 사람들도 형제만 한 이는 없지"라고 했다.

脊令見上注. 棠棣詩曰, 棠棣之華, 鄂不韡韡. 凡今之人, 莫如兄弟.

粉省雙飛入 泉臺相與歸 : 채질의 『한관전직』에서 "상서랑은 명광전성에서 일에 대해 임금께 아뢰는데, 상서랑성尙書郞省의 안을 모두 호분으로 벽을 칠하고 옛 현인이나 열녀를 그려놓는다"라고 했다. 또한 두보의 「곡이역哭李嶧」에서 "궁궐문을 모시고 둘이 쌍이 되어 들어갔네"라고 했다. '천대'[147]는 앞의 주注에 보인다. 『예기』에서 "죽은 사람을 만약 다시 살아나게 한다면, 나는 누구와 함께 돌아갈 것인가"라고 했다. ○ 당나라 사람들은 원외의 벼슬을 걸치지 않고 바로 낭중의 벼슬에 이른 자를 '토산두'라고 불렀는데, 당나라 하수섭賀遂涉의 「조조랑중嘲趙郎中」에서 "누가 알았으랴, 상서랑 가운데 있다가 갑자기 토산두가 될 줄"이라고 했다.

蔡質漢官典職曰, 尙書郞奏事明光殿省, 省中皆以胡粉塗壁, 畫古賢列女. 又老杜哭李嶧詩云, 靑瑣陪雙入. 泉臺見上注. 禮記曰, 死者如可作也, 吾誰與歸. ○ 唐人謂不由員外而至郎中者爲土山頭, 其詩曰, 誰知粉署裏, 翻作土山頭.[148]

觀赴藍田)」에서 "기러기 그림자 연이어 협 안에 이르고, 할미새 급히 날아 모래톱에 도달하네[鴻鴈影連來峽內, 鶺鴒聲急到沙頭]"라고 했다.

147 천대(泉臺) : 이가우(李嘉祐)의 「곡위급사(哭韋給事)」에서 "인형과 옛 벗들을 그리워하였는데, 지하에서 그대 울고 있겠지[仁兄與思舊, 想爾泣泉臺]"라고 했다.
148 [교감기] '唐人 (…중략…) 山頭'라는 구절이 전본에는 없다.

哀筇宛丘道 衰涕不勝揮 : 두보의 「고무위장군만사故武衛將軍挽歌」에서 "슬픈 만가는 청문을 떠나네"라고 했다. '완구'는 지금의 진주이다. 『공자가어』에서 "공보문백이 죽자, 공보문백의 어머니인 경미가 첩들에게 "너희들은 눈물을 흘리지 마라"라 했다"라고 했는데, 그 주注에서 "왕숙이 "눈물을 흘리는 자는 손으로 눈물을 닦으라는 말이다"라 했다"라고 했다. 『문선』에 실린 소무蘇武의 「별시別詩」에서 "떨어지는 눈물 닦지도 못하겠네"라고 했다.

老杜詩, 哀挽靑門道. 宛丘今陳州. 家語, 公父文伯卒, 敬姜曰, 二三子無揮涕. 王肅曰, 揮涕者, 淚以手揮之. 選詩, 淚下不可揮.

20. 낙수현군 여 씨에 대한 만사. 2수

樂壽縣君呂氏挽詞. 二首

첫 번째 수其一

歸裝衣楚楚	돌아갈 때의 옷은 선명했으며
家世印纍纍	집안에 대대로 인장이 쌓였다네.
來作箕帚婦	돌아와서는 집안일 하는 아녀자 되어
不忘蘋藻詩	빈조의 시도 잊지는 않았다오.
居然成萬古	어느새 만고의 옛 일이 되었으니
何翅謁三醫¹⁴⁹	어찌 세 의원 찾아볼 수 있으랴.
騎省還秋直	산기성에서 도리어 가을에 숙직했는데
霜侵鬢脚衰	머리엔 서리 내렸고 다리도 기력 없었다오.

【주석】

歸裝衣楚楚 家世印纍纍 : 『시경·부유』에서 "말똥구리의 날개 빛, 그 의상이 선명토다"라고 했다. 『한서·석현전』에서 "도장은 어찌 그렇게 주렁주렁 매달고, 인끈은 어찌 그렇게 치렁치렁 늘어뜨렸는가"라고 했다. 유자가 과거에 급제하지 못했을 때에, 꿈속에서 어떤 사람이 도장을 상자에 가득 담아 와서는 그것을 삼키라고 했다. 이에 사십 개를 삼키고 그쳤는데, 도장이 그 뱃속에서 나와 쌓여 있는 것을 보았다.

---

149 [교감기] '翅'가 전본에는 '啻'로 되어 있다.

詩曰, 蜉蝣之羽, 衣裳楚楚. 漢書石顯傳曰, 印何纍纍, 綬若若邪. 劉滋未第時, 夢人持印滿匣, 令呑之, 至十四枚止, 見印纍纍, 出於腹上.

來作箕帚婦 不忘蘋藻詩 : 『한서 · 고제기』에서 "여공이 "신에게 여식이 있는데, 집안일[箕帚]이나 하는 첩으로 삼아주시길 바랍니다"라 했다"라고 했다. 『시경 · 채빈』의 서에서 "대부의 아내가 법도를 따랐음을 읊은 것이다"라고 했고 그 시에서 "부평초 따기를 남쪽 시냇가에서. 마름 풀 따기는 저 도랑에서"라고 했다.

漢書高帝紀, 呂公曰, 臣有息女, 願爲箕帚妾. 采蘋詩序曰, 大夫妻能循法度也. 其詩曰, 于以采蘋, 南澗之濱. 于以采藻, 于彼行潦.

居然成萬古 何翅謁三醫 : 『열자』에서 "계량이 병에 들었는데, 7일이 지나자 병이 크게 악화되었다. 그래서 그 자식이 세 의원을 불러보았는데, 첫째는 교씨요, 둘째는 유씨요, 셋째는 노씨였다"라고 했다.

列子曰, 季梁得疾, 七日大漸, 其子謁三醫, 一曰矯氏, 二曰俞氏, 三曰盧氏.

騎省還秋直 霜侵鬢脚衰 : 『문선』에 실린 반악의 「추흥부서」에서 "내가 나이 서른둘이 되었을 때, 비로소 흰 머리털이 나와 머리색깔이 둘이 되었는데, 그때 태위연 겸 호분중랑장으로 산기성散騎省에서 숙직을 하고 있었다"라고 했다. 반악은 또한 「도망悼亡」3수를 지은 바 있다.[150]

150 반악은 (…중략…) 있다 : 반악의 「도망(悼亡)」 3수는 다음과 같다. "荏苒冬春謝,

文選潘岳秋興賦序曰, 余春秋三十有二, 始見二毛. 以太尉椽兼虎賁中郎將, 寓直于散騎之省. 岳又有悼亡詩三首.

두 번째 수其二

剪髻賓筵盛[151]	머리 잘라 손님 술상 성대했고
齊眉婦禮閑	거안제미로 부인의 예 익숙했다네.
謂宜俱白髮[152]	마땅히 함께 백발이 되리라 여겼는데
忽去作靑山	갑자기 떠나가 청산의 무덤 되었구나.
大夢驚蝴蝶	호접의 큰 꿈에서 깨어 났노니
何時識佩環	어느 때나 패옥 울림을 기억하려나.

寒暑忽流易. 之子歸窮泉, 重壤永幽隔. 私懷誰克從, 淹留亦何益. 僶俛恭朝命, 廻心反初役. 望廬思其人, 入室想所歷. 幃屏無髣髴, 翰墨有餘跡. 流芳未及歇, 遺挂猶在壁. 悵恍如或存, 周遑忡驚惕. 如彼翰林鳥, 雙栖一朝隻. 如彼游川魚, 比目中路折. 春風緣隙來, 晨霤承簷滴. 寢息何時忘, 沈憂日盈積. 庶幾有時衰, 莊缶猶可擊" "皦皦窗中月, 照我室南端, 清商應秋至, 溽暑隨節闌. 凜凜凉風升, 始覺夏衾單. 豈曰無重纊, 誰與同歲寒. 歲寒無與同, 朗月何朧朧. 展轉眄枕席, 長簟竟牀空. 牀空委清塵, 室虛來悲風. 獨無李氏靈, 彷彿覩爾容. 撫衿長歎息, 不覺涕霑胸. 霑胸安能已, 悲懷從中起, 寢興自存形, 遺音猶在耳. 上慚東門吳, 下愧蒙莊子. 賦詩欲言志, 零落難具紀. 命也詩奈何, 長戚自令鄙" "曜靈運天機, 四節代遷逝. 凄凄朝露凝, 烈烈夕風厲. 柰何悼淑儷, 儀容永潛翳. 念此如昨日, 誰知已卒歲. 改服從朝政, 哀心寄私制. 茵幬張故房, 朔望臨爾祭. 爾祭詎幾時, 朔望忽復盡. 衾裳一毀撤, 千載不復引. 亹亹朞月周, 戚戚彌相愍. 悲懷感物來, 泣涕應情隕. 駕言陟東阜, 望墳思紆軫. 徘徊墟墓間, 欲去復不忍. 徘徊不忍去, 徙倚步踟躕. 落葉委埏側, 枯荄帶墳隅. 孤魂獨煢煢, 安知靈與無. 投心遵朝命, 揮涕强就車. 誰謂帝宮遠, 路極悲有餘."

151 [교감기] '髻'가 장지본에는 '髮'로 되어 있다.
152 [교감기] '俱'가 문집·고본·건륭본에는 '偕'로 되어 있다.

| 哀歌行欲絶 | 슬픈 만사에 발길 끊어지려 하노니 |
| 丹旐雨班班 | 붉은 명정에 비 부슬부슬 내리네. |

【주석】

剪髻賓筵盛 齊眉婦禮閑 : 두보의 「송왕평사」에서 "스스로 말하기를 머리털을 잘라, 저자에서 술을 사 왔다 하였지"라고 했는데 스스로 말한 사람은 왕규의 어머니이다. 대개 『진서』에 실린 도간 어머니의 일을 사용한 것이다.[153] 퇴지 한유의 「제배태상문」에서 "풍성한 음식이 늘 손님 술상에 성대했었다"라고 했다. 『후한서·양홍전』에서 "양홍의 처 맹광이 밥상을 눈썹까지 들어 올렸다"라고 했다. '한'은 익숙한 것을 말한다.

老杜送王評事詩云, 自陳剪髻鬟, 鬻市充杯酒. 謂王珪母也, 蓋用晉書陶侃母事. 退之祭裵太常文曰, 方丈之食, 每盛於賓筵. 後漢書梁鴻傳曰, 孟光擧案齊眉. 閑謂閑習也.

謂宜俱白髮 忽去作靑山 : 『시경·군자해로』에서 "군자와 백년해로를 하는구나"라고 했다. 『문선』에 실린 맹양 장재의 「칠애七哀」에서 "지금은 구산[154]의 흙 되었구나"라고 했다.

---

153 대개 (…중략…) 것이다 : 『진서·도간전(陶侃傳)』에서 "범규(范逵)가 일찍이 도간을 찾아갔는데, 갑자기라서 음식을 마련할 수 없자, 그 어머니가 머리를 잘라 팔아서 대접했다"라고 했다.
154 구산(丘山) : 무덤을 말한다. 무덤 중에 큰 것을 '구(丘)'라고 한다.

詩曰, 君子偕老. 選詩, 今爲丘山土.

大夢驚蝴蝶 何時識佩環：『장자』에서 "또한 크게 깨어난 뒤에 그것이 큰 꿈인 줄 안다"라고 했다. '호접'[155]은 위의 주注에 보인다. 『열녀전』에서 "제나라 효공孝公의 맹희孟姬가 "제가 듣건대, 비妃나 후后가 외출할 때는, 반드시 앞뒤를 가리고 앉아서 수레를 타고 대청大廳에서 내릴 때는 반드시 부모와 시종侍從을 따르게 하며, 진퇴에는 고리가 달린 패옥佩玉을 울린다"라 했다"라고 했다. 『후한서 · 황후기론』에서 "자못 패옥 울리는 소리가 있다"라고 했다. 이 작품은 이것을 인용했으니, 대개 옛 부인의 용모가 이와 같았으니 후와 비만 그런 것은 아니다.

莊子曰, 且有大覺, 而後有大夢. 蝴蝶見上注. 列女傳, 齊孝孟姬曰, 妾聞妃后蹻閾,[156] 必乘安車輜軿, 下堂必從傅母保阿, 進退則鳴玉佩環. 後漢皇后紀論曰, 動有環佩之響. 此詩引用, 蓋古之婦容皆如此, 不特后妃也.

哀歌行欲絶 丹旐雨班班：두보의 「승문고방상공영친자낭주계빈귀장동도承聞故房相公靈櫬自閬州啓殯歸葬東都」에서 "붉은 명정 휘날리는 오늘, 비로소 영구가 낭주를 떠났다고 들었네"라고 했다. '우반반'[157]은 앞의 주注에

---

155 호접(蝴蝶)：『장자 · 제물론(齊物論)』에서 "언젠가 장주가 꿈속에서 나비가 되었다. 나풀나풀 잘 날아다니는 나비의 입장에서 스스로 유쾌하고 만족스럽기만 하였을 뿐 자기가 장주인 것은 알지도 못하였는데, 조금 뒤에 잠을 깨고 보니 몸이 뻣뻣한 장주라는 인간이었다[昔者莊周夢爲胡蝶, 栩栩然胡蝶也, 自喩適志與, 不知周也, 俄然覺則蘧蘧然周也]"라는 했다.
156 閾：중화서국본에는 '國'으로 되어 있는데, '閾'의 오자이다.

보인다.

老杜詩, 丹旐飛飛日, 初傳發閬州. 雨班班見上注.

---

157 우반반(雨班班) : 구양수의 「하직(下直)」에서 "가벼운 한기가 아득히 낙타 털옷
에 밀려들고, 가랑비가 점점이 진흙을 만드네[輕寒漠漠侵駝褐, 小雨斑斑作燕泥]"
라고 했다.

21. 숙부 급사에 대한 만사. 10수【급사의 이름은 염이고 자는 이중이다. 『실록』에 전이 있다】

叔父給事挽詞. 十首【給事名廉, 字夷仲. 實錄有傳】

첫 번째 수其一

元祐宗臣考十科	원우의 종신이 십과를 아뢰었는데
公居八九未爲多	여덟아홉도 공에게는 많은 것 아니라네.
功名身後無瑕點	죽은 뒤에도 공명에는 아무런 흠 없었고
孝友生知不琢磨	효우와 생지는 갈고 닦은 것 아니라네.

【주석】

元祐宗臣考十科 公居八九未爲多 功名身後無瑕點 孝友生知不琢磨 : '종신'은 온공 사마광을 말한다. 『한서 · 소조찬』에서 "한 시대의 종신이다"라고 했다. 온공 사마광이 재상이 되어 십과로 선비를 등용할 것을 요청했었다. 첫째, 행의가 순수하고 확고하여, 남의 모범이 될 만한 자를 뽑는 과, 둘째, 절의와 지조가 방정하여 헌납에 대비할 수 있는 자를 뽑는 과, 셋째, 지혜와 용맹이 남보다 뛰어나서 장수에 대비할 만한 자를 뽑는 과, 넷째, 공정하고 총명하여 감사에 대비할 만 한 자를 뽑는 과, 다섯째, 경술에 정통하여 강독에 대비할 만한 자를 뽑는 과, 여섯째, 학문이 해박하여 고문에 대비할 만한 자를 뽑는 과, 일곱째, 문장이 바르고 아름다워 저술에 대비할 만한 자를 뽑는 과, 여덟째, 옥송

을 잘 처리하여 사건의 사실을 얻어낼 수 있는 자를 뽑는 과, 아홉째, 재물과 부세를 잘 다스려서 공사가 다 같이 편리하게 할 만한 자를 뽑는 과, 열째, 법령을 익혀서 능히 의심난 죄를 결단할 만한 자를 뽑는 과이다. ○『논어』에서 "태어나면서부터 저절로 알고 있는 사람"이라고 했다.『시경·기욱淇奧』에서 "깎고 다듬은 듯하고 또 쪼고 간 듯하도다"라고 했다.

宗臣謂溫公. 漢書蕭曹贊曰, 爲一代之宗臣. 溫公爲相, 乞以十科擧士. 一曰行義純固, 可爲師表. 二曰節操方正, 可備獻納. 三曰智勇過人, 可備將帥. 四曰公正聰明, 可備監司. 五曰經術精通, 可備講讀. 六曰學問該博, 可備顧問. 七曰文章典麗, 可備著述. 八曰善聽獄訟, 盡公得實. 九曰善治財賦, 公私俱便. 十曰練習法令, 能斷情讞. ○ 論語, 生而知之. 詩云, 如切如磋, 如琢如磨.

두 번째 수其二

平生治獄有陰功	평생 옥사 다스리며 음공이 있었고
忠孝臨民父母同	충효로 백성 다스리니 부모와도 같았네.
贛上樵夫談卓令	공상의 초부들은 탁령에 대해 말을 하고
宣城老吏識于公	선성의 늙은 아전들도 우공을 안다오.

【주석】

平生治獄有陰功 忠孝臨民父母同 贛上樵夫談卓令 宣城老吏識于公 : '공

상'은 지금의 건주이다. '선성'은 지금의 선주이다. 황렴黃廉의 전傳에 의하면, 황렴은 진사시험에 급제하여 선주의 사리참군이 되었다가 건주의 회령 수령으로 옮겼다. 『후한서·탁무전』에서 "탁무가 밀령이 되니, 아전들이 친애하면서 감히 탁무를 속이지 않았다"라고 했다. 『한서·우정국전』에서 "우공이 "내가 옥사를 하는데 음덕이 많아서, 일찍이 원망하는 자가 없었으니, 자손 중에 틀림없이 크게 출세하는 자가 있을 것이오"라 했다"라고 했다.

贛上, 今虔州. 宣城, 今宣州. 據廉傳, 中進士第, 調宣州司理參軍, 移虔州會昌令. 後漢卓茂傳, 茂爲密令, 吏人親愛而不忍欺之. 漢書于定國傳, 于公曰, 我治獄多陰德, 未[158]嘗有所冤, 子孫必有興者.

세 번째 수 其三

三晉山河數十州	삼진의 산하에는 수십의 고을 있는데
頻年水旱不能秋	자주 홍수와 가뭄으로 가을 수확 못했지.
我公出把司農節	우리 공이 농사일을 담당하는 관리가 되자
粟麥還於地上流	벼와 보리가 땅 위를 굴러다니었다네.

【주석】

三晉山河數十州 頻年水旱不能秋 我公出把司農節 粟麥還於地上流 : 왕안

---

158 未 : 중화서국본에는 '朱'로 되어 있는데, '未'의 오자이다.

석이 황렴을 추천하여 사농시 구당공사가 되었고 신종이 불러들였는데, 신종의 뜻과 부합하여 마침내 하동과 하북의 재앙을 직접 시찰하라고 명령하고서 본시승에 제수하여 황정과 관련된 열두 가지 일[159]을 맡겼다. 『한서·지리지』에서 "진이 한·위·조에 멸망당하자, 삼가가 스스로 서서 제후가 되었으니 이것이 삼진이다"라고 했다. 『당서·유안전』에서 "유안이 스스로 "마치 돈이 땅 위에 흐르는 것[160]을 보는 것 같다"라고 말을 했다"라고 했다.

王安石薦廉爲司農寺句當公事, 神宗召見稱旨, 遂命體量河東河北災傷, 除本寺丞, 推行荒政十二事. 漢書地理志曰, 晉爲韓魏趙所滅, 三家自立爲諸侯, 是爲三晉. 唐劉晏傳曰, 自言如見錢流地上.

네 번째 수其四

| 更生苦訟石中書 | 갱생은 어렵게 석중서를 송사하면서 |

---

159 황정(荒政)과 (…중략…) 일 : 흉년을 구제하기 위해 펴는 12가지 정책, 즉 곡식을 빌려 주는 산리(散利), 세금을 줄여 주는 박정(薄征), 형벌을 완화해 주는 완형(緩刑), 부역을 줄여 주는 이력(弛力), 금령을 풀어 주는 사금(舍禁), 시장에서 세금을 면제해 주는 거기(去幾), 길례(吉禮)를 간편하게 치르게 하는 생례(眚禮), 상례(喪禮)를 간편하게 치르게 하는 쇄애(殺哀), 악기를 연주하지 않는 번악(蕃樂), 혼례를 간편하게 하여 혼인을 쉽게 하는 다혼(多昏), 옛날 모시던 귀신을 찾아 제사를 지내 주는 색귀신(索鬼神), 도적을 없애는 제도적(除盜賊)을 말한다. 『주례·대사도(大司徒)』에 보인다.

160 돈이 (…중략…) 것 : '전류지상(錢流地上)'은 돈이 땅 위로 흐른다는 말이다. 유안(劉晏)이 재무(財務)를 담당한 지 여러 해가 되자, 눈에 항상 돈이 땅 위에 흐르는 것 같았으니, 계산하고 비교하는 일에 익숙해져서 그렇게 된 것이다.

宰掾非人欲引裾　　　재상 마땅치 않다고 옷깃 당기려 했네.

兩猾論兵幾敗國[161]　　두 교활한 이가 병사 일 논해

　　　　　　　　　　나라 망할 뻔 했으니

同時御史更誰如　　　동시대의 어사 중에 다시 공 같은 이

　　　　　　　　　　뉘 있으랴.

【주석】

更生苦訟石中書 宰掾非人欲引裾 兩猾論兵幾敗國 同時御史更誰如 : 황렴
이 일찍이 감찰어사와 함께 행차한 일이 있다. 이 시에서 언급한 일은
황렴의 전傳에는 실려 있지 않다. 목지 두목의「이급사」에서 "가련하구
나 유교위여, 일찍이 석중서를 송사하였네"[162]라고 했다. 살펴보건대,
『한서』에서 "유향의 본래 이름은 갱생更生이다. 중서환관인 홍공과 석
현이 정권을 농락하자, 갱생이 그 외친으로 하여금 그들의 변사를 황
제에게 올리게 했다. 또한 자신도 일을 아뢴 적이 있다"라고 했다.『위
지·신비전』에서 "문제가 기주의 사가 10만 호를 하남으로 옮기려 했

---

161 [교감기] '兩猾論兵'이 문집·고본에는 '兩帥弄兵'으로 되어 있고 작품의 끝에
　　"'帥'가 다른 판본에는 '猾'로 되어 있다"라는 원교(原校)의 주(注)가 있다.
162 가련하구나 (…중략…) 송사하였네 : '유교위(劉校尉)'는 유향(劉向)을 가리키
　　고, '석중서(石中書)'는 석현(石顯)을 가리킨다. 한 원제(漢元帝) 즉위 초에 소망
　　지(蕭望之)와 유향 등이 당시에 정권을 농락하던 환관(宦官) 홍공(弘恭)과 석현
　　(石顯) 등을 제거하려다가 그 일이 누설되는 바람에 도리어 홍공 등에게 당인(黨
　　人)이라는 탄핵을 받고 하옥되어, 소망지는 음독자살하고 유향은 10여 년 동안
　　폐고(廢錮)되었다.『한서·소망지전(蕭望之傳)』에 보인다.

다. 신비는 옳지 않다고 생각하면서 건의를 했는데, 문제는 대답하지 않고 내전으로 들어가려 했다. 이때 신비가 뒤쫓아 가서 "옷자락을 잡아당기자[引其裾]" 문제는 신비의 말을 받아들여 마침내 절반만 옮기게 했다"라고 했다. 『한서·장량전』에서 "한왕이 꾸짖으며 "하찮은 유생 때문에 우리 공이 일을 거의 망칠 뻔 했다"라 했다"라고 했다. 두보의 「송위십육평사충동곡군방어판관送韋十六評事充同谷郡防御判官」에서 "군대 일을 논하다가 먼 골짜기 조용해지면"이라고 했다. 개보 왕안석이 지은 「왕시어묘갈王侍御墓碣」에서 "그가 한 말은 동시대의 어사들이 말하지 못한 것이 많았다"라고 했다.

　廉嘗爲監察御史裏行, 此詩中事, 傳所不載. 杜牧之作李給事詩曰, 可憐劉校尉, 曾訟石中書. 按漢書, 劉向本名更生, 中書宦官弘恭石顯弄權, 更生使其外親上變事, 又上封事云云. 魏志辛毗傳, 文帝欲徙冀州士豪十萬戶, 實河南. 毗以爲非. 帝不答, 起入內. 毗隨而引其裾, 帝遂徙其半. 漢書張良傳, 漢王罵曰, 豎儒幾敗乃公事. 老杜詩, 論兵遠壑靜. 王介甫作王侍御墓碣曰, 其言多同時御史所不能言者.

다섯 번째 수其五

曾發公家鉅萬錢	일찍이 공가의 수만의 돈을 내어
溝中襁褓却生全	홍수에 빠진 아이들 살려내었다오.
三齊水後皆禾稼	삼제가 홍수 지난 뒤 모두 곡식 얻었고

不殺耕牛更可傳　　　　　밭가는 소 죽이지 않았으니

　　　　　　　　　　　　다시 전해질 만 해라.

【주석】

發公家鉅萬錢 溝中襁褓却生全 三齊水後皆禾稼 不殺耕牛更可傳 : 황하가
조촌에서 터지자, 황렴이 경동체량안무가 되어 굶주린 백성 이십오만
명을 살렸다. 『한서·식화지』에서 "경사의 돈이 백거 만이었다"라고
했다. 또한 『한서·전담전』에서 "전영이 삼제의 땅을 모두 아울렀다"
라고 했고 그 주注에서 "삼제는 제와 제북 및 교동을 말한다"라고 했다.
'가전'[163]은 『맹자』에 보인다.

河決曹村, 廉充京東體量安撫, 活飢民二十五萬人. 漢書食貨志曰, 京師之錢,
累百鉅萬. 又田儋傳曰, 田榮盡幷三齊之地. 注謂齊及濟北膠東. 可傳見孟子.

여섯 번째 수其六

晉地無戎臥賊曹　　　　　진 땅에 전쟁 없어 적조로 누워 있었고

---

163 가전(可傳) : 『맹자·이루(離婁)』 하(下)에서 "군자는 종신토록 근심하는 것이
　　　있고, 일시적인 걱정은 없다. 종신토록 근심할 것은 있으니, 순 임금도 사람이고
　　　나도 사람인데, 순 임금은 천하에 법이 되어 후세에 전할 만하거늘, 나는 아직도
　　　향인을 면치 못하니, 이것이 곧 근심스러운 것이다. 근심스러우면 어떻게 해야
　　　할까, 순 임금과 같이 할 뿐이다[君子有終身之憂, 無一朝之患也. 乃若所憂則有之,
　　　舜人也, 我亦人也, 舜爲法於天下, 可傳於後世, 我由未免爲鄕人也, 是則可憂也. 憂之
　　　如何, 如舜而已矣]"라고 했다.

民兵賜笏解弓刀　　민병에게 벼슬 내리고 무기 풀어두었다네.

六年講武儒冠在　　6년 동안 무관 가르치니 유자들도 있었고

不踏金門着戰袍　　금문 밟지 않았지만 전투복을 입었다네.

【주석】

晉地無戎臥賊曹 民兵賜笏解弓刀 六年講武儒冠在 不踏金門着戰袍 : 원풍 3년, 삼로의 백성과 병사를 모아 가르치는데 황렴이 하동형옥 겸 제학으로 점검을 했었다. 다음 해 가을, 황제가 친히 택주의 보갑을 불러 검열하고 관직을 제수한 쉰여덟 명을 모두 한 등급 승진시켰다. 원풍 7년 10월, 제형에서 파직되어 온전히 보갑만을 다스리게 되었다. 원우 초에 황제가 불러들여 호부랑중으로 삼았다. ○『좌전』에서 "전쟁이 없는데 성을 쌓으면, 적이 반드시 그것을 보루로 삼는다"라고 했다. 『통전』에서 "양한에 결조연과 적조연이 있었는데, 형법을 주관했다. 이를 시대에 따라 혹은 적조라고 불렀고 혹은 법조나 묵조라고 불렀다"라고 했다. 『한서·양웅전』에서 "금문을 걸쳐 옥당에 오른 지 여러 날이 되었다"라고 했다. 『고악부·목란』에서 "나는 싸울 때의 옷을 벗고 예전에 입었던 옷으로 갈아입었네"라고 했다.

元豊三年, 團敎三路民兵, 廉以提點河東刑獄兼提擧. 明年秋, 上親召閱澤州保甲, 補官者五十八人, 進秩一等. 七年十月, 罷提刑, 專領保甲. 元祐初詔爲戶部郎中. ○ 左傳曰, 無戎而城, 讎必保焉. 通典曰, 兩漢有決曹賊曹掾, 主刑法, 歷代或謂之賊曹, 或爲法曹墨曹. 漢書揚雄傳曰, 歷金門上玉堂, 有日. 古樂府木蘭詩曰, 脫我戰時袍, 着我舊時裳.

일곱 번째 수其七

軍容百萬轉風雷	백만의 군대가 바람 우레에 넘어졌노니
獨料王師不戰摧	공만이 홀로 왕사가 싸워 이길 수 없다 했지.
三篋飛書公對獄	세 상자의 비방 글에 공은 옥에 갇혔지만
元豐天子照姦回	원풍 연간 천자가 간사한 이들 밝혀냈다오.

【주석】

軍容百萬轉風雷 獨料王師不戰摧 三篋飛書公對獄 元豐天子照姦回 : 왕사가 하나라를 공격하면서 황렴에게 명하여 하동전운판관을 겸하게 했다. 왕중정이 병사를 일으키려고 하면서 창졸을 강제로 모았다. 이에 황렴이 황제에게 "군대는 반드시 공을 이루지 못할 것입니다"라고 했다. 얼마 후에 왕중정의 군대가 패배하고서는 전운이 방법을 제대로 하지 못했다고 하면서 그 죄를 황렴에게 돌리고서 황제에게 알렸다. 황제가 환관宦官을 보내어 그 실상을 살펴 보고하게 했다. 황렴은 거절하며 변명하지 않았기에 이에 노옥에 하옥되었다. 한 달이 지난 후에 황제가 그 상황을 살펴보고 한 등급 빼앗는 것에 그쳤다. 왕중정이 환관이었기에 어조은이 관군용으로 있으면서 한 일[164]을 이용했다. 『사

---

164 어조은(魚朝恩)이 (…중략…) 일 : '어조은(魚朝恩)'은 당나라 대종(代宗) 때의

기·감무전』에서 "악양樂羊이 돌아와서 공을 논할 때, 문후文侯는 그를 헐뜯는 글을 한 상자나 보여주었습니다"라고 했다. 『한서·장안세전』에서 "책 세 상자를 잃어버렸다"라고 했다. 『후한서·광릉사왕형전』에서 "편지의 모난 모서리를 봉했다"라고 했다. 『한서·유향전』에서 "홍공弘恭과 석현石顯이 소망지의 옥에 가서 조사하라는 황제의 제가를 소망지에게 보여주었다"[165]라고 했다. 『서경·태서泰誓』에서 "간사한 이를 믿고 높인다"라고 했는데, 그 주注에서 "'회'는 간사함이다"라고 했다.

王師伐夏國, 命廉兼河東轉運判官. 王中正將兵, 調發倉卒. 廉上言, 師必無功. 旣而中正軍潰, 以轉運乖方, 歸罪於廉, 奏之. 上遣中貴人就詰狀. 廉謝不辯, 乃下潞獄. 月餘, 上察其情, 止奪一官. 中正宦官, 故用魚朝恩觀軍容事. 史記甘茂傳, 樂羊返而論功, 文侯示之, 謗書一篋. 漢書張安世傳曰, 亡書三篋. 後漢書廣陵思王荊傳曰, 作飛書, 封以方底. 漢書劉向傳, 恭顯白令蕭望之詣獄置對. 泰誓曰, 崇信姦回. 注云, 回, 邪也.

환관(宦官)으로, 여주(濾州) 사람이다. 현종(玄宗) 때 처음으로 환관이 되었고, 대종 때 천하관군용선위처치사(天下觀軍容宣慰處置使)가 되어 군권(軍權)을 잡고는 정사를 마음대로 처리하면서 정국공(鄭國公)에 봉해졌다. 그 뒤에 황제의 미움을 사 처형되었다.

165 홍공(弘恭)과 (…중략…) 보여주었다 : 한 원제(漢元帝) 즉위 초에 소망지(蕭望之)와 유향 등이 당시에 정권을 농락하던 환관(宦官) 홍공(弘恭)과 석현(石顯) 등을 제거하려다가 그 일이 누설되는 바람에 도리어 홍공 등에게 당인(黨人)이라는 탄핵을 받고 하옥되어, 소망지는 음독자살하고 유향은 10여 년 동안 폐고(廢錮)되었다. 『한서·소망지전(蕭望之傳)』에 보인다.

여덟 번째 수其八

隴上千山漢節回	농 땅의 천산에 한나라 부절 돌아오니
掃除民蜮不爲災	백성 재앙 다 쓸어내어 재앙 되지 않았네.
蜀茶總入諸蕃市	촉나라 차를 변방 시장으로 들어오게 하니
胡馬常從萬里來	오랑캐 말이 늘 만 리를 좇아서 왔다네.

【주석】

隴上千山漢節回 掃除民蜮不爲災 蜀茶總入諸蕃市 胡馬常從萬里來 : 황렴이 이부랑중이 되어 어사를 만나 육사민과 차를 독점하는 여섯 가지 폐해에 대해 논의하면서 예전처럼 통상을 하고 권마를 회복하길 요청했었다. 그래서 황제는 황겸을 보내어 그 실상을 살피게 했다. 이에 황렴은 희하와 진봉 및 경원은 예전처럼 시행하면서 바꾸지 말고 변방의 시장을 제어하여 동로와 통상을 해야 한다고 요청했다. 남쪽 지방에서 나는 차가 섬서까지 넘어와 촉 땅의 장사치들이 이익을 독점하지 못하게 금했다. 또한 발마는 해마다 만 팔천 필로 정했다. 황제에게 아뢴 것이 모두 가능한 것이었기에 곧바로 황렴을 도대제거차마공사에 제수했다. '한절'[166]은 앞의 주注에 보인다. 『시경·하인사』에서 "귀신이 되고 물 여우가 된다"라고 했다. ○ 『좌전』에서 "비[167]가 있었으나 재

166 한절(漢節) : 『한서·소무전(蘇武傳)』에서 "한나라 부신을 짚고 양을 길렀다[杖漢節牧羊]"라고 했다.

167 비(蜚) : 싹을 갉아먹는 벌레이다. 『이아익(爾雅翼)』에서 "비(蜚)라는 것은 자(蟅)와 비슷한데 가볍고 작으며, 날 수 있고 풀에서 나며, 이른 새벽에 벼 위에

해災害가 되지 않았다"라고 했다.

廉爲吏部郎中, 會御史論陸師閔推茶六害, 請通商, 復券馬, 如舊制. 遣廉
按其實, 廉請熙河秦鳳涇原如故, 勿改, 以制蕃市, 而許東路通商. 禁南茶無侵
陝西, 以利蜀賈. 定撥馬, 歲以萬八千爲額. 所奏皆可, 卽拜都大提擧茶馬公
事. 漢節見上注. 詩曰, 爲鬼爲蜮. ○ 左傳曰, 有蜚不爲災

아홉 번째 수其九

廊廟從來不在邊	낭묘는 종래 변방에 두지 않았고
黃扉靑瑣慶登賢	황비와 청쇄에 현인 오름 경하했었네.
除書未試回天筆	벼슬 제수 받고 회천필을 시험 못했는데
何意佳城到馬前	가성에 말 이를 줄 생각이나 했겠나.

【주석】

廟從來不在邊 黃扉靑瑣慶登賢 除書未試回天筆 何意佳城到馬前 : 원우 6
년 11월 황렴이 섬서도전운으로 있다가 급사중으로 불려와 제수되었
는데, 대체를 끌어와 논의하니 조정에서 칭송이 자자했다. 『좌전』에서
"신분이 귀한 다섯 종류의 사람은 변방에 있게 하지 않고, 신분이 천한

모여 벼꽃을 먹는다. 농가에서는 모두 일찍 일어나 주워 모아 다른 곳에 버린다.
해가 뜨면 모두 흩어져서 잡을 수가 없다. 벼꽃을 먹을 뿐 아니라 냄새 또한 고약
하여 벼를 말려 죽일 수 있어서 농사를 망치게 한다"라고 했다.

다섯 종류의 사람은 조정에 있게 하지 않는다"[168]라고 했다. 당나라 곽승하가 급사중이 되자 문종이 재신에서 "곽승하는 오랫동안 황비[169]에 있었다"라고 했다. 『한서고사』에서 "황문랑이 해가 지면 들어와 청쇄문[170]을 대하기에 '석랑'이라 부른다"라고 했는데, 그 주에서 "청쇄문은 연이어진 고리 모양을 새겼고 푸른색으로 채색한 것이다"라고 했다. 『당서 · 장현소전』에서 "위징이 "장공이 일을 논함에 황제의 마음을 바른길로 돌아서게 하는 힘이 있었다"라 했다"라고 했다. 『후한서 · 마후전』에서 "어찌하여 늙은이의 뜻이 다시 따르지 않으리오"라고 했다. '가성'[171]은 앞의 주注에 보인다. ○ 낙천 백거이의 「유십구동숙劉十九同宿」에서 "벼슬을 내리는 교서에도 내 이름은 없네"라고 했다.

元祐六年十一月, 廉自陝西都轉運, 召拜給事中, 論議引大體, 朝廷稱焉.

---

168 신분이 (…중략…) 않는다 : '오대(五大)'는 신분이 존귀한 다섯 종류의 사람을 이르는 바, 태자(太子) 및 태자(太子)의 동모제(同母弟)와 임금의 총애를 받는 공자(公子) 및 공손(公孫)과 여러 대에 걸쳐 정경(正卿)이 된 사람 등을 말한다. '오세(五細)'는 신분이 천한 다섯 종류의 사람을 이르는 바, 천하면서도 귀한 사람을 방해하는 자, 어리면서도 나이 많은 사람을 능멸하는 자, 사이가 멀면서도 친근한 자를 이간시키는 자, 새로운 사람이면서도 오래된 사람들을 이간시키는 자, 작은 사람이면서도 큰 사람인 체하는 자 등을 말한다.

169 황비(黃扉) : 옛날 승상이나 삼공(三公) 등의 집무실에는 황색으로 문을 칠했는데, 황문이라고 했다.

170 청쇄문(靑瑣門) : 한대(漢代)의 문 이름이다. 급사황문시랑(給事黃門侍郎)이 날이 저물면 청쇄문에 와 입대(入對)했다고 한다.

171 가성(佳城) : 『서경잡기(西京雜記)』에서 "등공(滕公)의 수레가 동도(東都)의 문에 이르자 말이 앞으로 나아가지 않고 발로 땅을 찼다. 등공이 그곳을 파게 하니 석곽이 나왔다. 그곳에 글자가 적혀 있으니 "답답한 가성에서 삼천 년 만에 해를 보니, 슬프게도 등공이 이 속에 묻히리라[佳城鬱鬱, 三千年見白日, 吁嗟滕公居此室]"라 했다"라고 했다.

左傳曰, 五大不在邊, 五細不在廷. 唐郭承嘏爲給事中, 文宗謂宰臣曰, 承嘏久在黃扉. 漢書故事, 黃門郞日暮入, 對靑瑣門, 故謂之夕郞. 注云, 刻爲連瑣文而靑塗也. 唐書張玄素傳, 魏徵曰, 張公論事, 有回天之力. 後漢書馬后傳曰, 何意老志復不從哉. 佳城見上注. ○ 白樂天詩, 黃紙除書無我名.

열 번째 수其十

榮祿常思澤九宗	영록이 늘 구종에게 은택 미칠 것 생각 했는데
山摧梁壞倂成空	태산과 대들보 꺾여 모두 헛된 일 되었구나.
百年遺恨誰昭洗	한평생 남은 한을 그 누가 밝게 씻어주려나
他日諸郞有父風	훗날 네 아들에게 아비의 풍모 있으리라.

【주석】

榮祿常思澤九宗 山摧梁壞倂成空 百年遺恨誰昭洗 他日諸郞有父風 : 『장자』에서 "정나라 사람 완이 유자儒者가 되어, 황하의 물이 연안 9리의 땅을 적셔 주듯이 그의 은택은 친가와 외가 및 처가 삼족에게 미쳤다"라고 했다. '구종'[172]은 앞의 주注에 보인다. 『문선』에 실린 사조의 「시출상서성始出尙書省」에서 "세상이 모두 이미 태평하여, 경박한 삶도 진실로 밝게 씻었어라"라고 했다. 살펴보건대, '쇄'와 '세'는 같은 의미이

---

172 구종(九宗) : 『좌전』에서 "회성의 아홉 종족[懷姓九宗]"이라고 했는데, 주에서 "회성은 당나라의 유민이다. 구종(九宗)은 한 성의 아홉 종족이다"라고 했다.

다. 황렴에게는 네 아들이 있는데, 숙표와 숙향, 숙하와 숙오이다. ○
『예기』에서 "태산이 무너지려나, 대들보가 꺾어지려나"라고 했다.

　莊子曰, 鄭人緩爲儒, 河潤九里, 澤及三族. 九宗見上注. 文選謝朓詩, 中區
咸已泰, 輕生諒昭洒. 按, 洒與洗同, 廉之四子, 叔豹叔向叔夏叔敖 ○ 禮記,
泰山其頹乎, 梁木其壞乎.

22. 적주각【원주에서 "예전에 진류에 있으면서 일찬당에서 잠을 잤는데, 이때 '적주각'이라는 글씨를 써서 적주각으로 삼게 되었다"라고 했다】

寂住閣【元注云, 陳留宿一燦堂, 因書爲寂住閣】

莊周夢爲蝴蝶	장주는 꿈에 나비 되었지만
蝴蝶不知莊周	나비는 장주를 알지 못했네.
當處出生隨意	마땅히 생겨난 곳에 따라 생각 해야지
急流水上不流	빨리 흐르는 물 위로는 흐르지 않네.

【주석】

莊周夢爲蝴蝶 蝴蝶不知莊周 : 『장자』에서 "옛날 장주가 꿈에 나비가 되어 훨훨 날아다녔다. 갑자기 꿈을 깨고 보니, 자신이 분명 장주였다. 장주의 꿈속에서 장주가 나비가 된 것인지, 나비의 꿈속에서 나비가 장주가 된 것인지 알지 못했다"라고 했다.

莊子曰, 昔者, 莊周夢爲蝴蝶, 栩栩然蝴蝶也. 俄然覺, 則蘧蘧然周也. 不知周之夢爲蝴蝶歟, 蝴蝶之夢爲周歟.

處出生隨意 急流水上不流 : 『능엄경』에서 "일체의 뜬 티끌이 여러 가지 환상을 만들어낸다. 그러나 그 마땅히 생겨난 곳을 따라서 모두 사라진다"라고 했다. 『문선·두타사비』의 이선의 주注에서 "의생신[173]을

보살이라 하니, 이것은 능히 삶과 죽음을 자유롭게 변화시키면서 자신의 뜻대로 머물고 태어나는 것을 말한다"라고 했다. 『문선·고시』에서 "회수와 사수가 급하게 흘러가네"라고 했다. 승僧 조법사의 「물불천론」에서 "공자가 "안회야, 팔이 새로 교차하는 것을 보는 순간조차도 옛것이 아니다"라 했다. 이와 같다면, 사물이 서로 왕래하지 않음이 분명하다. 이미 가고 오는 미묘한 것도 없는데, 또 무슨 사물이 움직일 수 있겠는가. 그렇다면 돌개바람은 산악을 뒤집으나 늘 고요하고, 강하는 다투어 내달리나 흐르지 않는 것이 어찌 괴이하다고 하겠는가"라고 했다.

楞嚴經曰, 一切浮塵, 諸幻化相. 當處出生, 隨處滅盡. 文選頭陀寺碑, 李善注曰, 意生身, 謂菩薩, 言能變化生死, 隨意住生. 文選古詩曰, 淮泗馳急流, 肇法師物不遷論云, 仲尼曰, 回也, 見新交臂非故, 如此, 則物不相往來, 明矣. 旣無往返之微, 睽有何物而可動乎. 然則旋風偃嶽而常靜, 江河競注而不流, 復何怪哉.

---

173 의생신(意生身) : 범어 Manomaya-kāya. 마노말야(摩奴末耶)의 번역어이다. 신역에서는 의성신(意成身)이라 한다. 부모가 낳은 육신이 아니고, 생각하는 대로 생기는 몸으로, 곧 화생신(化生身)이다.

23. 심명각

深明閣

象踏恒河徹底	코끼리는 항하의 밑바닥까지 밟고
日行閻浮破冥	태양은 운행하여 염부의 어둠 깨네.
若問深明宗旨	만약 '심명'의 깊은 뜻을 묻는다면
風花時度窓櫺	꽃에 바람 불어와 창살을 지난다 하리.

【주석】

象踏恒河徹底 日行閻浮破冥 若問深明宗旨 風花時度窓櫺 : 위 두 구절은 각각 '심'과 '명'에 대해 말한 것이다. 『열반경』에서 "성문과 연각 및 대보살이 함께 부처 앞에 있으면서 부처에게 일미지법에 대해 들었다. 그러나 그 깨닫는 바에 있어서는 각기 깊고 얕음이 있었다. 비유하자면, 코끼리와 말 그리고 토끼가 황하를 건너는 것과 같아서, 토끼가 건너면 물에 뜨고 말이 건너면 반 쯤 잠기는데, 오직 대형상이 건너면 바닥까지 닿고 물길을 끊어 놓는다"라고 했다. 『화엄경』에서 "비유하자면, 해가 염부제에 나오면 수미산 등의 산을 먼저 비추고 난 뒤에 모든 땅을 널리 비추는 것과 같다. 여래 또한 그러하니, 여래는 큰 지혜의 빛으로 비추지 않는 곳이 없다"라고 했다. 또한 그 송(頌)에서 "마치 해가 염부제에 뜨게 되면, 광명으로 모든 어둠 다 깨뜨리는 것과 같다"라고 했다. 『전등록』에서 수선사가 "영명한 뜻을 알고자 하는가, 문 앞의 한

호수이니라. 해가 비치면 광명이 나고, 바람이 불면 물결이 일어난다
네"라고 했다. 「달마전」에서 "밖으로 가사를 전해서 종지를 정한다"라
고 했다. 『설문해자』에서 "'영'은 창살이다"라고 했다.

上兩句言深與明. 涅槃經云, 聲聞緣覺, 及大菩薩, 同在佛所, 聞佛說一味
之法. 然其所證, 各有淺深. 譬象馬兎三獸渡河, 兎渡則浮, 馬渡及半, 唯大香
象徹底截流. 華嚴經曰, 譬如日出於閻浮提, 先照一切須彌山等, 然後普照一
切大地, 如來亦爾, 大智日光無所分別. 又頌曰, 譬如日出閻浮提, 光明破闇悉
無餘. 傳燈錄壽禪師曰, 欲識永明旨, 門前一湖水. 日照光明生, 風來波浪起.
又達磨傳曰, 外付袈裟, 以定宗旨. 說文曰, 櫺, 楯間子也.